KB232505

천잠비룡포

Fantastic Oriental Heroes

天蠶飛龍袍

천잠비룡포 12

한백림 新무협 판타지 소설

초판 1쇄 찍은 날 § 2009년 12월 7일
초판 1쇄 펴낸 날 § 2009년 12월 12일

지은이 § 한백림
펴낸이 § 서경석

편집장 § 문혜영
편집책임 § 유경화
편집 § 조수희

펴낸곳 § 도서출판 청어람
등록번호 § 제1081-1-89호
등록일자 § 1999. 5. 31
어람번호 § 제2-1851호

주소 § 경기도 부천시 원미구 심곡동 163-2 서경B/D 3F (우) 420-822
전화 § 032-656-4452 팩스 § 032-656-4453
http://www.chungeoram.com
E-mail § eoram99@chollian.net

ⓒ 한백림, 2006

ISBN 978-89-251-2014-0 04810
ISBN 89-251-0108-4 (세트)

한백림 新무협 판타지 소설
천잠비룡포
Fantastic Oriental Heroes
天蠶飛龍袍
12
■구룡보(九龍堡)
도서출판
청어람

목차

제40장 압승(壓勝)

이기고 지는 것만이 다가 아니다.

싸움엔 그에 합당한 이유가 있고.

그것이 불러내는 결과가 있으며.

그것이 자아내는 의미가 있는 법이다.

누가 더 강한가.

누가 더 약한가.

싸움에서의 강자란 결국 승패로 결정할 수밖에 없는 것일까.

꼭 그러한 것이 아니라고 한다면 애초에 그 강자라 함은 어디서부터 의미를 찾아야 했던 것일까.

팔 하나와 다리 하나가 없는 불구지만 정신만큼은 누구보다 용맹한 자가 있고, 사지가 멀쩡하여 온전하지만 마음속에 든 것이 나약함뿐인 자가 있다.

그리하여 두 사람이 싸웠을 때.

어쩔 수 없는 신체적 우열로 인하여 불구자가 패배하였다면.

그렇다면 더 강한 자는 누구일까.

질 것을 알면서도 용기있게 싸움에 나선 불구자가 더 강한 것인가.

비겁하다는 것을 알면서도 싸움에 나서야 했던 나약한 자가 더 강한 것인가.

어떤 싸움은 그 싸움이 이루어낸 결과로만 가치가 있고, 어떤 싸움은 승패를 미리 알면서도 두려움없이 행해왔기에 더 신성한 의미를 지닌다.

그게 바로 우리 모두가 겪는, 강호에서의 싸움이다…(중략)…….

한백무림서 미완
한백의 일기 中에서.

와아아아아아아!

병력 차는 두 배가 넘었다. 양귀비 꽃잎이 하늘을 날아 격전의 서막을 알렸다.

파지지지직!

단운룡의 몸에서 뇌신의 뇌전이 치솟고, 하늘 가득 수놓은 붉은 꽃잎은 불꽃이 되어 흩날렸다.

적들의 선봉은 귀비혈사대였다. 귀비혈사대 무인들의 육체가 붉디붉은 꽃밭을 더욱더 화려하게 밝혔다.

쫘아아아아앙!

단운룡이 광뢰포를 터뜨리는 그 순간.

방전된 뇌격을 헤치며 그의 양옆으로 튀어나가는 두 개의 인영이 있었다.

서로 뒤질세라 엄청난 기세로 짓쳐드는 두 남자다.

사나운 파열음이 잇따라 터져 나왔다.

우르르르릉! 꽈앙! 콰직! 퍼어억!

막야흔과 효마였다.

먼저 나아가는 것은 막야흔이었다.

발검 일도에 무지막지한 괴성이 터져 나온다. 대단한 명도(名刀)도 아니요, 그냥 저잣거리에서 산 것 같은 평범한 철도(鐵刀)였다. 하지만 철도가 자아내는 소리는 절세의 신병과 같다. 마치 마룡이 깨어나는 울부짖음과 같았다.

칼만 있는 것이 아니었다.

핏물 흩뿌리며 날아가는 육편 뒤로 적들의 가슴을 쑤셔 박는 효마의 철창이 있었다. 찔러대는 소리가 퍽! 퍽! 하고 울려 퍼졌다. 살기충천이다. 귀비혈사대가 삽시간에 무너지고 있었다.

"으하하하하! 여기 막야흔이 나가신다!!"

막야흔이 광소를 내뱉으며 앞으로 치달렸다.

온몸에 서린 기운은 예전과 달랐다. 마치 암흑기(暗黑氣)를 둘러친 듯, 그의 주위만 어둡게 보일 정도다. 귀비혈사대의 붉은 살의는 막야흔의 마천기를 결코 당적할 수 없었다.

"카아아압!"

압도적인 괴력은 효마도 마찬가지였다.

효마의 창이 혈사대의 명치를 꿰뚫었다. 효마가 두 손으로 창을 잡고 그대로 밀고 들어갔다. 무지막지한 돌진이다. 혈사대 뒤에 있는 일반병들이 꼬치에 꿰듯 세 명이나 창끝에 박혀들었다.

마치 거대한 검은 덩어리 두 개가 적진 한가운데로 굴러가는 것 같았다.

황금비룡번을 전개한 태자후마저도 혀를 내두를 위력이다. 선봉이라 하면 무조건 태자후를 생각했지만, 이제 그마저도 달라져야 할 모양이었다.

당장 지금 이 순간만 보자면 최전방 돌격대 최강의 조합은 막야혼과 효마, 두 사람 차지다. 적들의 사기를 꺾는 개전의 첨병으로는 그 둘보다 더 강한 자들이 없을 듯싶었다.

"대단한데요."

"그러게 말이야."

백가화와 양무의는 아직 전권 밖에 있었다. 백가화가 감탄한 상대는 효마였다. 막야혼은 오원으로 오기 직전에도 만난 적이 있다. 그때보다 또 강해졌지만, 이 정도 강함은 사실 예상했던 바였다. 하지만 효마는 완전히 새로운 인물이다. 녹풍원에서 본 적이 있지만, 그땐 부상을 입었었고, 어딘지 제정신도 아닌 듯 보였다. 지금도 미친 표범처럼 날뛰는 것은 마찬가지이나 나아가는 힘만큼은 실로 놀랍기 그지없었다. 공야천성의 마천용음도를 익힌 막야혼에 비해서도 뿜어내는 살기만큼은 전혀 뒤지지 않는 것 같았다.

효마를 지켜보는 양무의의 눈에 묘한 결심 같은 것이 피어올랐다. 무구고원에서부터 봐왔다. 저 기질, 저 살기. 마지막 한 조각으로는 더할 나위 없다. 모험이란 생각이 들었지만 그 정도 모험은 감수해도 되겠다 싶었다.

와아아아아아아!

함성이 고조되고 있었다.

앞으로 나아간 막야흔, 효마, 단운룡에 이어 비로소 달려나간 전사들이 적들과 정면으로 부딪치기 시작한다. 폭발적인 전투였다. 전사들의 전투력은 분명 귀비신단을 먹은 귀비혈사대보다 한 수 아래였지만, 그들의 의지는 귀비혈사대의 광기보다 훨씬 더 강했다.

콰차차차차창!

창과 칼, 칼과 칼이 일시에 부딪치는 금속성은 전쟁이란 괴물이 뱉어내는 거대한 괴성이라 할 것이다. 그 굉음은 인세의 언어로는 도저히 형언키가 힘들었다. 전사들은 조금도 밀리지 않았다. 수많은 전사들이 첫 충돌에서 목숨을 잃었지만, 그들 눈에는 그 어떤 두려움도 없었다.

두두두두두두!

귀비혈사대 다음으로 나서는 것은 타가군의 기병대였다. 맹획군의 보병대군을 왼쪽으로 돌아 이쪽 전사들의 측면으로 돌진해 왔다. 양무의가 그쪽을 바라보며 말했다.

"장익, 저쪽은 네가 상대해야 되겠다."

"얼마든지!"

장익이 가슴을 탕, 치고는 벌쩍 몸을 날렸다. 황색 무늬가 화려한 벽력사모를 들고 전사들을 뛰어넘어 날 듯이 짓쳐 나갔다.

꽈르르릉!

벽력성에 놀란 기마들이 앞발을 치켜올리며 투레질을 했다. 꽝! 하는 폭음이 뒤따랐다.

기병들이 옆으로 넘어갔다. 쏟아지는 핏물 사이로 돌진해 온 기병이 짓밟을 듯 장익을 덮쳤다. 거구에서 뻗어 나온 억센 손이 기마의 목줄기를 잡았다. 기마의 돌진이 덜컥 멈추었다. 위에 탄 기병의 눈이 경악으로 치떠졌다. 돌격하는 전투 기마를 한 손으로 막은 것이다. 인간의 힘이 아니었다.

우직! 꾸우웅! 콰차창!

어린아이 손목 비틀 듯 기마의 목을 잡아 옆으로 던져 버렸다. 옆에 있던 기병과 부딪쳐 한꺼번에 넘어진다. 양귀비 꽃잎이 붉은 구름을 일으켰다.

"잡스런 기병들뿐이구나! 실력 좋은 장수는 없는 것인가!!"

장익의 호통 소리가 기병들의 사기를 단숨에 꺾었다.

장익의 뒤편에서 오원의 창병들이 걸어나왔다. 장익이 씨익 웃었다. 그가 다시 한 번 소리쳤다.

"졸개들뿐이라면 그것도 좋다! 모조리 박살 내자!!"

장익을 필두로 창병 전사들이 기병들을 향해 뛰어들었다. 비록 입문 단계를 벗어나지 못하긴 했으나, 전사들이 휘두르는 것은 입정의협살문 살수 적룡극신의 절기 중 하나인 적룡창법이었다. 장창들이 말안장 위의 기병들을 노렸다. 얽혀 넘어지고 쓰러져 처박히는 기병들이 순식간에 수십 명을 헤아렸다.

"노사."

"클클. 불렀느냐."

"저 앞에 화포가 있습니다만."

"그러게, 악당에게 저런 쇳덩이는 함부로 주는 게 아니지."

"다 노사를 믿었기 때문 아니겠습니까."

양무의와 궁무예의 대화다.

적진 한가운데 밀고 나오는 검은 수레들이 있었다. 수는 일곱이다. 양무의가 맹획에게 제공했던 화포들이었다. 포격을 위해 각도를 잡고 있는데, 당장이라도 쏠 기세다.

궁무예가 입에 물고 있던 연초 잎을 퉤 하고 뱉었다. 그가 옆에 있는 소년 궁수에게 말했다.

"아가, 활 좀 줘봐라."

소년 궁수가 재빨리 활과 화살을 챙겨다 바쳤다. 궁무예가 클클 웃으며 손가락으로 화살통의 화살들을 훑었다. 차라라락, 하는 소리가 풀려 나왔다.

차락. 소리가 멈추고 그의 손에 일곱 개의 화살이 잡혔다. 화살을 한 움큼 집어 드는 것을 보며 소년 궁수가 두 눈을 동그랗게 떴다.

"한 수 보여줄까?"

궁무예가 화포 쪽으로 활을 겨누었다. 일곱 문의 화포에는 대당 두 명씩의 포병들이 붙어 있다. 그동안 화포를 다루는 게 꽤나 익숙해진 듯 화탄을 장전하고 각도를 잡는데 제법 손놀림이 빠르다.

"클클클."

궁무예가 괴소를 흘렸다. 화살을 한 무더기 잡고 있는 그의 손이 보이지 않는 속도로 움직였다.

피피피피피피핑!

거의 동시에 들린 소리다. 쒸익 하는 파공음이 화포 쪽을 향했다.

각자 화포에 붙어 포격을 준비하던 포병 일곱 명이 약속이라
도 한 듯 동시에 뒤쪽으로 튕겨 나갔다. 궁무예가 다시 손을 내
밀었다. 소년이 무엇에 홀리기라도 한 듯 궁무예를 향해 화살통
을 치켜올렸다.

차라라락! 다시 일곱 대의 화살이 궁무예의 손에 잡혔다.

피피피피피피핑!

또다시 일곱 명이 쓰러졌다. 포격을 준비하던 열네 명 전원이
순식간에 쓰러졌다. 믿을 수 없는 광경이었다.

"이게 천왕칠섬이다."

궁무예가 활을 내렸다. 간만에 보여주는 그의 성명절기다. 그
가 품속에서 연초를 꺼내 들었다.

그때였다.

쐐액! 궁무예 쪽으로 한줄기 파공성이 짓쳐들었다.

정확하게는 양무의를 향해서다. 백룡신창이 튀어나와 양무
의의 앞을 막았다. 강철화살 한 대가 하늘 위로 튕겨 나갔다.

"이제부터 진짜로군요."

상대편에서도 고수 출격이다.

양무의에게로 쭉쭉 날아오는 화살에는 실로 강력한 힘이 깃
들어 있었다. 누구 짓인지는 안 봐도 안다. 다름 아닌 타가군의
카무이였다. 오른쪽으로 휘어져 달리는 기병부대 선두에서 타
가군 최고의 궁사 카무이가 이쪽을 향해 화살을 날리고 있었다.

쩡! 쩌엉!

백룡신창이 번쩍이는 백광을 내뿜으며 화살 두 개를 멀찍이
튕겨냈다. 곧바로 양무의를 저격해 오고 있다. 여기가 군사의

사령부임을 알아챈 모양이었다. 양무의에게 겨눈 화살이 안 먹히자, 이번엔 그 주변에 난사를 가하기 시작했다. 화살 다섯 대가 연환사로 날아왔다. 백가화를 향하는 화살도 있고, 우목을 향하는 화살도 있다. 한 발은 불행히도 연초에 불을 붙이는 궁무예를 향하고 있었다.

쐐액! 타악!

궁무예가 귀찮다는 듯 손을 뻗어 가슴을 향해 날아온 화살을 간단히 잡아챘다. 그가 후우우우, 연기를 뿜어내며 눈살을 찌푸렸다.

"감히 누구에게 화살을 날려."

소년 궁사는 눈치가 아주 빨랐다. 그가 던지듯이 궁무예에게 활을 건넸다. 궁무예가 이빨로 연초 잎을 물고 잡아챈 강철화살을 시위에 올렸다.

티이잉!

시위를 튕기는 소리가 무시무시했다.

기마를 달리며 활을 겨누던 카무이가 일순간 대경하여 말고삐를 잡아당겼다.

퍼어어억!

방향을 전환하려 했지만 소용이 없었다. 기마의 커다란 머리가 그대로 터져 나간 것이다.

휘청, 하고 기마가 기울어졌다. 퍼억! 하는 소리가 다시 울렸다.

카무이의 표정이 얼음장처럼 굳어졌다. 기마의 앞다리가 끊어져 날아가고 있었다.

퍼억! 퍼어억!

이미 균형을 잃은 기마의 마신이 몽둥이에라도 맞은 양 뒤쪽으로 밀렸다. 뒷다리 튼튼한 허벅지에 주먹만 한 구멍이 뚫렸다. 말안장 올려놓은 몸뚱어리에서도 핏물이 터져 나왔다.

타닥!

말안장을 박차고 뛰어올랐다. 도약하여 공중에 뜬 채 기마를 내려다보았다. 그의 눈에 경악의 감정이 피어올랐다.

퍼억! 퍼익! 퍼억!

이미 망가질 대로 망가진 기마의 몸체가 덜컥덜컥 밀리는 것이 보였다. 화탄들이 날아오는 것 같았다. 연이어 틀어박히는 무지막지한 일격에 전투용 기마의 거신이 박살나 해체되고 있었다.

꾸우웅!

기마가 땅바닥에 쓰러졌다. 이미 기마의 몸뚱이는 걸레처럼 변해 있었다. 카무이가 땅에 내려섰다. 그가 당황한 얼굴로 양무의 쪽을 향해 활을 겨누었다.

"……!!"

그의 두 눈에 떠오른 빛은 경악으로도 충분치 않았다.

쉬이이익!

목숨을 노리는 파공음이 날아들었다. 카무이가 본능적으로 왼손에 내력을 집중하며 흉조(凶鳥)가 새겨진 방패를 잡아 들었다.

쫘앙! 우직!

그의 몸이 통째로 튕겨 나갔다. 무슨 철망치라도 던져 맞은 느낌이었다. 네 걸음이나 땅바닥에 처박고서야 몸을 세울 수 있었다. 팔꿈치가 얼얼했다. 방패는 이미 종잇장처럼 구겨져 있었다.

'무슨 화살이……!'

카무이는 자신을 덮친 그것이 화살임을 잘 알고 있었다. 무서운 궁술이었다. 만병에 능하신 초원의 거성(巨星) 세첸님의 화살도 이렇지는 않았다.

양무의 옆을 훑던 카무이의 시선이 마침내 궁무에에게 닿았다. 봉두난발 백발 늙은이가 입에서 한 줄기 연기를 뿜으며 들고 있던 활을 아래로 내리고 있었다. 쏠 화살도 아까우니 함부로 까불지 말라는 경고였다.

"이익!!"

화가 치민 그가 다시금 화살을 겨누려 할 때였다. 타닥, 하고 그의 앞으로 사뿐히 내려서는 자가 있었다. 한쪽 허리에 북을 매단 여인이었다.

도요화였다.

카무이는 그녀를 잘 알고 있었다. 무구고원 공성전에서 몇 번이나 마주쳤던 여자다. 카무이는 말없이 화살을 짧게 걸고, 측면으로 걸음을 옮겼다. 양무의 쪽에 신경 쓸 때가 아니었다. 계집이라고 얕보면 당할 수 있었다.

두두두두두두!

"괜찮으십니까!!"

기병들이 달려와 카무이의 뒤에 섰다. 그가 이끄는 살육부대였다. 기병들이 도요화를 향해 칼과 화살을 겨누었다. 도요화가 어떤 사람인지 잘 모르는 이들이었다. 무구고원 공성에 참가한 적이 없기 때문이다. 무구고원으로 올라갔던 병사들은 대부분 보병이었고, 현재 당시 참전했던 보병들 중엔 생존자가 거의 없었다.

"진용을 짜고 덤벼!"

카무이는 자존심을 버렸다.

상대는 도요화 하나가 아니었다. 카무이 뒤에 살육부대 기병들이 선 것처럼 도요화의 뒤쪽으로도 그녀를 신봉하는 오원 전사 무리가 꾸역꾸역 몰려들고 있었다. 기병들을 상대하기 위한 적룡창 창병 전사들이었다.

둥둥둥둥둥!

더 뒤편에서 고수병들의 북소리가 들려오고 있었다. 그녀는 창병들만의 우상이 아니다. 고수병들은 그녀의 북소리를 천상의 음율로 생각한다. 고조되는 북소리가 도요화와 전사들의 사기를 있는 대로 끌어올리고 있었다.

쒜에엑!

보다 못한 카무이가 마침내 그녀를 향해 화살을 날렸다.

그것은 그녀에 대한 선공임과 동시에 돌격 명령을 내리는 신호가 되었다.

칼과 화살을 겨누고 있었던 기병들이 다섯 기 종렬로 돌진해 왔다. 카무이의 화살을 피해낸 도요화가 선녀처럼 한 바퀴 몸을 돌리며 오른손 북채를 치켜들었다. 왼손으로 북을 잡고 가볍게 굽힌 무릎 위에 얹었다.

퍼어어어어어엉!

전면을 향해 북소리의 파도가 쳤다. 기세 좋게 달려들던 기마들 십여 기가 일제히 앞발을 치켜들며 난동을 부리기 시작했다.

히히히히힝! 콰가가각! 콰차창!

돌진 중에 전열이 앞발을 치켜들고 멈춰 섰으니, 서로서로 부딪치며 얽혀 넘어지는 것은 당연지사다. 요란한 소리와 함께 전열 이십여 기의 기병들이 땅바닥을 굴렀다.

"괴물 같은!!"

카무이가 이를 악물며 연속으로 화살을 내쏘았다. 그녀의 신법엔 미려함과 유연함이 있었다. 화살 세 대를 부드럽게 피해내고 다시 북을 때렸다.

퍼어어엉! 짐승의 귀는 강렬한 북소리의 자극을 감당하지 못했다. 기마들이 요동쳤다.

기회였다.

전사들의 쇄도가 이어졌다. 기마들을 진정시키기 위해 여념이 없는 기병들에게 사나운 창날이 솟구쳐 올랐다.

"크악!"

"으아아악!"

"장군! 기마들의 제어가 안 됩니다!!"

카무이는 상황 판단이 빨랐다. 저 요녀에게 기병으로 달려드는 것은 미친 짓이다. 그의 입에서 치욕의 명령이 떨어졌다.

"전원 후퇴! 이쪽은 맹획군에게 맡긴다!!"

그렇다고 이미 난전이 된 마당에 기병들 수습이 제대로 될 리 만무했다. 수십 기의 기마병들이 순식간에 죽음을 맞이했다. 카무이가 뒤쪽으로 몸을 날리며 미친 듯 화살을 연사했다. 전사들이 픽픽 쓰러졌다. 도요화로서도 막을 수 없는 난사였다. 하지만 전사들은 카무이의 화살을 조금도 무서워하지 않았다. 뒤에서 들려오는 북소리가 두려움을 날려주고 있었다. 카무이의 살육부대를 이토록 몰아쳐 본 적이 없었다. 옆의 동료가 죽어도 창을 쥔 손엔 힘이 넘친다. 죽어주는 동료로 인해 그들의 삶이 더 큰 강렬함을 발하고 있었다.

카무이의 살육부대가 전사들과 얽혀드는 바로 그때.

적 중심의 화포부대는 다시 화포 발사를 위한 재정비가 한창이었다. 포병들이 화살에 당한 것을 본 그들이다. 지각군의 철방패가 화포 사이에 버텨선 채 화살에 대한 방어를 튼튼히 하고 있었다. 양무의가 뒤를 바라보았다.

"다시 한 번 부탁드립니다, 노사."

궁무예가 귀찮다는 듯 이빨로 연초 줄기를 꽉 문 채 화포 쪽을 향하여 활을 겨누었다. 옆에 붙은 소년 궁사는 아예 제 동료들로부터 화살통을 세 개씩이나 걷어와 궁무예를 향해 받쳐 들고 있었다.

쐐애액!

천왕시가 하늘을 날았다. 공기를 찢어발기는 힘이 무섭다. 쭈욱 뻗어나간 화살이 지각군이 버텨선 철방패에 틀어박혔다.

꽈앙!

화살 하나가 어찌 그런 힘을 낼 수 있는지 모르겠다. 내공을 익힌 지각군 무인이 방패째로 뻥 하고 튕겨 나갔다.

"암토경기공을 더 끌어올렷!"

지사괴의 호통이 사위를 울렸다. 그가 화포 뒤로 날아들며 지각군의 방어를 독려하는 동시에 화포들의 포격을 재촉했다.

"이 지사괴가 막아줄 터이니, 어서 발사해라!"

쐐애애액! 콰앙!

또 한 명의 철방패가 땅바닥을 굴렀다. 두터운 철방패가 아예 쪼개진 채였다. 믿을 수가 없는 위력이었다.

쐐애액!

또 한줄기 파공성이 닥쳐든다. 지사괴 본인이 직접, 바로 옆의 지각군에게서 철방패를 빼앗아 들었다.

꽈아아앙!

철방패에서 불꽃이 튀었다. 퍼져 나가는 충격파에 양귀비꽃이 붉은 빛으로 흩어졌다. 지사괴의 발밑에서 흙먼지가 일었다.

"오호라. 내 천왕시를 막아?"

궁무예가 흥미롭다는 듯 중얼거렸다. 궁무예가 손을 움직였다. 그의 활이 부러질 듯 휘어졌다.

피잉!

격전이 벌어지는 하늘 위를 꿰뚫고 궁무예의 화살이 지사괴의 철방패에 틀어박혔다. 온 내력을 다 집중하여 막아내는 지사괴다. 꽝! 꽝! 하는 폭음이 세 번이나 울렸다. 그의 몸이 연신 뒤쪽으로 밀려났다.

그사이에 화포들은 발사 준비가 거의 다 되어가고 있었다. 양무의가 미간을 좁히며 뭐라 말하려고 했을 때였다. 앞쪽에서 들려오는 낭랑한 외침이 있었다.

"자후! 화포를 막아!"

“지금 갑니다!!”

단운룡의 명령이었다.

양무의의 입가에 미소가 깃들었다. 단운룡은 훌륭한 주군이었다. 모든 상황에 대한 충분한 판단력과 결단력을 지니고 있었다.

파라라라라라락!

태자후가 깃발을 휘두르며 장쾌한 몸놀림으로 적들을 뛰어넘었다. 모처럼의 출진이라고 할 수 있다. 수많은 싸움에서 돋보이는 주역을 차지했던 그였다. 하지만 지금은 초반부터 그럴 기회를 놓치고 말았다. 적진 한가운데 틀어박힌 채 마천의 위용을 발하는 막야흔과 적들을 헤집으며 미친 표범처럼 날뛰는 효마 때문이었다.

파라라라라라라락! 꽈광!

만회라도 해야 한다는 듯 박차고 나아가는 힘이 놀라웠다. 펼쳐진 황금비룡번이 무지막지한 파공음을 울렸다. 맹획군 일반 병들이 뒤쪽으로 훌쩍 튕겨 날아갔다. 누구도 그를 막을 수 없었다.

철방패를 들고 있던 지사괴가 태자후를 발견하고는 큰소리로 명령했다.

“깃발 든 놈을 막아! 화포를 돌려! 놈을 조준해!!”

“하지만 그랬다간 아군까지……!”

꽈아앙! 콰가가가각!

지사괴는 대답할 여유가 없었다. 또다시 닥쳐든 궁무예의 화살 때문이었다. 그의 몸이 철방패째로 다시 한 번 밀려 나갔다.

방패로 막고 있음에도 온몸이 찌릿찌릿 떨리는 일격이다. 지사괴가 이를 악물며 소리쳤다.

"명령이다! 그냥 쏴!"

선택의 여지가 없었다. 병사들이 일그러진 얼굴로 포신을 돌려 태자후를 겨누었다. 세 문의 화포가 태자후를 향했다.

파라라락!

태자후는 그것을 보고도 조금도 동요하지 않았다. 대마두와 같이 험상궂은 얼굴에 악당 같은 미소를 지었을 뿐이다.

콰앙!

뿜어지는 검은 연기와 함께 화탄 한 발이 태자후를 향해 무서운 속도로 날아왔다.

퍼어얼럭! 파라락!

태자후는 달려가던 기세를 줄이지 않았다. 그가 아래쪽에서 위쪽으로 둥글게 깃대를 휘돌렸다. 화려하게 이어지는 깃발의 궤적이 아무것도 없는 공간 안에 강력한 회오리바람을 일으켰다.

위이이이잉! 우우우웅!

날아오던 포탄이 회오리바람에 얽혀들었다. 포탄의 속도가 급격히 줄어들었다. 태자후가 손목을 틀어 깃발의 움직임을 가볍게 풀어냈다. 깃발 자락이 화탄을 부드럽게 어루만졌다. 포탄이 그대로 공중에 멈추었다.

툭!

화탄이 힘을 잃고 태자후에게 떨어졌다. 가볍게 손을 뻗어 떨어지는 포탄을 받아낸다.

"앗, 뜨거."

당연히 뜨거울 수밖에 없다. 깃털보다 가벼운 힘으로 위로 던졌다 받았다를 반복했다. 당장 터질 수도 있는 포탄을 무슨 장난감이라도 되는 줄 아는 모양이었다.

"뭐 햇! 또 쏴라!!"

화포를 쏘았던 병사들은 믿어지지 않는 광경 앞에 경악한 얼굴로 멈춰 서 있었다. 지사괴의 고함 소리에 병사 두 명이 심지에 불을 붙였다. 두 개의 화포가 동시에 불을 뿜었다.

태자후의 눈이 날아오는 화탄들을 향했다.

그의 입가에 또 한 번 악당 같은 미소가 떠올랐다. 그가 훅! 하고 손에 든 화탄을 던져 냈다. 순간, 화탄과 화탄이 공중에서 충돌했다.

콰아아아앙! 콰, 콰아아아앙!

옆에서 날아오던 포탄까지 폭발에 휘말리며 두 차례 강렬한 폭발을 일으켰다. 대폭발이었다. 맹획군 군사들 수십 명이 그 자리에서 땅에 누웠다. 모두 다 피투성이의 참상을 면치 못했다. 폭발의 충격파를 견디지 못한 것이다.

"그러게 위험한 걸 함부로 갖고 노는 게 아니지!"

태자후가 다시 앞으로 쏘아져 나갔다. 전부 다 쓰러져 있다. 화포들이 있는 데까지의 길이 훤하게 열려 있었다.

"그냥 쏴!!"

태자후를 겨냥해 봤자 소용이 없음을 안 병사들이다. 그들이 되는대로 장전을 끝내고 심지에 불을 붙였다.

남아 있던 네 문의 화포가 불을 뿜었다.

파라라락! 휘리릭!

태자후가 몸을 날려 깃발을 휘둘렀다. 한 발의 포탄이 깃발의 경력에 휩쓸려 올라갔다. 나머지 세 발은 잡아내지 못했다. 태자후는 걱정하지 않았다. 처리해 줄 사람은 많다. 당장 화살을 내쏘는 궁무예와 같은 고수 말이다.

쐐액! 쐐액! 꽈광! 꽈아아앙!

두 발의 화포가 공중에서 터져 나갔다. 맹획군 병사들 진용 두 곳이 푹 꺼졌다. 폭발의 여파에 휩쓸린 것이다. 궁무예가 다시 화살을 날리려는데 꽈아앙! 하고 하늘에서 또 한 번 폭발이 일어났다. 궁무예가 한쪽으로 고개를 돌렸다. 도요화였다. 그녀가 타고공진격으로 마지막 한 발 남은 포탄을 터뜨려 버린 것이다.

“이 늙은이를 못 믿다니. 클클클.”

못 믿어서가 아니다. 포탄을 보고 본능적으로 북을 쳤을 뿐이다. 그녀가 다시 눈앞의 적들에게로 고개를 돌린다. 기병들이 물러간 자리를 황각군 무인들이 치받아 오고 있었다.

한편, 공중에서 화탄 하나를 휩쓸려 올린 태자후는 그대로 깃발을 휘둘러 포탄의 방향을 적들에게 되돌렸다. 포탄이 날아 화포들 한가운데로 향했다. 지사괴가 소리쳤다.

“피햇!!”

지사괴가 자신부터 철방패에 몸을 숨기고 땅을 박찼다. 지각군 무인들도 철방패를 세운 채 온몸을 수그렸다. 힘없는 일반병들만 불쌍하게 되었다. 황급히 땅바닥에 엎드렸지만 이미 죽은 목숨이나 다름없다. 대대적인 폭발음이 울려 퍼졌다.

콰아아아아앙! 콰광! 콰과과과광!

폭발의 규모는 엄청났다. 남아 있던 화탄들까지 모조리 터져 버렸다.

공중에 떠 있던 태자후마저도 이크! 하며 내력 깃든 깃발을 앞쪽으로 둘러쳤을 정도다. 소리마저 잡아먹은 폭발의 여운 뒤로, 뒤집어진 땅거죽과 돌덩어리들이 후두둑 땅 위에 흩어져 내렸다.

일반 병사들은 물론이요, 지각군 무인들도 대부분 멀쩡하지 못했다. 사상자는 백 명이 넘었다. 검은 연기와 불꽃들이 양귀비 밭을 뒤덮고 있었다.

땅에서 꿈틀, 하고 일어나는 자가 있었다.

지사괴였다.

들고 있던 철방패 손잡이가 우지끈, 뜯어졌다. 콰창! 하고 철방패가 땅바닥을 나뒹굴었다. 온몸이 만신창이였다. 암토경기공을 극성으로 끌어올렸음에도 내상이 만만치 않았다. 갑주하며 옷가지가 걸인마냥 너덜너덜하게 변해 있었다. 네 뿔 달린 투구는 어디로 갔는지 보이지도 않았다.

파라락!

대폭발의 현장에 깃발 소리가 드리워졌다. 발소리는 들리지 않았다. 지사괴가 고개를 돌렸다. 덤불 같은 머리카락, 흑색과 황색의 화려한 무복이 시야에 들어왔다. 태자후였다. 그가 어깨 위에 깃대를 걸치고 그를 향해 다가오고 있었다. 지사괴의 두 눈에 절망의 빛이 깃들었다.

"이… 이… 이것이……!"

대체 어떻게 돌아가는 것인가.

맹획은 말을 잇지 못했다. 대군의 전열이 순식간에 무너지고 있었다. 전열뿐이 아니다. 화포들을 배치한 병진 중앙은 대폭발로 인해 거대한 구멍이 뚫려 버렸다.

"군왕이시여! 중앙 포병대가 대파당했습니다!"

"군왕이시여! 우측 부대의 전진이 막혔습니다!"

다급한 보고들이 올라왔다. 전투를 시작한 지 고작 반 시진도 못 되어 수백에 이르는 군사를 잃었다. 맹획의 입에서 급기야 분노에 찬 호통이 터져 나왔다.

"닥쳐라!"

그도 눈이 있다.

시끄럽게 보고 따위 올리지 않아도 훤히 보였다. 맹획이 고개를 돌렸다. 타가가 있는 방향이었다. 저 멀리 정예기병들 사이에 둘러싸인 채 전황을 보고 있는 타가의 표정은 맹획의 그것과 가히 다르지 않았다.

"내가 직접 나서겠다!"

맹획이 일각수의 투구를 고쳐 썼다. 이십 마리의 말이 이끄는 거대한 마차에서 내려와 몸을 날린다. 그가 앞으로 나아가며 명령했다.

"천삼괴 천각군!"

"보좌를 맡겠습니다!"

천삼괴가 대답했다. 천각군 무인들 전원이 대검을 뽑아 들었다. 삼십삼 명이었던 천각군은 그동안의 싸움으로 이십 명으로 줄어들어 있었다. 하지만 그 숫자로도 맹획군 최강전력임에는 변함이 없었다. 그들의 진격에 병사들이 쫘악 갈라지며 길을 열었다.

"나도 가만히 있을 수는 없겠군!"

맹획이 나서는 것을 본 원마왕 타가가 말고삐를 휘어잡았다. 머리부터 꼬리까지 순백으로 빛나는 거대한 백마 위에서 타가가 기병들을 향해 소리쳤다.

"흑마철기대 출격하라! 선봉은 이 타가가 직접 맡겠다!!"

두두두두두두.

장대한 말발굽 소리가 지축을 울렸다. 타가의 바로 뒤엔 아야크가 붙어 있었다. 군사 아야크의 명령이 이어졌다.

"무격들이여! 원마왕의 진격을 따르라! 위대한 술법으로 초원의 길 위에 빛을 밝혀라!"

후방에 있는 무격부대가 움직이기 시작했다.

말발굽 소리 뒤쪽으로 기이한 방울 소리와 진언들이 스며들었다. 기병들의 중심부에 아지랑이처럼 일렁이는 형체가 솟아났다. 높이는 거의 기병들의 두 배에 육박한다. 일렁이는 빛무리는 거대한 사슴의 형상을 하고 있었다.

"가자! 하늘신 텡그리께서 우리를 지켜주신다!!"

사슴 형체가 나타남과 동시에 기병들의 군기(軍氣)가 하늘을 찌를 듯 치솟아올랐다. 당황하던 기병들의 두 눈이 전투 의지로 불타올랐다. 사기를 고양시킴으로 전투력을 배가시키는 술법이었다.

"적들의 기세가 강해졌소!"

전황을 살피던 우목이 양무의를 향해 소리쳤다.

"저것이 놈들의 술법이로군!"

양무의가 혼잣말처럼 중얼거리더니 뒤쪽으로 고개를 돌렸다.

"노사, 저걸 좀 맡아주십시오."

"저걸?"

"무격들을 쓰러뜨리면 됩니다."

"무격이라니?"

"몽고의 술법사들 말입니다."

궁무예가 얼굴을 있는 대로 찌푸리며 대답했다.

"너무 부려먹는 거 아니냐. 난 이미 손을 너무 많이 썼다. 피곤하다구."

"지금 이 전장을 통틀어 가장 강하신 분이 그런 말을 하면 쓰겠습니까."

"나? 내가 젤 세다고?"

"예."

"난 지금 당장 문주 놈 이길 자신 없는디?"

궁무예는 분명 문주란 표현을 썼다. 양무의의 눈이 번쩍 빛났다. 그것만으로도 만족했다는 표정이다. 그가 다시 물었다.

"많이 피곤하십니까?"

"엉."

"그럼 쉬십시오."

"얼레?"

"피곤하시다면서요."

“그거야…….”

“모처럼 문주라 하셨는데, 과하게 부려먹는다고 뛰쳐나가면 어쩌겠습니까.”

“잡혀 죽을까 무서워서 못 도망가지.”

“문주 말고는 잡을 수 있는 사람도 없습니다. 게다가 문주라도 노사가 외곽에서 견제하고 들면 필승입니다. 알면서 엄살 부리지 마십시오.”

“제대로 알고 말해. 접근 허용하면 죽음이야.”

“말씨름할 때가 아닙니다. 부려먹어도 안 도망치시는 것 맞지요?”

“얼씨구? 말 바꾸는겨?”

“예. 무격들 좀 잡아주세요. 전사들이 죽어나갑니다.”

“클클클. 여하간에 말빨하고는.”

궁무예가 할 수 없다는 듯 발을 옮긴다. 한 손엔 활 하나만 달랑 들려 있다. 아까부터 붙어 있던 소년 궁사가 헐레벌떡 따라오며 물었다.

“저, 노사님! 화, 화살은……?”

“필요읎따, 아가야.”

궁무예가 번쩍 몸을 날렸다. 훌쩍 몇 번 땅을 찍는데 벌써 저 앞이다.

양무의가 농담 같은 몇 마디로 술법에 대한 대응책을 마련하고는 다시금 전황을 훑었다. 타가가 직접 선두에 서서 기병들을 지휘하는 게 보였다. 기병부대 몇 개가 한꺼번에 밀고 내려오는 중이었다.

맹획도 직접 나섰다. 천삼괴와 천각군이 특히 위협적이다. 천각군 주위엔 살아남은 지각군과 황각군, 배치될 곳이 없었던 현각군들까지 붙어 있었다. 천지현황 무인부대가 전부 다 한꺼번에 달려오고 있는 것이다.

전사들로는 절대 막지 못할 병력이었다.

단운룡이 나서야 한다. 아니, 단운룡만으로는 부족하다. 회한평은 탁 트인 평원이다. 단운룡이 맡을 수 있는 범위는 그리 넓지 않다. 갈라져서 들어올 경우 전사들의 피해가 어느 정도일지는 장담 못했다.

양무의의 눈이 막야흔을 찾았다. 막야흔은 멀었다. 저 끝에 틀어박힌 채 아예 혼자서 따로 놀고 있다. 데려와 쓰기가 힘든 위치였다. 태자후보다 더한 놈이었다.

"두 분, 나서주실 때가 된 것 같습니다."

양무의가 양옆을 돌아보며 말했다.

마건위와 허유다.

"한참 기다렸다."

마건위가 냉랭한 목소리로 대답했다. 허유는 말없이 전장의 상황만을 뚫어져라 쳐다보고 있었다. 양무의의 목소리가 차분하게 이어졌다.

"마 대인은 사망산 전사들을 이끌고 전사들이 밀리는 지점에 타격을 가하십시오. 허 대인은 전사들의 흐름을 총괄하며 적 수괴들과 거리를 두도록 조정해 주시길 부탁드립니다."

허유가 두 눈을 날카롭게 빛내며 반문했다.

"수괴들을 고립시키라, 이 말인가?"

"그렇습니다. 통상 전력은 우리가 더 밀리는 게 확실합니다. 반면, 고수들의 전력은 우리가 우위에 있지요. 적 고수와 우리 측 고수가 맞붙을 수 있도록 판을 짜주십시오."

허유는 가타부타 대답하지 않았다. 양무의가 덧붙였다.

"두 분."

허유와 마건위가 동시에 양무의를 쳐다보았다.

"회한평 다음 목표는 곧바로 오원입니다."

오원을 되찾는다.

그 얼마나 가슴 벅찬 이야기일까.

하지만 허유와 마건위는 그 어떤 감정도 얼굴에 떠올리지 않았다.

마건위가 먼저 땅을 박찼다. 사망산 전사들이 용맹하게 그 뒤를 따랐다.

뒤이어 허유가 병사들 사이로 몸을 날렸다. 귀비산에 찌들어 초라하던 뒷모습은 전혀 찾을 수가 없었다.

그리고 마지막.

양무의가 저 앞에 있는 엽단평을 불렀다.

"엽 검사!"

전투가 시작되었을 때는 선두에 있었지만 엽단평은 적을 향해 돌진하지 않았다. 그 자리에 그대로 선 채 달려드는 적들만 묵묵히 쓰러뜨리고 있었던 그였다. 양무의의 부름에 그가 뒤쪽을 돌아보았다. 죽립에 눈까지 폐했으니 보일 리가 만무하나 양무의는 그의 시선을 눈을 부릅뜨고 있을 때만큼 강렬하게 느낄 수 있었다.

“검 쓰는 자들을 치십시오!”

천각군을 의미함이다. 엽단평이 기다렸다는 듯 고개를 끄덕였다.

텅!

그의 몸이 하늘 위로 치솟았다. 적들의 어깨를 밟고 밟으며 앞으로 나아간다. 눈까지 가리고서 어찌 저런 묘기를 부리는지 그저 놀라울 따름이었다.

파지지지지직!

엽단평의 신형이 뇌전을 둘러친 단운룡 바로 뒤에까지 이르렀다. 맹획의 무인군대가 그들을 향해 돌진해 오고 있었다. 엽단평이 소리쳤다.

“먼저 가겠소!”

쫘앙!

단운룡은 광뢰포로 대답을 대신했다. 황각군 무인과 현각군 무인들의 몸뚱이가 무차별로 박살나 흩어졌다.

엽단평은 빨랐다. 황각군 현각군은 물론이요, 철추를 든 지각군도 엽단평의 쇄도를 차단하지 못했다. 순식간에 천각군의 앞까지 당도한 그다. 맹획과 천삼괴가 그의 눈앞에 모습을 드러냈다. 그가 검을 들고 천삼괴를 겨누었다.

차아앙!

천삼괴가 검을 뽑았다. 천각군 무인들이 삽시간에 엽단평을 둘러쌌다.

“죽이고 따라오라.”

“예.”

맹획의 눈은 엽단평에게 가 있지 않았다. 그의 눈은 저 앞에서 전격을 발하고 있는 단운룡에게 고정되어 있었다.

'저놈이다!'

맹획은 직감했다. 이 말도 안 되는 일을 벌인 원흉이 바로 그라는 사실을 말이다.

공포의 뇌전마니, 부족민들을 해방시킬 천신이니, 무구고원에 내려온 구세주니 하는 괴소문들은 결국 전부 다 저놈을 겨냥한 이야기가 틀림없었다.

그가 막 단운룡에게로 몸을 날리려 할 때였다.

후웅!

소름 끼치는 소리가 그의 귓전을 파고들었다. 그저 한줄기 파공음이었음에도 일찍이 경험해 보지 못한 오싹한 기분을 느껴야 했다. 그가 고개를 홱 돌렸다. 푸른 광영이 그의 눈에 잔상처럼 남았다.

쩌저저적.

천각군 무인 다섯 명이 한꺼번에 쓰러지고 있었다. 나란히 선 다섯 명의 가슴에는 긴 검상이 횡으로 나 있었다.

꾸궁.

단 일격이었다.

대검 한 번 휘둘러 보지 못했다. 엽단평은 단 한 번 횡으로 휘두르는 참격에 천각군 다섯을 하늘의 고혼으로 날려 보낸 것이다.

"무, 무슨……!"

맹획도 놀랐지만, 바로 앞에서 본 천삼괴는 더 놀랐다.

엽단평이 오른쪽으로 쭉 뻗어냈던 검을 가슴 앞으로 휘돌렸다. 그의 검이 전면에 반원의 푸른빛 광영을 남겼다.

횡! 쩌저적!

또다시 세 명이 죽었다. 무엇을 어떻게 했는지, 제대로 보이지도 않았다. 빛이 번져 나왔다 하면 끝이었다. 엽단평이 오른발을 앞으로 내딛으며 아래에서 위로 검격을 올려쳤다. 좌악! 하고 또 한 명의 천각군이 뒤로 넘어갔다. 배에서 턱까지 수직으로 베어낸 일격이었다.

쩌정!

천각군 무인 하나가 이를 악물고 엽단평에게 달려들었다. 엽단평이 왼편으로 가볍게 몸을 돌리며 짓쳐 오는 대검을 베어냈다. 대검의 검날이 그대로 부러져 나갔다. 천각군 무인이 부러진 대검을 고쳐 들며 다시 달려들려 했을 때다. 별안간 가슴에 한 줄기 붉은 선이 그어졌다. 그가 몸을 움직이자, 붉은 선이 쩌억, 하고 갈라지며 거품 섞인 핏물을 쏟아내기 시작했다. 참격한 방으로 대검을 자르고 가슴까지 베어버린 것이다.

"이런 괴물이!!"

천삼괴가 호통을 치며 앞으로 나섰다. 이십 명 천각군이 단숨에 반으로 줄었다. 있을 수 없는 일이었다. 그가 대검을 위로 치켜들고 엽단평에게로 쏘아져 나갔다.

쩡! 쩌정!

그래도 이름값을 하려는가.

천삼괴의 대검은 일격에 부러지지 않았다. 엽단평은 첫 일격이 막혔음에도 차분함을 잃지 않았다. 전광석화와 같이 움직이고 있음에도 어딘지 모르게 느릿느릿 여유로운 느낌이었다. 동작이 크지 않고 자연스러웠다. 난폭하게 휘둘러 내쳐 오는 천삼괴의 대검과는 정반대의 모습이었다.

눈을 떼지 못하던 맹획이 이내 고개를 돌렸다.

천삼괴는 이인자다.

맹획군의 최고 전력이니, 믿어주는 것이 옳았다. 저 앞에서 황천인해진을 쓸어내고 있는 단운룡을 보았다. 하지만 맹획은 단운룡에게로 뛰어들지 못했다. 뒤에서 들려온 심상치 않은 소리에 다시금 몸을 돌려야만 했던 것이다.

쩌어엉! 하는 소리의 여운이 무척이나 길었다. 맹획은 보았다. 천삼괴의 대검이 반쪽이 난 채 하늘로 치켜올라 가는 것을.

"검 수련이 부족하오. 앞으론 수련할 기회도 없겠지만."

죽립 안에서 들려오는 목소리는 생사판관의 선언마냥 나직하기만 했다.

엽단평의 검이 푸른 하늘을 갈랐다.

쩌어억!

천삼괴의 가슴이 둘로 쪼개졌다.

청천신검(靑天神劍) 청천혼(請天魂) 횡참격이다.

긴 세월 맹획을 옆에서 보위했던 천삼괴의 영혼이 하늘 판관의 부르심에 장렬한 죽음을 맞이하는 순간이었다.

꾸웅!

땅으로 허물어지는 소리가 비현실적으로 들렸다. 맹획은 그 광경을 똑똑히 보면서도 자신의 눈을 믿지 못했다. 뭔가 잘못된 것이라 생각했다. 꿈이 아니고서는 이럴 수 없었다.

“사, 삼괴……!!”

꿈이 아니라는 것을 깨닫기까지는 오랜 시간이 필요치 않았다.

허무하고도 허무한 죽음이었다. 맹획은 천삼괴의 주검을 보며 순간적으로 예감했다. 이 회한평 대전이 그 생애에 가장 큰 대패(大敗)로 끝날 수 있다는 사실을 말이다.

“전원 공격하라! 저 죽립의 목을 쳐라!”

공격 목표를 엽단평으로 바꾸었다. 맹획의 얼굴은 흉신악살처럼 일그러져 있었다. 그의 명령에 천지현황 모든 무인들이 엽단평에게로 달려들었다.

휘잉! 쩌저저적!

휘두르는 참격이 짓쳐드는 적들을 저지했다. 푸른 광영이 한번 앞을 훑으면 두세 명, 서너 명의 무인들이 한꺼번에 땅을 굴렀다.

엽단평이 뒤쪽으로 물러났다. 참격의 공간을 확보하기 위해서였다. 툭! 하고 가볍게 땅을 차는데, 단숨에 삼 장 뒤다. 퇴가 그렇게 부드럽고 빠를 수가 없었다.

천삼괴의 시신과 엽단평을 돌아보던 맹획이 퍼뜩 정신을 차리고 사방을 둘러보았다. 나머지 두 괴인을 찾기 위해서였다. 그의 눈이 멀리 중심부 화포가 터진 곳으로 향했다. 검은 연기가 아직까지도 자욱하게 피어오르고 있었다.

‘사괴, 그리고 육괴!!’

지사괴는 죽지 않았다. 하지만 그것도 위태롭기만 하다. 지사괴는 깃발을 휘두르는 괴물을 감당할 실력이 없었다. 여태 살아 움직이고 있는 것은 오직 황육괴 덕분이라 할 것이다. 황육괴와 황천인해진 황각군 무인들이 지사괴를 구하기 위해 깃발 괴인을 덮치고 있었다.

'이… 이것을… 이것을 어찌……!'

아무것도 떠오르지 않았다. 어떻게 대응해야 할지 갈피를 잡을 수가 없다. 천삼괴의 죽음이 정상적인 판단력을 무참히 앗아가 버린 까닭이었다.

맹획이 단운룡과 엽단평을 번갈아 바라보았다.

힘의 열세.

인정할 수 없는 현실이 그의 전신을 옥죈다. 아무것도 하지 못한 채로 그 자리에 섰다. 거대한 충격만이 온 얼굴에 가득할 따름이었다.

"처, 천삼괴가 쓰러진 것으로 보입니다!!"

"나도 안다."

아야크의 보고.

타가의 얼굴은 굳어질 대로 굳어져 있었다. 설마하니 진짜 쓰러졌을까 싶었지만 넘실대던 기파 하나가 푹 꺼져 버린 것은 분명한 사실이었다. 죽었거나 전투불능의 상해를 입었거나 둘 중하나다. 어느 쪽이든 천삼괴의 무력화란 타가에게 있어서도 더할 나위 없는 충격이었다.

"아야크, 늑대부대는?"

"막 후방에서 진격을 시작했습니다."

"왜 무격들의 주술이 먹히지 않지? 전황을 뒤집을 수 있는 방법은 없는 것인가?"

타가는 뒤집는다는 표현을 썼다.

그렇다.

뒤집는다는 것은 밀리고 있다는 것을 전제로 한 말이다. 고수들의 싸움에서만이 아니다. 격전을 벌이고 있는 일반 병사들의 싸움에서도 열세를 보이고 있었다.

무격들의 주술도 그렇다.

무격들이 쓰는 소환술은 단순한 위압용 눈속임이 아니다. 적들의 투지를 꺾고 기병들의 용맹함을 끌어올리는 주술로 북방의 몽고 초원 전투에서 그 위력을 입증했다는 전쟁용 대술법이었다. 한데 이상하게 그 효력이 떨어지는 느낌이다. 아니, 전혀 제구실을 못하고 있는 것 같았다.

"북소리가 묘합니다. 무격들의 주술력을 반감시키고 있습니다."

뒤에 붙어 있던 무격들의 수장이 고개를 설레설레 저으며 그 해답을 내놓았다. 타가가 눈살을 찌푸리며 들려오는 북소리에 귀를 열었다.

싸움의 함성이 격해지는 가운데, 격하게 몰아치는 북소리가 있었다. 보통 전투에서 흔히 듣는 북소리와는 확연히 다르게 들렸다. 괴력의 장수가 있을 때 군사들의 힘이 강해지는 것처럼 북을 치는 병사들 사이에도 뛰어난 지휘자가 있는 느낌이었다. 북소리가 전사들의 투쟁심을 극대화하고 있는 것이 무격들의 주술력에 필적하는 효과를 발휘하고 있는 것이다. 심지어 중간중간 터져 나오는 강렬한 북소리에는 우뚝 선 사슴 형체까지 일렁거리며 흔들릴 정도였다.

"아야크, 방법은 없는 것인가?"

타가가 다시 아야크를 돌아보며 말했다. 아야크의 두 눈이 끊임없이 흔들리고 있었다. 머릿속에서 미친 듯이 계산을 하고 있는 것이다.

"방법은… 하나뿐입니다."

아야크의 눈이 멈추었다. 그가 손을 들어 전장의 중심부를 가리켰다.

번쩍이는 뇌전을 몸에 둘러친 자가 거기에 있었다.

그가 이 전투의 핵이라는 사실은 일찍부터 알고 있었다. 전사들이 발하는 투지의 흐름이 그를 중심으로 농밀하게 집중되어 있는 것이 느껴졌다.

"무구고원에서 올라왔던 보고! 근 몇 달 동안 감지된 움직임! 그리고 이 싸움의 형국! 모든 일의 배후에는 저자가 있었습니다. 저자가 적들의 진정한 수괴입니다!"

"우두머리를 쓰러뜨리라 이건가."

"예, 그렇습니다. 하나……."

"하나? 이길 수 있을지 걱정이란 말이로군."

"무격의 강신술을… 권유드리는 바입니다."

아야크는 한마디 한마디를 어렵게 풀어놓았다.

주군의 자존심을 꺾는 책략이었기 때문이다. 하지만 타가는 화를 내지 않았다. 도리어 환한 얼굴로 호방한 웃음을 지으며 말했다.

"강자에게 도전하는 기분이라……. 참으로 오랜만이구나!"

가슴 깊은 곳, 까마득한 옛날의 인연들이 추억으로 새겨져 있다.

이시르. 바룬. 언제 떠올려도 가슴 벅차는 이름들이다.

호야킨, 타라츠. 스승이셨던 거성, 세첸.

그리고…….

무적의 군신 챠이.

그들과 함께하던 나날들은 하루하루가 도전의 연속이었다. 긴 세월이 흘러 다시 도전자의 위치에 놓인 그다.

그가 말했다.

"들었는가. 무격이여."

옆에 붙어 있던 무격들의 수장이 침중한 어조로 대답했다.

"예, 들었나이다. 강신의 술법을 펼치겠습니다."

무격이 주문을 외웠다. 방울을 흔드는 손끝에 하늘에서 주홍색 늑대의 형상이 내려온다. 늑대 형상이 타가의 몸에 스며들었다. 늑대의 색과 같은 은은한 주홍빛 광영이 그의 전신을 타고 흘렀다.

"가자!!"

타가의 입에서 웅혼한 외침이 터져 나왔다. 그의 손에 장대한 참마도(斬馬刀) 한 자루가 잡혔다.

참마도.

초원의 군신(軍神) 챠이가 애용했던 병장기다.

위대한 하늘을 동경하며 휘두르는 참마도가 하늘 위에 거대한 홍염의 무지개를 만들었다. 무구고원 전사들의 핏물로 그려낸 무지개다. 그의 질주가 모두의 시선을 붙잡는다. 나아가는 길 끝에 단운룡이 있었다.

"이것밖에 안 되는가?"

막야흔은 적들을 베어 넘기는 데 여념이 없었다.

맹획의 병사들을 깊숙이 몰아친 그는 더 이상 앞쪽에 적이 없다는 것을 알았다. 수천 병력을 종으로 끝까지 돌파해 온 것이다. 그가 방향을 꺾고, 다시 횡으로 몸을 날렸다. 타가의 기병들이 그의 앞에 나타났다. 두 손으로 도병을 잡고 위에서 아래로 꽈룽! 하며 내려친다. 기병의 머리와 목이 세로로 잘려 나갔다.

콰드득! 꾸웅!

쓰러진 기마 아래서 기어나오는 기병은 쳐다보지도 않았다. 땅에 엎어진 놈에겐 흥미없다. 그가 몸을 번쩍 띄워 올려 돌진해 오는 기병을 맞이했다. 마천용음도를 사선으로 내리찍었다. 말안장 위에 높이 앉은 기병이 어깨에서 반대편 옆구리까지 두 쪽이 난 채 하늘을 날았다.

"어디 센 놈 좀 없나?"

땅에 착지하자마자 주위를 둘러보았다. 투구 쓴 놈들은 그나마 틈새를 보고 반격이라도 해오는 맛이 있었건만, 어느 순간부터 어디론가 우르르 몰려가 버리더니 허약한 놈들만 가득 남았다. 휘두르면 휘두르는 대로, 찔러대면 찔러대는 대로 죽어 넘어지는 놈들은 이제 질릴 뿐이다. 강자(强者)를 찾는 그의 눈이 사방을 훑었다.

두두두두두!

후방에서부터 기병들 사이로 꺾여 나오는 무리가 보였다. 만도를 든 기병들인데, 치받아 달려오는 용력이 대단했다. 막야흔의 눈이 번쩍 뜨였다.

말고삐를 붙잡지도 않은 채 양손으로 쌍도를 쳐들고서 선두를 달리는 놈이 보였다. 적진에 몇몇 센 놈들이 있다고 하더니, 그중 하나인 모양이었다.

"좋아! 너, 죽었어."

막야흔이 땅을 박찼다. 타다다닥, 기병들 사이로 달려가며 좌우에 마천용음도를 꽂아 넣었다. 기병들이 파죽지세로 쓰러졌다. 점찍은 상대를 향해 일직선으로 뚫고 나갔다. 그의 입에서 장쾌한 기합성이 터져 나왔다.

"으랴압!!"

우르르르릉! 퍼어억!

기병들을 통째로 꼬꾸라뜨렸다. 칼끝에서 발하는 괴성은 마천을 항행하는 광룡의 울부짖음이다. 그의 질주는 그 어떤 기병들도 막을 수가 없었다.

콰광!

한달음에 몸을 날렸다. 그가 목표로 삼은 적 기병대, 늑대부대가 눈앞에 확대되었다.

쐐액! 쐐애액!

늑대부대 한가운데로 뛰어들었다. 만도들이 막야흔을 향해 쏟아졌다. 그가 칼끝으로 커다란 원을 그렸다. 엽단평의 횡참격과 비슷한 움직임이다. 네 개의 만도가 일격에 분질러져 하늘로 치솟았다.

"우두머리가 나오셔야지!"

막야흔이 호기롭게 소리치며 기병들을 쓰러뜨렸다. 일반 기병들이야 그렇다 치고, 최정예인 늑대부대마저 상대가 되질 않았다.

튠차이가 허리를 비틀었다. 달리 인마일체의 기마술이 아니다. 말고삐도 잡지 않았는데 기마가 머리를 돌린다. 튠차이가 막야흔에게로 쇄도했다.

쩌엉! 쩌엉!

튠차이의 쌍도가 연달아 막야흔의 머리 위로 쏟아져 내렸다. 막야흔은 칼끝을 무서운 속도로 휘돌리며 쌍도의 연격을 가볍게 비껴냈다.

"넌 제법 하는구나. 몇 합이나 버틸래?"

막야흔이 훌쩍 뒤로 몸을 날리며 튠차이를 향해 말했다. 튠차이가 미간을 좁혔다. 건방진 놈이라 짓밟아주기엔 쌍도 연격을 막아낸 한 수가 심상치 않았다.

막야흔이 히죽 웃으며 다시금 몸을 날렸다. 그때였다.

쐐애애애액!

무지막지한 파공성이 들려왔다. 땅을 박찬 막야흔이 공중에서 몸을 비틀며 옆으로 착지했다. 콰악! 하고 그를 스쳐 가 땅바닥에 박히는 것이 있었다. 그의 입에서 욕지거리가 내뱉어졌다.

"젠장! 어떤 새끼야!"

땅에 박혀 부르르 떨리는 것은 한 자루의 철창이었다. 자칫 방심했으면 맞았을지도 모른다. 그 정도로 위험한 일격이었다. 막야흔의 눈이 철창이 날아온 방향으로 향했다.

이글이글 끓어오르는 살기로 이쪽을 노려보는 남자가 있었
다. 막야흔이 두 눈을 치뜨며 소리쳤다.

"왜 그러는데? 같은 편끼리!"

마천용음도라는 상승의 무공을 익혀놓고도, 적벽 뒷골목에서
쓰던 말투는 전혀 나아지질 않았다. 철창을 던진 남자, 효마가
대답했다.

"내 꺼다. 건들지 마."

"씨발! 싸움터에 니 꺼 내 꺼가 어딨어?"

"끼어들면 너부터 죽인다."

"그래, 너 말 한 번 잘했다. 안 그래도 처음부터 맘에 안 들었
어. 저 새끼 놔두고, 우리 둘이 먼저 한판 뜨자!"

무구고원에서도 말 한마디 안 섞어보았던 두 사람이다. 그들
의 첫 대화는 그처럼 강렬한 적의로 점철되어 있었다. 되려 기
가 막힌 것은 튠차이였다. 가만 보니 자길 두고 싸우고 있는 듯
했다. 튠차이의 얼굴이 분노로 일그러졌다.

"내 여자가 저놈에게 죽었다. 더 방해하지 마라."

설전(舌戰)의 첫 승리는 효마 쪽이었다. 효마의 마지막 말에
막야흔이 치떴던 눈썹을 푹 내리깔았다.

"씨벌, 그런 거면 미리 이야길 하든지."

막야흔이 훌쩍 몸을 날려 땅에 박힌 철창을 뽑아 들었나. 그
리고는 다시 효마에게 확 던져 버렸다. 꽂혀 뒈져도 상관없다는
듯 꽤나 강하게 날렸다. 효마가 몸을 옆으로 젖히며 날아오는
철창을 한 손으로 낚아챘다.

효마는 더 이상 막야흔에게 시선을 주지 않았다. 그가 철창을

들고 튠차이를 겨누었다. 튠차이의 만면에는 격심한 분노가 자리하고 있었다. 튠차이가 쌍도를 비껴들고 효마를 마주 보았다.

"감히 날 뭘로 보고."

튠차이의 입에서 투박한 한어가 흘러나왔다. 효마가 대답했다.

"사냥감."

참을 만큼 참아주었다. 더는 불가능하다. 튠차이가 발뒤꿈치로 기마의 옆구리를 쳤다. 기마가 투레질을 하며 달려들었다.

퍼억!

효마는 빨랐다. 그리고 무자비했다. 순식간에 옆으로 돌아가 철창으로 기마의 머리를 꿰뚫었다. 기마가 달려오던 모습 그대로 앞으로 처박혔다. 말안장 위엔 이미 튠차이가 없다. 박차고 뛰어올라 떨어지는 서슬로 두 개의 칼날을 효마의 어깨 위에 내리찍었다.

챙! 쩌엉!

효마는 물러나지 않았다. 그 자리에 버텨 선 채 철창을 휘둘러 두 개의 칼날을 바깥으로 비껴냈다. 튠차이는 거구에 어울리지 않게 민첩했다. 땅에 착지하자마자 온몸을 오른쪽으로 휘돌리며 두 개의 칼날을 횡으로 내쳐 왔다.

채채채채챙!

돌개바람처럼 휘돌리며 끊임없이 이어지는 공격이었다. 효마는 옆으로 움직이며 창을 세우고 연환으로 들어오는 칼바람을 모조리 튕겨내 버렸다.

"캬합!"

튠차이가 괴성을 내질렀다. 사선으로 내려치는 두 개의 칼날이 동시에 사선으로 올려치는 창대에 막혔다. 튠차이가 쌍도를 위아래로 휘돌리며 한 발 물러섰다. 그가 비릿한 미소를 지으며 말했다.

"계집에 목숨 건 놈치고는 제법이로구나."

앞서 무시당한 것을 갚겠다는 심산인가.

튠차이의 빈정거림에는 악감정이 가득했다.

효마는 대꾸하지 않았다. 두 눈에 떠올린 살기만 더 짙어졌을 뿐이다.

튠차이가 먼저 칼을 내치고, 효마가 창날로 막았다. 네 합을 주고받았다. 튠차이의 공격은 몹시 사나웠지만, 효마의 반격은 그보다 훨씬 더 살벌했다. 튠차이가 반탄력을 이용하여 다시금 거리를 두었다. 그가 물러나며 또 한 번 입을 열었다.

"화니족 계집 주제에 반항이 심했지. 몸 하난 확실히 먹을 만 했었어."

도발이다. 저열하고 치졸한 도발이었지만 효마는 그 말을 무시할 수가 없었다. 두 눈에서 폭출되던 살기가 온몸을 휘감았다.

텅! 쐐애애액!

효마가 먼저 땅을 박찼다. 그의 철창이 무시무시한 파공성을 발했다.

쩌엉! 쩌정!

튠차이는 칼을 휘두르며 철창을 막아내는 와중에도 얼굴에 떠오른 비웃음을 지우지 않았다. 효마의 광기가 극에 달했다.

창날의 움직임이 더욱더 거세졌다. 이윽고 꽝! 하는 소리와 함께 튠차이의 칼 한 자루가 하늘 위로 날아올랐다.

효마가 더 강하다.

그 사실을 여실히 보여주는 장면이었다.

수백 명 병사들을 뚫고 온 지금, 그의 몸엔 기량을 하락시키기에 충분할 정도의 피로가 쌓여 있었다. 내공 때문이다. 그의 내공은 그가 보여주는 강함보다 심후하지 않았다.

그의 내공은 부족 비전의 호흡법과 독물을 다루면서 얻은 소소한 기연(奇緣)들을 통해 스스로 익힌 아문(我門)의 기공이다. 명문의 정종심법을 익힌 고수가 기경팔맥의 흐름을 들여다보면 조악하다는 말을 서슴지 않을 것이었다.

그가 그와 같은 심법으로 이만큼의 실력을 보여주는 것은 천부적인 재능 외엔 달리 설명할 길이 없다. 같은 정종심법을 익힌 제자들이라도 공력을 쌓는 속도에는 재능에 따라 차이가 나는 것과 같은 이치다. 그의 심법은 오류와 편법으로 점철된 사공(邪功)에 가까웠지만 그래도 쌓아둔 공력은 실로 만만치 않았다. 그저 심법이 지닌 한계는 어쩔 수 없었을 뿐이다. 진짜 정종의 내가고수에 비교하자면 피로도 빨리 쌓일 것이고, 기공의 안정성도 떨어지게 되어 있으며 타 공력에 대한 저항력도 들쑥날쑥할 수밖에 없다는 것이다.

결론적으로.

효마는 지금 이 순간 튠차이보다 우위에 있는 것이 분명했다. 타고난 기질과 상대에 대한 살기가 그 모든 한계를 극복하고 있었을 따름이었다.

채채챙! 쩌정!

칼 하나를 잃은 튜차이는 좀처럼 흐름을 뒤집을 수가 없었다. 도발로 심리전을 벌이려 해도 효마는 그럴 만한 틈을 주지 않았다.

마침내.

한줄기 기회를 잡은 튜차이가 몸을 돌리며 왼손을 품속에 넣었다. 보이지 않는 사각에서 꺼낸 왼손에는 조그마한 자기병 하나가 들려 있었다.

쩌엉! 파삭!

철창을 한 번 막아내고 손가락을 튕겼다. 효마의 발치에서 자기병이 깨졌다. 튜차이가 황급히 뒤쪽으로 몸을 날렸다. 깨진 자기병에서 분홍빛 운무가 솟아올랐다. 효마의 전신이 삽시간에 분홍빛 연기로 휩싸였다.

화아악!

튜차이의 얼굴이 급변했다. 철창 창끝이 분홍빛 운무를 가르며 튀어나오고 있었다. 무시무시한 기세다. 혼신의 힘을 다해 칼을 휘둘렀다.

쩡! 쩌저저정!

쇄도와 연환격이다. 미친 듯 쏘아져 들어오는 철창에 튜차이가 혼비백산 뒤로 물러났다. 어렵사리 막아내다 피할 길이 없어 땅바닥을 굴렀다. 황급히 몸을 일으키는데 쿨럭, 하는 기침 소리가 들렸다.

후두둑. 하고 핏물이 떨어진다. 효마의 입에서 피거품이 뿜어져 나오고 있었다. 하지만 튜차이는 그에게 달려들지 못했다.

효마의 눈빛 때문이다. 얼굴이 붉게 달아오르는 와중에도 두 눈에서 뿜어내는 살기는 온 세상을 덮을 만큼 거셌다.

‘미친놈……!’

튠차이가 질린 얼굴로 뒷걸음질을 쳤다. 효마는 지금 중독된 상태다. 이대로 두면 죽을 것이다. 죽음에 이른 표범에게 달려들었다가 목줄기를 물어뜯길 바엔 물러나는 것이 상책이었다.

“자기가 만든 독에 죽다니. 꼴좋다.”

튠차이가 몸을 돌리며 그대로 땅을 박찰 때다. 오싹, 하고 등줄기를 타오르는 느낌이 있었다. 튠차이가 급박하게 허리를 돌리며 칼을 휘둘렀다.

쩌엉!

칼날이 부러져 나가는 게 느릿하게 보였다. 효마의 철창이었다. 무지막지한 괴력은 아까보다 더했다. 문제는 효마의 신형이 보이지 않는다는 사실이다. 튠차이의 눈이 효마의 신형을 쫓았다.

‘뒤!!’

눈보다 전신의 감각이 먼저 효마의 위치를 잡아낸다.

그리고 들었다. 자신의 몸이 꿰뚫리는 소리를.

퍼억!

뜨거운 무언가가 등줄기를 파고들었다. 튠차이가 자신의 배를 내려다보았다. 창날이 배를 뚫고 나와 있었다.

슈욱!

창날이 뒤쪽으로 사라졌다. 퍼억! 하는 소리가 또 한 번 들렸다.

“커억……."

이번엔 창날이 가슴으로 나왔다. 핏물 반짝이는 창날이 이 세상 물건 같지가 않았다.

손을 뻗어 가슴을 뚫고 나온 창대를 잡았다. 이걸 잡고 거꾸로 메치면 제압할 수 있을지도 모른다. 하지만 생각뿐이다. 발끝에 힘이 들어가지 않았다.

스가각!

기회는 더 이상 없었다. 창날이 뒤로 쑥 빠져나갔다. 창대를 쥐고 있던 손에서 손가락 두 개가 잘려 나갔다. 땅바닥에 떨어지는 손가락 두 개를 보았다. 그게 튠차이가 본 마지막 장면이었다.

퍼어억!

창날이 뒤통수를 꿰뚫고 안면으로 튀어나왔다. 핏물이 잘려진 손가락 위에 흩어졌다. 코와 이빨이 뭉개진 채 터져 나와 다시 그 위를 덮었다.

쿨럭. 쿨럭.

효마의 입에서는 연신 피거품이 흘러나왔다. 부들부들 온몸을 떨면서도 오른발을 들어 튠차이의 어깨 위에 올렸다. 발을 쭉 밀며 뒷머리에 박은 철창을 뽑아 들었다.

꾸웅!

“크윽……!"

효마는 튠차이의 몸이 허물어지는 소리를 듣고서야 한줄기 신음성을 흘렸다.

구릿빛 피부는 이제 완연한 붉은색으로 변해 있었다. 녹풍원에 상당량의 완성품을 남겨두었지만 설마 튭차이가 독을 쓸 것이라고는 예상치 못했다. 통증이 참을 수 없을 만큼 심했다. 그럴 수밖에 없다. 그가 당한 것은 행라(杏蘿) 식물독 기반으로 사충독 몇 종류를 혼합한 극악의 살상독이다. 내공을 익힌 무인이라도 공력이 깊지 못한 자는 흡입과 동시에 즉사다. 해독제? 만해(蠻海)에서 나는 초석(硝石)과 맥산의 연석(鉛石)을 정제해서 만든다. 당연히 지금은 없다.

콰악.

허물어지려는 몸을 철창을 땅에 박아 버텨 섰다.

그러고 보니 묘하게 조용했다. 함성 소리와 북소리, 병장기 소리는 사방에 가득했지만 그가 서 있는 곳 근처엔 아무 소리도 없는 침묵뿐이었다. 그가 흐릿한 눈을 들어 주위를 돌아보았다. 서 있는 기병이 없었다. 그 많던 늑대부대가 하나도 보이질 않았다.

"독이냐?"

물어오는 목소리가 있다. 어딘지 모르게 비웃음이 섞여 있다. 고개를 돌렸다. 칼 한 자루 건들건들 비껴들고 다가온다.

"기병들은 내가 다 정리했다. 방해되지 말라고 말이다."

효마가 허리를 펴고 막야혼을 바라보았다.

뭐라고 말하려는데, 입이 떨어지질 않았다. 내부에서 치받아 올라오는 독기(毒氣)가 너무 강력했다.

"뭐라고? 고맙다고?"

막야혼이 되묻는다.

웃기는 놈이었다. 고맙다고 말할 생각은 추호도 없었던 효마다. 꺼지라는 말을 하려고 했을 뿐이었다.

"고맙겠지. 더 고마워해야 할 거다. 내가 네놈 생명의 은인이
될 테니까."

치링! 하고 막야흔이 도갑에 제 칼을 돌려 넣었다. 그러더니
성큼성큼 다가와 효마의 철창을 확 잡아챘다.

휘청, 효마의 몸이 꺾였다. 막야흔이 효마의 어깨 쪽 상의를
콱 하고 붙잡아 세웠다. 그가 효마를 들쳐 메려는데, 효마가 손
을 들어 막야흔의 팔을 잡았다. 그가 이를 악물며 물었다.

"뭐… 하는… 짓이냐."

말 한마디 하는 데에도 온 내력을 다 끌어올려야 했다. 막야
흔이 히죽 웃더니 욕지거리부터 내뱉었다.

"쒸발. 뻣뻣하게 굴기는. 죽으면 자존심이 뭔 소용이야."

막야흔이 억지로 효마를 끌어당긴다. 효마가 팔에 힘을 더하
며 버텨 섰다.

"어?"

막야흔이 눈썹을 치떴다. 그리고는 효마의 어깨를 붙잡은 손
을 확 밀쳐 버렸다.

꿍, 하고 효마가 땅바닥을 굴렀다. 카악! 소리와 함께 효마의
입에서 피거품이 쏟아졌다.

"뭐 이런 새끼가 다 있어?"

막야흔이 효마의 머리 쪽으로 발을 옮겼다. 효마가 이를 악물
고 막야흔을 올려보았다.

"그만 잠이나 자라, 씨발 놈아."

빠악!

막야혼의 발끝이 효마의 턱을 차올렸다. 효마의 몸이 덜컥 위로 치솟아올랐다가 그대로 축 늘어져 버렸다.

막야혼이 무릎을 방만하게 굽히고 주저앉더니, 손을 내밀어 효마의 뺨을 두 번 때렸다. 의식이 없는 것을 확인한 것이다. 그때서야 효마의 몸을 번쩍 들어 올려 어깨에 들쳐 멨다.

'내공요상법은… 그래! 샌님이 잘했지!'

마천신기(魔天神氣)를 얻은 지금, 그의 내공으로도 독(毒)을 몰아내는 운기 정도는 시켜줄 수 있을 것이다. 하지만 그는 그런 것에 익숙하지도 않거니와 내키지도 않았다. 당장 엽단평에게 떠넘기고 한바탕 더 칼질을 하는 것이 훨씬 적성에 맞는다.

그가 전장을 훑었다.

노상 붙어 다니던 놈이다. 찾는 데는 오래 걸리지 않았다. 엽단평 특유의 기파를 느끼고 몸을 날렸다. 머리가 뚫려 죽은 튠차이의 시체만이 폭군들의 허무한 최후를 예감케 하고 있을 뿐이었다.

*   *   *

파라라라라라락! 퍼퍼펑!

태자후의 무공은 언제나처럼 역동적이고 강력했다. 수십 명 황각군 무인들과 다시 수십 명 일반병에게 둘러싸여 있었지만, 몰아치는 것은 포위한 자들이 아닌 포위당한 자였다.

꽝!

네 명의 무인이 더 날아갔다. 다시 일어나는 이는 한 명밖에 없었다. 그나마도 피를 토하면서였다.

보다 못한 황육괴가 몸을 돌리고 줄행랑을 치기 시작했다. 지사괴를 구하겠다고 달려들었다가 다시 자신부터 도망치는 진풍경을 연출하고 있었다. 그래도 의리가 아주 없는 것은 아닌지라 연신 고개를 돌리며 지사괴를 향해 고래고래 소리를 지른다.

"저런 괴물은 못 당한다!! 어서 도망치자!!"

지사괴도 안다. 폭발에 말려들면서 입은 내상이 이어진 태자후의 공격을 받으며 돌이킬 수 없을 만큼 악화되어 버렸다. 당연히 이길 수 없다. 다만, 땅을 박차고 도망치려 해도 천 근 같은 몸이 따라주질 않을 뿐이다.

"어서! 지사괴!!"

지사괴가 이를 악물었다. 그는 황육괴보다 강단이 있는 남자였지만, 개죽음은 사양이다. 그가 온 힘을 두 다리에 밀어 넣었다. 태자후가 막 그들을 쫓아가기 위해 몸을 날리려 했을 때다. 그의 눈이 반대편으로 돌아갔다. 무지막지한 기운의 움직임을 느꼈기 때문이다.

"오오!"

그의 시선을 앗아간 것은 다름 아닌 타가의 질주였다. 수괴라기에 얼마나 강한가 했더니, 상상했던 것 이상이다. 온몸을 둘러치고 있는 주홍색 기운도 인상적이었다. 군계일학이란 말이 딱 어울리는 남자였다.

두두두두두두!

자신이 가서 한 번 어울려 보고 싶었지만, 그럴 수도 없게 생겼다. 타가가 질주하는 방향 끝에는 단운룡이 있었다. 수장끼리의 승부로 이 상황을 역전시켜 보려는 의도인 것 같았다.

태자후 자신이 나설 자리가 아니라는 뜻이다. 상대가 그렇게 나온다면 이쪽도 그렇게 받아쳐 줘야 한다. 그게 태자후가 생각하는 주군의 모습이었다.

파지지지지직!

아니나 다를까. 단운룡은 주위의 병사들을 단숨에 물리친 후, 양귀비꽃 흐드러진 언덕 위에서 너무나도 당연하게 타가의 쇄도를 지켜보고 있는 중이다. 달려드는 기세 그대로 공격을 가할 줄 알았던 타가가 웬일인지 단운룡의 바로 앞에서 기마를 멈춰 세웠다. 타가가 먼저 입을 열었다.

"내 이름은 타가다. 이 땅에서 원마왕이라 불린다. 네 이름은 무엇인가."

"약탈자 주제에 원마왕은 무슨."

단운룡이 대답했다. 타가는 분노하지 않았다. 그가 나직한 목소리로 말했다.

"나는 지금 무인의 입장에서 묻고 있는 것이다."

단운룡이 타가의 두 눈을 직시했다. 두 영웅의 시선이 아무것도 없는 허공 위에 강렬한 불꽃을 터뜨렸다.

"말에서 내려와."

단운룡이 툭 던지듯 말했다. 타가가 고개를 설레설레 흔들며 대답했다.

"기마는 내 친구이며 또한 내 몸과 같다. 나와 함께 싸울 것이다."

"그대로 싸우면 네 친구는 삼 합 안에 죽어. 무인이라며? 아까운 기마 죽이지 말고 그냥 내려와. 이름을 가르쳐 줄 테니.”

단운룡의 말투는 마치 아랫사람을 타이르는 것 같았다. 타가는 화를 내는 대신 미소를 지었다. 그가 훌쩍 기마에서 내려왔다. 그가 말안장을 툭, 치자 순백의 백마가 총총히 언덕 아래로 내려갔다. 철컥, 하더니 타가가 몸을 감싼 갑주를 풀어냈다. 헐렁한 옷, 탄탄한 가슴 근육이 드러난다. 천천히, 타가가 말했다.

“어떤 놈한테 이렇게 속수무책으로 당하나 했더니, 그럴 만한 이유가 있었군. 한족(漢族)은 참으로 신기해. 자꾸만 이런 놈들이 튀어나와. 푸른 하늘신께선 한족의 무엇을 그리도 어여삐 여겼는지 모르겠단 말이다.”

“신기할 거 없어. 난 한족이 아니니까.”

단운룡이 자세를 잡는다. 온몸에서 번쩍이는 뇌신의 기운이 더 강렬해졌다.

“한족이 아니라고?”

“내 이름은 단운룡이다. 그리고 내 뿌리는 오원이야.”

“오원이라… 그랬군. 하기야 초원의 피를 이었든 중원의 피를 이었든 뭐가 중요할까. 무(武)를 위해 태어나 강자와 실력을 겨루어왔으면 그 자체로 충분히 만족스런 삶이거늘.”

타가가 참마도를 들어 올려 단운룡을 겨누었다.

과연 나쁘지 않은 상대다.

단운룡이 손짓했다.

“와라.”

쿵!

타가가 땅을 밟고, 참마도를 내리찍었다. 단운룡의 두 눈에 감탄이 떠올랐다. 이 남자는 강하다. 그 강함이 그가 지닌 수장이란 신분에 의해서건 아니면 그가 닦아온 무예에 의해서건 일격의 위력이 상상 초월이다. 지금까지 이 땅에서 상대해 온 이들과는 완전히 격이 다른 자였다.

꽈아아앙!

극광추를 휘둘러 참마도의 옆면을 때렸다. 비틀려 내려간 참마도가 땅바닥을 뒤집었다. 폭발하듯 비산하는 흙더미와 양귀비 풀줄기 속에서 참마도가 횡으로 짓쳐들었다.

몸을 뒤로 젖히고 마광각을 둥글게 올려 찼다. 꽝! 하는 폭음과 함께 참마도의 도신(刀身)이 하늘 위로 솟았다.

휘잉! 후웅!

타가가 참마도를 휘돌려 자신의 팔꿈치에 꼈다. 수급이 엄청나게 자유롭다. 마치 태자후의 번술을 상대하는 느낌이었다.

탐색전은 이 이 합으로 끝이다.

타가는 강신술을 받았음에도 상대가 맨손으로 참마도를 튕겨낸다는 데 놀랐고, 단운룡은 타가의 기량이 상상했던 것 이상이라는 데 놀랐다.

전력을 다해야 한다. 두 사람은 동시에 느꼈다. 전력을 다할 가치가 있는 상대였다.

파지지직!

단운룡의 몸에서 흘러나온 기운이 더 거세졌다. 타가도 마찬가지다. 이를 악물고 참마도를 휘둘러 온다. 두 사람이 서로를 향해 격렬한 기세로 부딪쳐 갔다.

꽝! 꽈광!

두 사람 사이에서 폭음이 연이어 터져 나왔다.

언덕 위를 붉게 새긴 양귀비 꽃밭은 순식간에 초토화가 되었다. 단운룡이 휩쓸고 간 자리엔 검은색 잿더미가 남고, 타가가 후려친 자리엔 폭음으로 파헤친 구덩이가 생겼다.

열 합이 스무 합이 되고, 스무 합이 서른 합이 되었다.

쩌정! 우직! 쩌어어엉!

타가는 오래 버텼다. 삼십 합째에 타가는 스스로도 오래 버틴다는 생각을 했다.

참마도에 균열이 가고 있었다.

강신술의 도움을 받아 참마도 전체에 평소의 공력보다 훨씬 더 강한 기운을 퍼뜨리고 있음에도, 쭉쭉 생기는 균열은 막을 수가 없었다.

카가가가각!

참마도와 단운룡의 손날이 정면으로 충돌했다. 단운룡의 손날은 참마도의 두터운 칼날을 절반이나 파고들었다.

단운룡이 손을 비틀었다. 쩡! 하는 경쾌한 소리가 참마도의 부러짐을 알렸다.

"감당 못할 정도로 강하군!"

타가의 호기는 그래도 죽지 않았다. 참마도를 휙 내던지더니, 소매를 걷고 맨손을 드러내며 자세를 살짝 낮추었다. 근접전의 체술로 상대할 모양인 듯했다.

"너, 죽을 거다."

단운룡이 말했다.

그의 몸 전체에 둘러친 뇌신의 기운은 방전만으로도 상대에 뇌전의 타격을 입힌다. 타가는 조금도 개의치 않았다. 그가 두 눈을 투지로 빛내며 말했다.

"청랑의 부후기는 초원 최강을 자랑하는 체술이다. 각오하는 것이 좋을 것이다."

문득, 단운룡은 아깝다는 생각을 했다. 이런 정신, 이런 기질을 지닌 무인은 세상을 다 뒤져도 흔치 않을 것이다.

하지만 세상에는 밑에 두고 쓸 수 있는 놈과 밑에 두고 쓸 수 없는 놈이 있다. 타가는 후자다. 이자는 쉽사리 누구 밑에 들어갈 남자가 아니다. 무엇보다 단운룡의 과거가, 오원의 억울한 죽음들이 그것을 허락지 않는다.

"타합!"

타가가 몸을 날려왔다. 마광각을 내쳤다. 상체를 한껏 낮추고 들어오던 타가가 몸을 비틀며 단운룡의 각법을 피하고는 전광석화처럼 손을 뻗어 단운룡의 어깨 어림을 잡아챘다.

파지지직!

방전된 뇌전이 타가 손을 타고 흘렀다. 하지만 타가는 그 어떠한 고통도 느끼지 못했다. 온몸을 감싼 주홍빛 기운이 뇌신의 기운과 싸우며 뇌전력으로 빚어지는 타격을 상쇄한 까닭이었다. 타가가 손에 잡은 옷깃에 힘을 실어 단운룡의 몸을 땅바닥으로 내리찍었다. 중원의 어떤 무공에서도 찾아보기 힘든 기술이었다. 단운룡의 몸이 땅바닥에 부딪히며 폭음을 울렸다.

꽈앙!

흙먼지가 일었다. 타가는 땅에 누운 단운룡을 온몸으로 찍어 누르며 손바닥을 치켜들었다. 뇌전의 공력이 그의 몸을 미친 듯 공격하고 있었지만, 그가 받은 강신술은 그것마저도 버텨냈다.
단운룡의 얼굴이 그의 손아래에 있었다. 그가 있는 힘을 다해
손바닥을 찍어 박았다.

빠악!

타격음이 들린 것은 단운룡의 얼굴이 아닌, 타가의 손목이었
다. 내리찍는 손바닥을 극광추로 비껴낸 것이다. 반격은 또 있
었다. 오른 무릎을 확 끌어올려 타가의 옆구리에 박아 넣었다.
마광각 우슬격 변환초를 누운 채로 시전한 것이다.

타가의 얼굴이 일그러졌다. 하지만 타가는 끝까지 찍어 누른
자세를 풀지 않았다. 그가 손을 뻗어 단운룡의 오른팔을 잡았
다. 이번엔 타격이 있었다. 치지직 하고 살 타는 소리가 들렸다.

"크압!"

타가는 고통에 굴복하지 않았다. 기합성으로 통증을 물리치
고 몸 전체를 돌리며 등으로 단운룡의 가슴과 어깨를 짓눌렀다.
동작은 기민했고, 정교했다. 그가 단운룡의 오른손에 두 팔을
얽어 팔꿈치 관절을 비틀어 내렸다. 세 가지 기술, 삼보(三捗)로
구분되는 청랑부후의 일보, 주관절파쇄(肘關節破碎)다.

처음 당해보는 공격기였다. 단운룡은 팔꿈치에 무지막지한
힘이 가해지는 것을 느낄 수 있었다. 온몸으로 찍어 누른 가슴
팍과 어깨에서 천 근 같은 압력이 전해졌다. 타가가 자랑하는
절기인 청랑부후의 삼보, 만근충압기(萬斤搥壓氣)였다.

퍼억!

단운룡이 무릎을 당겨 올려 다시 한 번 타가의 옆구리에 쑤셔
박았다. 타가는 움찔 한 번 몸을 비틀었을 뿐 큰 충격을 받지 않

은 듯했다. 타가가 짓누르는 힘이 더 거세졌다. 마치 단운룡이 쓰는 고법을 수십 배 느리게 하여 전개한 느낌이었다. 상체의 요혈로 치고 들어오는 진기가 굉장했다. 뇌신의 막강한 힘으로도 몸을 움직이기가 자유롭지 않을 정도였다.

우직.

잡혀 있는 오른팔에서 미세하게 근육들이 비틀리는 것을 느낄 수 있었다.

팔꿈치가 부서질 수도 있다는 생각이 머리를 스쳤다. 한 번 느낀 위협이 상단에서 중단으로 내려가자, 광구가 저절로 열리며 강력한 진기를 생성하기 시작했다.

'음속!'

의지와 무관하게 벌어진 일이다. 마치 육감이 저절로 음속을 발동한 것 같았다.

파직거리던 뇌전력이 흩어졌다. 순간적인 가속이 이루어졌다. 그 가속은 단순한 육체의 가속이 아니라 두뇌의 가속까지 함께 이뤄내고 있었다.

팔꿈치를 꺾어오는 힘의 흐름이 미세한 줄기 하나를 놓치지 않고 세세하게 느껴지기 시작했다. 눌러오는 힘도 마찬가지다. 음속을 발동함과 동시에 상대방과 자신의 신체를 움직이는 모든 힘들의 변화가 상세한 지도처럼 머릿속에 펼쳐진다.

흐름과 흐름 사이, 찰나의 틈을 보았다. 왼쪽 어깨부터 위로 튕겼다. 맥을 끊어 숫구치는 진기가 타가의 만근충압기를 가볍게 흩어놓았다. 동시에 타가는 자신의 몸이 통째로 떠오르는 것을 느꼈다. 백전으로 쌓인 경험, 만근충압기의 반응, 타가는 본

능적인 위험을 느끼고는 재빨리 단운룡의 손에서 두 팔을 풀었
다. 그가 땅을 박차고 일어났다. 하지만 위에서 올라오는 섬뜩
한 느낌은 사라질 줄 몰랐다.

스각!

소리가 들렸다. 타가가 황급히 옆으로 몸을 피했다. 몸을 날
린 것으로도 모자라 단운룡을 찍어 누른 곳에서 일 장이나 벗어
난 다음 땅 위에 착지했다.

푸슛! 푸슈슈슛!

왼쪽에 허전함을 느낀 것은 바로 그 직후였다. 생전 처음 들
어보는 것 같은 기괴한 소리가 자신의 왼팔로부터 새어 나오고
있었다. 타가는 자신의 왼손을 보고 싶지 않았다. 무슨 일이 벌
어진 것인지 직감했기 때문이었다.

고통은 바로 그다음에 찾아왔다.

그가 이를 악물고 왼쪽 팔뚝을 내려보았다. 팔꿈치 바로 아래
가 없었다. 스각, 하고 처음 들린 소리가 그의 왼손을 앗아간 것
이다. 음속 광검결이었다. 그나마도 본능적으로 피하지 않았다
면 팔에서 가슴까지 몸 전체가 두 동강이 났을 터였다.

파지지직!

이어서 들려오는 소리에 타가가 고개를 돌렸다. 뇌전기가 흩
어졌던 순간에는 마침내 승리가 온 줄 알았다. 하지만 그렇게
승리를 느낀 시간은 극도로 짧았다. 상대는 뇌전력이 없어진 직
후, 말도 안 되는 힘으로 만근충압기를 간단히 파훼해 버렸다.

단운룡이 몸을 일으키는 것이 보였다. 사라졌던 뇌전기가 다
시 그의 몸을 둘러치고 있었다. 패배라는 두 글자가 타가의 심

장을 엄습했다. 잘려 나간 팔에서 핏물이 울컥울컥 쏟아지고 있었지만 지혈할 생각조차 하지 못했다.

"졌지?"

단운룡이 물었다. 지나가는 사람에게 묻듯 너무나도 태연한 어투였다. 그런데 오히려 그것이 깨끗한 승복을 불러왔다. 승리에 근접했다는 아쉬움마저도 흩어지는 양귀비 꽃잎마냥 산뜻하게 사라져 버렸다.

"졌다."

타가가 답했다.

"이 땅에서 물러나. 북방 초원이든 중원이든, 어디로든 가서 영원히 돌아오지 마."

단운룡이 말했다. 타가는 웃었다.

"그건 안 된다. 여기는 나에게 왕의 위업과 영광의 순간을 모두 다 선사해 준 땅이다. 목숨을 구걸하며 떠날 수는 없다."

"그럼 죽든가."

"하하하하. 차라리 그게 낫겠군."

초탈한 얼굴이다. 어릴 적에 들었던 타가의 모습은 삼두육비의 괴물이었지만, 지금의 타가는 전혀 그렇지 않았다. 한평생 후회없이 무언가를 향해 달려온 호방한 영웅의 얼굴을 하고 있었다.

쐐애애액!

파공성이 들려온 것은 바로 타가가 죽음을 결심했던 바로 그때였다.

파지직! 쐐액! 쐐액! 쐐애애액!

공기를 찢는 그것들은 단운룡을 목표로 하고 있었다. 단운룡이 몸을 젖히며 두 줄기 파공성을 튕겨냈다. 강력한 힘이 실린 강철화살이었다. 타가가 고개를 돌렸다. 단운룡도 화살이 날아오는 쪽을 보았다.

두두두두두!

날 듯이 말을 달려오며 화살을 내쏘는 자가 있었다. 바로 옆에는 붉은색 검을 비껴든 남자가 말 한 마리를 더 끌고 달리는 말에 박차를 가하고 있는 중이었다.

카무이와 아야크였다.

카무이는 실로 혼신의 힘을 다하고 있었다. 게다가 온몸에는 타가와 비슷한 기운까지 둘러친 상태였다. 뇌신을 발동한 단운룡으로서도 피하고 튕겨내기가 쉽지만은 않았다. 몇 줄기 더 비껴내는 사이, 카무이와 아야크가 쑤욱 밀고 들어왔다. 타가와 단운룡 사이를 가로막은 것이다.

"장군!!"

아야크는 타가를 장군이라 불렀다. 왕도 아니고, 주군도 아니다. 타가가 말 위의 아야크를 올려보았다.

"이미 진 싸움이다."

아야크는 충격을 받은 듯했다. 그의 눈이 잘려진 타가의 왼팔에 머물렀다. 아야크가 이를 악물었다. 그리고는 충심을 담아 소리쳤다.

"승부가 아닌 대업을 생각하십시오! 여기서 포기할 수 없습니다!!"

"대… 업?"

"북방의 전사들은 초원을 덮친 전쟁에서 고전을 면치 못하고 있습니다! 장군께서 쓰러지시면 안 됩니다!"

아야크의 말에 타가의 눈빛이 변했다. 방만하여 호기롭던 눈동자가 절도와 책임감으로 채워졌다. 한 명의 무인이, 한 명의 군인으로 돌아가는 순간이었다.

그가 이윽고 고개를 끄덕였다. 번쩍 뛰어올라 아야크가 끌고 온 기마 위에 올랐다. 타가가 단운룡 쪽을 돌아보았다. 카무이가 단운룡 바로 앞에서 화살을 겨누고 있었다.

"이대로 보내줄 생각인가?"

타가가 물었다.

"아니."

단운룡이 짧게 대답했다. 그렇게 대답하고도 당장 달려들지 않는다. 타가가 기마 위에서 팔꿈치를 점혈하고, 말안장에 달린 천을 뜯어내 잘린 부위를 꽉 묶었다. 잠자코 그 광경을 기다려준 단운룡이 툭 던지듯 말을 이었다.

"좋은 수하들을 뒀군."

"그렇지?"

타가가 히죽 웃었다. 장군의 웃음이며 또한 무인의 웃음이었다.

"작별 인사나 해둬. 당신 목숨은 카무이, 이 친구에게 달렸으니까. 이 친구가 조금이라도 버텨주면 사는 거고, 이 친구가 못 버티면 당신도 죽는 거야. 이렇든 저렇든 당신은 이제 이 친구를 못 보겠지. 지금이 마지막이니 그렇게 알아."

단운룡은 평소답지 않았다.

그만큼 타가가 마음에 든 것이다. 참으로 이상한 일이었다.

타가는 원수였다. 어릴 적 친구들이 죽은 것도 타가의 수하인 나이만에 의해서였다. 그걸 생각하면 그냥 원수도 아니고 불공대천의 철천지원수라 해야 할 것이다. 하지만 타가의 높은 기상은 친구들의 원한에 자그마한 위안 같은 것을 안겨주고 있었다. 죽음이란 모두 똑같은 것이지만 누구에게 죽느냐는 분명한 차이가 있는 법이다. 눈앞에 보이는 것이라고는 하루하루 탐욕에 불과한 조무래기에게 죽고 싶은가. 아니다. 이왕 죽을 것이라면 위대한 업적을 쌓으며 천하를 걷는 영웅에게 죽는 것이 낫다.

그런 이치다.

나이만은 잔인하고 난폭한 살인마였으나, 적어도 그를 부리는 타가는 진짜 남자라는 말을 붙여주기에 손색이 없다. 그는 저 맹획과 달리 북방민족의 부활이라는 커다란 대의를 가지고 살아온 이다. 단운룡 입장에서는 삶의 터전에 대한 침략자이며 악마와도 같은 대적이었지만, 타가 본인의 삶은 멸망한 원 제국의 초월적인 대의로 가득했을 것이다.

바로 그게 단운룡에게 위안을 준 것이다.

그저 개 같은 놈에게 잘못 걸려 개죽음을 당한 것이 아니라는 생각만으로도, 그나마 영웅 흉내라도 낼 줄 아는 놈과의 싸움에서 죽었다는 생각만으로도 마음이 한결 놓인다. 그래서 단운룡은 타가에게 직접 달려드는 대신 카무이에게 몸을 날렸다. 그게 그가 얻은 작은 위안에 대한 최대한의 예우라 생각했다.

쐐애액! 파지지지직!

카무이가 화살을 내쏘았다. 단운룡은 피하지 않았다. 하늘 위에서 돌려 찬 마광각으로 강철화살을 무참히 꺾어버렸다.

두두두두두!

"카무이, 뒤를 부탁한다!"

타가의 우렁찬 목소리가 아련하게 멀어졌다.

카무이가 씨익 웃었다. 그의 얼굴에 난 흉터가 모처럼의 웃음에 멋을 더했다.

쐐액! 쐐액! 쐐애액!

카무이의 화살이 무서운 속도로 날아왔다. 하지만 한 대도 단운룡을 맞추진 못했다. 짓쳐든 단운룡이 손을 휘둘렀다. 얇은 손날, 광검결이었다.

슈가각!

그토록 길게 이어진 싸움에도 뇌신의 파괴력은 전혀 줄어들지 않았다. 기마의 머리가 가볍게 잘려 나갔다. 쇄도는 멈추지 않았다.

꽈앙!

단운룡이 그대로 허리를 돌리며 기마의 가슴팍에 등을 댔다. 끊어 친 광혼고 일격에 목 없는 기마의 몸체가 통째로 터져 나갔다. 말안장도 산산조각이 난 채 하늘을 날았다.

타닥!

카무이도 멀쩡하지 않았다. 착지하는 자세가 불안정했다. 마지막 순간 광혼고의 경력에 휩쓸린 왼쪽 무릎 아래가 너덜너덜 피투성이로 변해 있었다.

파지직! 콰직!

극광추가 뻗어나갔다. 카무이가 황급히 왼손을 들어 올렸다. 괴조(怪鳥)가 그려진 소형 방패가 일격에 박살났다. 부서진 방패만 두 개째였다.

뒤쪽으로 튕겨난 카무이가 활을 들었다. 그러나 그는 시위를 당길 수가 없었다. 방패가 박살나며 손까지 부서진 까닭이었다.

그가 활을 내던지고, 길쭉한 북방만도를 꺼내 들었다. 단운룡이 말한 것처럼 타가의 목숨을 살리기 위해 제 한목숨 통쾌히 바치기로 작정한 것이다.

쐐액!

발악적으로 휘두르는 북방만도는 거칠고 투박했다. 왼발을 제대로 못 움직이기 때문에 투로가 엉망으로 망가져 있었다. 그저 용맹이 가상할 뿐이었다. 두어 번 피해주려니, 상대를 가지고 노는 듯한 기분이 들었다. 못된 버릇이었다.

카무이는 전심전력으로 부딪쳐 오고 있었다. 단운룡의 눈에서 뇌전이 폭출했다. 광극진기를 극성으로 끌어올리며 전력을 다해 마광각을 전개했다. 중단에서 상단으로, 번쩍이는 뇌전 줄기가 비스듬한 반월의 잔영을 남겼다.

쩌엉!

북방만도가 두 조각으로 깨져 버렸다. 멈추지 않고 뻗어나간 발끝이 카무이의 왼쪽 머리에 작렬했다.

빠아악! 후두두둑!

"커억……!"

그걸로 끝이었다. 반대편 오른쪽 뒤통수 뼈가 뒤틀린 채 터져나가 버렸다. 오른편 귀에서 핏물이 주르륵 흘러내렸다. 고개를 꺾는 카무이의 두 눈에서 강렬했던 생기가 급격히 소실되었다.

털썩. 쿠웅.

양 무릎이 주저앉고, 이어 상체까지 땅으로 처박혔다. 오른편엔 부러진 만도와 내던진 철궁이, 왼편엔 조각난 방패가 흩어졌다.

죽음이 그의 시체 위에 내려앉았다. 흉조의 카무이가 이끌었던 살육부대의 잔인함이, 오원 전사들의 먼 회상으로 전락하는 순간이었다.

"남왕궁으로⋯⋯."

맹획의 입에서 중얼거리듯 작은 목소리가 새어 나왔다.

맹획은 우두커니 선 채 타가가 도망치는 광경을, 카무이가 목숨을 잃는 광경을 모두 다 빠짐없이 지켜보았다.

그가 고개를 돌렸다. 천삼괴의 시체가 거기에 있었다.

"돌아간다."

이건 그가 상상했던 전쟁이 아니었다.

저 멀리 타가 기병 사이에 솟아올랐던 사슴 형체가 아지랑이처럼 일렁이며 사라지는 것이 보였다. 근 일이 년 사이, 숱하게 보고를 받았던 술법이었다. 저 형체가 나타나면 기병들이 이상하게 강해진다고 들었다. 술법을 중단시키려면 무격들을 잡아야 했지만 무격부대는 언제나 철통같은 방어진에 둘러싸여 있었다. 도저히 죽일 방도가 없었다는 것이 공통적인 보고였다. 하지만 그마저도 이 싸움에선 통용되지 않는 이야기였다. 저 형체가 저렇게 사라진다는 것은 곧 무격들이 당했다는 이야기다.

타가의 밑천도 바닥이 나버렸다는 뜻이었다.

"허허허허."

밑천만 바닥이 났던가. 숙적 타가가 패퇴하여 도망치는 광경을 보았다. 허탈한 웃음만 나왔다.

그가 발을 옮겼다. 천각군을 찾았다. 하지만 천각군은 이미 없었다.

천각군 전멸.

상상이나 해보았던 말이었던가.

죽립을 눌러쓴 검사가 보였다. 천각군을 모조리 죽여 버린 장본인이었다.

황각군과 현각군이 아우성을 치며 놈에게 달려들고 있었다. 하지만 그들 모두는 죽립 검사를 건들지조차 못했다. 그럴 것이다. 천각군 전원을 베어버린 놈이니까.

맹획이 훌쩍 몸을 날렸다.

그는 퇴각을 명하지 않았다. 인정할 수 없었기 때문이었다.

이건 싸움에서 진 것이 아니었다. 무언가가 크게 잘못되었을 뿐이다. 하늘이 뭔가 착각한 것이다. 일이 이렇게 돌아가면 안 된다. 있어서는 안 될 커다란 착오가 생긴 것이 틀림없었다.

무작정 서쪽으로 향했다.

그를 본 무인들과 병사들이 하나둘 그의 뒤를 따랐다. 맹획은 그것도 신경 쓰지 않았다. 뭐가 어떻게 돌아가도 상관없다는 기분이었다. 그저 안락한 남왕궁으로 돌아가고 싶은 마음만 간절했다.

맹획이 서 있던 언덕을 벗어나 저편으로 사라졌다.

엽단평과 싸우고 있던 무인들은 급작스런 군왕의 움직임에 어찌해야 할지 갈피를 잡지 못했다. 막야흔이 엽단평 앞으로 들이닥친 것은 바로 그때였다. 무차별로 맹획군 무인들을 쓰러뜨리며 달려와 엽단평의 발치에 들쳐 메온 효마의 몸을 획하고 내던졌다.

"샌님아, 이놈 좀 고쳐 줘라."

황각군과 현각군 무인들이 슬금슬금 물러나기 시작했다. 엽단평이 효마 쪽으로 몸을 숙였다. 그리고는 나직한 목소리로 짧은 한마디를 내뱉었다.

"심각하군."

엽단평은 서슴지 않고 효마의 명문혈에 손을 올렸다. 주변에 적들이 잔뜩 있었지만 엽단평은 개의치 않았다. 막야흔을 믿기 때문이었다. 그 전폭적인 신뢰 때문에 귀찮아진 것은 도리어 막야흔이었다. 엽단평은 벌써부터 효마의 몸에 진기를 흘려 넣고 있었다. 막야흔의 얼굴이 확 구겨졌다. 재미 좀 보고자 떠맡기려 했더니, 오히려 엽단평의 호법을 서야 할 상황이 된 것이다.

"이익……! 제기랄!"

욕지거리 내뱉는 것 말고는 달리 해줄 것이 없었다. 이 엽단평이란 놈은 묘한 방식으로 사람 엿 먹이는 재주가 있었다. 엽단평 자신은 전혀 그런 의도가 아니라고 할 테지만, 당하는 입장에서는 그런 것이 더 열받는 법이었다.

"덤비기만 해! 이 개새끼들아!!"

막야혼은 그렇게 소리치면서도 엽단평의 옆을 단 한 발자국
도 떨어지지 않았다. 황각군 한 놈이 틈을 노린답시고 엽단평
쪽으로 몸을 날려왔다. 막야혼의 마천용음도가 불을 뿜었다.

촤아아아악!

횡참격 일격에 허리부터 반토막이 났다. 무시무시한 위력이
었다. 덤비면 어떻게 되는지 한 방에 각인시켰다. 현각군 무인
들은 감히 달려들지 못했다. 황각군 무인들 중에는 뒷걸음질부
터 치는 놈도 있었다.

"빨리해라, 샌님아. 재밌는 거 다 끝나겠다."

전장에 어울리지 않는 불평만 남았다. 회한평 전투는 그렇게,
종국을 향하여 치닫고 있었다.

타가와 맹획이 전장을 벗어나고, 수괴들을 하나하나 잃어버
린 후.

맹획군과 타가군의 사기는 바닥을 치고 말았다. 사기가 바닥
을 쳤다는 것은 싸울 의지를 상실했다는 말과 같다. 한 명 두 명
도망치는 자가 나오기 시작했다. 두 명이 세 명이 되고 세 명이
열 명이 된다. 뿔뿔이 흩어지는 것은 금방이다. 회한평에 가득
하던 병장기 소리가 삽시간에 가라앉고 있었다.

둥둥둥둥둥!

모든 소리가 사라지는 가운데 점점 더 커져 가는 것은 북소리
뿐이다. 승리의 깃발이 하늘을 수놓는다. 전사들의 함성 소리가
회한평을 뒤덮었다.

와아아아아아아아아!

망각과 미몽을 제공하던 회한평 양귀비 밭은 망가지고 짓이 겨져 거의 아무것도 남아 있지 않은 땅이 되었다. 땅에 깔린 양귀비 꽃잎은 시산혈해 핏물과 섞여 여전히 붉은빛을 띠고 있었지만, 며칠만 지나면 그 색도 모두 다 갈색으로 변해 버릴 터였다.

그러고 나면 양귀비 평원은 다시 옛 회한평의 모습을 찾게 된다. 양귀비꽃이 피어나지 않는 평원. 단운룡의 기억 속에 남아 있는 모습 그대로의 평원이 될 것이었다.

"곧바로 오원 진격입니다."

전사들은 꽤 많이 죽었다. 천오백을 넘었던 전사들이 천 명도 남지 않았다. 삼분지 일 이상을 잃은 것이다.

그래도 대승은 대승이었다.

회한평을 지나 회한산을 넘었다.

후회와 원한은 더 이상 평원과 산의 이름 위에 남아 있지 않았다.

산 끝으로 저 높이 깃발을 흔들다 죽었던 반조의 모습이 겹쳤다. 퍼얼럭! 펼쳐지는 황금비룡번이 기억 속 남아 있는 반조의 얼굴에 미소를 띠었다.

산 중턱을 돌아가려니, 소봉과 하만이 생각났다.

의기양양하게 발을 옮기는 전사들과 아직도 울리는 승전보 북소리가 떠나보낸 두 친구의 얼굴을 함박웃음으로 가득 채웠다.

처참하게 죽은 모습으로 기억했던 친구들이 하나하나 밝은 모습으로 살아나고 있었다. 옷에 새긴 이름들이 그리웠다. 이대로 산을 넘어 오원에 가면, 타소목 놀이 신나게 즐기면서 단운룡을 맞아줄 것 같았다.

그들의 눈앞에 폐허로 가득한 오원의 전경이 비쳐들었다.

모두가 한달음에 오원으로 들어왔다.

다 무너진 목책을 뛰어넘어 옛 민족들의 버려진 주거지를 지났다. 숲을 지나 일원요새에 도착했다. 굳게 닫힌 목책 뒤로 숨죽인 병사들의 군기가 스멀스멀 새어 나오고 있었다.

꽈앙!

문을 여는 것은 무구고원 전사들의 몫이었다. 초림 시절부터 쭉 있어왔던 마군 전사들이 앞으로 나섰다. 우목이 선두에 있었다.

꽝! 꽈아아앙!

통나무 하나를 잘라내어 일원요새 정문을 두드렸다. 폭음 같은 충격음이 연달아 터져 나왔다. 꿈틀대는 전사들의 근육이 일원요새 정문에 커다란 균열을 만들었다.

"차라리 내가……."

태자후가 나서려는 것을 단운룡이 손을 들어 제지했다. 단운룡은 뛰쳐나가려는 막아흔도 막았다. 다른 놈들은 몰라도 이곳만큼은 마군이 깨야 한다. 그래야 의미가 있었다.

우쩍! 우쩍! 우지끈!

충격을 버티지 못한 일원요새 정문이 뒤로 넘어갔다. 꽝! 소리가 흙먼지를 피워 올렸다. 아창족 전사들, 경포족 기병들이 먼저 눈에 들어왔다. 중간중간엔 황각군 무인들과 현각군 무인도 보였다. 회한평에서 도망쳐 온다는 것이 일원요새로 이어진 것이다.

"막아라!!"

들려오는 목소리는 절규와도 같았다. 꽤나 익숙한 목소리였다.

단운룡의 눈이 목소리의 주인을 찾아냈다. 저 깊은 곳, 누런색 투구를 눌러쓴 추악한 자, 황육괴가 소리를 지르고 있었다.

참으로 불공평한 세상이었다.

카무이와 같은 이는 주군을 지키기 위해 일대일로 싸우다 장렬히 전사했지만 제 목숨 구하고자 도망 다니는 황육괴는 아직까지도 죽지 않았다. 지독하게도 질긴 놈이다. 하지만 황육괴도 이번엔 도망칠 곳을 잘못 택했다. 부상당한 지사괴를 끌고서 무작정 이곳으로 뛰어들어 온 그였다.

"한 놈도 안으로 들이지 마라!!"

황육괴의 고함 소리를 뒤로하고, 일원요새 안쪽으로부터 병사들이 쏟아져 나왔다. 회한평에서의 패잔병이 많아서인지 숫자가 제법 많았다. 마지막 보루였던 만큼 내쳐 오는 기세도 상당했다.

위이잉! 촤아악!

하지만 마군 전사들의 선두에는 우목이 있었다. 그의 방편산이 종횡으로 움직이며 적들의 예봉을 꺾었다. 쓰러지는 자들 입에서 비명 소리가 터져 나왔다.

"크악!"

"으아아악!"

우목의 움직임은 회한평에서 없었던 활약을 전부 다 갚기라도 하겠다는 듯 격렬하기 짝이 없었다. 순식간에 적들의 선봉을 물리치고 안으로 파고들었다.

우목뿐이 아니다. 마건위도 있었다. 연검이 섬뜩한 빛을 뿌리며 짓쳐 나갔다. 낭창낭창 휘어지는 검날에 붉은 핏물이 날카롭게 솟구쳤다.

"왼쪽으로 파고들어라! 방책 하나만 부수면 내부로 치고 들어갈 수 있다! 다시 돌아 나와 양동으로 공격해!"

그들 뒤에서 지시를 내리는 이는 다름 아닌 허유였다. 허유는 일원요새의 구조와 약점을 속속들이 알고 있었다.

전사들은 허유의 말에 충실히 따랐다. 흑망을 필두로 한 전사들 몇 명이 왼쪽 방책을 뚫었다. 마구간 건물과 건초 창고 사이로 침투로가 열렸다. 쭉 달려들어 가 다시 측면으로 튀어나왔다. 당황한 적들이 보였다. 그동안 갈고닦은 용음도를 전개하자 적들은 감히 맞받을 엄두조차 내지 못했다. 순식간에 왼쪽 적진이 와르르 와해되었다.

그것을 기점으로, 밀려 나오던 일원요새 병사들이 한순간 턱 막혀 버렸다. 그다음부턴 다시 밀려들어 가기에 급급해졌다.

단운룡이나 양무의가 나설 필요도 없었다. 전사들은 노도와 같이 일원요새로 진격해 들어갔다. 흐름은 완벽했다. 끼어들 여지가 없었다.

"투항하는 자는 살려주겠다!!"

허유가 앞으로 나아가며 소리쳤다. 결정타나 다름이 없었다. 일원요새 병사들 사이에서 커다란 동요가 일었다.

허유는 이 일원요새를 관리하던 총책임자였다. 허유가 마군과 함께 들이닥친 것만 해도 일원요새 병사들에겐 적지 않은 충격이다. 병사들과 전사들이 하나둘씩 병장기를 내던지며 두 손을 들었다.

"싸워! 싸우란 말이다!!"

황육괴가 고래고래 분통을 터뜨렸다. 끝까지 싸우려는 자들은 얼마 없었다. 앞에 나섰던 황각군은 이미 다 쓰러진 상황이었다. 남아서 저항하는 이는 맹획의 기반 세력이 되었던 려족과 장족, 몇몇 한족들, 그리고 타가 휘하에 있던 몽고족들뿐이었다.

푸르륵! 히히히힝!

기병들이 쓰러지는 소리가 들렸다. 요새 안쪽 좁은 공간 안에서 기병들은 제 위력을 내지 못했다. 끝까지 저항하던 몽고족 기병들은 결국 전멸을 면치 못했다.

"타가와 맹획은 이미 제집으로 도망쳐 버렸다! 더 이상 싸울 이유가 없다! 모두 무기를 버려라!"

마건위의 목소리는 허유의 그것보다 더 거세고 드높았다.

철컹, 채챙, 하며 병장기 내려놓는 소리에 가속이 붙었다. 무릎을 꿇고 투항하는 자들은 삼백 명에 달했다. 밧줄이나 충분할지 모를 일이었다. 일일이 포박하는 것만 해도 꽤나 시간이 소요될 것 같았다.

"이… 이놈들……!"

황육괴는 더 이상 물러날 곳이 없었다. 그가 뒤쪽을 돌아보았다. 하지만 이미 그의 배후엔 마군 전사들이 진을 치고 있었

다. 허유의 지시에 따라 뒤쪽으로 우회하여 잠입한 전사들이었
다.

"이렇게 다시 만나는군."

허유의 목소리는 담담했다. 그가 뛰어올라 황육괴 앞에 내려
섰다. 타닥. 나무 바닥을 밟는 소리가 경쾌하게 울렸다. 나무로
만든 단상 위였다. 허유가 서서 병사들을 훈련시키고 지시를 내
리던 곳이었다.

"날 잡은 뒤, 죽일까 말까 고민 많이 했던 걸로 알고 있다."

허유가 말했다. 헐렁한 납서족 옷, 드러나 있는 허유의 팔뚝
에는 일그러진 화인(火印)이 아직까지도 옅은 색 분홍빛을 띠고
있었다.

"하수인이었던 놈이… 감히……!"

"그땐 정말 순간순간이 생사의 기로였지. 네놈들이 고민해
준 덕분에 이렇게 살아남았다. 사람의 앞날이란 참으로 알 수가
없는 거야. 그렇지 않나?"

허유는 마치 친구에게 이야기하는 것 같았다.

황육괴의 얼굴이 붉으락푸르락해졌다. 그의 오른손에서 까
드득 하는 소리가 울려 나왔다. 삼각 유성추가 뭉툭한 손가락
사이에서 하얀빛을 부렸다.

"빈면에 난 말이다. 고민할 필요가 없어서 좋아. 잡혀서 고문
당한 거 가지고 복수 운운하기엔 유치하지만… 어쩌겠나? 맹획
의 심복 중 하나인 황육괴… 살려줄 이유가 없지 않은가?"

"닥쳐!!"

황육괴는 더 참지 못했다. 그가 오른손을 휘둘렀다. 유성추가

번쩍이는 빛을 품고 허유의 머리를 향해 폭사되었다.

파락! 따아앙!

허유의 반응은 엄청나게 빨랐다. 뒤로 몸을 젖히더니 품속에서 한 자루 붉은빛 철필을 꺼내 들어 황육괴의 유성추를 튕겨냈다. 귀비산에 절어 느릿느릿 움직일 때와는 차원이 다른 몸놀림이었다.

쐐액! 쉬리릭!

강사(鋼絲)로 조종하는 유성추가 전후좌우 격하게 방향을 꺾으며 허유의 급소들을 노렸다. 유성추는 독사처럼 위험하고 새처럼 자유로웠다. 허유의 철필은 재빠르고 단호한 가운데 투로의 전개가 간결하고 명확했다. 생사필이라 불리던 시절의 무공이다. 사나워 보일 정도로 신랄한 구석까지 있다. 지략가적인 면모와 사뭇 다른 모습을 보여주고 있었다.

쉬릭! 따앙! 휘리릭!

황육괴가 악독한 눈빛을 하고서 허유에게 달려들었다. 그의 손이 허유의 머리를 노리고, 뒤따르는 유성추가 허유의 단전으로 짓쳐들었다.

쐐애애액!

허유의 움직임이 더 빨라졌다. 강력한 진각으로 땅을 밟으며, 오른손 철필로 황육괴의 가슴을 찍어 박았다.

"큭!"

촤아악!

철필은 가슴에 박히지 않았다. 옷깃을 찢으면서 깊지 않은 생채기만 냈을 뿐이다. 마지막 순간, 황육괴가 멈칫하며 물러났기 때문이었다.

두 사람이 거리를 두고, 한 발 한 발 측면으로 움직였다. 누구 하나 섣불리 공격을 가하지 못했다. 싸움이 길어질 것 같았다. 그때였다.

"도와주지 않아도 되겠어?"

단운룡의 목소리였다.

그것만으로도 도와준 것이나 마찬가지였다. 황육괴가 고개를 돌렸다. 단운룡은 단상 바로 밑에 서 있었다. 황육괴의 눈동자가 격하게 흔들렸다. 허유 한 명 물리친다고 끝이 아니라는 사실을 새삼 뼈저리게 깨달은 듯했다.

쐐애애액!

황육괴가 발작을 일으키듯 커다란 동작으로 유성추를 내쳐왔다. 파공성이 거칠었다. 허유가 침착하게 철필을 휘둘러 유성추를 막아냈다. 살벌한 공격이 이어졌다. 황육괴의 공격이 사나워질수록 허유의 방어는 더욱더 견고해졌다. 언제 그랬냐는 듯 땅을 밟는 투로가 지극히 안정적이었다.

두 사람의 거리가 조금씩 줄어들었다. 황육괴는 그것조차도 의식하지 못하는 듯했다. 단운룡의 출현과 동시에 집중력을 잃어버린 까닭이었다.

차근차근 밟아나가던 허유의 투로가 급격하게 빨라졌다. 황육괴는 갑작스런 변화에 제대로 반응하지 못했다. 허유의 일장이 황육괴의 어깨를 때렸다. 황육괴의 몸이 휘청 옆으로 꺾였다. 뾰족한 철필 끝이 황육괴의 옆구리를 파고들었다.

"커억!"

황육괴의 입에서 숨넘어가는 소리가 뱉어졌다. 한 자가 넘는 철필이 손으로 잡은 자루만 남기고 전부 다 박혀든 것이다. 무자비한 일격이었다. 뜨뜻한 선혈이 철필과 허유의 손을 적셨다. 붉은 늑대 혈필랑이라고 불리던 허유의 진면목이 거기에 있었다.

"이… 놈… 감히……."

무슨 기운이 났는지, 황육괴가 오른손을 뻗어 허유의 목을 졸랐다. 숨이 턱 막힌 허유가 급히 왼손을 올려 황육괴의 손목을 잡았다. 두 사람 다 자신의 손아귀에 모든 힘을 집중했다. 황육괴의 손이 허유의 숨통을 먼저 끊느냐, 아니면 허유의 손에 황육괴의 손목이 먼저 부서지느냐의 싸움이었다.

"네놈 목은… 내가… 크억……!"

왼손으로 황육괴의 손목을 비트는 것과 동시에 철필을 박아넣은 오른손을 아래쪽으로 확 잡아 뺐다. 거꾸로 뒤집은 채 마개를 뽑은 술병마냥 핏물이 울컥울컥 쏟아져 내렸다. 급격한 출혈로 인해 황육괴의 얼굴이 창백하게 변했다. 하지만 황육괴는 허유의 목을 놓지 않았다. 허유의 두 눈에 핏발이 섰다. 황육괴가 이빨을 드러내며 씹듯이 말했다.

"누가 먼저… 죽는지 보자."

"더… 볼… 것… 없어."

목을 졸린 허유가 쉰 목소리로 대답했다.

콰악!

철필이 황육괴의 목을 꿰뚫는 소리다. 두터운 목줄기 한가운데 철필이 박혀 있었다. 황육괴의 입에서 붉은 피가 스며 나왔다.

"끄… 끄륵……."

"죽는 건 네놈이야."

허유의 목소리는 또렷했다. 목을 잡힌 손아귀가 풀리고 있었다. 힘이 빠진 것은 손뿐이 아니다. 두 다리도 힘을 잃었다. 더 이상 거구를 지탱할 방법이 없었다.

털썩.

황육괴가 무릎을 꿇었다. 목에 꽂혔던 철필이 쑥 뽑혀 나왔다. 황육괴가 부들부들 두 손으로 자신의 목을 감쌌다. 빠져나오는 것들을 막으려는 것 같았지만, 의도대로 되지 않았다. 손가락 사이로 붉은 피가 줄줄 흘러내렸다.

"끄… 끄르르."

황육괴가 허유를 올려보며 뭔가 말하려는 듯 입술을 달싹였다. 그러나 꿰뚫리고 파헤쳐진 성대로는 낼 수 있는 목소리가 없었다.

꿍.

결국, 황육괴의 몸이 허물어졌다. 황육괴는 한참 동안이나 꿈틀거렸다. 숨은 질기도록 끊어지지 않았다. 허유는 황육괴를 한참이나 내려다보았다. 황육괴가 잠잠해진 것은 꽤나 오랜 시간이 흐른 뒤였다.

오원 탈환.

그 마지막을 장식할 남자가 나타난 것은 바로 그때였다.

"허 대인!"

항복한 병사들 사이에서 마사충이 걸어나왔다. 단상 저편으

로부터 성큼성큼 다가오는 그다. 허유가 고개를 들었다. 마사충
은 한쪽 손에 둥그런 물체 하나를 들고 있었다. 마사충이 멈춰
섰다. 마사충이 고개를 끄덕이더니, 별안간 무릎을 턱 꿇었다.
그가 감동이 벅차오른다는 듯 격정적인 어조로 말했다.

　"허 대인! 정말 고생 많으셨습니다!!"

　허유는 대꾸하지 않았다.

　표정 하나 바꾸지 않은 채였다. 아무런 반응이 없자, 마사충
이 고개를 조아리며 목소리를 높였다.

　"드디어! 드디어! 오원이 우리 손에 돌아왔습니다! 참으로 기
쁜 날입니다! 모두가 제게 오해가 많으셨을 줄 압니다! 오원에
대한 제 충심은 단 한순간도 변한 적이 없습니다. 보십시오. 제
가 지사괴의 수급을 이렇게 가져왔습니다. 제 마음의 증거입니
다!"

　마사충이 한 손에 들었던 둥근 물체를 들어 올렸다.

　과연 그것은 지사괴의 수급이 맞았다.

　마사충과 같은 자가 어떻게 지사괴의 목을 쳤을까.

　자초지종을 짐작하는 것은 그리 어렵지 않았다. 일원요새에
오자마자 내상 때문에 운기조식 하에 들어간 지사괴. 기호를
봐 마사충이 급습을 가한다. 주화입마로 쓰러진 지사괴를 두
고 여유롭게 목을 베어온다. 마사충이 이렇게 나타난 경위였
다.

　"허 대인! 뭐라고 말이라도 해보십시오!"

　"너 같은 놈을 아들이라고 키웠다니……."

　마사충은 허유를 보고 있었지만, 대답은 다른 곳에서 나왔다.

마사충의 눈동자가 한 번 크게 흔들렸다. 하지만 그는 간사한 뱀의 혀를 지닌 자였다. 마사충이 고개를 땅에 꿍 찧으며 울부짖었다.

"아버지!"

마건위의 얼굴엔 기가 막힌다는 표정이 떠올라 있었다. 그가 뚜벅뚜벅 단상 위를 가로질렀다. 마사충이 고개를 들었다. 마건위가 그를 내려다보고 있었다.

"아버지라… 그랬느냐?"

마건위가 팔꿈치를 들어 올렸다. 손이 없는 왼쪽 팔꿈치였다. 마사충이 연습이라도 한 듯 빠른 속도로 대답했다.

"의심을 사지 않기 위해서는 어쩔 수 없었습니다. 제 앞에 온 아버지를 멀쩡히 돌려보냈다가는 적진에서 기회를 보려 했던 계획이 전부 무산되지 않았겠습니까? 그래서 왼손만 노렸습니다! 살아서 돌아가실 수 있도록 말입니다!!"

"…나를 일부러 살려 보냈다는 말이렸다?"

"그렇습니다. 제가 어찌 키워주신 아버지를 해할 수 있겠습니까? 아버지의 손목을 자른 뒤, 제 자신을 얼마나 자책했는지 모릅니다!"

마건위는 놀랐다. 마사충의 말을 믿어서가 아니다. 이토록 간악한 놈을 양자로 들여서 키웠던 스스로의 선택에, 스스로의 판단력에 슬프도록 놀랄 수밖에 없었다.

"널 다시 보면… 난 미친 듯이 화가 날 줄 알았다. 한데 그렇지가 않구나."

물론 들끓는 분노가 없지는 않았다.

하나 그 분노는 마사충을 향한 것이 아닌 자신을 향한 분노였
다.

마사충이 뭐라고 소리치는 것이 보였다. 뭐라 하는지는 잘 들
리지 않았다. 듣고 싶지도 않았다.

마건위는 그저 기억할 뿐이었다. 마사충은 그의 손이 아닌
목을 노리고 있었다. 본능적으로 몸을 숙이며 손을 들어 올렸
던 것이 검끝에 걸렸을 뿐이다. 처음부터 손목만 취하려 했다?
어찌 그런 변명을 생각했는지 도통 알 수가 없었다. 그나마 말
이라도 되는 변명이었다면 조금은 위안이 되었을지도 모르겠
다.

"아버지! 전 오원을 되찾는 것만 생각했습니다! 저는……!"

어차피 뭐라고 하는지도 모르겠다. 더 이상 듣는 척도 해주
기 싫었다. 마건위가 연검을 휘둘렀다. 마사충의 말이 뚝 끊겼
다.

쉬이이익! 촤악!

연검 검날이 훑고 지나간 것은 마사충의 양쪽 뺨이었다. 마사
충의 아래턱이 축 늘어졌다. 입에서 침 섞인 핏물과 함께 조각
난 이빨, 잘려진 혀 조각이 쏟아져 내렸다.

"어, 어어… *끄륵*… 케켁! 쿨럭!"

입을 통째로 찢어놓은 것이다. 마사충이 두 손으로 자신의 아
래턱을 받쳐 올렸다. 더 이상의 변명은 없다. 뭔가 말하려 시도
했지만 입안 가득 뿜어 나오는 핏물 때문에 아무 말도 내뱉을
수가 없었다. 핏물이 기도로 넘어가 기침을 일으켰다. 찢어진
뺨과 입술 사이로 피거품이 삐져나왔다.

마건위가 뒤돌아섰다. 허유도 등을 돌렸다.

상대할 가치조차도 없다는 뜻이었다. 마사충이 턱을 잡고 무릎을 세웠다. 막 일어나려던 그가 흠칫, 못 박힌 듯 굳어졌다.

단상 위에 올라온 두 사람을 보았기 때문이다.

우목, 그리고 단운룡이었다.

"마사충."

단운룡이 먼저 그를 불렀다.

마사충은 단운룡을 한눈에 알아보았다.

"기억나냐? 네놈의 죽음, 얼마만큼의 천운이 함께하는지 두고 보겠다 했었지."

물론 기억이 난다. 절대로 잊을 수 없을 것이다.

단운룡이 마사충의 뇌리에 새겼던 공포는 긴 세월이 흐른 지금까지도 그대로였다.

"여기 죽어 넘어진 황육괴는 그야말로 추악하기 짝이 없는 자였다. 네놈의 말을 들으며 알았다. 네놈의 최후는 이자보다 훨씬 더 추악하다. 그래서야 천운의 여지가 있을 리 없을 것이다."

마사충의 눈이 절망으로 물들었다. 그가 억울하다는 듯 꿍 하고 땅바닥에 머리를 박았다. 찢어진 입에서 핏물이 쏟아져 흘렀다. 미사충은 그 상태로 꿈틀꿈틀 한참을 일어나지 않았다. 우목이 한 발 다가가며 입을 열었다.

"항상 궁금했었다. 세심산을 팔고 우리 모두를 팔아가며 네놈이 이루고자 했던 게 무엇이었는지. 이젠 끝이다. 더 이상 그런 이유 따위 궁금하지 않아."

쿨럭. 쿨럭.

마사충의 몸이 기침으로 흔들렸다. 핏물은 끊임없이 쏟아졌다.

"그만 죽어라."

우목이 말했다.

"크크크크."

기침 소리가 괴이한 웃음소리로 바뀐 것은 우목의 말이 끝난 직후였다. 입으로 웃는 것이 아니라 목으로 웃는 웃음이다. 피가래 끓는 소리가 괴소에 섞였다.

우목이 방편산을 꺼내 들었다.

그때였다. 마사충이 텅! 하고 튕겨 오르며 앞을 향해 몸을 날렸다.

왜였는지는 모른다.

마사충은 다른 누구도 아닌 단운룡에게 달려들었다.

단운룡은 뇌신을 발동하지 않았다. 너무나도 자연스럽게 순속과 섬영을 동시에 끌어올리며 그대로 허리를 돌렸다.

퍼엉!

가죽북 터지는 소리와 함께 마사충의 몸이 다시 있던 곳으로 튕겨 나왔다.

광혼고였다. 대(大) 자로 뻗은 마사충의 머리 위에 우목의 그림자가 드리워졌다.

"결국 택한 것이 귀비신단이냐."

우목이 말했다.

마사충의 두 눈은 검붉은색으로 충혈되어 있었다. 찢어진 입에 어떻게 쑤셔 넣었는지 모를 일이다. 머리를 땅에 박고서 일어나지 않고 있었을 때 먹은 모양이었다.

"오… 오원……."

귀비신단으로 인해 고통을 잊었기 때문일까.

용케 들린다. 마사충이 중얼거렸다.

"오원 따위를……."

콱!

하지만 우목은 더 이상 들어줄 마음이 없었다. 그의 방편산이 찢어진 입에 틀어박혔다. 마사충의 두 눈에 마지막 공포가 떠올랐다. 길고 긴 원한의 종결이다. 우목의 손에 힘이 들어갔다.

콰직!

찢어진 입에서 뒤통수까지.

마사충의 얼굴은 그렇게 두 조각이 났다.

처참한 최후였다.

*　　　*　　　*

일원요새에 들어오자마자 한 일은 요새의 목책을 해체하는 일이었다. 그들은 오원을 요새나 진지로 활용할 마음이 전혀 없었다. 해체한 목책은 오원 외곽으로 옮겨져, 망가진 목책을 재건하는 데 썼다. 전사들은 잠시도 쉬지 않았다. 망루를 세우고, 수문군을 편성했다. 초림과 무구고원에도 전령을 보내 승전 사실을 알렸다. 포로들 중에서 심성이 곧은 놈들을 추렸다. 뭘 몰라서 일원요새에 들어갔던 놈들도 골라냈다. 그렇게 백사십 명을 풀어줬다. 절반에 조금 못 미치는 숫자였다.

풀어준 포로들에겐 병장기를 지급하지 않았다. 황무지가 다 된 농경지를 다시 개간하는 일부터 시켰다. 불만을 가진 놈은 없었다.

오원을 탈환한 뒤, 삼 일째.

사람들이 몰려들었다. 처음에는 초림에서 온 사람들인 줄 알았다. 하지만 문을 열고 보니 그게 아니다. 어딘가에 숨어 있던 난민들이다. 맹획과 타가가 패퇴하여 물러났다는 소문을 듣자마자 곧바로 짐을 꾸린 자들이었다.

난민들의 행렬은 줄기차게 이어졌다. 오 일째엔 난민 티를 벗은 곤산 주민들이 도착했다. 곤산 초림에서 온 이들은 전사들에 준하는 남자들이 대부분이었다. 그들은 오자마자 마을 재건에 투입되었다. 초림을, 풀밭을 살 만한 곳으로 일군 경험이 있는지라 작업 속도에 가일층 탄력이 붙었다.

정리가 어느 정도 되었을 때다. 양무의가 단운룡을 찾아와 물었다.

"둘 다 일부러 놔주신 것이지요?"

"누굴?"

"타가와 맹획 말입니다."

"아니."

"책략인 줄 알았습니다만."

"그냥 변덕이야."

"뭐 좋습니다. 살려둔 덕분에 일이 더 수월해질 것 같으니까요."

양무의의 표정이 진지해졌다. 그가 빠르게 말을 이었다.

"회한평에서 타가와 맹획을 죽였으면, 많은 것이 지금과 달랐을 겁니다. 전사들의 마음가짐이 첫 번째요, 오원에 찾아오는 사람들의 의지가 두 번째입니다. 두 대적이 살아 있기에 이 오원 탈환은 더 큰 의미를 갖게 될 것입니다."

"……."

단운룡은 양무의의 말을 끊지 않았다. 느껴지는 바가 있었기 때문이었다.

"싸우기 위해 머무는 것과 안주하기 위해 머무는 것은 하늘과 땅만큼의 차이가 있습니다. 전사들은 지금 싸움을 준비하는 중입니다. 그 싸움은 지금까지와 달리 적들을 몰아붙이고 멸망시키기 위한 싸움이 될 것입니다. 찾아오는 자들도 그렇습니다. 타가와 맹획이 죽었으니 이제 안전해졌구나 하며 몰려드는 것과 타가와 맹획이 살아 있지만 오원으로 들어가 함께 승리의 순간을 지켜보겠다라는 것은 그 의미가 무척이나 다르지요. 이들은 마침내 필사의 탈주와 궁핍한 생존이란 암굴을 지나, 진정적들을 공격하는 의지의 광명 아래에 섰습니다. 이제부터 주역은 그들이 되어야 합니다. 특히나 오원 전사들이 한 번도 발을들이지 못한 남왕궁과 녹풍원을 치게 된다면, 결과에 관계없이충분한 자신감을 얻을 수 있겠지요."

"그 자신감을 통해 자립할 수 있는 의지를 키워주자… 이거로군."

"그렇습니다. 앞으로 이 땅을 지켜야 할 이들은 주군이나 제가 아닌 전사들입니다. 그들 스스로 이 땅의 주인이 되어야 옳습니다. 그게 순리입니다. 우리들은 철저한 조력자로 남아야 한다는 뜻입니다."

단운룡은 감탄했다.

완벽한 정론이기도 했지만, 더 놀란 이유는 다른 데 있다. 양무의의 혜안이 그것이다. 이 땅에서 살지도 않았던 이가 단운룡의 마음을 그 정도까지 이해하고 있을 줄은 몰랐다. 양무의의 이야기는 곧, 단운룡의 고민과 온전하게 맞닿아 있었던 것이다.

'그들 스스로. 오원 스스로……!'

단운룡은 신이 아니다. 신이 되어서도 안 된다.

오원은 그의 고향과도 같은 곳이었다. 하지만 그가 모든 것을 다 이루어줄 수는 없다. 그것은 이 땅을 지켜온 전사들의 싸움을 모독하는 일이 될 것이다.

언젠가 우목이 물었다.

적선하듯 던져 준 관심에 그들이 만족할 줄 아느냐고.

아니다.

전사들은 자신들 스스로 서야만 한다. 오원의 주민들은 자신들의 삶의 터전을 스스로 지켜내야 한다.

철저한 조력자.

양무의의 말 중에 가장 마음에 와 닿는 것이 바로 그 대목이었다.

단운룡은 더 이상 주인공이 되어서는 안 된다. 타가와 맹획을 징치하는 것은 그의 몫이 아니었다. 그걸 도와줄 수는 있어도 그 홀로 모든 것을 해치우겠다는 생각은 접어야 했다.

"오원 방어가 갖춰지는 대로 전사들을 준비시켜. 남왕궁과 녹풍원을 치자."

"알겠습니다."

양무의가 대답했다.

미래를 보는 군사다. 신뢰가 더더욱 깊어지는 날이었다.

*   *   *

강설영 일행은 개명수의 인도를 따라 곤륜성산을 내려왔다.

일행이 곤륜성산을 내려와 가장 먼저 느낀 것은 기이한 경험을 한 놀라움도, 신비로운 절경을 떠나온 것에 대한 아쉬움도 아니었다.

그들이 처음으로 느낀 것은 쏟아지는 졸음이었다. 개명수는 일행을 하나의 암자로 이끌었다. 오면서 못 본 암자였다는 생각이 들었지만, 당장은 누울 곳이 너무나도 급했다. 네 사람은 다시 한 번 긴 잠에 빠져들었다.

네 사람은 약속이라도 한 듯 비슷한 때에 일어났다. 가장 먼저 강설영이 깼고, 다음은 이군명, 곽경무가 일어났다. 여은은 계속 자고 있었지만, 개명수가 얼굴 위에 손을 한번 휘젓자 귓가에다 일어나라는 말을 한 것처럼 스르르 눈을 떴다.

시간이 얼마나 흘렀는지는 서왕모의 궁전에서처럼 도무지 알 수가 없었다. 개명수에게 물어보았지만, 인자한 미소만 돌아왔다.

강설영은 정신이 맑아지자마자 품속에 있던 옥갑부터 확인했다. 뚜껑을 열어보려 하자 개명수가 고개를 설레설레 저으며 말했다.

"소란하여 시끄럽지 아니한 곳. 부엌과 먼 곳. 지저분한 냄새가 나지 않는 곳. 먼지가 많지 아니한 곳. 피모(皮毛) 태우는 연기가 없는 곳. 백마잠신은 까다로운 영충이니, 이처럼 오래된 암자에서는 그 뚜껑을 열지 않는 것이 좋다."

강설영은 개명수의 말을 하나도 빼놓지 않고 머릿속에 새겼다. 기억하는 것이 어렵지는 않았다. 누에들이 싫어하는 환경과 대체로 일치했기 때문이었다.

"까다로운 건 보통 누에들과 비슷하네요. 그럼, 언제 열어주면 되죠?"

"잠신은 양물(陽物)이라, 양기가 가득한 태양충이다. 하지만 세상 만물은 음양의 조화를 따라가기 마련이라, 체내의 양기가 너무나도 과하니 도리어 음기(陰氣)를 좋아하는 습성이 있다. 매달 그믐날 자시와 축시 사이에 뚜껑을 열어주면 제 스스로 날아올라 음기와 먹이를 취하고 다시 옥갑으로 돌아올 것이다."

"날아… 오른다니요?"

"백마잠신은 애벌레인 누에가 아니다. 누에는 번식하지 못한다. 성충이 아니고서야 어찌 알을 낳을 수 있겠는가."

"아……!!"

어쩌다 그리도 우둔한 질문을 했을까. 강설영은 자기 머리에 천룡파왕권을 쥐어박고 싶은 심정이 되어버렸다.

“번식을 한다는 이야기는…….”

“그렇다. 옥갑에 든 잠신은 한 쌍의 영험한 백접(白蝶)이다. 암수가 성스러운 영기로 이어져 있다. 왕모께서는 각각에게 누사와 조백이라는 이름까지 붙여주셨지.”

“누사, 조백… 누조……!”

누조라 함은 누에와 관련된 옛 고사에서 흔하게 볼 수 있는 이름이다. 양잠의 시초를 이야기할 때 거론되는 이름들이 바로 누조였다.

“그 옥갑은 한옥(寒玉)과 화옥(火玉)의 성질을 두루 지닌 태극 보옥으로 만들어졌다. 옥갑의 정기만으로도 잠신은 그 생령을 유지할 수 있지만, 충족이라는 한계가 있기에 만물정기의 소요를 초월한 입신의 성취와는 거리가 멀다. 그들도 우리처럼 때로는 잘 곳이 필요하고, 때로는 먹을 것이 필요하다. 너무 오래 가둬놓고 있으면 안 되니 유의토록 하라.”

“예. 꼭 유념할게요.”

강설영이 고개를 끄덕이며 대답했다.

개명수를 따라 암자에서 나왔다. 돌아나가는 길은 왔을 때와 크게 달라 보였다. 처음 오는 길 같다는 생각을 지울 수가 없었다. 하지만 일행은 주위의 풍광에 의문을 지닐 여력이 없었다. 얼마 가지 않아 또다시 찾아든 수마(睡魔) 때문이었다.

일행은 잠시를 버티지 못하고 졸음에 겨워 시름시름 멈춰 서야 했다. 거짓말처럼 새로운 암자가 나타났다. 문을 열고 들어서자 원시천존의 형상을 한 목상이 눈에 들어왔다. 목상 주변엔 고색창연한 침상이 여러 개 널려 있었다. 강설영은 가물

가물해지는 눈으로 침상에 누워 머리맡의 나무틀을 보았다. 서왕모 조각이 새겨져 있었다. 흐릿해진 서왕모의 얼굴이 웃는 것처럼 느껴졌다. 어둠이 찾아왔다. 네 사람은 잠에 빠져들었다.

얼마 만에 깬 것인지는 가늠할 수조차 없었다.

눈을 뜨자 허기가 지는 것을 보니 꽤 오랜 시간이 흐른 것 같았다. 주위를 돌아보자, 개명수가 마음이라도 읽은 듯 손을 들어 한쪽을 가리켰다. 탁자 위에 자그마한 항아리 하나가 놓여 있었다. 다가가 안을 보니 청량한 향기가 도는 벽곡단이 가득하게 쌓여 있었다.

이토록 오랜 암자에 어찌 그런 벽곡단이 있을까 싶었지만, 일단은 주린 배를 채우는 게 급했다. 마치 한 달은 굶은 것처럼 배가 고팠다. 벽곡단을 입에 넣자, 놀랍도록 빠르게 배가 찼다. 신비한 영약이라도 먹는 느낌이었다. 어디서 생긴 건지, 어떻게 만든 건지 궁금해하는 것도 시간 낭비라는 생각이 들었다. 그들은 전설 속의 서왕모를 만나고 온 이들이었다. 무슨 일이 벌어져도 이상하지 않아야 했다.

이상한 포만감을 느끼며 암자를 나왔다.

그다음부터는 같은 일의 연속이었다. 천룡무제신기를 일으켜 닥쳐오는 졸음에 맞서보려 했지만, 한번 찾아든 졸음은 절대로 몰아낼 수가 없었다. 같은 일을 몇 번이나 반복하다가, 강설영은 한 가지 사실을 깨닫게 되었다. 내공의 흐름이 점점 거세지고 있었다. 잠을 잘 때마다 내공수련이라도 한 것처럼 점점 더 공력의 깊이가 깊어지고 있었던 것이다.

“대항할 필요 없으니 그대로 내버려 두라.”

개명수의 충고는 마술의 주문과도 같았다. 강설영은 그때부터 수마와 싸우기를 깨끗이 포기했다. 쉽게 포기하는 것은 그녀의 성정과 어울리지 않는 일이었지만, 개명수의 말은 곧이곧대로 듣게 만드는 힘이 있었다. 어쩌면 충고가 아니라 진짜 주문을 건 것인지도 모를 일이었다.

여정은 길었다. 깨어 있을 때는 그 어느 때보다도 정신이 맑았지만, 막상 잠이 쏟아지면 속수무책으로 눈을 감아야 했다. 심지어 어쩔 땐 잠을 자는 동안 깨어 있을 때의 기억까지 사라지는 듯했다. 말하자면 거의 비몽사몽인 상태로 발을 옮긴 셈이었다.

“어? 여긴?”

“이곳은……!”

한참을 그렇게 움직였다.

그러다가 어느 순간 휴화산 자락에 서 있는 자신들을 발견했다. 그들이 처음 개명수를 만난 바로 그곳이었다. 일행은 너나 할 것 없이 크게 놀랐다. 붉게 흐르던 적수도, 꿈틀거리던 유사하도, 유황 연기가 치솟던 약수 계곡도 보지 못했는데, 어떻게 거기까지 온 것인지 도무지 알 수가 없었다.

어리둥절한 마음을 안고, 찬바람 불어오는 능선을 지나 회색빛 풀밭에 이르렀다.

무너지기 직전으로 보이는 조그만 사당이 일행 앞에 나타났다. 사당 안에 들어가자 오래된 벽화가 그들 앞에 펼쳐졌다. 벽화 한가운데에는 불 뿜는 산이 위치했고, 하늘을 나는 신선들이 도망치는 사람들을 구하고 있는 그림이었다. 염화산신선구제도(炎火山神仙救濟圖)라는 제목이 낡아빠진 벽면에 지워져 가는 흔적으로 남아 있었다.

"마지막으로 이 열매를 먹으라. 한 번 더 잠에 빠지겠지만 깨어나면 이전과 같은 졸음이 사라지게 될 것이다."

사당 안에 들어온 개명수가 푸른색 열매를 곽경무, 이군명, 여은에게 차례로 나누어 주었다. 열매는 앵두보다 조금 더 컸다. 엄습하는 수마(睡魔)에 지겨워져 있던 세 사람은 개명수를 의심치 않고 얼른 그 열매를 받아먹었다.

"음……!"

"아앗."

처음 복숭아를 먹고 쓰러질 때마냥 세 사람은 그렇게 픽픽 쓰러졌다. 개명수가 곽경무와 이군명을 붙잡아 눕혔고 강설영이 여은을 부축해 땅바닥으로 뉘었다. 강설영이 세 사람을 한 번 내려보고는 개명수에게로 고개를 돌렸다.

"저는 안 주시나요?"

개명수가 손을 내밀었다. 그의 손바닥엔 다른 세 사람에게 준 것과 다른 붉은 열매가 놓여 있었다.

"색깔이… 다르네요."

개명수는 잠자코 있었다. 이내, 강설영이 생긋 웃으며 열매를 집어 들었다. 그녀는 개명수를 믿었다. 잠에 취한 일행을 보살피면서도 단 한 번 지겨워하는 기색조차 보이지 않은 이다. 강설영이 열매를 입에 넣고 질끈 씹어 삼켰다. 시원한 느낌이 목을 타고 내려갔다.

"허락된 자는 너뿐이다. 성산에서 보고 들은 것을 그 누구에게도 가벼이 전하지 말라. 선물은 네 사람이 고루 받았으니, 빼앗긴 것에 대해 아쉬워하는 일은 없을 것이다."

"누구에게 말해도 믿지 않을 일인데요. 한데… 빼앗긴 것이라니……?"

강설영은 말을 제대로 잇지 못했다. 엄습해 오는 졸음은 지금까지 느꼈던 어느 때보다 더 빠르고 강했다.

"이제 작별이다. 바라는 것을 성취하기 위해 희생과 좌절을 뛰어넘는 것은 인간들의 업보이자 특권이다. 어떤 일이 닥쳐와도 흔들리지 않길 바라겠다."

강설영은 개명수의 말을 끝까지 듣지도 못했다.

잠에 빠져든 그녀는 꿈속에서 서왕모를 보았다. 등을 돌린 채 뭐라고 말을 하는데, 제대로 들리질 않았다. 뭔가 중요한 말이 분명했지만 이미 어둠 속으로 흩어진 말은 다시 주워 담을 방법이 없었다.

몸을 돌리자, 또 다른 사람의 뒷모습이 보였다. 비단 장포를 입은 남자였다. 처음에는 이군명인 줄 알았다. 그러나 아니다. 언제였던가, 적벽에서 본 남자다. 백색의 장포 자락에 천룡의 문양이 떠오르듯 나타난다. 뒤로 넘긴 머리는 흑단처럼 검고, 짙은 검미 아래 눈동자는 별빛과도 같았다.

남자의 양옆의 어둠 속에서 두 개의 그림자가 흐릿하게 솟아올랐다. 검은 피부와 하얀 피부를 지닌 자들이었다. 그들이 그녀를 향해 다가왔다.

뒷걸음질을 쳤다. 하지만 두 남자는 빠르게 날아들더니 그대로 그녀를 지나쳐 버렸다. 고개를 돌려 두 남자를 눈에 담았다. 두 남자가 먼 곳의 누군가를 향해 달려들고 있었다.

먼 곳의 누군가가 양손을 들었다. 한 손에는 타오르는 불덩이를, 다른 손엔 번쩍이는 빛무리를 들고 있었다.

문득 다시 고개를 돌렸다. 백색 장포 자락이 눈앞에 다가와 있었다. 얼굴을 보았다. 얼굴엔 눈 코 입이 없었다. 공포가 엄습했다. 뒷걸음질을 치며 눈을 질끈 감았다 떴다. 가면인가 하는 생각이 들었다. 그러자 그 얼굴은 정말 가면을 쓴 얼굴이 되어 있었다.

무슨 가면인지는 알 수 없었다.

백포의 남자가 가면을 벗었다.

나쁜 기억만을 남긴 채 헤어졌던 남자의 얼굴이 거기에 있었다. 난데없는 꽃잎이 비처럼 쏟아졌다. 왼쪽 어깨가 아려왔다.

남자가 다가왔다. 남자가 손을 들어 얼굴에 가면을 썼다.

갑작스레 겁이 났다.

남자의 얼굴이 코앞에 다가왔다. 가면이 사라졌다. 이군명의 얼굴이 거기에 있었다. 이군명이 입을 벌렸다. 삼켜지는 게 아닐까 무섭다는 기분이 들었다. 뻥 뚫린 어둠이 그 안에 있었다.

"아가씨."

누군가의 목소리가 들렸다.

"아가씨."

빨려들어 갈 것 같은 어둠이 모든 것을 물들이고 있었다.

"아가씨!"

"헉!"

그녀가 깜짝 놀라 눈을 떴다. 눈앞에 있는 것은 이군명이 아닌 여은이었다. 그녀가 강설영을 깨운 것이다.

"이번엔 우리가 먼저 일어났네요."

"응. 그러게 말야."

"어떻게 여기까지 온 거죠?"

"모르지."

강설영은 대수롭지 않게 답했다. 고개를 몇 번 흔들고 두 손을 들어 양 뺨을 살짝 두 번 때렸다. 정신이 더 맑아졌다.

"끄응……."

신음 소리를 내며 일어났다.

곽경무가 뒷목을 주무르며 서 있었다. 그 옆으로 이군명이 보였다. 그녀와 눈이 마주친 이군명이 부드러운 미소를 지었다. 이군명은 다소 혼란스러운 얼굴이었지만 두 눈에 담긴 무조건적인 호의만큼은 영원히 변치 않을 것 같았다. 꿈속의 일이 머릿속을 스쳤다. 이군명은 이렇듯 전혀 무섭지 않았다. 무서울 수가 없는 사람이었다. 왜 그런 기분이 들었는지 도통 알 수가 없었다.

발을 옮기던 그녀는 순간, 몸이 이상하게 가볍다는 사실을 깨달았다.

수십 근짜리 족쇄를 한순간에 벗어버린 느낌이었다. 등 뒤에 날개가 달린 것마냥 내딛는 발끝이 깃털같이 느껴졌다.

"내공이……."

원인은 금세 알았다. 천룡무제신기가 살아 있는 듯 꿈틀거리며 기혈을 치달리고 있었다. 일찍이 경험해 보지 못한 대단한 기세였다. 그럴 수 있는 이유는 오직 하나였다. 내공이 놀랍도록 증대되어 있었던 것이다.

"나만 그런 건가요?"

강설영이 물었다.

대답은 아니다였다. 이군명과 곽경무도 마찬가지였다. 표현하는 말은 제각각이었지만, 강설영과 비슷한 걸 느끼고 있음이 분명했다.

"하단전의 용량이 대단히 커졌어. 아무 잡념 없이 몇 년 동안 내공수련만 한 것 같아."

"진기의 흐름이 정갈해졌습니다. 굳이 말하자면 몇십 년 젊어진 것 같습니다, 아가씨."

여은에게도 물어봤다. 대답은 조금 달랐다.

"그냥 이상해요. 뭐랄까. 발이 좀 붕 뜨는 것 같구……."

여은은 그동안 계속하여 무공을 가르쳐 왔지만 고수의 경지에 이르지 못했음인지, 이군명과 곽경무만큼의 변화는 느끼지 못하는 것 같았다.

"영약이라도 먹은 것 같은……."

그 순간, 강설영의 머리를 퍼뜩 스치는 것이 있었다.

"복숭아!"

서왕모의 궁전에서 먹은 복숭아가 떠올랐다. 인세의 그것 같지 않았던 달콤한 맛부터 씨앗까지 먹을 수 있었던 신기한 성질, 거기에 서왕모 반도원의 삼천 년 복숭아라는 전설까지.

달리 생각할 도리가 없었다. 그들은 자신도 모르는 사이에 내공 중진의 영약을 먹은 것이 틀림없었다.

한데.

세 사람의 반응이 묘했다. 적어도 강설영이 예상했던 반응과는 전혀 달랐다.

"복숭아라뇨, 아가씨?"

"복숭아? 영 매, 무슨 소릴 하는 거야?"

"복숭아 말이에요. 서왕모의 벽옥궁전에서 먹었잖아요. 다 같이."

"서왕모의 벽옥궁전? 꿈이라도 꿨어?"

"에? 군명 오빠? 기억 안 나요?"

"무슨 기억?"

"곤륜 도사 개명수를 만나고 곤륜성산에 다녀온 거 말예요."

"아가씨, 뭔가 착각하고 있는 것 같습니다만."

보다 못한 곽경무가 나섰다. 하지만 그가 편을 든 것은 강설영이 아닌 이군명이었다. 그의 목소리가 침중하게 이어졌다.

"우린 개명수란 사람을 만나 그가 준 기이한 열매를 먹고 정신을 잃었을 뿐입니다. 깨어보니 이곳 사당 안이었고요."

"아, 그래요. 그 열매를 먹고 잠이 들었죠. 내 말은, 그전에 만나 약수를 건너고……."

강설영이 중간에 말을 끊고 고운 아미를 찌푸렸다. 이군명, 곽경무가 걱정 어린 눈빛으로 그녀를 바라보고 있었다. 여은은 당장이라도 울음을 터뜨릴 듯 숫제 울상을 짓고 있는 상태였다.

"그러니까……."

말을 이으려는데 개명수의 마지막 말들이 귓전을 울렸다.

성산에서 보고 들은 것을 그 누구에게도 가벼이 전하지 말아야 한다.

선물은 네 사람이 고루 받았으니, 빼앗긴 것에 대해 아쉬워하는 일은 없을 것이다.

그냥 섣불리 소문내지 말라고 경고하는 것으로만 들었었다. 그게 아니다. 그 의미를 이제야 제대로 알겠다.

허락된 자는 강설영뿐이라 했다. 또한 개명수는 '그 누구에게도' 라는 단서를 붙였다.

그것은 아마도 그녀의 일행인 이 세 명을 포함한 말이리라.

그렇다면 선물은 무엇일까.

답은 이미 나와 있었다. 요지에서 먹은 복숭아이다. 그들이 얻게 된 공력을 뜻함이었다.

그리고 마지막.

빼앗긴 것도 뭔지 알았다. 아쉬워할 일이 없을 그것은 다름 아닌 곤륜에서의 기억이다.

이 셋은 곤륜성산에 대한 기억이 없다. 이들은 서왕모의 복숭아를 기억하지 못한다. 그토록 아름다웠던 요지도, 예쁘게 살랑거리던 파란 옷의 소녀들도 이들은 기억하지 못할 것이다. 그들의 눈빛이, 그들의 표정이 그 사실을 분명하게 말해주고 있었다.

"아, 아니에요. 제가 꿈을 꿨나 봐요."

그렇게 말할 수밖에 없었다. 아니, 진짜 꿈을 꾼 것 같기도 했다.

그래서 그녀는 자신의 품속을 뒤졌다. 딱딱한 옥갑이 손에 잡혔다.

'꿈이 아냐.'

세 사람의 얼굴을 돌아보았다. 무슨 일이냐며 똑같이 의아한 표정들을 짓고 있었다.

"진짜 괜찮아요. 걱정 안 해도 돼요."

성산 곤륜에 올라갔던 이야기를 하나하나 속속들이 말해주고 싶었다. 꾹 참고 입을 다물었다. 그녀가 만난 서왕모는 일찍이 겪어본 적 없었던 신적인 존재였다. 오직 하나 비슷한 사람이라도 꼽자면 그녀의 사부 정도가 다였다. 혼란스러운 와중에도 그녀가 뚜렷하게 알고 있는 것이 한 가지 있다면, 그것은 서왕모나 사부 같은 이가 이유 없는 소리를 전할 리 없다는 사실이었다. 허락된 이가 그녀밖에 없다고 하였으면, 그건 그렇게 두어야 한다. 세 사람에겐 그동안의 일을 이야기하지 않기로 결심했다.

"근데… 개명수님이 뭐라고 했었죠?"

"영 매, 진짜 어디 아프거나 한 건 아냐?"

"아니에요. 좀, 그냥 헷갈리네요. 워낙 생생한 꿈을 꿔서 말이죠."

"그래도 그렇지. 개명수 도사가 그랬잖아. 성산 곤륜으로 가는 길은 완전히 폐쇄되어 아무도 들어갈 수 없다고 말야."

강설영의 눈에 이채가 스쳤다.

기억을 없앴을 뿐 아니라, 조작까지 한 모양이었다. 옆에서 곽경무가 진득하게 고개를 끄덕이는 것이 보였다. 여은까지 세 사람 모두가 같은 것을 들은 것이 틀림없었다.

"아, 맞아요. 그랬었죠."

그녀는 그렇게 맞장구를 치는 것으로 이 대화를 마무리 지었다. 그게 최선이라 생각했기 때문이다.

그녀가 자리에서 일어나 세 사람을 둘러보았다. 문득, 양옆 벽면에 있는 벽화들이 새롭게 비쳐들었다. 불 뿜는 산이 그려진 것은 정면의 벽이라, 다른 벽에도 그림이 있다는 걸 미처 깨닫지 못했었다. 왼쪽 벽에는 신선들에게 절을 올리는 사람들이 그려져 있었고, 오른쪽엔 불 뿜는 산이 굳어지고 새롭게 집으로 돌아가는 사람들이 그려져 있었다.

"아직도 좀 정신이 없는 것 같아 보이네."

이군명의 목소리가 상념을 비집고 들어왔다. 그의 목소리가 이어졌다.

"그보다 영 매, 앞으로는 어떻게 할 생각이야?"

강설영의 시선이 이군명의 얼굴에 잠깐 머물렀다. 그녀의 눈이 오른쪽 벽으로 향했다. 고운 입술이 열리고, 나지막한 목소리가 흘러나왔다.

"돌아가야죠."

"돌아가? 어디로?"

"집으로요."

"응. 하긴 그래야지…… . 엉? 아니, 지, 집이라고?"

이군명이 바보 같은 표정을 지으며 되물었다.

곽경무와 여은도 가히 다르진 않았다. 곽경무가 어안이 벙벙한 얼굴로 확인하듯 물어왔다.

"아가씨, 집이란 건, 광동 강씨금상을 말하는 거……."

"맞아요, 곽 노대."

"꺄악! 진짜예요? 아가씨?"

"그래. 집으로 돌아가려구."

세 사람은 도무지 믿을 수가 없다는 얼굴을 하고 있었요. 이군명이 크게 당황한 말투로 더듬더듬 입을 열었다.

"그, 그럼. 천잠보의… 를… 찾는 것은, 포기… 하는 거야?"

"아뇨."

"아, 아니라니?"

"개명수님에게 실마리를 한 가지 얻었어요. 집에 돌아가서 확인해 볼 게 있어요."

"개명수에게? 어, 언제?"

"세 사람이 잠든 다음에요."

"무슨 소리야. 모두 동시에 잠들었잖아."

"중간에 깼었어요. 개명수님이 저에게만 이야기해 주셨죠."

거짓말이 잘도 흘러나왔다. 이군명이 고개를 설레설레 흔들며 그녀의 얼굴을 살폈다.

"여, 영 매. 정말 괜찮은 거야? 아직도 꿈이랑 혼동하는 거 아냐?"

"아니에요. 아깐 그랬지만, 지금은 진짜, 진짜로 멀쩡해요."

세 사람의 눈빛은 여전했다. 마치 처음 보는 사람을 보는 듯이 그녀를 쳐다보고 있었다.

그녀가 돌아섰다. 다 부서져 가는 사당 문을 활짝 열었다. 찬 바람이 훅 끼쳐들었다.

‘그래, 이렇게 한 발, 한 발 나아가는 거야.’
그녀가 말했다.
“곽 노대, 가요. 금상으로.”

제41장 실체(實體)

한 가지 얼굴만을 가진 사람은 없다.

사람은 상황과 장소에 따라 여러 가지 면모를 보이게 되어 있다.

희대의 악당도 때로는 선할 수 있고.

위대한 영웅도 때로는 악할 수 있다.

진짜 자기 모습을 보여주는 순간이란 아무 때나 찾아오지 않는다.

진짜 자기 모습이 무엇인지 스스로 깨닫는 순간도 쉽게 찾아오는 것이 아니다.

실체.

누군가의 진면목.

누군가는 죽음의 앞에서 그 모습을 드러내고.

누군가는 끝없는 절망 앞에서 그 모습을 찾는다.

누군가는 은은한 기쁨 속에서 그 모습을 깨닫고.

누군가는 다른 누군가의 가르침으로 그 모습을 배우게 된다.

…(중략)…….

한백무림서 미완

한백의 일기 中에서.

오원의 인구는 무서운 속도로 불어났다.

오원 근역에서 유입된 사람만 며칠 새에 수백을 헤아렸다. 무구고원에서는 삼천 명이 내려왔다. 사람들의 행렬은 결코 멈출 줄을 몰랐다. 멀리 타가와 맹획의 지배 영역에서도 탈주자들이 흘러들었다. 려족과 장족은 물론, 목숨을 구걸하는 몽고족까지 있었다. 오원에만 들어오면 모든 삶이 나아질 것이라 생각하는 듯했다.

오원의 인구가 무구고원을 앞지르기까지는 불과 한 달밖에 걸리지 않았다. 무구고원에 남은 사람은 오천 남짓이었다. 사람들은 계속 늘어났다. 오천을 가볍게 제치고 육천을 우습게 알더니, 팔천이라는 숫자까지 넘겨 버렸다.

허유와 우목, 그리고 양무의는 난민을 난민으로 놔두지 않았다. 들어오는 족족 모든 이들을 적재적소에 배치하여 인력 낭비를 최소화했다. 급격한 인구 증가로 발생한 식량난은 사냥과 채집으로 해결하기로 했다. 방어 인원을 제외한 거의 모든 전사들은 사냥에 투입되었다. 다행히도 사냥감은 곳곳에 널려 있었다. 오원에 사람들이 줄어들면서 주변 산야에 야생동물이 넘쳐 나고 있었기 때문이다. 첫 작물을 거두기 전까지만 그렇게 버티기로 하고, 야생동물들의 가축화 작업을 병행했다. 식량 수급이 점차 안정화되자, 사람들은 고기와 과실, 가축과 땔감을 교환하며 각자의 살길을 모색하기 시작했다. 오원 중앙대로를 중심으로 시장까지 생겨났다.

모든 것이 너무 빠르게 일어나고 있었다.

물자는 터무니없이 부족했고, 필요한 것은 산더미처럼 많았다. 자급만으로는 어렵다는 결론이 났다. 허유는 중원과의 교역로를 물색했다. 운남 중부에 위치한 도시들 중에서 몇 군데 후보지를 정한 후, 양무의와 우목에게 조언을 구했다. 이구동성, 신평으로 의견이 모아졌다. 양무의는 장익에게 황금 이십 관을 들려 보냈다. 자금은 충분했다. 아야크에게 탈취해 온 금괴는 한 푼도 쓰지 않았다. 무구고원에서는 금괴를 쓸 곳이 없었기 때문이다. 이십 관을 제외하고도 팔십 관이라는 금괴가 고스란히 남아 있었다.

장익은 보름 만에 돌아왔다. 기반 작물의 종자는 물론이요, 당장 먹을 수 있는 식량과 입을 수 있는 의복, 농기구와 병장기까지 수십 대의 마차를 끌고 왔다. 마차엔 심지어 병을 고치는 의원(醫院)들과 물건을 만드는 직인(職人)들까지 실려 있었다.

오원은 순식간에 마을 수준을 넘어 도시 규모로 성장했다. 허유, 우목, 양무의 세 모사의 능력이 빛을 발했다. 조정의 유능한 관리들도 골머리를 싸맬 일들을 뚝딱뚝딱 쉽게도 해치웠다.

길과 건물들이 정돈되고 각 부족들의 거주지가 구분되었다. 그러면서 사람들 사이에 분쟁이란 것이 생겨나기 시작했다. 대부분은 부족과 부족 간의 믿음이나 풍습 차이에서 비롯된 텃세 싸움이었다.

그와 같은 분쟁은 마건위가 나서서 해결했다.

마건위는 그 누구보다 그런 일에 익숙한 자였다. 그는 채찍과 당근을 적절히 사용할 줄 알았다. 앞으로도 문제를 크게 일으키겠다 싶은 놈은 가차없이 응징했고, 억울한 일을 당한 자에겐 그만큼의 보상을 약속했다. 마건위는 스스로의 판단력을 못 믿겠다며 회의감에 빠져 있었지만, 오히려 예전보다 공평한 결단을 내리는 것 같았다. 막상 일 처리를 하는 것을 보고 있자면 흠잡을 곳이 거의 없을 정도였다.

세 달. 고작 세 달로 충분했다.

황폐했던 오원이 생기있는 도시로 부활하는 데 걸린 시간이다. 생식기간이 짧은 도(桃:수수)와 직(稷:피)을 심은 밭들은 벌써부터 수확 시기가 가까워졌다. 풍부한 수원에 비옥한 토지는 오랫동안의 황폐화에도 불구하고 사람 손이 닿자마자 빠르게 옛 모습을 되찾아가고 있었다.

"맹획과 타가를 토벌한다. 첫 번째 목표는 녹풍원이다."

우목이 선언했다.

방어, 반격도 아닌 토벌이다. 전사들이 고동치는 가슴을 안고서 너도나도 공격에 나서겠다고 아우성을 쳤다.

기병과의 전투를 상정하고 날렵한 창병들을 중심으로 선봉대를 짰다. 그렇게만도 천 명이다. 도병, 기수병, 보급대, 고수병들을 뽑아 천 명을 더 채웠다.

도합 이천의 토벌대가 조직되었다.

우목과 마건위가 지휘를 맡고, 단운룡과 태자후, 그리고 막 기력을 회복한 효마가 최전방에 포진했다. 제발 데려가 달라는 막야흔에겐 남왕궁 토벌의 선봉을 약속했다.

나머지 고수들은 전부 다 오원 방어를 위해 남았다. 만에 하나라는 것을 대비하기 위함이었다. 천삼괴, 지사괴, 황육괴, 삼괴를 다 잃은 맹획이 무슨 일을 저지를 수 있겠냐마는 그래도 혹시 모르는 일이었다. 막야흔과 엽단평, 궁무에 삼 인만 있으면 오원 침공을 중간부터 저지할 수 있다. 백가화와 도요화는 나설 필요도 없다. 맹획이 직접 와도 그 세 명 중 하나면 잡을 수 있을 것이다. 막 활기를 띠어가는 오원에 전운이 드리워서야 아니 될 일이었다.

"여기서부턴 타가군의 지배 영역이다. 모두 긴장하도록!"

우목이 전사들에게 말했다.

전사들은 긴장하는 대신, 감격의 표정을 감추지 못했다. 도망치거나 끌려가는 것이 아닌, 온전히 제 의지로 밟는 타가의 영역이었다. 별것 아닌 것 같아도 전사들에겐 역사적인 첫걸음이라 할 수 있다. 나아가는 전사들의 기세가 하늘을 찔렀다.

첫 번째 전투는 타가 영역 원남산에서 있었다. 타가의 점령,

맹획의 침공, 다시 타가군 재탈환의 부침을 겪은 원남산 마장(馬場) 진지는 경계가 자못 삼엄했다. 기병 병력도 꽤 많아 오백여 기에 이르는 것 같았다.

오원 전사 이천 대 기병 오백.

오백이 뭐가 많냐고 하겠지만, 계속된 전쟁과 회한평 전투로 맹획과 타가 양측 다 총병력의 숫자가 형편없이 떨어진 것을 감안하면, 오백도 결코 적지 않은 숫자라 할 터였다.

효마의 활약, 전사들의 분투, 무엇보다 수적인 우위로 말미암아 원남산 전투는 대승으로 끝이 났다. 단운룡과 태자후는 손을 쓰지도 않았다. 전사들은 할 수 있다는 자신감에 불타올랐다.

대여 땅까지 쭉 진격하는 동안 전사들은 두 번의 전투를 더 치러냈다. 물론 결과는 둘 다 압승이었다. 대여에서는 우목의 지략이 빛을 발했다. 적의 수는 칠백으로 원남산보다 많았고, 네 개의 진용으로 분리하여 방진을 짠 것이 만반의 준비가 되어 있는 것으로 보였다.

우목은 마건위와 허유의 노련한 지휘력을 활용하여 산개 공격을 개시했다. 먼저 네 개로 나뉘어진 적 기병들의 양익(兩翼)을 흔들고, 중앙 두 부대를 일천 명 전사들의 안쪽으로 유인했다. 적들은 우목의 생각대로 반응했다. 밀면 물러나고 잡아당기면 끌려왔다. 기병들의 대열이 속수무책으로 붕괴되었다. 뛰어난 지휘관이 없는 기병들은 흐트러진 진용을 쉽사리 수습하지 못했다.

적들에겐 퇴각 말고 달리 선택의 여지가 없었다. 도망치는 기병들은 오십 기가 채 되지 않았다. 오원 전사들은 백 명 정도가 죽고 다쳤다. 적들이 기병부대인 것을 감안하면 실로 미비한 피해였다.

그렇게 대여를 치고 녹풍원으로 향했다.

녹풍원 바로 앞에서 최후의 교전을 했다. 이미 타가군 기병들은 그들이 지녔던 용맹함을 모조리 상실한 상태였다. 무기력한 돌진 몇 번, 전사들의 반격. 그리고 끝이었다. 마지막 발악이라 부르기에도 민망한 싸움이었다.

녹풍원의 성벽은 높았다.

맹획의 화포 세례에 박살난 뒤, 재건에 들어간 성벽은 전보다 더 견고해진 구조와 강도를 자랑하고 있었다. 그러나 아무리 잘 지어진 성벽이라도 충분한 방어 병력이 배치되지 않고서는 그저 거대한 돌덩이에 불과할 뿐이었다. 궁병의 수는 터무니없이 부족했으며, 수성(守成) 병사의 수도 적다. 그나마 있는 기병들도 성벽을 끼고 하는 전투에는 적합하지 않았다.

"열어라!"

"수문군을 처리했다. 위로 올라가!"

"기병 격파 완료! 성문을 연다!"

성벽은 허무하게 뚫렸다.

맹획군도 간단히 뚫어냈었던 성벽이었다. 사기가 오를 대로 오른 전사들은 화포를 앞세운 맹획군보다도 강했다. 꽉 닫힌 성문을 어렵지 않게 열어젖혔다.

와아아아아!

전사들의 함성 소리가 녹풍원을 뒤덮었다. 불에 탔던 녹풍원은 그사이에 다시 푸른 풀밭으로 돌아와 있었다. 기어코 여기까지 치고 들어온 전사들마냥 운남의 초목들은 억세고 강인하기만 했다.

"장군! 그만 가셔야 합니다!"
타가의 빠오 안에서.
아야크는 다시 한 번 타가를 설득하고 있었다.
회한평 때와 같은 상황이었다. 적들은 턱밑까지 치고 들어왔고, 이대로면 당할 수밖에 없었다. 금원원에 남은 금괴들은 이미 도주 준비가 끝났다. 다섯 대 이두마차에 나눠 담긴 채 출발 명령만을 기다리고 있었다.
"금원원 정리는 끝났습니다. 장군만 가시면 됩니다!"
"금원원이라……."
"장군! 어서 결단을 내리십시오!!"
"아야크, 세 달 동안 우리는 무엇을 한 것일까……."
타가의 목소리엔 허탈함이 가득했다.
맹획과의 대전쟁 이후, 일곱 대 남아 있던 금괴마차 중 한 대 분인 금괴 오십 관을 성벽 보수와 군사물품 정비에 썼다. 그때는 그런대로 괜찮았다. 성벽도 튼튼하게 다시 올렸고, 병력 내실과 기병 전투력도 엔간한 만큼은 끌어올릴 수 있었다.
회한평 전투 이후엔 달랐다.
또 한 대 분의 금괴를 투입해 손실을 회복해 보려고 했지만, 제대로 되는 것은 아무것도 없었다. 몽고족 출신 기병들은 여전한 충성도를 보여주었지만, 그들 외엔 그렇지 못했다. 하부 군 조직과 영역 내 부족에 대한 지배력은 절망적인 수준으로 떨어져 있었다. 지배하의 부족 마을들에서는 탈주와 반란이 하루가 멀다 하고 일어났다.

모든 것이 나빴지만 그중에서도 최악은 북방에서 들려온 패전 소식이라 할 수 있었다.

북원의 수도, 카라코룸이 함락당했다는 전언이 당도했다. 군신(軍神) 챠이께서 전사하셨다는 말도 안 되는 이야기까지 들렸다.

타가는 믿지 않았다.

군신은 말 그대로 신(神)이었다. 챠이는 불멸과 무적의 상징이었다. 그러나 모든 병사들이 타가와 같은 신심(神心)을 지닌 것은 아니었다. 심지어 아야크마저도 북원의 패배를 기정사실로 받아들이는 것 같았다.

외곽 기지들에서 탈영병이 속출했다. 병량은 전쟁시도 아닌데 쑥쑥 줄어들기만 했다. 며칠 전에는 녹풍원 기병들의 탈주 보고까지 들어야 했다. 재기(再起)란 그저 꿈같은 이야기일 뿐이었다.

"하지만 장군……!"

"중원으로 가자."

"……!!"

타가가 일어났다. 아야크의 눈에 희망의 불꽃이 피어올랐다. 아야크가 재빨리 검을 챙기고, 앞장서 발을 옮겼다. 타가가 그의 뒤를 따랐다. 아야크가 빠오의 천막을 걷으며 말했다.

"이쪽으로 오십… 크윽!"

아야크가 옆구리를 감싸고 주저앉았다. 아야크가 떨리는 눈으로 고개를 돌려 타가 쪽을 올려보았다.

"자네는… 참 좋은 군사(軍師)였다."

타가가 씨익 웃으며 말했다. 아야크의 얼굴에 비치던 희망이 연기처럼 스러졌다. 반신(半身)의 마혈을 제압당한 그는 몸을 일으킬 힘이 없었다. 타가가 하나밖에 없는 손을 들어 아야크의 수혈 위에 올렸다.

"자, 장군… 이러지 마십시오."

"알고 있잖나. 초원의 전사들은 패장(敗將)을 용서할 만큼 관대하지 않아. 안 그래도 척박한 이 땅에서, 이만큼 따라준 것만으로도 기적이지."

타가는 문제의 핵심을 정확히 알고 있었다.

회한평에서의 패배 이후에 재기가 힘들었던 것은 결코 이상한 일이 아니었다. 타가군은 태생적으로 한 번 패망한 제국의 잔당들이라는 한계를 안고 있었다. 그것을 여기까지 끌어올 수 있었던 것은 타가라는 인물이 지니고 있었던 불패의 영웅성 덕분이었다.

그 영웅성이 깨져 버렸다는 것이 중요하다.

중원을 침공하다 점창파에 막힌 것도 아니요, 황군과 대대적인 결전을 벌인 것도 아니었다. 그런데도 대패를 면치 못했다. 불신감보단 실망감이다. 십 년 넘게 칼을 갈았지만 한번 제대로 휘둘러 보지도 못한 채 엉뚱한 놈들 앞에서 깨져 버렸다. 그 자체만으로도 절대적인 절망이라 부를 수 있었다.

"난 초원 전사들의 구심점이 될 자격을 잃어버린 자다. 이제야 분명히 깨달았다. 다른 땅, 다른 사람, 다른 이름으로 새롭게 시작해야 해. 그래야 시도라도 해볼 수 있을 것이다."

"그렇지 않습니다. 장군, 타가 장군이 아니라면 대체 누가 그것을 할 수 있겠습니까."

"대업(大業)은 자네가 잘 이어줄 것이라고 믿어. 중원으로 가라. 이 땅엔 미련 두지 마. 북원이 패퇴했다고 초원의 정신까지 무너진 것은 아니다. 명 제국의 턱밑에 큰 거 하나 올려붙여 줘야지."

아야크는 타가의 미소가 눈부시다 생각했다. 타가의 말은 거기까지가 끝이었다. 타가가 손가락에 진기를 모았다. 수혈을 짚었다. 아야크의 눈이 스르르 감겼다. 축 늘어지는 아야크의 몸을 손 없는 왼팔로 받쳐 들었다.

"철기대."

"예!"

흑마철기대 젊은 부장(副將)이 우렁차게 답했다. 아무런 감정이 없는 것 같은 목소리였지만, 그 마음속에 격동이 끓고 있음은 타가도 알고, 부장도 알았다.

"아야크를 잘 보위하라."

"존명!"

흑마철기대는 한 명 한 명이 믿을 수 있는 심복들이었다. 그렇기에 타가는 최대 기밀사안을 서슴지 않고 말했다.

"뒤도 돌아보지 말고 중원으로 들어가 강서 백운산의 허기량이란 자를 찾아라. 명 제국 전복을 획책하는 자들과 손잡을 수 있을 것이다."

북방전쟁의 패배는 엄청난 의미를 지니고 있었다. 이 땅뿐 아니라 명 제국에 흩어진 수많은 몽고 전사들에게 크나큰 절망을 안겨줄 것이었다.

그들을 모아서 후일을 도모한다는 것은 쉬운 일이 아닐 것이다. 그렇다면 차라리 명나라 내부의 불만세력과 협조하는 것이 나을 수 있다.

한족과 교류하는 것.

타가는 잘 못해도 아야크는 할 수 있을 것이다. 타가는 아야크를 믿었다. 철기대 부장이 아야크를 들쳐 업었다. 타가가 마지막으로 말했다.

"절대로 죽으면 안 된다. 내 푸른 하늘로 올라가 영원토록 너희를 지켜주리라."

철기대가 금원원으로 향했다.

쌍두마차 다섯 대가 달리기 시작했다.

타가가 몸을 돌렸다. 녹풍원 한복판으로 성큼성큼 발을 옮겼다. 오래전부터 그의 적이었던 자들이 두 눈에 한가득 잡혔다.

마건위와 허유가 거기에 있었다.

이상하게 반갑다. 생판 모르는 놈들에게 당하는 것보다는 익숙한 놈들이 더 낫다.

웃음이 나왔다.

맹획이 이 자리에 있으면 좋겠다는 생각까지 했다.

그래. 그것도 좋을 것이다.

최후의 축제. 목숨을 내주고 즐기는 나다무니까.

"오라! 타가가 여기 있다!!"

그의 목소리가 녹풍원 푸른 바람을 갈랐다.

저벅, 저벅.

구름이 갈라지고 태양이 얼굴을 내민다. 비단폭처럼 내려오는 광휘가 녹풍원 한가운데를 비추었다.

둥글게 솟은 언덕 위.

타가는 언제나 그곳에 앉아 초원의 바람을 즐겼다.

그의 앞으로 한 발 한 발 걸어오는 자가 있다.

두 남자가 마주 섰다.

둘 모두 모진 풍파 헤쳐 오며 이 대지를 밟아왔던 이들이다.

공통점은 또 있다.

그동안 많은 것을 잃었다.

수하, 동료, 친구, 터전, 소속감, 자긍심, 성취욕.

…그리고 한쪽 손까지.

마주 선 두 사람은 서로의 모습을 보며 또한 자기 자신의 모습을 보았다.

타가와 마건위는 그렇게 만났다.

노려보는 것도 아니었다. 그저 오랜 친구를 조우한 것마냥 그렇게 서 있었다.

마건위가 먼저 천천히 입을 열었다.

"셋이서 균형을 맞추던 시절을 기억해. 결국은 너희 둘이 손을 잡았지. 나도 그랬으면 했던 적이 있었다. 둘이 손을 잡고 하나를 밀면 어떨까 하고 말이다."

타가는 말이 없었다. 맹획과 손을 잡던 시절을 떠올리는 듯 그의 눈빛이 회상으로 젖어들었다. 잠시 말을 멈추었던 마건위가 허탈한 웃음을 지으며 입술을 뗐다.

"항상 생각했었다. 손을 잡으면 어느 쪽과 잡아야 할까. 맹획인가, 타가인가… 맹획과 손을 잡자니 되려 잡아먹힐까 성정이 걸리고, 타가와 손을 잡자니 원 제국 잔당이란 무리수가 있고……. 그러나 몇 번 고민을 해도 답은 항상 똑같았지. 우리 입장에선 둘 다 악당이지만 말야. 그래도 네놈이 좀 더 낫더군. 연합 전선을 구축하려면 맹획이 아닌 타가와 해야겠다고 결론지었다. 정말 그렇게 생각했었어."

타가가 기분 좋게 웃었다.

마건위는 그를 조롱하거나 비웃는 것이 아니었다. 진심이란 것을 알 수 있었다. 타가가 고개를 끄덕이며 물었다.

"이유가 무엇이었는지 물어봐도 될까?"

"글쎄. 그냥 네놈과는 손을 잡아도 될 것 같았다. 맹획? 좀 그렇잖아. 그런 놈하고 뭔가 함께 일을 벌인다는 것 말이다."

"후후후후. 그럴 수도 있겠군. 하지만 그건 교활한 늙은 뱀 입장에서 할 말은 아니라 생각하지 않나?"

"하하. 그 말도 맞아. 나라도 나와는 손잡기 꺼려졌겠어."

타가와 마건위는 함께 웃었다.

전장의 한가운데라는 상황만 아니었다면, 인심 좋은 주인과 간만에 온 손님의 대화처럼 들렸을 것이다.

"옛 이야기는 그만 하고… 슬슬 결착을 지어야지?"

"물론."

타가가 앞으로 한 발 나섰다. 마건위는 연검을 뽑아 들었다.

그것이 신호라도 된 듯 녹풍원을 몰아치던 모든 싸움이 일순간에 가라앉았다. 막 마주 서서 상대의 목숨을 노리던 전사들과 기병들도 겨누었던 칼을 집어넣었다.

전사는 숨을 죽이고, 기병은 눈을 빛냈다. 주먹을 휘두르며 함성을 지르던 전사들도, 비척비척 일어나는 기병들도 모두가 그곳으로 시선을 돌렸다.

쉬익!

연검이 녹풍원의 바람을 갈랐다.

타가는 앞으로 내딛었던 발을 빼면서 가볍게 연검의 사정거리에서 벗어났다. 휘어져 들어오는 검격이 무척이나 사나웠다. 시작부터 전력을 다한 것이다.

텅! 타가가 자세를 낮추고 땅을 박찼다. 그 역시도 처음부터 총력전이다. 백사타검법의 총아가 그의 전신을 노렸지만, 타가의 반응속도는 무섭도록 빨랐다. 몸을 젖히고 다시 비틀며 순식간에 거리를 좁혀온다. 연검의 빗줄기를 뚫고, 권각체술의 타격범위를 단숨에 확보해 냈다.

콰악! 휘잉!

옷깃을 잡아당겨 팔꿈치를 후려친다. 아슬아슬하게 얼굴을 스치는 일격이다. 마건위의 백발 수십 가닥이 풍압에 휩쓸려 끊어졌을 정도다. 초근접 거리. 마건위의 연검이 되돌아 꺾이며 타가의 어깨를 훑었다.

스각!

핏물이 튀었다. 타가는 눈 하나 깜짝하지 않았다.

그대로 허리를 틀고, 오른손 손바닥을 밀어친다. 너무나도 빠르고 급작스러워 피하거나 막을 방도가 없었다. 마건위가 이를 악물었다. 공력을 가슴에 집중하여 내공방패를 만들었다. 정타를 허용할 바엔 충격이라도 줄여야 했다. 통렬한 타격음이 가슴팍에서 터져 나왔다.

퍼엉!

울컥 하고 목구멍으로 뭔가가 솟구치는 게 느껴졌다. 정신까지 아득해지는 일장이었다. 하지만 마건위는 피를 토하지도, 정신을 잃지도 않았다. 밀려 나간 탄력을 왼발 끝에 실어 회전력으로 바꿨다. 그의 연검이 무서운 속도로 뻗어나갔다.

콰가각!

뼈를 가르는 소리가 울려 퍼졌다. 마건위의 눈썹이 꿈틀 위쪽으로 치켜올라 갔다.

헐렁한 소매, 핏물이 마구 쏟아지고 있었다.

타가가 웃으며 말했다.

"미안하지만 왼손은 이미 없다구."

왼손이 있던 자리를 수직으로 갈라서 박혔다. 뼈가 깨지는 소리까지 들렸으니 팔꿈치에 이르는 요골이나 척골 중 하나는 완전히 날아갔을 것이다. 검날이 남아 있던 팔뚝을 가르고 팔꿈치 근처까지 닿아 있었다. 그런데도 타가는 웃음을 짓는다. 소름이 쫙 끼친다. 마건위가 이를 악물고 연검을 잡아 뽑았다.

"큭!"

마건위의 미간이 확 찌푸려졌다. 바위틈에라도 끼인 듯 검날이 뽑혀 나오질 않는다. 마건위가 손목을 비틀었다. 살갗과 근육이 갈라지며 핏물이 한 움큼 쏟아졌다. 그럼에도 타가의 얼굴에 떠올랐던 미소는 지워지지 않았다. 타가가 검이 박힌 팔꿈치를 안쪽으로 끌어당겼다. 마건위의 얼굴이 얼음처럼 굳어졌다.

퍼억!

타가의 발이 마건위의 복부에 틀어박혔다.

"커어……!"

마건위가 헛바람을 들이켰다.

피할 수가 없었다. 피하려면 연검을 놓아야 하는데, 손을 놓으면 진다는 것을 잘 알고 있기 때문이었다. 있는 힘을 다해 연검을 잡아당겼다. 기어코 뼈 긁히는 느낌과 함께 검끝이 빠져나왔다.

빠악! 우직!

대가는 작지 않았다. 마건위의 왼쪽 어깨에 타가의 발등이 틀어박혔다. 뼈 부러지는 소리가 났다. 상박에 위치한 상완골 골절이다. 이두근과 삼두근까지 파열된 듯 너덜너덜해진 느낌이 어깨를 타고 올라왔다.

우득!

팔꿈치를 잡아당겨 상완골을 맞췄다. 내력을 흘려 넣으며 통증을 막았다. 후속공격은 들어오지 않았다. 타가도 자신의 옷소매를 찢어 팔꿈치를 동여매고 있었기 때문이다.

부상을 대충 처치하고 다시 서로에게 다가섰다.

타가의 팔뚝에선 핏방울이 끊임없이 떨어지고 있었다. 쑤시고 비틀며 찢어발겨진 까닭에 제대로 지혈이 안 되는 모양이었다. 그래도 타가의 얼굴엔 전혀 밀리는 기색이 없었다.

당연하다면 당연한 일이다.

사실, 타가는 본래부터 마건위보다 강한 무공을 지녔다. 쌓아온 기상, 타고난 재능, 충만한 기력 어느 면에서도 마건위가 따라잡기 힘든 남자였다. 그나마 마건위가 이 정도까지 싸울 수 있는 것은 바로 타가가 잃어버린 왼손에서 이유를 찾아야 했다. 물론 마건위도 왼손이 없긴 마찬가지다. 하지만 그의 왼손은 타가보다 훨씬 오래전에 잘려 나갔다. 하지만 타가는 왼손이 없는 것이 아직 익숙지 않다. 마건위는 마사충에게 당한 이래, 절치부심 정진하여 왼손이 없는 것에 완전히 적응했을 뿐 아니라, 오랫동안 진보가 없었던 스스로의 기량까지도 한 단계 성장시킨 후였다. 그것이야말로 이 정도 공방이 가능해진 진짜 이유라 할 것이다.

"하압!"

타가가 기합성을 내지르며 마건위에게로 뛰어들었다.

치열한 싸움이었다.

그래도 근본이 다르다는 것일까. 비등한 싸움이 점차 타가 쪽으로 기울어지고 있었다. 마건위 쪽에서 뒷걸음질치는 횟수가 점점 더 많아졌다. 갈수록 투지가 넘쳐 나는 타가와 달리 마건위의 얼굴에는 난색만 짙어져 갈 뿐이다.

'고통을 못 느끼나? 이놈은 죽음의 공포가 없는 것인가?'

마건위의 머리를 스친 의문이다.

우문(愚問)임을 알고 있었다. 타가에겐 죽음의 공포가 없다. 마건위에게 이기더라도 어차피 죽을 운명인 그였다. 이미 타가군은 패배했으며, 타가의 승리로 그 패배를 뒤바꾸진 못할 것이다.

그렇다면 타가는 왜 싸우고 있는가.

아니, 마건위 자신은 왜 싸우고 있는가.

마건위의 가슴속에 벅차오르는 무엇이 있다. 대오각성(大悟覺醒)처럼, 한줄기 빛이 가슴에 흘러나와 머리를 강타했다.

'죽음의 공포에 휩싸인 것은 나였구나.'

우문이 이끌어낸 현답(賢答)이다.

이 싸움에서 죽어도 관계없다 생각했었다. 그래서 자신있게 타가 앞에 나선 거다. 적어도 타가 앞에 홀로 나선 그 순간엔 진정 그런 줄 알았다.

하지만 아니었다.

그는 죽음이 두렵지 않기에 타가 앞에 선 것이 아니었단 말이다.

비루한 자존심일 뿐이었다.

되찾은 오원의 전경이 눈앞을 스쳤다. 사람들이 제자리를 찾는 것을 보았다. 서로 다른 부족민들의 말을 들어주고, 사람들의 잘못을 짚어내며 분쟁을 해결했다.

그러면서 착각에 빠졌다.

다시 뭐 대단한 사람이라도 된 양, 스스로의 모습에 만족하게 되어버렸다.

타가 앞에 일대일로 나선 것은 결국, 그 모습에서 비롯된 허영심의 발로다.

허세요, 탐욕이었다.

사실 그는 죽고 싶지 않았다. 진심이 소리치고 있었다.

그 자신은 오원에 반드시 필요한 남자일 거라고.

그러니까 여기서 죽으면 안 된다고.

"그러니까 당신도 오원을 위해서 죽어. 그러면 돼."

천둥처럼 울리는 뇌룡(雷龍)의 음성이 있었다.

아우성치던 마음의 목소리가 단숨에 가라앉았다. 자신의 잘
못과 잘못으로 빚어진 숱한 실패들을 깨닫는 순간이었다.

'속죄… 그 말이 맞다. 그 말이 맞아…….'

백발이 성성한 이 나이에.

수십 년 만에 처음으로 울컥 올라오는 눈물을 느낀다. 타가가
오른손을 내쳐 오는 것이 보였다. 눈 아래에서 올라오는 습막이
타가의 신형을 흐릿하게 만들었다.

'왼쪽… 으로…….'

이상한 일이었다. 싸움 중에 눈물을 흘리는, 최악의 추태를
보이고 있음에도, 몸과 머리의 반응은 두 배나 더 빨라진 것 같
았다.

마건위가 왼쪽으로 몸을 젖혔다.

타가의 오른손이 느릿느릿하게 눈앞을 스쳤다. 다음은 발이
다. 발끝이 그의 가슴을 향해 날아오고 있었다.

'왼쪽 쇄골 아래……!'

보이지 않던 허점까지 눈에 잡힌다.

연검을 찔러내려니, 또한 느껴지는 것이 있다. 저 허점을 노
려서 연검을 꽂아 넣으면 십중팔구 타가의 발끝을 막지 못할 것
이었다. 치명타를 주기 위해서는 목숨을 내놓아야 한다는 뜻이
었다.

‘그래. 싸우다 죽는 것이 속죄라면……!’

목숨을 버리기로 했다.

타가와의 동귀어진.

이왕 언젠가 죽는 거라면, 그렇게 죽는 것도 괜찮겠다.

‘허허. 그것 또한 허영심인가.’

마건위는 마음속으로 웃었다. 멋지게 죽고 싶다. 그게 허영심이 아니고 무엇이랴.

온 공력을 손에 모았다. 그가 있는 힘껏 연검을 찔러 넣었다.

푸욱!

타가의 왼쪽 쇄골 아래에 정확히 꽂혀 들어갔다. 심장 상부, 둥글게 구부러지는 대동맥궁 바깥을 찢어놨다. 검끝을 통해 뿜어 나온 피가 일으키는 세찬 진동을 느낄 수가 있었다.

뻐억!

거기까지였다. 가슴팍에서 들린 강렬한 격타음과 동시에 마건위는 검을 쥔 오른손을 놓을 수밖에 없었다.

꿍! 촤아악!

마건위의 몸이 공중에 뜬 채 일 장 거리를 튕겨 나왔다. 땅바닥에 처박히고, 또다시 일 장을 미끄러져 굴렀다.

“크… 어……!”

숨이 콱 막혔다. 풀밭을 기어서 손을 짚고 일어난다. 마건위가 꺼억꺼억거리면서 핏덩이를 있는 대로 뱉어냈다. 마건위가 부들부들 떨리는 다리로 몸을 일으킨다. 땅에 머리를 박고 핏물을 쏟아내다가 눈꺼풀에까지 엉겨 붙었다. 손등으로 눈을 닦아냈다. 우뚝 선 타가의 모습이 보였다.

"언젠가 이렇게 될 줄 알았지."

타가는 가슴 한가운데 연검을 꽂은 채였다. 그의 얼굴엔 그 어느 때보다도 홀가분한 미소가 가득했다.

"어차피 명 제국엔 이기지도 못할 거. 그냥 한 번 난장이나 저질러 보자는 거였는데……."

타가가 가슴에 꽂힌 연검을 한번 내려다보았다. 대동맥궁은 심장에서 바로 나오는 혈관이었다. 가슴속에 엄청난 양의 피가 고이면서 폐장을, 그리고 동시에 심장을 압박하고 있었다. 둔중한 가슴 통증은 둘째 치고, 머리가 어질해지며 의식이 흐릿해진다. 죽음이 임박하고 있음을 알 수 있었다.

"두고 보면 참으로 가혹한 일……. 우리가 중원으로 진출할 기회는 단 한 번, 오직 한 번뿐이었다. 게다가 그 한 번도 오래가진 않았을 거다. 황실이든 관군이든 무림이든 미친 듯이 달려들어 우리를 막았을 테니까. 두 번이란 애초부터 없었어. 한 번 위로 치고 나가면 그것으로 끝이었다. 그래서 그렇게 게을렀던 거다. 오원……? 맹획……? 다 핑계였을 뿐이다. 군사를 모으고도, 힘이 있으면서도 올라가지 못해… 아니, 올라가기 싫었던 거지."

눈을 깜빡이는 횟수가 늘어나고 있었다. 얼굴은 창백해졌고, 두 눈동자는 빛을 잃었다.

타가가 한숨을 쉬었다.

"후우… 그래. 그냥 나는 병정놀이를 하고 있었던 것인지도 모르겠다. 끝나지 않는 놀이… 길고 긴 축제를 벌이고 싶었던 것이 아니었을까."

타가가 마지막으로 주위를 한 번 돌아보았다.

수많은 사람들이 거기에 있었다.

단운룡과 태자후, 강호의 인물들을 시야의 한 켠으로 스쳐 보내고 숨을 죽인 오원의 전사들을 눈 밖으로 떨쳐 냈다. 오직 그만 바라보고 여기까지 왔던 초원의 전사들을 가슴에 새겼다. 돌아가는 시선의 한가운데, 허유의 얼굴이 비쳐들었다. 그냥 잊기엔 아쉬운 얼굴이다. 서로에게 원수였지만 긴 세월 같은 것을 보고 들은 남자였다.

"함께 축제를 즐겨준 모두에게 고마움을 느낀다. 초원의 축제, 나다무의 꿈을 안고서 나는 이만 가련다. 잘 있어라."

할 수 있는 말은 다 했다.

이제 입으로 올라오는 것은 최후의 숨결뿐이다.

타가가 마지막으로 마건위를 보았다. 가슴의 기혈을 모조리 파괴했으니, 마건위도 천운이 닿지 않는 이상 살아나기 힘들 것이다.

길동무 삼기엔 별로 좋지 않은 놈이다.

이왕 길동무로 삼을 거면 맹획이 좋았을 텐데.

"저승길이 외롭지는 않을 거다. 맹획도 곧 보내줄 테니."

그의 마음을 읽기라도 한 것일까.

환청처럼 들려오는 목소리가 있다.

'아, 그래. 그렇겠군.'

완패가 무엇인지 실감케 해준 남자.

단운룡의 말이 곧, 그가 생전에 들은 마지막 말이 되었다.

녹풍원 한가운데, 그가 가장 좋아하던 그 풀밭 위에서.

타가는 죽었다.

차갑게 식은 그의 얼굴에는 그 어느 때보다도 충만한 미소가 떠올라 있었다.

*　　　　*　　　　*

"아야크를 추격하겠다."

효마는 오직 아야크에게만 관심이 있었다. 그는 타가와 마건 위의 싸움을 보려 하지도 않았다. 모든 빠오를 뒤지면서 아야크 만을 찾았다.

그러나 아야크는 녹풍원을 떠난 지 오래였다. 효마는 아야크 의 그림자조차 밟지 못했다. 기병들을 붙잡아 아야크의 행방을 추궁했다. 자포자기한 기병들은 묻는 말에 순순히 대답하려 했 지만, 정작 필요한 것은 아무것도 말해주지 않았다. 배때기에 창을 꽂아도 나오는 건 걸쭉한 핏물과 내장 부스러기밖에 없었 다. 비밀이어서가 아니라, 그들조차도 모르는 일이었기 때문이 었다.

방법이 없었다.

효마는 땅바닥에 찍힌 말발굽 자국들을 쫓아 무작정 녹풍원 바깥으로 나갔다. 삼 일 밤낮을 헤맸지만, 종적을 잡을 수 없었 다. 엎친 데 덮친 격으로 이틀 동안 억수 같은 비까지 내렸다. 쏟아지는 빗물은 그나마 있었던 흔적까지도 깨끗이 쓸어내 버 렸다.

효마는 오 일 만에 녹풍원으로 돌아왔다. 하지만 녹풍원엔 아무도 없었다. 타가의 죽음과 동시에 오원으로 모두 다 철수했기 때문이다.

"왜 추적대를 보내지 않았지? 놈은 분명 거기에 있었다. 타가 곁을 떠날 놈이 아니었다. 함께 있었던 것이 틀림없어!!"

효마는 오원으로 돌아올 수밖에 없었다. 그는 오자마자 당장 단운룡을 찾았다. 그리고 단운룡을 보자마자 불같이 화를 냈다. 등에 있던 철창까지 그에게 겨누며 소리를 질렀다.

"함께 있기야 했겠지."

"그럼, 놈을 잡기 위해 뭐라도 했어야 하는 거 아닌가!"

"투정 부리지 마. 미리 도망쳤다면 우리로서도 방법이 없었다."

"놈!!"

효마가 창을 휘둘렀다. 단운룡은 이번에도 어렵지 않게 창대를 휘어잡았다. 단운룡이 미간을 좁히며 말했다.

"그만 해. 이젠 안 봐줘."

"안 봐준다고?"

"응."

"어디 한번 해봐라."

꽝!

말이 떨어지기 무섭게다. 효마의 몸이 튕겨 나가 벽에 부딪쳐 떨어졌다.

우웅! 한 박자 느리게 퍼진 충격파가 회의실 전체를 뒤흔들었다. 화병 장식품이라도 하나 있었다면 그 자리에서 깨졌을 파동이었다.

"놈……!"

효마가 이를 악물며 몸을 일으켰다.

음속의 속도, 그럼에도 파괴력은 순속 수준이다. 중간 단계인 뇌신은 거치지도 않았다. 광신마체 순간 전환의 기예가 가히 신기(神技)의 경지에 이르고 있었다.

"착각하지 마. 내 눈앞이란, 네 멋대로 뭐든지 할 수 있는 곳이 아냐."

지친 상태라는 것은 핑계가 되지 못한다.

단운룡과의 실력 차를 인정해야 했다. 효마가 긁는 듯한 목소리로 입을 열었다.

"네놈이 말한 거다. 아야크를 내게 주겠다고."

"그건 아직 유효해. 다만, 운이 안 따라줬을 뿐이다."

단운룡이 효마의 앞으로 걸어갔다. 그의 손엔 효마의 창이 들려 있었다.

그가 효마에게로 창을 던졌다.

턱.

효마가 창을 받아 들었다. 단운룡이 말을 이었다.

"아야크가 이 땅 어딘가에서 다시 군세를 일으킬 가능성은 지극히 낮아. 모든 것이 끝났음을 암시한 타가의 마지막 말을 비추어봐도 그렇지. 놈은 십중팔구 중원으로 도망쳤다. 이곳에 있을 리 만무해."

"그래서?"

"이렇게 하자."

단운룡이 잠시 말을 끊었다. 효마의 두 눈을 직시하는데, 그 눈빛이 실로 강렬했다.

“맹획을 죽이고 이 오원이 어느 정도 정리되면, 우린 중원으로 떠날 거다. 그때 넌 우리와 함께 간다. 네놈이 아야크를 찾는 것을 도와주마.”

“중원? 아야크를 찾는다고?”

효마가 기가 막힌다는 듯 되물었다.

오원, 운남 남부도 아니고, 중원천하를 이야기하는 것이다. 숨어들어 가기로 작정한 놈을 무슨 수로 찾는단 말인가. 사막에서 바늘 찾기란 생각이 먼저 들었다.

“쉬운 일은 아니겠지. 그렇기에 조건이 있다.”

“조건이라니.”

“문도가 되라.”

“문도?”

“그래. 난 공짜로 자선을 베푸는 사람이 아니다. 난 일문(一門)을 이끄는 문주가 될 것이고, 아야크를 잡는 데 문파의 힘을 쓸 거다. 문파의 일익으로 네 능력을 쓰고 싶다.”

“거절한다면?”

“천하를 상대로 날뛰어보고 싶은 마음… 없었나?”

단운룡은 효마의 질문을 질문으로 받았다.

효마의 눈빛이 묘해졌다. 무슨 말에도 거침없이 대꾸를 해왔던 그가, 무슨 말을 해야 할지 모르겠다는 표정으로 서 있다. 그런 그의 앞에 던져진 또 다른 목소리 주인이, 오랜 시간 억눌려 있던 마음을 자극했다.

“조건은 그것 하나뿐이 아니오.”

양무의였다.

그가 한 권의 책을 내밀었다. 효마가 양무의를 노려보았다. 효마는 아직도 양무의에 대한 감정이 좋지 않았다. 그딴 고서(古書) 따위로 뭘 어쩌자는 눈빛이었다.

"혹시 구주창왕이라고 들어보았소?"

효마의 눈빛은 구주창왕 네 글자를 듣고도 변하지 않았다.

구주창왕을 몰라서가 아니다. 물론 그도 구주창왕의 이름을 들어보았다. 창술을 익힌 자라면 당연히 알 수밖에 없는 이름이다. 단지 관심이 없을 뿐이었다.

"당신의 창술은 점창파 기원이오. 형과 식이 그만큼이나 달라진 것을 보면 아마 몇 세대 정도 이상 점창파와 소통없이 전승된 것이 분명하오. 십중팔구 가족직계로 계승된 창법이었을 거라 생각하오. 문제는 내공심법의 단절이오. 일타일살의 위력만큼은 관일창에도 큰 손색이 없어 보이지만, 발경 투로의 세련됨이 떨어져 내공 소모가 심하오. 진짜 관일창의 극의에는 견줄 수 없다는 말이오."

효마의 눈동자가 크게 흔들렸다.

그럴 수밖에 없었다.

양무의의 말은 한 치의 어긋남도 없었다. 마치 자신의 수련과정을 직접 옆에서 지켜봐 온 사람 같았다. 효마가 천천히, 씹어 뱉는 듯한 목소리로 물었다.

"네놈 정체가 뭐냐, 아니, 그 책은 무엇이냐?"

"구주창왕의 비급이오."

"……!!"

홍라가 살아 있었던 몇 달 전이었다면 구주창왕의 비급이든 그 할애비의 비급이든 신경조차 쓰지 않았을 것이다.

하지만 지금은 달랐다.

효마는 그것을 두고 갖다 버리라 자신있게 말할 수가 없었다. 회한평의 싸움을 보았고, 단운룡의 무공을 보았기 때문이었다.

큰소리를 치고는 있지만, 사실 그는 막야흔, 태자후, 엽단평, 장익, 누구 하나 쉽게 이길 자신이 없었다. 바로 문밖에 있는 백가화란 계집은 물론이요, 어슬렁어슬렁 연기를 물고 다니는 호호백발 노인네까지도 상대하기가 어려워 보였다.

진짜 강한 무공이 어떤 것인지 알게 된 효마다. 효마는 오랫동안 느끼지 못했던 강한 굶주림을 느끼고 있었다. 열병과도 같은 그것은 다름 아닌 강해지고자 하는 본능이었다.

"이것을 익히시오. 그냥 겉 핥기로 익히는 것이 아니라, 대성해야 하오. 그러기 위해선 창왕진기가 필요할 것이오. 그 구결도 가르쳐 주겠소. 대신, 당신은 문주에게 충성하고, 문파를 위해 목숨을 바치시오. 그게 또 하나의 조건이오."

"그 비급 하나에 평생토록 종노릇을 하라는 이야긴가?"

효마가 눈썹을 치켜올리며 물었다. 대답은 한쪽에서 듣고 있던 단운룡이 했다.

"종노릇을 하긴 해야지. 하지만 평생은 아냐."

"평생은 아니다?"

"그냥 솔직하게 이야기할게. 넌 확실히 탐나는 인재야. 그 정도 재능과 실력을 지니고서 어디 소속되지 않은 놈은 사실 흔치 않아. 근데 막상 한 편으로 끌어들이려니, 순순히 밑으로 들어

올 놈도 아니고, 들어와야 할 이유가 절실한 것도 아니란 거지. 아야크? 사실 따지고 보면 유치한 핑계밖에 안 돼. 빠르고 늦고의 차이가 있을 뿐, 네놈 정도 능력이면 혼자서도 언젠간 아야크를 찾아낼 수 있을 거다. 더 큰 미끼가 필요했단 말이다. 그래서 무의랑 의논한 결과가 바로 구주창왕의 비급이었다."

단운룡의 눈이 양무의가 들고 있는 비급으로 향했다. 중원무림 어느 누구에게도 통할 만큼 탐나는 미끼라 할 수 있었다.

"문제는 비급 하나로 목숨 바치라 요구하는 게 영 모양이 안 산다는 거였다. 그래서 한참을 고민했지."

단운룡이 말을 끊고 손을 들어 올렸다. 그가 효마의 눈앞에서 다섯 손가락을 쫙 폈다.

"구주창왕의 절기는 다섯 가지다. 저 비급은 그중 하나에 불과하다. 네가 저걸 익혀서 나머지 네 절기를 모두 꺾으면, 종노릇도 끝이다. 문파를 나가든 뭘 어떻게 하든 나는 전혀 관여치 않겠다."

"네 가지 절기를 모두 꺾으라고……?"

"그래. 참고로 둘은 여기 있지. 장익이라고 알 거야. 한 덩치하는. 그 친구는 통천벽력창이란 걸 익혔다. 바로 문밖에 있는 백가화는 철혈무혼창을 연마했지."

"다른 둘은?"

"참룡방에 있을 거다. 그렇지?"

"예, 제대로 전해진 것 같더군요. 운장대도와 위왕호장의 실력이 몰라보게 강해졌다. 그게 세간의 평가입니다."

효마는 참룡방에 대해 잘 모르는 것 같았다. 당연하다면 당연한 일이다. 참룡방은 아직까지 그렇게 유명한 문파가 아니었다. 하지만 단운룡은 효마의 눈에서 새롭게 피어오른 호승심이란 불꽃을 볼 수 있었다. 단운룡이 입가에 마력적인 미소를 그려내며 효마의 눈을 직시했다.

"말하자면 내기라고 할 수 있다. 지금부터 시작한다고 치면 꽤나 늦은 셈이야. 추월할 수 있나 없냐는 전적으로 네놈의 무(武)에 달려 있다. 분명히 말하지만, 우리 입장에선 손해 보는 게 아냐. 그 넷을 이기려면 앞으로 한참 강해져야 되는데, 네놈이 강해지는 만큼 문파의 전력에도 보탬이 되는 거니까."

"웃기는군. 비급만 가져가고 문파나 충성 따위 모른 체할 수도 있다."

"난 그런 거 걱정 안 해. 넌 그런 놈이 아냐. 네놈은 그런 거, 스스로 용납 못한다."

"네놈이 날 얼마나 안다고?"

"부려먹을 만큼은 알고 있어. 구주창왕의 창술을 꺾으라는 내기 앞에서 꼬리를 말지 않을 것도 알지. 말장난 그만 하고 비급이나 받아가. 지금의 너는 내가 써먹고 싶어도 못 써먹겠어. 툰차이 하나로 빈사 상태라니, 너무 허약하다고 생각하지 않아?"

독설이란, 본디 효마의 특기 중 하나다.

그런 걸 역으로 당해 버렸다. 치밀어 오르는 노화를 가누기가 힘들었다.

그러나 효마는 창을 휘두르는 대신 양무의의 손에서 비급을 낚아챘다.

얼마나 대단한 무공인지 한번 보자.

마음에 들지 않으면 당장 찢어발기리라 다짐하며 거칠게 첫 장을 넘겼다.

무쌍금표창.

다섯 글자가 효마의 두 눈에 박혀들었다. 단운룡의 유혹에 넘어가는 순간이자, 의협비룡회 흑표창왕(黑豹槍王)이 탄생하는 순간이었다.

*   *   *

남왕궁으로 진격했다.

약속했던 대로 선봉은 막야흔이었다. 한 쌍으로 엽단평을 앞에 세우고, 태자후로 뒤를 받쳤다. 태자후는 어차피 제대로 끼워주지도 않는 마당에 선봉까지 양보해야 하냐며 툴툴댔지만, '그럼 남을래?'라는 질문에 냉큼 깃대를 들고 군말없이 따라붙었다.

나머지 고수들은 저번처럼 그대로 남았다.

특기할 만한 것은 겨우겨우 목숨을 건진 마건위가 따라나섰다는 사실이다. 타가와의 일전으로 한참 동안 빈사 상태에 빠져 있었던 그다. 가슴의 요혈들이 거의 파괴되었고, 중단전에도 회생불가의 타격을 입었다. 살아난 것이 기적이다. 무공 회복은 몇 달 동안 꿈도 못 꿀 것이다. 최소가 몇 달이다. 어쩌면 영원히 무공을 되찾지 못할 수도 있다. 거동이 불편한 것은 말할 것도 없다. 가장 나이가 많은 전사들보다도 움직임이 굼떴다.

“맹획의 최후를 두 눈으로 똑똑히 봐야겠다.”

마건위는 기어코 토벌대를 따라나섰다. 만류하는 이는 없었다. 전사들이 오히려 발 벗고 나서서 마차를 준비해 왔다. 마건위는 타가를 죽였다. 백 마디 말보다 더 큰 것을 보여준 자다. 타가와의 일대일 사투를 보고 감동을 받은 전사들이 많았다.

“가자!”

“이번엔 맹획이다!!”

“와아아아아아!”

함성 소리와 함께 오원을 박차고 나아갔다.

녹풍원 때보다 훨씬 더 많은 수였다. 병력은 삼천이 넘었다. 타가가 죽었으니 배후를 걱정하지 않아도 되는 까닭이었다.

통쾌한 승리가 이어졌다.

기세가 오른 전사들은 누구도 막을 수가 없었다. 하루 만에 기지 세 개를 함락시켰다. 적들은 도망치기에 바빴고, 반격이란 엄두조차 내지 못했다.

네 번째 기지에선 싸움도 하기 전에 투항 백기가 올라왔다. 양귀비 밭 한가운데 위치한 기지였다. 양귀비 밭엔 불을 질렀다. 검은 연기가 웅장하게 치솟아올랐다. 하늘을 받치는 기둥처럼 올라가는 검은색 구름에 수많은 전사들과 그 가족들의 한이 담겼다. 허유의 감회가 특히 남달랐다.

다음 기지에서도 싸움은 없었다. 그들은 오원의 전사들과 싸우려 하지 않았다. 수백에서 수십 명, 병력도 형편없었고 싸우고자 하는 의지도 없었다. 그다음 기지는 더 심했다. 주둔한 병사들 대부분이 귀비산에 중독되어 있었던 것이다. 지역과 사람을 가리지 않는 귀비산의 마성(魔性)을 다시 한 번 확인할 수 있었다. 그다음부터 양귀비 밭은 보는 족족 태워 버렸다.

행군은 순조롭다 못해 지겨울 지경이었다.

제대로 된 싸움 한번 해보지 못했다. 투항기라도 내걸린 기지는 그나마 낫다. 아예 텅텅 비어버린 진지도 있었다. 병력 보존을 위한 계략이라는 의심마저 들 정도였다.

"제발 속임수이길 빈다. 심심해 죽을 지경이다."

막야흔은 뭔가 터지길 기원하고 또 기원했지만, 그럴 일은 없어 보였다. 그렇게 시시각각 남왕궁에 가까워졌다.

먼저 보냈던 정찰조가 돌아왔다. 긴장한 표정만으로도 뭔가 잘못되었음을 알았다.

"남왕궁 바깥쪽, 이곳저곳에 병력들이 산개해 있습니다. 엄청나게 많습니다."

"엄청나게 많다? 정확한 수는?"

"산출이 안 됩니다. 소규모 부대가 수십 개 퍼져 있는 형태입니다. 가시 영역 내의 병력만도 최소 이천 이상이었습니다. 접근이 어려웠던 까닭에 남왕궁 내부의 방어병력은 윤곽조차 파악하지 못했습니다."

우목이 허유를 돌아보았다. 허유의 표정도 굳어져 있긴 마찬가지였다.

우려했던 사태였다.

남왕궁 외곽에만 이천이 넘는다면 그들만큼, 아니, 그들 이상의 대군이 포진해 있다는 뜻이다. 전사들의 사기 면에서나 고수의 숫자 면에서나 절대로 지지는 않겠지만, 상당 규모의 피해를 감수해야만 한다. 전략부터 새로 짜야 했다.

끼리릭, 끼리긱. 푸르르륵.

우목과 허유 뒤쪽으로 마건위의 마차가 다가온 것은 바로 그때였다. 사두마차 말들이 투레질을 하고, 마차 안쪽 휘장이 쫘악 걷혔다. 마건위가 얼굴을 드러냈다. 안색은 창백하기 짝이 없었다.

"그 병력… 무시하고 진격하면 될 것이다."

백 살 먹은 노인마냥 기력이 쫙 빠진 목소리였다. 며칠 사이에 폭삭 늙어버린 마건위다. 과장을 조금 더해, 무덤에서 기어 나왔다 해도 믿을 만한 몰골을 하고 있었다.

"수천 병력이 기다리고 있는 적진을 향해 그냥 돌진하라는 건가?"

허유가 눈썹을 치켜올렸다. 마건위는 쿨럭쿨럭 한참 동안 기침을 했다. 그가 숨을 몰아쉬면서 기운 빠진 미소를 지었다.

"이상할 게 뭐 있을까. 회한평에서도 그렇게 했는데."

"그때와는 상황이 달라, 마 대인."

우목이 딱 잘라 말했다. 마건위가 다시 웃었다. 교활한 늙은이의 비틀린 웃음은 어디론가 사라져 버렸다. 사람 좋은 노인네의 웃음만 남아 있었다.

"애송이. 죽음의 문턱에서 살아 나온 노구의 직감이다. 한번쯤 믿어보는 것이 어떻겠나."

우목과 허유가 서로를 마주 보며 시선을 교환했다.

허투루 넘기기엔 마건위의 눈빛이 너무나도 진지했다. 뒤에서 들려온 단운룡의 음성이 모두의 시선을 돌렸다.

"보통은 헛소리를 하지. 무덤 들어가기 직전의 노인들은."

"아직은 그 정도로 가깝지 않아. 쿨럭, 쿨럭!"

마건위의 기침 소리는 축축하고 깊었다. 그가 몇 번 더 기침을 하고는 창밖으로 가래를 뱉었다. 검은색 응어리가 진 피가래였다.

"충분히 가까워 보이는걸?"

단운룡의 말에도 마건위는 화를 내지 않았다. 도리어 기분 좋은 듯한 웃음을 지었을 따름이었다.

"언제 죽어도 젯값이라 생각하면 그만이다. 난 여한이 없어. 오원을 되찾았을 뿐 아니라, 다시는 침략당하지 않을 것을 알았으니."

"안 어울리는 말만 하고 앉았군."

단운룡의 눈엔 마건위를 향한 증오가 없었다. 단운룡이 우목과 허유를 돌아보며 말했다.

"늙은 뱀 말대로 하자. 그냥 당당하게 진격해."

단운룡이 빠르게 걸음을 옮겼다. 우목이나 허유가 막을 새도 없었다. 단운룡이 전사들의 앞에 섰다. 단운룡의 입에서 모두의 귀에 한마디 한마디 깊이 박혀드는 목소리가 뿜어져 나왔다.

"우리는 지금 남왕궁 앞에 왔다! 더 이상 망설일 필요 없다. 수천 명의 맹획군이 우리를 기다리고 있다고 하였다. 하지만 우린 그들에게 시선을 주지 않는다. 놈들은 우리에게 칼조차 들이대지 못할 것이다. 우리의 목표는 오직 남왕궁, 그리고 그 안에 있는 맹획이다. 잊지 마라! 우린 막지 않는 자는 베지 않는다! 우리의 적은 함께 고통받았던 다른 민족들이 아니다. 우리의 적은 우리에게 싸움이란 것을 가져온, 한 마리 외뿔 달린 짐승뿐이다. 오늘은 그 짐승의 뿔이 꺾이는 날이다. 가자! 전사들이여!"

숨죽인 침묵이 흐르고… 이어,

와아아아아아아아아아!

무시무시한 함성이 대지를 뒤흔들었다.

고수병의 북소리가 바람을 울리고, 전사들의 주먹이 하늘로 솟구친다.

모두가 전진을 시작했다.

그 어떤 적이 그들을 막아서도 두려울 것이 없다. 거칠 것은 아무것도 없었다.

둥둥둥둥둥!

흔들리는 깃발과 함께 남왕궁 성벽 앞에 섰다.

화려한 성문을 눈앞에 두었다.

흩어져 있었다는 맹획군 부대들이 하나하나 모여들었다.

놈들이 삼천 오원 전사들을 둘러쌌다. 그 숫자는 보고받았던 이천보다 많았다. 삼천 명 오원 전사들보다도 더 많은 것 같았다.

"덤벼들지 않는군."

우목이 말했다. 이상한 일이었다. 적들은 이제 적이 아니었다. 그들은 오원 전사들을 막지 않았다. 막으려는 시도조차 하지 않았다.

"성문을 열어라!"

우목이 소리쳤다.

전사들이 전진했다. 맹획군은 그 모습을 그냥 지켜보고 서 있었다.

꽈앙! 꽈앙! 꽈아앙!

공성전용 통나무로 몇 번 두드린 것으로 우지끈 하며 안쪽의 빗장이 부서졌다.

그것으로 끝이다. 성문이 열렸다. 오원 전사들이 함성을 내질렀다. 저항이 있고 없고는 문제가 아니다. 남왕궁의 성문을 격파했다는 것은 그 자체로 커다란 의미가 있었던 까닭이었다.

와아아아아아아!

함성이 이어지는 동안에도 맹획군은 공격해 오지 않았다. 아니, 오히려 쇠갈고리를 성벽으로 마구 던지더니, 삼삼오오 성벽을 타오르기 시작한다.

그것으로 분명해졌다.

맹획군은 오원 전사들을 기다리고 있었던 게 맞다. 하지만 그들은 남왕궁을 지키기 위해 기다리고 있었던 것이 아니다. 남왕궁을 치기 위해 기다리고 있었던 것이다.

이유는 간단하며, 또한 복잡했다.

회한평의 대패 이후, 맹획군은 뿌리부터 흔들리고 있는 상태였다. 사흉이 전원 목숨을 잃었고, 남왕궁의 지배력은 바닥까지 추락했다. 녹풍원 함락, 타가의 죽음이란 비보 아닌 비보까지 전해졌다.

다음 차례가 남왕궁이라는 것을 모르는 이는 아무도 없었다. 예상대로 오원 전사들의 진격 소식이 전해졌다. 각지에 퍼져 있던 맹획군에게 선택의 순간이 온 것이다.

전전긍긍하던 그들은 결국 기지를 박차고 나와 남왕궁으로 향했다. 소집 명령 따윈 없었다. 딱히 뚜렷하게 정해진 것이 있어서 움직이기 시작한 것도 아니었다. 그저 옆 기지 병사들이 남왕궁으로 간다기에 함께 따라나선 무리도 있었고, 가서 결정하겠다며 일단 출발한 무리들도 있었다. 개중에는 남왕궁을 치겠다며 공식적으로 반기를 든 자도 있었으며, 반대로 남왕궁을 지키기 위해 달려온 자들도 적지만 분명히 존재했다.

몰려든 자들의 반응은 한결같았다.

놀라움과 두려움, 망설임이 그것이다.

오원 전사들과 맞서 싸우는 것.

긴 세월 충성을 바치던 권위에 반기를 든다는 것.

어느 한쪽도 쉬운 선택이 될 수 없었다.

와아아아아아!

그리고 지금.

천지를 뒤흔드는 함성이 모두의 행동을 결정 지어버렸다. 오원은 너무나도 당당했고, 압도적으로 강해 보였다. 숫자는 삼천이나, 그 열 배인 삼만 병력으로도 막을 수가 없을 것 같았다. 삼천여 맹획군은 그렇게 칼끝을 남왕궁으로 돌렸다. 반군이 된 것이다. 남왕궁을 공격하는 숫자가 두 배로 불어나는 순간이었다.

성문을 통과하여 화려한 정원을 지났다. 남왕궁 궁성과 부속 건물들이 눈앞에 나타났다.

"예상했어?"

우목의 물음이다. 단운룡이 답했다.

"이 정도일 줄은 몰랐지."

궁성 앞의 전경은 기대했던 것과 전혀 달랐다. 이미 한바탕 싸움이 벌어진 후인 것 같았다. 사방에 시체가 널려 있었다. 황각군, 지각군, 현각군에 귀비혈사대도 있다. 대부분은 일반 병사들의 시체다. 온 사방이 피투성이였다.

"씨발, 누가 선수를 친 거야?"

막야흔은 광분했다. 여기까지 왔는데 싸울 사람이 없으니, 화가 날 법도 했다.

"선수를 친 게 아니다. 다시 잘 봐라. 자기들끼리 싸운 거다."

단운룡의 말에도 막야흔은 중얼중얼 혼자서 입술을 멈추지 않았다. 한바탕 싸우지 못하게 된 일로 화가 난 것이다. 세상에 존재하는 모든 욕지거리가 다 튀어나오는 것 같았다.

"궁성 병사들이 반란을 일으킨 모양인데……."

허유가 주위를 둘러보며 말했다.

단운룡과 우목도 같은 생각이었다. 시체들의 위치와 누운 각도들을 짐작하건대, 반란의 중심은 궁성을 지키는 일반병인 것 같았다. 황각군과 현각군 무인들이 쓰러진 모습을 보면 더욱 확실하다. 무인 병사들은 주로 남왕궁 본궁을 등진 상태였다. 궁성을 방어하다가 죽었다는 뜻이었다.

챙! 채챙!

먼 곳에서 아련한 병장기 소리가 들려왔다. 한 곳이 아니라 여러 곳이다. 궁성 외곽, 그리고 팔보당이 있는 창고 쪽이었다.

"방어 병력이 있기는 있나 보군."

허유가 중얼거렸다. 들려오는 소리는 요란하지 않았다. 전투가 벌어졌다 해도 소규모다. 걱정할 것은 없었다.

"맹획은 어디 있는 거야?"

우목의 궁금증은 모두의 궁금함이기도 했다.

단운룡이 손가락을 들어 한곳을 가리켰다.

남왕궁 궁전이다.

그들이 찾는 자가 거기에 있었다. 중앙 궁로(宮路)를 지나 화려한 궁전 앞에 섰다. 단운룡은 그 자리에서 한 발 물러났다. 궁전 문을 여는 것은 그의 몫이 아니었다. 허유가 문을 열었다. 들어가 앞장서는 것도 허유였다.

"……!!"

허유에 이어 단운룡과 우목이 안으로 들어섰다. 막야흔과 태자후, 엽단평까지 안쪽으로 들어오자, 마건위와 사망산 전사들이 그 뒤를 따랐다. 마건위는 제 발로 걷는 것조차 힘겨워했다. 사망산 전사들이 마건위를 부축했다. 오원 함락 이전부터 지금까지 줄곧 싸워왔던 전사들이 하나하나 남왕궁 궁전의 회랑에 발을 디뎠다.

"이 무슨……!!"

이곳도 기대했던 것과는 전혀 달랐다. 달라도 너무나도 달라서 현실 같지가 않았다. 금박 장식과 비단 휘장으로 화려했던 궁전은 더 이상 없었다. 사방이 핏방울, 핏줄기, 피 웅덩이로 가득했다.

"맹획."

허유의 목소리가 궁전 회랑을 갈랐다.

회랑 저편, 궁전의 참극에 대해 말해줄 이가 거기에 있었다.

맹획이었다.

화려한 태사의 팔걸이에 팔을 괸 채 가볍게 말아 쥔 손으로
턱을 받쳐 들었다. 한쪽 발을 태사의 위에 올렸으니, 화니족 궁
녀들의 부채질을 즐기는 자세 그대로였다.

뚜벅, 뚜벅.

허유가 앞으로 나아갔다. 막야흔이 훌쩍 달려가려 했지만, 단
운룡이 손짓으로 그를 막았다. 허유에게 맹획과의 독대를 약속
했던 까닭이다. 허유가 맹획의 앞에 서서 말을 열었다.

"볼만하구나."

맹획의 양옆에는 화니족 궁녀들이 처참한 몰골로 쓰러져 있
었다. 시체들은 그녀들 외에도 많았다. 맹획의 발 바로 밑에도
현각군 시체가 널브러져 있었다. 죽는 순간까지도 비수를 놓지
않았다. 투구와 머리가 한꺼번에 박살난 상태였다.

"수하들까지 죽인 것인가?"

허유가 물었다.

맹획이 눈을 떴다. 그의 눈은 붉게 물들어 있었다. 허유의 두
눈에 이채가 스쳤다. 그 붉은 광채가 무엇을 의미하는지 그 누
구보다 잘 알고 있는 까닭이었다.

"그들은 항상 죽었지."

천천히.

맹획이 몸을 일으켰다. 시체들은 모두 다 중앙에 있는 맹획
쪽을 향해 쓰러져 있었다. 맹획을 공격하다가 죽은 것이 틀림없
었다.

"그저 화가 나서 몇 놈 더 죽였을 뿐이다. 감히 입조차 놀리지
못하던 놈들이 갑작스레 대들며 날뛰기 시작하더군. 그냥 싹 다

죽여 버리는 것 외엔 조용히 시킬 방법이 없었지. 크크크크."

맹획은 이미 제정신이 아닌 듯했다.

그가 태사의 밑의 계단을 밟았다. 주르륵, 타가의 왼손을 타고 붉은 선혈이 흘렀다. 죽은 자들의 피가 아닌, 맹획 자신의 피였다. 태사의 팔걸이와 등받이에도 아직 채 굳지 않은 혈흔이 남아 있었다. 어깨 뒤쪽으로 깊게 베인 상처가 입을 벌리고 있었다. 현각군 무인에게 당한 상처였다.

"일각의 짐승은 기기묘묘하여 행동을 종잡을 수 없다고 하더니, 수하들의 반란에, 귀비산 중독이라……. 마지막만큼은 예상할 수 있을 법한 모습이로구나."

회한평의 패배로부터, 녹풍원 함락과 타가의 죽음, 오원 전사들의 진격으로 비롯된 통제력 상실, 궁성 내외부의 반란까지.

제정신인 게 더 이상한 상황이다.

안 봐도 눈에 선하다고 할까. 귀비산을 하면서 더더욱 불안정해지고 광포해진 맹획은 수하들을 닥치는 대로 죽이기 시작한다. 더 이상 참지 못한 궁전 내의 무인과 병사들이 맹획에게 달려든다. 역사 속에서도 숱하게 반복되어 온 활극의 재현이다. 궁지에 몰린 폭군의 궁성에서 흔하게 벌어질 수 있는 피의 제전이라 할 것이었다.

"한두 마디 상대해 줬더니, 하늘 높은 줄을 모른다. 버러지 같은 놈이 나를 모욕해? 네놈은 나와 말을 섞을 만한 자격이 없다!"

충혈된 두 눈이 허유의 뒤쪽으로 향했다. 그가 오른손을 들어 올려 단운룡을 가리켰다. 황금색을 칠했던 손톱들은 갈색 피딱

지로 더럽게 얼룩져 있었다.

"네놈이 나와라. 나는 남왕궁의 주인이다. 군왕의 격(格)에 맞는 상대와 대화하고 싶다."

"대화 상대를 고르겠다고?"

단운룡이 반문했다. 그는 앞으로 나설 생각이 없었다. 뉘 집 개가 짖나 하는 태도로 방만하게 선 채 맹획의 얼굴조차 쳐다보지 않고 있었다.

"착각하지 마. 자격이 없는 건 맹획, 네놈이다."

맹획의 눈에 떠오른 붉은 광망이 더욱더 짙어졌다.

"네 짓인 걸 알고 있다. 네가 내 모든 것을 망쳤어!"

단운룡은 아예 묵묵부답이었다. 맹획과 독대하게 해주겠다는 허유와의 약속을 지키겠다는 뜻이었다. 허유가 단운룡을 한 번 돌아보았다. 그와 단운룡의 눈빛이 스치듯 마주쳤다.

'고맙다.'

'이건 당신 싸움이야. 당신이 결착을 지어.'

입 밖으로 내진 않았지만 마음이 마음을 전했다. 허유가 한발 나서며 말했다.

"일각의 짐승아, 네 꼴을 보아라. 네놈이 자초한 일이라는 것을 아직도 모르겠나?"

"갈!"

맹획이 땅을 박차고 태사의 앞 낮게 만들어진 계단을 내려와 허유 앞에 섰다. 온몸에 그득한 살기로 그가 소리쳤다.

"그 무례한 언동! 더 이상 참을 수 없다! 내 친히 너의 머리를 깨부숴 주리라!"

허유는 조금도 위축되지 않았다. 그가 품속에서 붉은 철필을
꺼내 들었다.

맹획이 성큼성큼 다가오더니 그대로 손바닥을 내쳐 왔다. 사
나운 파공음이 피에 젖은 회랑 위에 울려 퍼졌다.

쿼잉!

첫 일격부터가 명치를 노린 살수였다. 어렵사리 피해낸 허유
의 목덜미로 소수(素手)의 마공절예가 날카로운 이빨을 번뜩였
다. 허유가 왼쪽으로 허리를 틀었다. 맹획의 손끝이 아슬아슬하
게 허유의 목을 스쳤다.

쐐액!

허유가 철필을 비수처럼 휘두르며 맞섰지만, 맹획의 손날은
강철로 된 창날과도 같았다. 철필과 맹획의 손이 마주쳤다. 쇳
소리가 터져 나왔다.

까앙!

속절없이 튕겨 나오는 철필이다. 여리여리하게 하얀 손이 놀
랍도록 강한 힘을 품고 있었다. 단운룡의 광검결처럼 내공을 모
아 단단한 경기공(勁氣功)을 둘러친 공부였다. 허유가 반탄력을
이용하여 몸을 돌리고 기쾌하게 자세를 낮추며 철필을 뻗어냈
다. 아랫배 쪽을 노린 절묘한 일격이었다.

까강! 쉬이이익!

맹획의 대응은 완벽했다. 빠르게 왼손을 내려 철필의 궤도를
바꿔놓고는 오른손으로 일장을 내쳐 왔다. 허유의 움직임이 다
급해졌다. 뒤쪽으로 급히 물러나며 장력을 피해내고 철필을 고
쳐 잡았다.

쐐액! 쐐새색!

두 사람의 신형이 빠르게 교차했다. 맹획의 수공(手功)은 장타(掌打), 금나(擒拏), 수도(手刀), 박투(搏鬪), 구루(鉤僂)를 두루 아우르고 있었다. 맨손으로 할 수 있는 대부분의 기예를 구현한다는 말이다. 다채롭게 펼쳐지는 마공 기예에 허유는 좀처럼 반격의 실마리를 찾지 못했다.

퀴융! 짜앙!

맹획의 일장이 허유의 머리를 스치고 궁전의 기둥에 틀어박혔다. 기둥에 덧댄 대리석 석재가 박살나며 돌가루를 흩날렸다. 내장 기둥에도 뚜렷한 손자국이 남았다. 흔히 볼 수 없는 괴력이었다.

"지겠는데요."

싸움을 보고 있던 태자후가 중얼거렸다.

"아니."

단운룡이 답했다. 두 사람의 기량 차는 명백했다. 맹획의 무공은 뛰어났다. 부상으로 왼손의 움직임이 부자연스러운 데다가 귀비산으로 인해 전체적인 정교함까지 떨어진 상태임에도 허유의 무위를 가볍게 압도하고 있었다.

"간단히 지진 않아. 오원은 강해."

단운룡의 목소리를 들은 것일까. 그저 맹획의 손을 피해내는 데 급급해하던 허유가 처음으로 제대로 된 반격을 가한다. 왼팔 팔꿈치에 꽂아 넣는 철필이 맹획의 투로를 뿌리부터 흔들었다. 맹획이 획 돌아 다급하게 자세를 잡았다. 허유의 공격이 이어졌다.

쒜엑! 파팡!

맹획이 막무가내로 장력을 날렸다. 허유는 한 번 잡은 기회를 놓치지 않았다. 좌우로 크게 흔들어 맹획의 손을 스쳐 보내고 오른발 땅을 박차 맹획의 좌측 외곽으로 빠져나갔다. 맹획이 허유를 쫓아 허리를 돌렸다. 허유가 한 발 더 빨랐다.

콰악!

뾰족한 철필 끝이 맹획의 상처에 틀어박혔다. 튀어 오른 핏물이 후두둑 하며 회랑 위를 수놓았다.

쒜액!

회심의 일격을 성공시켰지만, 허유는 결코 방심하지 않았다. 귀비산이 어떤 물건인지 너무나도 잘 아는 까닭이다. 곧바로 몸을 튕겨 손날의 사정거리에서 벗어났다. 아니나 다를까, 위험천만의 반격이 허유의 옷깃을 스쳤다. 모처럼 공격을 성공시켰다고 그 자리에 있었다면 목이 날아갔을 일격이었다.

"그런 공격이 통할 줄 아는가?"

맹획의 목소리엔 광기가 넘쳐흘렀다. 어깨에서 솟구쳐 나온 선혈이 화려한 비단옷을 붉게 물들이고 있었다. 허유는 그런 맹획을 응시하며 차분하게 보법투로를 밟고 다음 공격에 대비했다.

꽝!

맹획이 땅을 박찼다. 내력을 있는 대로 끌어모은 듯 두 손이 투명한 백색으로 물들어 있었다. 허유는 침착했다. 오직 맹획의 두 손에 온 정신을 집중한 채 한 발 한 발 물러나며 맹획의 살초를 비껴냈다.

꽝! 우지끈!

맹획의 손이 허유의 어깨를 스치고 한쪽에 진열되어 있던 려족 공작석상을 박살 냈다. 허유는 결코 무리수를 두지 않았다. 괜한 반격은 시도조차 하지 않았다. 그저 피하고 피하고 또 피할 뿐이었다.

"쥐새끼 같은!!"

기어코 맹획이 분통을 터뜨렸다. 그래도 허유는 회피만을 고집했다. 몇십 합, 아니, 반격이 없으니 합(合)이란 말이 무색할 정도였다. 거의 일다경을 그렇게 버텼다. 한때 혈필랑이라고 불렸을 만큼 신랄한 무공을 지닌 허유였지만 그런 모습은 온데간데없다. 황육괴와의 일전 때와 비교해도 완전 딴판이다. 맹획이 수십 번 쇄도하고 수격을 휘두르는 동안, 허유는 싸울 생각이 없는 사람마냥 물러나기만 했다.

"호오……!"

한참을 지켜보던 막아흔이 한줄기 탄성을 내뱉었다. 질 것 같다던 태자후도 고개를 끄덕이며 단운룡을 바라보았다. 맹획의 움직임이 조금씩 느려지고 있었다. 맹획 자신은 느끼지 못하는 것 같았지만 날카롭던 공격 궤도도 미세하게 어긋나는 중이었다.

후둑!

몸을 날려 허유를 쫓는다. 어깨의 구멍을 통해 뿜어 나온 핏물이 맹획의 동선을 땅 위에 그대로 보여주고 있었다.

바로 그것이다.

계속되는 출혈이 압도적이었던 맹획의 기량을 천천히 갉아먹고 있었던 것이다.

"대단하다. 저런 싸움이라니."

우목이 고개를 설레설레 흔들며 혀를 내둘렀다. 막야흔과 태자후의 감탄은 그보다 더했다. 그들의 성정으로는 상상조차 못할 싸움이기 때문이었다. 발상 자체가 다른 것이다. 부딪쳐서 깨질지언정, 허유처럼 도망 다니는 것은 절대 불가다. 그렇기에 한편으론 놀라움을 느낀다. 비겁하다는 생각은 들지 않았다. 실력으로 열세인 자가 강자를 상대하는 방법이다. 우목의 말마따나 저렇게 이기는 것도 가능하구나 싶었을 따름이었다.

"안심하긴 일러."

단운룡의 낭랑한 목소리가 회랑 위를 울렸다.

말하자면 허유가 들으라고 한 훈수(訓手)였다. 더 참아라. 아직 아니다. 바로 그 뜻이었다.

허유는 단운룡의 조언을 무시하지 않았다. 그의 방어가 더 견고해졌다. 맹획의 동작이 더 커졌다. 동작이 커지는 만큼 출혈도 심해졌다. 맹획의 투로에 파탄이 엿보이기 시작했다. 맹획과 허유의 기량 차가 사라지는 순간이었다.

"지금이다."

단운룡의 한마디가 없었더라도 허유는 맹획의 허점을 놓치지 않았을 것이다. 견제만을 위해 휘둘러졌던 철필이 한순간에 바람을 갈랐다.

콰직!

아래쪽 갈빗대를 부수고 간장(肝腸)에 틀어박혔다. 허유는 첫 공격이 성공했을 때처럼 기민하게 뒤쪽으로 빠져나왔다. 풋! 하고 뽑아낸 구멍에서 붉은 혈액이 차올랐다. 이내, 술병에서 술을 따르는 것마냥 굵은 핏물 줄기가 울컥울컥 뿜어져 나왔다.

맹획은 반격을 가하지 않았다. 아니, 반격을 가할 수가 없었다. 쭉쭉 빠져나가는 핏물이 그의 움직임을 멈추게 만들었다. 그가 자신의 복부를 내려다보았다. 치명상이었다. 긴급히 조치부터 취하지 않으면 순식간에 의식이 날아갈 것이다. 옆구리 뒤쪽으로 손을 돌려 혈도를 점했다. 뿜어져 나오던 핏줄기가 얇아졌다. 복부 앞쪽의 혈도를 몇 개 더 짚었지만, 별반 소용은 없었다. 맥동하며 흘러나오는 핏물은 결코 멈출 줄을 몰랐다.

"교활한 놈……!"

그때서야 허유의 노림수를 알아차린 맹획이다. 분노로 이를 갈지만 이미 한참 늦었다. 맹획의 두 눈에 서렸던 붉은 광망이 점차 흩어지고 있었다. 광기가 사라지는 것이 아니라 혈관을 달리는 혈량 자체가 부족한 것이다. 얼굴이 창백하게 변한 것은 물론이요, 손끝까지 부들부들 떨리고 있었다.

"죽인다!"

맹획이 달려들었다. 그가 그 상태에서도 움직일 수 있는 것은 사이한 탐욕과 지속된 살인으로 쌓은 마공 덕분이었다. 허유는 그 상황에서도 또다시 참았다. 그는 한번 귀비산을 이겨냈던 자다. 마공에서 비롯된 괴이한 섭혼(攝魂)의 능도 허유의 의지는 침범할 수 없었다.

빠악!

이윽고, 측면으로 돌아간 허유의 철필이 맹획의 등허리를 때렸다. 충격을 다 받아내지 못한 맹획이 한쪽 무릎을 꿇고 미끄러졌다. 핏물로 적셔진 무릎에 귀비혈사대의 시체 하나가 걸렸다. 맹획의 두 눈이 번쩍 빛났다. 그가 대 자로 뻗어 있는 귀비혈사대의 앞섶을 찢어발겼다. 목갑 하나가 그의 손에 잡혔다.

"그것은……!"

허유의 얼굴이 경직되었다.

콰작!

맹획의 손아귀에서 목갑이 부서졌다. 세 알의 귀비신단이 굴러 나왔다.

어떻게 할 새도 없었다. 맹획이 귀비신단 세 알을 한꺼번에 삼켰다. 한번 몸을 부르르 떨더니, 벌떡 일어나 양손을 치켜들었다.

"모조리… 죽이고 말 테다."

그의 두 손이 순백색으로 물들었다. 내공이 선명한 색깔을 띠고 발산되려면 집중된 공력의 양이 엄청나야 한다. 이미 다 빠져나가는 기혈에 그만큼의 공력이 남아 있을 리 만무하니, 결국 그 모습은 잠력까지 격발한 마지막 발악이라 할 수 있었다.

퀴이이이잉!

맹획이 무서운 속도로 짓쳐들었다. 허유가 황급히 몸을 낮추고 옆으로 땅을 박찼다. 그러나 맹획은 종전보다 훨씬 빨랐다. 멀쩡할 때보다도 빠른 쇄도였다.

쉬익! 우직!

손아귀에 살짝 스쳤다고 생각했다. 하지만 그것으로 허유는 등줄기를 치달리는 고통을 느껴야 했다. 손목에서 팔꿈치 중간

뼈들이 그대로 부러졌기 때문이다.

"큭!"

맹획의 흰 손이 다시 한 번 날아들었다. 머리는 옆으로 젖히고 철필을 올려쳤다. 철필과 맹획의 손이 충돌했다.

까앙!

철필이 두 조각으로 분질러져 날아갔다. 손날이 옆머리를 아슬아슬하게 비껴갔다. 날카로운 통증이 엄습했다. 뜨뜻한 액체가 턱을 타고 흘러내렸다. 오른쪽 귀가 반쯤 잘려 밑으로 처지는 것이 느껴졌다.

쿼융!

강렬한 파공음이 들려왔다. 막을 수 있는 방법이 없었다. 피할 곳도 마땅치 않아, 땅바닥을 굴러야 했다. 맹획이 따라붙었다. 절체절명의 위기였다.

콰직!

험악한 소리가 사위를 울렸다. 허유는 그것이 자신의 몸에서 난 소리인 줄로만 알았다.

그러나 다음 순간, 그는 느껴지는 고통이 전혀 없다는 사실을 깨닫는다. 그가 머리를 쳐들었다.

가장 먼저 보인 것은 맹획의 옆구리를 뚫고 나온 검은색 쇳덩이였다. 맹획이 고개를 뒤로 돌린 채 잘 움직이지 않는 왼손으로 등 뒤로 이어진 철봉자루를 거머쥐었다.

"크으으… 버러지 같은 놈들이……"

쑤욱, 푸확!

쇳덩이가 뽑혀 나갔다.

배와 등 양쪽에서 허연 기름막과 구불거리는 내장이 마구 쏟
아졌다. 맹획이 하얀 손으로 옆구리를 감싼 채 두 무릎을 꿇었
다. 그때서야 허유는 맹획의 머리 위로, 뒤에 선 사람의 모습을
볼 수 있었다. 방편산을 든 우목이었다.

"끝까지 지켜봐 주려고 했지만 어쩔 수가 없었소이다."

우목이 말했다.

긴 세월을 지나 진정한 어르신으로 인정하기로 한 것일까. 전
보다 훨씬 더 공손한 어조였다. 허유가 희미한 미소를 지으며
힘겹게 몸을 일으켰다. 그의 눈이 우목을 보고, 회랑 저편에서
부축을 받고 선 마건위를 보았다.

늑대와 뱀. 오원의 두 수호신의 눈이 짧은 순간 수많은 이야
기를 나누었다. 밑에서 들려오는 소리가 다시 두 사람의 시선을
맹획에게로 돌렸다.

철벅!

땅을 짚고 일어나려던 맹획이 땅바닥에 가득한 기름과 핏물
때문에 손과 무릎이 미끄러져 넘어진 소리였다. 맹획이 땅바닥
을 굴렀다. 마주 선 허유와 우목, 두 사람의 발치에서 맹획이 꿈
틀꿈틀 기어가기 시작했다. 그가 두 팔꿈치로 상체를 세우더니
쿨럭, 하고 입을 벌렸다.

그의 입에서는 아무 말도 나오지 않았다. 대신 핏물이 한 사
발이나 뿜어져 나왔다.

푸억! 후두두둑!

그렇게 피를 흘리고도 더 토해낼 피가 있다는 것이 신기할 지
경이었다. 입에 이어 코에서도 선혈이 쏟아지고 양쪽 귓구멍에

서도 핏줄기가 흘렀다.

"커, 커걱!"

온몸에서 경련이 일어나고 있었다. 귀비신단으로 인한 폭주 때문이었다. 그가 얼굴 전체에 피칠갑을 한 채 꾸역꾸역 앞으로 나아갔다. 맹획의 시선은 저 앞에 있는 의자에 고정되어 있었다. 그 위에 앉아 세상을 호령하던 옥좌, 피에 젖은 태사의가 그 끝에 있었다.

철벅. 촤악. 철벅. 촤악.

거대한 붓으로 그어내는 선처럼, 맹획을 따라 붉은 줄이 그어졌다. 허유와 우목은 그런 그를 그대로 내버려 두었다. 맹획이 현각군 무인의 시체를 굴러 넘고, 두 손으로 땅을 당겨 계단을 올랐다. 마침내 그의 손이 태사의에 닿았다.

"끄르륵."

거기까지였다.

맹획의 마지막은 타가와 달랐다. 타가는 웅대했던 자신의 포부를 밝힐 기회라도 있었지만, 맹획에게 그런 것은 들어줄 이유 없는 사치일 뿐이었다. 그의 입에서 흘러나온 것은 피 끓는 신음 소리밖에 없었다. 태사의에 닿았던 손이 힘을 잃었다. 야망에 찌든 영혼과 귀비산에 오염된 육신이 끝끝내 쓰러지고 만 것이다. 버려진 쓰레기마냥 처참한 몰골로 최후를 맞이하는 순간이었다.

*　　　*　　　*

남왕궁은 녹풍원과 달랐다.

맹획의 죽음은 모든 일의 끝이 아니었다. 수많은 일들의 새로운 시작이었다.

가장 큰 문제는 너무나 많은 수의 병사들이 모여들었다는 사실이었다. 맹획군은 본디 강력한 중앙집권체제로 운영되던 군사세력이었다. 정점인 맹획을 비롯한 수뇌부가 모조리 사라진 지금, 지휘체계는 엉망으로 변해 있었다. 일괄적인 통제가 전혀 이루어지지 않는다는 이야기였다. 해야 될 일은 물론이요, 할 수 있는 일들조차 모르는 마당에 병장기들을 들고 있는 이들이 수천 명이다. 자칫하면 대혼란의 유혈참극이 벌어질 수도 있었다. 그걸 방지하는 것이 우선이었다.

팔보당의 재보가 가장 큰 문제였다.

팔보당은 그 자체만으로도 엄청난 보고(寶庫)였다. 전체 규모와 양을 따지자면 타가군의 수백 관 금괴에 맞먹는 재화가 쌓여 있었다.

팔보당 앞에서 싸움이 벌어졌던 것은 당연한 일이었다.

싸움을 벌이는 이들은 크게 세 부류였다.

맹획의 파멸을 끝까지 믿지 않았던 광신의 무리들이 첫째였다. 귀비혈사대를 주축으로 한 최종 방어 병력이 그들이었다. 몇 명밖에 없는 지각군 무인들이 팔보당 앞에 철방패를 세웠고, 기형도를 든 귀비혈사대 무인들이 최후의 맹획처럼 시뻘게진 두 눈으로 달려드는 병사들을 쓰러뜨리는 중이었다.

둘째는 달려드는 병사들, 즉 팔보당 공격을 개시했던 궁성 내의 반란군 무리였다. 이미 맹획이 끝났다는 것을 예감하고 궁성

내에서 반란을 일으킨 병사들로, 일부는 궁전의 맹획을 쳤고 일부는 이곳 팔보당을 친 것이다. 단운룡 일행이 맹획을 죽이러 들어가기 직전, 싸우는 소리를 들었던 것도 바로 그들에게서 비롯된 것이었다.

셋째는 막 지금 성내로 진입한 외부 기지의 병력이었다. 격변을 맞이할 앞으로의 시대에 있어 제 몸 하나 건사할 재물이라도 확보하자는 놈들이었다. 일단은 달려와 성내 반란군을 도와서 공격을 감행하고 있다지만, 언제라도 옆에 있는 자에게 칼끝을 돌릴 수 있는 놈들이기도 했다. 어찌 보면 가장 머리가 잘 돌아가는 놈들이라 할 수 있었다.

"죽여라!"

"밀지 마!"

"길을 열어라!"

팔보당 창고 앞에 이르렀다. 장내는 이미 아수라장이었다. 각양각색의 부족과 병사들이 난장으로 섞여 있었다. 칼을 들고 눈이 벌겋게 된 채 몸조차 제대로 못 가누는 놈들까지 보였다. 귀비산에 중독된 병사들 같았다. 병사들의 창칼은 귀비산 중독자들이건 헐벗고 굶주린 자들이건 상대를 가리지 않았다. 서로를 향해 창칼을 찔러대며 격렬한 전투를 벌이는 중이었다.

"막고 있는 놈들은 대체 무슨 생각인 거요?"

침묵으로 일관하던 엽단평이 불쑥 입을 열었다. 꼭 그 대답을 듣고 싶어서라기보다는 불필요한 싸움을 왜 하냐는 의문에서 비롯된 질문이었다. 이곳의 피비린내에 거부감을 느끼는 유일한 사람이 그라고 할 수 있었다. 모두가 잠시 동안 말이 없었다.

뜬금없는 지적이었지만 이 난장판은 모두에게 생각할 만한 거리를 던져 주는 것만큼은 확실했기 때문이다. 가장 먼저 입술을 뗀 자는 마건위였다. 그가 사망산 전사들의 부축을 받아 마차 위에 오르면서 말했다.

"귀비혈사대는 본디 혈사대란 이름으로 불렸다. 혈사대는 맹획이 귀비산을 전략무기로 사용하기 훨씬 전… 그러니까 천지현황, 사대괴인의 조직체계가 잡히기 전부터 놈과 함께해 온 충견들이었지."

마건위의 말은 곧 맹획군의 근원과 맞닿아 있었다.

귀비혈사대의 붉은색 투구에 돋은 뿔은 두 개였다. 이각의 투구. 즉 일각의 투구 이후에 만들어진 첫 번째 투구란 뜻이다. 천삼괴가 이인자임에도 천이괴가 아니었던 이유가 거기에 있었다. 천삼괴도 지사괴도 사실은 혈사대 출신이다. 세 개의 뿔이든 네 개의 뿔이든 모두 다 혈사대 이후에 만들어진 물건이란 말이다. 뿔 하나인 일각수와 뿔 두 개인 혈사대로부터 맹획군의 모든 것이 시작되었다는 뜻이었다.

"제아무리 오래된 수하들이라지만, 이지가 흐트러진 상태로 꼭 저런 살육전을 벌여야만 하는 것인지는……."

말끝을 흐리는 엽단평이다.

그러고 보면 실로 참혹한 천명이다. 처음부터 맹획을 따라 그들만의 꿈을 꾸었던 혈사대는 결국 마약(魔藥)을 통한 살인병기로 탈바꿈을 했고, 종국에는 지키지도 못할 재보를 사수하다 탐욕에 물든 자기편에 의해 죽음을 맞이하고 있었다. 팔보당을 지키는 자들, 팔보당을 약탈하려는 자들, 모두가 미쳐 버렸다. 일각수 맹획은 자기 자신의 목숨뿐 아니라 자기를 따르는 목숨들까지 지옥으로 이끈 파멸의 짐승이었던 것이다. 죽어 넘어진 후에도 광기의 저주를 온 남왕궁에 흩뿌리고 있는 듯했다.

"구질구질 도리 타령하지 말아라. 보물창고라잖냐. 눈 까뒤집고 달려드는 것이 당연하지."

분위기 반전은 역시나 막야흔의 몫이다. 그가 번쩍 앞으로 튀어나가며 소리쳤다.

"죽고 싶다는데, 소원대로 해주면 그만이야!!"

뒤에 있던 태자후가 퍼뜩 눈살을 찌푸리며 막야흔을 따라 몸을 날렸다.

"선수를 치다니! 그건 내가 할 말이었다!"

"어딜! 늑장 부린 놈이 바보다. 으하하하!"

막야흔은 확실히 엽단평과 상극이라 할 만했다. 그는 적들이 미쳐 가는 사연 따위 관심도 없다. 태자후도 별다를 건 없는 놈이다. 피비린내? 도리어 반갑다. 두 사람 다 안 그래도 근질거려 죽을 참이었다.

"늑장을 부려? 그래도 내가 앞이다!"

태자후의 경공은 역시 대단했다.

먼저 땅을 박찬 것은 막야흔이나, 먼저 병사들에 닿은 것은 태자후였다. 황금비룡번이 펼쳐지며 병사들을 휩쓸었다. 막야흔으로서는 당연히 달갑지 않다. 그가 버럭 소리를 지르며 병사들을 뛰어넘었다.

"그래! 네놈은 조무래기들이랑 놀아라! 난 안쪽 놈들을 칠 테니!"

병사들의 어깨를 밟고 머리를 박차며 전장을 가른다. 그의 발에 채인 병사들이 픽픽 쓰러질 때마다 일 장씩 쭉쭉 뻗어나갔다.

파라라라락! 꽈아앙!

막야혼의 빈정거림에 성질이 난 태자후가 황금비룡번을 휘두르며 무지막지한 경력을 흩날렸다.

"으랏차!"

태자후의 기합성이 사위를 울렸다. 황금룡이 몰아치면 병사들이 솟구친다. 수십이든 수백이든 상대가 될 리 만무했다.

우르르르릉!

마천용음도의 괴성이 뒤질세라 울려 퍼졌다.

"보물은 우리 거다! 씹새들아!"

이어 들려오는 막야혼의 우렁찬 욕지거리가 쓸쓸한 실소를 불러왔다.

그들 일행을 탐욕에 찬 병사들과 동급으로 단숨에 끌어내린 한마디였다. 하지만 막상 생각해 보면 달리 반박할 말도 없었다.

막 나가는 싸움에는 과연 이런 놈이 필요한 게 아닌가 싶다. 단운룡이 입가에 미소를 담은 채 다소 우울한 듯한 그러면서도 한편으로는 밝은 목소리로 말했다.

"어쩔 수 없군. 이왕 여기까지 온 이상, 보물은 우리가 먹어야지."

그들도 간다.

싸움을 끝내고 분란을 잠재우기 위해서는 팔보당을 장악하는 것이 우선이다. 수천 명 병사들이 팔보당을 차지하겠다며 전부

다 이곳으로 올 경우, 맹획과 별개로 엉뚱한 싸움이 벌어질 수 있었다.

"전사들을 소집해!"

전사들을 불러 모으라는 우목의 지시가 떨어졌다.

그때였다. 우목도, 허유도, 심지어 단운룡조차 예측하지 못한 사태가 터진 것은.

꽈과광!

엄청난 폭음이 천지를 흔들고 있었다. 마천용음도도, 황금비룡번도 아니었다. 병사들 한가운데서 검은 연기가 솟구치고 있었다.

"화포! 아직도 남아 있었나!"

불꽃과 육편이 흩날리고 있었다. 아비규환으로 변한 장내다. 끊이지 않던 비명 소리가 어둠침침한 신음 소리로 바뀌었다.

꽈광!

폭음이 다시 한 번 터져 나왔다. 단운룡의 눈이 화포의 포신을 찾았다. 창고 건물 상층부의 창문 쪽이다. 열려 있는 창문을 따라 화포 네 문이 칠흑 같은 입을 벌리고 있었다.

'제길!'

단운룡이 먼지구름 속으로 몸을 날렸다.

"야흔! 자후! 건물 안이다! 화포를 막아!!"

막야흔은 우르르릉! 하는 마천의 용음으로 대답을 대신했다. 태자후의 비룡번이 막야흔의 마천도와 함께 움직였다. 황금색 비룡이 아래에서 위를 훑으며 문 앞에 세워진 철방패를 감아 올렸다.

쾌광!

두 사람은 빠르고 강했다. 막야흔과 태자후의 신형이 순식간에 귀비혈사대의 방벽을 뚫고, 창고 문 안으로 사라졌다. 하지만 화포의 심지에는 이미 불이 붙었다. 세 번째 화포가 불을 뿜었다.

쫘아앙!

단운룡이 뇌신을 발동하며 몸 전체에 내력의 방패를 둘러쳤다. 날아온 화탄이 바로 지척에 떨어졌다. 아주아주 짧은 순간 화탄은 땅바닥에 틀어박힌 채 그대로 있었다. 단운룡은 느려진 시간 속에서 화탄이 울컥 부풀어 오르는 것을 보았다.

'광뢰포!'

본능적인 행동이었다. 두 손바닥을 앞으로 모으고 뇌정광구의 내력을 끌어올려 광뢰포를 터뜨렸다. 검은 구름과 뜨거운 불꽃의 충격파가 단운룡의 전면을 휩쓸었다.

후두두둑! 휘이이이잉!

폭음이 모든 소리를 삼켜 버린 정적 속에서, 터져 나간 육편들이 땅바닥을 수놓았다. 시체들이 즐비했다. 폭발이 일어난 삼장여 공간 안에서 살아남은 사람들은 오직 단운룡의 뒤쪽에 있었던 천운의 수혜자들밖에 없었다.

'됐다.'

화탄의 폭발력마저 상쇄한 광뢰포다. 신발과 하의가 좀 찢어졌을 뿐, 단운룡은 생채기 하나 입지 않았다. 피어오르는 연기 사이로 단운룡은 창고 건물 위쪽을 바라보았다. 마지막 남아 있던 화포 뒤로 번쩍이는 도광이 비쳤다. 막야흔이었다.

'……!'

화포의 위협은 이제 없다고 생각했다. 그러자 순간, 머릿속을 파고드는 기이한 느낌이 있었다. 단운룡이 두 눈을 번쩍 떴다. 그의 입에서 쩌렁쩌렁한 목소리가 터져 나왔다.

"야혼! 자후! 거기서 나와!!"

그가 몸을 날렸다.

쫘과과과과과광!

나쁜 예감은 결코 틀리는 법이 없다. 창문 안으로 터져 나오는 폭음이 불꽃의 바람을 토해낸다. 묵직한 진동이 돌을 부수고 벽을 갈랐다.

콰지직! 콰과과과과!

창고 건물 내부로부터의 폭발이었다.

모든 것을 포기한 귀비혈사대가 남아 있는 화탄들과 함께 자폭을 감행한 것이다.

꽈릉! 화아아아악!

몸을 날리지만 폭발로 몰아치는 검은색 폭풍이 단운룡의 눈앞을 가로막았다. 줄기줄기 뻗어오는 검은 연기 사이로 단운룡의 시야 한편에 하늘을 날아 튕겨 나오는 하나의 그림자가 비쳐 들었다.

'야혼!!'

무작정 몸을 날렸다. 포물선을 그리며 떨어지는 육신을 따라서다.

터억!

공중에서 뇌신을 풀고, 떨어지는 그림자를 받아 들었다. 막야혼이었다. 이곳저곳 그을린 채 정신을 잃은 상태다. 의식도 없이 그 높이에서 곤두박질쳤다면 제아무리 튼튼한 몸뚱이를 지녔어도 결코 멀쩡할 수 없었을 터였다.

콰쾅! 우지끈! 콰르르륵!

"태자후는?"

건물이 무너지는 소리는 계속 들려오고 있었다. 갈라짐이 또 다른 갈라짐을 불러오고 붕괴가 또 다른 붕괴를 일으킨다.

단운룡의 눈이 무너진 건물의 잔해로 향했다. 거대했던 창고 건물은 이제 파괴되어 박살난 돌산이 되어 있었다.

태자후의 모습은 그 어디에도 보이지 않았다. 펄럭이던 황금 비룡번도 더 이상 없었다.

방심의 결과는 그와 같았다.

언제나 번쩍이던 그의 뇌광이 전에 없이 흔들리고 있었다.

*　　　　*　　　　*

곤륜의 저녁.

대낮부터 회색빛으로 물들어가던 하늘이다. 바람이 불고 구름이 꿈틀거리더니, 기어코 하얀 눈꽃이 흩날리기 시작한다.

"눈이… 내리네요……?"

여은이 고개를 갸웃거리며 말했다.

그들이 걷고 있는 곳은 고산지대가 아닌, 산 아래쪽이다. 시도 때도 없이 눈이 내리는 곳이 아니라는 말이었다.

"이상하군. 어째서 벌써 눈이……?"

곽경무도 의아해하긴 마찬가지였다. 눈이 내리려면 한참 남았다. 몇 달은 이른 눈이었다.

"좀 알아봐야겠습니다. 눈이 올 때가 아니에요, 아가씨."

산길을 돌아 기슭에 있는 산촌에 들렀다.

거기서 곽경무는 다시 한 번 놀랐다. 산촌의 촌민과 대화한 직후였다.

"대한(大寒)이 지났다는군요. 어찌 이런 일이……!"

급증한 내공 때문에 여온까지 추위를 안 타게 되었는지라, 바람이 차가워지는지도 몰랐다.

산속을 헤매느라 날짜 계산이 제대로 안 되긴 했지만, 대한은 말이 과하다. 대한은 이십사 절기 중 동지에서도 한 달 뒤다. 아예 해를 넘겨 겨울이 끝나간다는 뜻이었다. 곽경무가 기억하기로 개명수를 만난 시점은 해가 길어지던 늦봄 무렵이었다. 거의 일 년이 다 지났다는 소리. 전혀 이해할 수가 없는 일이었다.

'잠들었던 시간들이 길었던 거야.'

진실을 아는 것은 오직 강설영뿐이었다.

이군명은 처음 공력이 증진된 것을 발견했을 때, 몇 달 동안 폐관수련이라도 한 것 같다 말했었다. 그것은 어쩌면 그 말 그대로일지도 몰랐다.

대저 영약이란 물건은 보통 먹기만 한다고 내공이 단숨에 쌓이는 것이 아니었다. 제아무리 뛰어난 영약이라 해도 그것을 기혈에 녹여 공력으로 전환하기 위해서는 시간이 필요하기 마련이었다. 졸음이 온 것이 서왕모의 복숭아 때문인지, 아니면 개명수의 신통력 때문인지는 모르겠으나, 그렇게 잠들었던 시간이 영약을 흡수하는 데 큰 역할을 했던 것이 틀림없었다. 게다가 늦봄 무렵과 대한이란 시간차를 따져 보면 몇 달에 걸쳐 수면과 각성을 반복했다는 계산이 나온다. 그것도 그 시간을 탁기(濁氣) 없는 청량한 벽곡으로만 끼니를 해결했으니 더더욱 내공 증진에 탄력이 붙었으리라.

"이렇게 되면 더 늦어질 텐데……."

눈 내리는 산은 쾌적한 이동에 있어 최악의 조건이라 할 수 있었다. 쉬엄쉬엄 천천히 움직이기로 했다. 산촌에서 이삼 일씩 넉넉하게 시간을 보내며 다음 산촌까지의 길을 충분히 알아본 다음에 이동을 감행했다. 제아무리 경험이 많은 곽경무가 있다 해도 곤륜산맥의 산길은 만만치 않은 장애물일 수밖에 없었다.

그믐날 밤, 강설영은 처음으로 옥갑을 열었다. 눈 내린 산야에 시원한 내음이 코끝을 간질이고 있었다. 다른 일행은 모두가 잠든 뒤였다.

"와아……!"

감탄이 절로 나왔다. 옥갑 안에는 상서로운 광채가 가득했다. 광채를 뿜어내고 있는 것은 두 마리의 빛나는 생명체들이었다.

"이들이 백마잠신……!"

잠(蠶), 즉 누에의 성체라 하면 황백색 날개를 지닌 누에나방이 먼저 떠오른다.

하지만 이들을 나방이라 부를 수 있을까. 빗살처럼 뻗은 더듬이는 전설 속 봉황의 깃털처럼 윤기가 흐른다. 여섯 개의 다리는 매끈하고 아름다워 미녀의 팔다리와 같다. 두 쌍의 날개는 달빛처럼 은은한 빛을 내고 있으니, 그 어디에서도 이런 나방은 본 적이 없다.

푸드득.

두 마리의 백마잠신이 하늘로 날아올랐다. 이것도 보통 누에나방과는 달랐다. 양잠으로 사람이 키우는 누에나방은 날개가 있어도 잘 날지 못한다. 하지만 이들은 앞쪽 다리 두 개를 접은 채로 유영하듯 여유롭게 허공을 맴돌고 있었다. 얼핏 보면 날개 달린 작은 백마(白馬) 두 마리가 하늘을 나는 듯한 모습이었다. 왜 백마(白馬)라는 이름이 붙었는지 절로 알 수가 있었다.

'정말 신기하구나……!'

감탄, 또 감탄이다. 두 마리 백마잠신은 추운 바람에도 전혀 영향을 받지 않는 듯했다. 반딧불처럼 배어 나오는 백마잠신의 광채는 어둠 속에 피운 촛불처럼 포근한 느낌을 주었다. 두 백마잠신이 밤을 맴돌다가 강설영의 양어깨 위에 내려앉았다.

징그럽다는 느낌은 전혀 들지 않았다. 보통 나방 같았으면 손사래를 치면서 내쫓았겠지만, 이들은 그냥 벌레들이 아니었다. 그보다 훨씬 더 놀라운 존재들이다. 마치 말하는 새인 중명조나, 하늘로 승천하던 흑룡처럼 인세에 있어서는 안 될 신화적인 존재들이란 생각이 들었다.

그렇게 두 백마잠신을 돌아보자, 그들은 가볍게 날갯짓을 하며 강설영의 시선을 받아주었다. 꼬리를 흔드는 강아지들마냥 반갑다는 표현을 하는 것 같았다.

푸득.

백마잠신 두 마리가 다시 공중으로 올라가 달빛 아래를 몇 번 휘돌고는 옥갑으로 얌전하게 내려앉았다. 옥갑 안에 새겨진 붉고 푸른 태극 문양이 백마잠신의 빛을 받아 아름다운 색조를 냈다.

"달아도 되겠지?"

친구에게 묻듯 강설영이 입술을 뗐다. 그러자 백마잠신들은 사람 말을 알아듣기라도 한 듯 두 번 가볍게 날갯짓을 해 보였다. 강설영이 두 눈을 동그랗게 뜨며 다시금 그들에게 물었다.

"혹시, 알아듣는 거니?"

백마잠신들이 더듬이를 쫑긋하며 두 번 더 날갯짓을 했다. 강설영은 더 놀라지 않기로 했다. 서왕모가 말했었다. 천하에 극히 드문 영충이라고. 사람과 의사소통을 할 수 있다 해도 믿어야 했다. 이미 그녀의 세상은 그런 신비한 일들로 가득 차 있었다.

곤륜산맥을 벗어나기까지 두 달을 더 썼다.

청해 남부의 관도를 타고 사천으로 넘어왔다. 석집에서 마차를 구하고 담하현를 지나 청성산을 지나쳤다. 성도로 가려면 도강언을 경유해야 했지만, 강설영은 도강언에 들르고 싶지 않았다. 도강언 수상화, 단운룡과 생사의 박투를 벌였던 곳이다. 생각만 해도 어깨 어림이 아릿하게 저려왔다.

"대읍 쪽으로 우회하면 길이 있긴 합니다만."

곽경무의 말에 따라 샛길로 빠졌다. 이유를 짐작한 이군명의 표정이 어둡게 변했다. 청성산 고요한 자태가 멀리 보이는 관도

위, 하얀 눈밭 쉬어 가는 정자 안에서 결국 이군명이 참지 못하고 입술을 뗐다.

"도강언을 피하다니. 영 매, 혹시 그를 생각하는 거야?"

"그라뇨?"

"모르는 척하지 마. 나한테까지 그럴 것 없잖아."

"……."

곽경무가 모처럼 자리를 뜨고 없을 때였다.

하늘 밝은 백주(白晝)요, 여은까지 두 사람 옆에 있었기에 마차 끄는 기마를 바꿔온다며 역관으로 먼저 떠난 상태였다. 이군명은 기회를 놓치지 않겠다는 듯 여은을 아랑곳하지 않은 채 열정적인 어조로 말을 이었다.

"가끔가다 왼쪽 어깨 만지는 거 알고 있어. 난 그럴 때마다 화가 나. 영 매를 속인 남자인데도. 지우지 못할 뭔가를 남기고 간 거니까."

"그, 그건……."

"언제나 곽 노선배의 시선을 느껴. 지켜야 할 법도가 항상 내 앞을 막지. 난 내 마음도 마음대로 표현을 못해. 그래도 괜찮았어. 함께 있는 것만으로도 충분했거든."

"군명 오빠……."

"…곤륜산맥을 내려와 합택에서 날짜를 봤을 때는 정말 깜짝 놀랐었지. 중간에 시간이 어떻게 날아간 건지는 모르겠지만 우리가 강호를 함께 주유한 지도 벌써 사 년이 다 되었어! 그런데도… 그런데도……."

이군명이 고개를 푹 떨구었다. 더 이상 어떻게 해야 할지 모르게 되어버린 그다.

처음엔 강설영의 여행을 철부지 소녀의 치기인 줄로만 알았다. 설득하여 금상으로 되돌아가게 만들 생각이었다. 하지만 강설영은 진지했다. 어떤 고행이 닥쳐와도 포기하지 않았다.

차라리 일찍 마음을 접었더라면 이렇게 되진 않았다.

집념으로 불타는 그녀의 모습에 더 반해 버렸다는 것이 문제다.

그녀에 대한 무조건적인 호감. 자유로운 여행에서 오는 일탈감. 그녀와 함께 있던 남자에 대한 경쟁심. 그녀와 덩달아 생겨 버린 오기.

그 모든 것이 한데 섞인 결과는 다른 게 아니었다. 수만 리 여정을 마다하지 않게 된 자신의 모습이 그것이다. 날이 갈수록 강설영을 향한 연정만 깊어져 갔던 것이다.

"군명 오빠… 이리 와봐요."

이군명은 그 자리에 못 박힌 듯 한 발도 떼지 않았다.

숨 막히는 정적이 흘렀다.

이내, 강설영이 한 발 앞으로 다가갔다.

그녀가 손을 뻗어 이군명의 손을 잡았다. 추운 날씨에도 따뜻한 손이었다.

"영 매……."

이군명의 입에서 하얀 입김이 새어 나왔다.

강설영이 발끝을 들었다. 그녀의 입술이 이군명의 뺨에 닿았다.

숨죽이고 옆에 선 채 어쩔 줄 모르던 여은이 흡! 하고 손을 들어 입을 가렸다. 두 손으로 입을 꽉 막은 것이 당장 비명이라도 내지를 기세였다.

"고마워요."

강설영의 목소리가 이군명의 귓가에 꿈결처럼 흘러들었다.

볼에 닿은 강설영의 입술은 너무나도 부드럽고 촉촉했다. 가볍게 스치는 숨결은 하늘빛 봄바람과 같았다.

이군명은 더 참지 못했다. 잡은 손을 꽉 잡아당겨 품속에 끌어안았다.

"영 매."

강설영은 그를 밀쳐 내지 않았다. 작은 몸이 이군명의 가슴 안에 깊이 파묻혔다. 영원히 놔주지 않겠다는 듯 꽉 끌어안은 그다. 팔 사이로 어색하게 얽혀 있던 강설영의 두 손이 이내, 토닥토닥 그의 등을 두드렸다. 눈 덮인 산야, 관도 옆의 정자에서 한 폭의 그림처럼 안고 있는 두 남녀다. 겨울바람이 정자 기와에 쌓여 있던 눈을 가볍게 흩어놓았다.

"아, 아가씨……."

어쩔 줄 모른 채 두 사람을 보고 있던 여은이 결국 떨리는 목소리로 강설영을 불렀다.

포옹은 길지 않았다. 놀란 여은이 기절하는 것을 막기 위해서라도, 두 사람은 서로의 포근한 온기를 놔줘야만 했다.

서로가 서로에게서 한 발 물러 나왔다. 강설영과 이군명은 아무 일 없던 것처럼 아무 말도 하지 않았다.

여은이 총총 다가와 강설영을 잡아끌었다. 하지만 여은도 막상 입을 열려다 보니 뭐라고 해야 할지 모르겠다는 듯 좀처럼 말을 잇지 못했다.

"곽 노대한텐 비밀이야. 알았지?"

할 수 없이 선수를 치듯 강설영이 먼저 입술을 뗐다. 속삭이듯 말하는 그녀를 보며 여은은 두 눈을 동그랗게 떴다가, 마지못해 고개를 끄덕였다.

"조심해요. 그래도. 이런 대낮에… 큰일 난단 말예요."

여은이 목소리를 한껏 줄이며 소곤소곤 그녀를 나무랐다. 여은이 나무라는 것은 강설영뿐이 아니다. 아무리 목소리를 작게 해도 곁에 있는 이군명이 못 들을 리 없다. 당연히 이군명보고 들으라고 하는 소리다. 이군명은 그런 그녀가 오히려 귀여웠던지 못 들은 척 몸을 돌리며 기분 좋은 미소를 지었다. 눈발을 다 쏟아낸 맑은 하늘이 너무나도 상쾌하게 느껴졌다.

'한참 늦었지만, 그래도 한발 나아간 셈이니까.'

여은이 더 험하게 그들을 구박했어도 개의치 않았을 것 같았다. 무슨 이야기를 하다가 그렇게 된 것인지도 까맣게 잊어버렸다. 볼을 간질이던 강설영의 입술이, 손가락에 얽히던 고운 감촉이, 품 안에 들어왔던 따스하고 조그맣던 어깨가 그의 머릿속을 한가득 채우고 있었다.

하지만 이군명의 만족감은 그리 오래가지 못했다. 멀리서 한 줄기 말발굽 소리가 들려온 까닭이었다.

두두두두.

저쪽 멀리서 기마 한 필이 달려오고 있었다. 곽경무는 아니었다. 곽경무라면 기마 두 필의 쌍두마차가 보여야 했다.

"어……? 저건?"

그때까지도 미소를 지우지 못했던 이군명이 가까워지는 기마를 보고는 두 눈을 크게 떴다. 기마에 탄 사람의 복식이 무척이나 눈에 익었다.

"워워……."

푸르르륵!

빠르게 달려오던 기마는 가까워질수록 점차 속도를 줄이기 시작하더니 정자 바로 앞에서 멈춰 서기에 이르렀다. 기마 위에 탄 남자는 삼십대 후반 정도로 보였다. 강설영과 여은도 남자의 옷을 보고서는 놀란 표정을 지우지 못했다. 가슴에 새겨진 것은 광동 이씨세가의 문양이었다. 이씨세가의 인물이었던 것이다.

"오랜만에 뵙습니다, 이(二)공자님."

기마에서 내린 남자가 깍듯이 허리를 굽히며 말했다. 이군명의 표정이 묘하게 변했다.

"우 위사… 여긴 어떻게 알고……?"

"일 년 가까이 계신 곳을 몰라 모두들 걱정이 많으셨습니다. 이렇게 강건한 모습으로 뵙게 되어 정말 다행이 아닐 수 없습니다."

"그게 아니라, 정말 어떻게 날 찾았지요?"

"대공자께서는 언제나 이공자님의 행보를 지켜보고 계셨습니다. 이공자님이 곤륜산맥에서 행방불명되신 이래, 추적대까지 한 명 한 명 손수 발탁하여 하나뿐인 동생을 찾아오라 진심 어린 부탁까지 하셨었지요. 마침내 이렇게 찾게 되었으니 몹시도 기꺼워하실 겁니다."

"자꾸 묻게 만들지 마세요. 우연히 지나치다 만날 만할 장소는 아니지 않습니까. 게다가 형님께서 절 계속 지켜보고 있었다는데… 귀주성에서 말고는 제 주위에서 이가의 식솔들을 본적이 한 번도 없습니다. 이건 그냥 흘려듣기 어려운 부분이에요."

"과연… 이공자께서는 이상하게 생각하실 수도 있겠군요. 글쎄요. 수하 된 입장에서 자세한 것은 저도 잘 모른다고밖에 말씀드릴 방도가 없습니다. 대공자께선 특별한 분이십니다. 이공자께서 더 잘 아시겠지만, 언제나 원하는 것을 이루시는 분이시고, 그럴 만한 능력이 있으시지요."

"내가 더 잘 안다니, 그런 말 하지 마십시오. 어떻게 그게 가능했는지는 모르겠지만, 쭉 나를 감시하고 있었던 것 같아 기분이 썩 좋지 않네요."

"감시라니요, 이공자님. 이는 당연한 일입니다. 이공자님은 대공자님과 함께 이씨 가문을 이끌어주실 가장 중요한 기둥이십니다. 수신호위 하나 없이 강호를 누비고 계시는데 본 가에서 위치조차 몰라서야 아니 될 일이지 않겠습니까."

우 위사. 이름은 우신, 청산유수의 말솜씨를 지니고 있었다.

이군명으로서는 더 이상 상대를 다그칠 구실이 없었다. 무공도 출중하지 않은 자를 형님이 어째서 측근으로 두고 쓰나 했더니, 그럴 만한 이유가 있구나 싶었다.

이군명이 잠잠해지자, 우신이 이번에는 강설영 쪽을 돌아보며 허리를 굽혔다.

"그리고 소상주님, 인사가 늦었습니다. 저는 이가의 가솔로 진명 대공자 밑에서 명을 받는 우신이라 합니다."

"예, 아버님과 함께 예전에 한 번 뵈었었지요. 그때는 미처 소개를 못 드렸지만요. 강씨금상의 강설영이라 합니다."

"아! 기억하시는군요! 그때는 저도 대공자님이 아닌 가주님을 모시고 있었지요. 아닌 게 아니라, 금상 상주님께서도 걱정이 이만저만이 아니시라 들었습니다. 광동천노 곽 대공께서 정기적으로 해오시던 연락이 어느 순간 끊어지셨다며 본 가와 정보 교류를 요청해 오셨었지요. 저희들도 속수무책이긴 마찬가지였습니다만."

우신은 넉살이 좋았다.

외모는 평범하여 눈에 띄지 않았지만 능란한 말솜씨와 사람 대하는 재주를 놓고 볼 때, 상당한 수완가라는 인상을 받을 수 있었다.

"금상에는… 별일 없으시대죠?"

"예. 북방전쟁의 승전보가 전해지면서 이씨세가는 물론이요, 금상도 큰 호황을 맞았지요. 상주 내외 두 분 모두 평안하십니다."

평안하시다니, 정말 다행이 아닐 수 없다.

개명수와 함께 곤륜성산을 벗어나는 동안, 정말 신선세계라도 다녀온 듯 지나치게 긴 시간이 흘러 버렸다. 돌이켜 생각해 보면 본의 아니게 몹쓸 짓을 한 셈이다. 강설영이야 기묘하고 신비로운 경험을 했구나 하고 넘어가면 그만이겠지만, 부모님 입장에서는 그런 간단한 일이 아니었을 터였다. 일 년 넘게 소식 한 번 없는 딸내미를 두자면 속이 까맣게 타 들어가야 정상이다. 불효도 이런 불효가 없었다.

"그런데 우 위사."

강설영과 우신의 대화가 멈추자, 이군명이 검미를 찌푸리며 입을 열었다.

"우 위사가 여기로 날 찾아왔다는 건… 형님께서도 근처에 있다는 뜻이라고 생각되는데… 맞나요?"

"예. 그렇습니다. 대공자께서 직접 성도로 오고 계시는 중입니다. 이공자님이 다시 나타났다는 보고를 받자마자 마차를 이쪽으로 돌리셨지요."

"날 보겠다고 형님께서?"

"중요한 일이 있으신 것 같았습니다. 성도의 만화정(萬花亭)에 거처를 마련해 두었습니다. 지금 함께 가시겠습니까?"

우신이 물었다. 이군명은 잠시 망설이다가 고개를 저었다. 이진명이 그를 찾아 상단의 경로까지 바꿨다면, 그만큼 중대한 뭔가 있다는 뜻이다. 여기서 무작정 우신을 따라나섰다가는 행여나 강설영과 다시 합류하는 것이 어려워질 수도 있다는 예감이 들었다.

"일단은 우리도 성도로 가고 있으니, 그곳에 도착한 후 내 알아서 찾아가지요."

"예. 그러면 그렇게 알고 있겠습니다."

우신은 순순히 대답했다. 그래도 동생이라고 억지로 끌고 오라는 명령까지는 내리지 않은 모양이었다.

우신이 말에 올라 발끝으로 옆구리를 툭 찼다. 기마가 성도 쪽으로 머리를 돌렸다.

"꼭 오셔야 합니다. 가자꾸나! 이랏!"

눈 녹은 흙탕물을 튀기며 말발굽 소리가 멀어졌다.

그토록 들떠 있던 이군명의 눈빛은 이제 착잡하게 가라앉아 있었다. 점으로 멀어지는 기마 옆으로 다른 점 하나가 나타나는 것이 보였다.

곽경무가 끄는 쌍두마차였다.

성도는 사천의 중심에 위치한 대도시였다. 촉한의 수도로 천 년이 넘은 역사를 자랑하는 고도다. 제대로 된 시가지에 들어선 것이 너무나도 오랜만이라 되려 어색한 느낌마저 들었다.

"가주님과 몇 번 온 적이 있었지요. 성도의 객잔은 세 곳이 가장 유명합니다. 아미파가 운영하는 세상지(洗象池)는 조용하고 깨끗하나 아미산을 찾는 향불객이 주 고객이기 때문에 음식이 소소하고 객실이 좁습니다. 사천당문의 만화정은 화려하고 고급스럽지만 무림인이 많아 조용하게 쉬기엔 다소 불편한 감이 있습니다. 마지막이 이곳 천하유(天下幽)입니다. 청성파 속가제 자가 주인으로 있는데 아주 쾌적하고 음식이 정갈하지요."

"곽 노대."

"예, 아가씨."

"그게 뭐예요. 무슨 점소이 같아."

"점소이요? 그것참! 허허허허."

강설영의 농담에 곽경무가 너털웃음을 터뜨렸다. 젊어진 기분이라고 했었던가. 곽경무는 말투까지 변해 있었다. 전국을 좁다 하고 돌아다니던 젊은 시절 한창 때 말투가 꼭 저랬을 것 같다. 아버지, 아니, 할아버지를 모시고 다닐 때부터 저렇게 빈틈

없는 수완을 보여줬을 터였다. 젊어진 것은 말투와 수완뿐이 아니었다. 외모는 더했다. 깊었던 주름살이 반절로 줄었고, 피부에도 생기가 돌아왔다. 십 년이 아니라 이십 년은 더 젊게 보였다.

"먼저 좀 씻어야겠어요."

강설영은 무엇보다 목욕이 급했다. 여은과 함께 객잔 별채에 딸린 욕실로 향했다. 욕실로 들어서자 벽면마다 걸려 있는 청성산 산수화들이 눈길을 끌었다. 욕실 네 모서리엔 향긋한 풀내음이 나는 관상수목들이 아름답게 가꾸어져 있었다. 여은의 도움을 받아 따뜻한 물속에 몸을 담그니, 마치 수려한 산속에서 목욕을 하는 기분이 들었다. 나이와 체면 때문에 강설영 앞에서 욕실 이야기를 함부로 하지 못했을 뿐, 곽경무가 이곳 천하유를 추천한 진짜 이유도 이러한 욕실 때문임이 틀림없었다.

"피부가 정말 좋아졌어요. 원래도 워낙에 고왔지만, 정말……!"

"여은도 그래."

"아니에요. 진짜 얼굴도 예전보다 더 예뻐진 거 같아요."

서왕모 복숭아에 대한 전설이 왜 생겨났는지 절로 알 것 같았다. 설마하니 정말로 불로불사가 된 것은 아니겠지만, 그동안 천룡무제신기가 얼마나 강성해졌는지를 떠올려 보면, 불사의 전설도 아주 허황된 것은 아니라는 생각이 들 정도였다.

두런두런 여유롭게 이야기하고 꽃잎 띄운 물에 물장난도 치면서 호화로운 목욕을 한껏 만끽했다. 간만에 머리카락도 틀어올리고 낮에 시가지에서 새로 산 비단옷도 감아입었다. 일찍이

한 시대부터 비단산지로 유명했던 곳인지라 광주에서 만드는 것만큼이나 감이 좋았다. 물론, 금상에서 직접 짜는 것보다는 못했지만.

간만에 단장을 하고 객잔 본관으로 들어가자 사람들의 시선이 단숨에 모여들었다. 입을 떡 벌린 사람들이 태반이요, 두 눈을 휘둥그레 뜬 사람이 나머지 절반이다. 서왕모의 복숭아 덕인지 뭔지는 몰라도, 더 예뻐진 것만큼은 분명한 사실인 듯했다.

"……!"

나름 새 옷을 갖춰 입고 깔끔하게 정리하고 나온 이군명마저도 성장을 한 강설영의 자태에는 넋을 놓을 수밖에 없었다. 강설영이 생긋 웃으며 이군명에게 다가갔다. 사람들의 시선이 이번엔 이군명에게로 쏠렸다.

"어때요? 신경 좀 썼는데 괜찮아요?"

보기에 좋으면 듣기에도 좋게 들리는 법이다. 강설영의 목소리에 이군명을 향한 사람들의 눈초리가 질투와 선망의 시선으로 변했다.

"언제나 최고지. 그럼, 그렇고말고."

"치잇."

강설영의 미모에는 빛이 바래는 감이 있지만, 사실 이군명의 풍채도 헌앙하기엔 어떤 강호협사가 부럽지 않았다. 더욱이 그 역시도 서왕모의 선물을 받은 바 있다. 급증한 공력만큼 겉으로 드러나는 기품도 예전과는 비할 바 없이 대단해져 있었다.

"이러다가 큰일 나겠어. 남자들 눈빛에 살기가 느껴지거든."

"누가 할 소린데요. 군명 오빠 바라보는 여자들 눈빛이 지금 어떤지나 알아요?"

선남선녀도 그만한 선남선녀가 없다. 보기 드문 미남미녀가 천하유에 나타났다며 성도 전체에 소문이 파다하게 퍼져 나갈 판이었다.

보다 못한 곽경무가 두 사람을 데리고 한쪽 구석에 자리를 잡았다. 살랑살랑 따라와 의자에 앉는 여은을 보고 사람들의 수군거림이 더욱더 심해졌다.

"저거, 저거……."

"작은 선녀도 있네그려."

"저 노인은… 응? 노인 맞나?"

"노인 맞겠지. 허연 머리카락 봐."

"근데 얼굴은 그렇지도 않은디."

"무림고수겠지 뭘. 청성에 아미에 당문에, 한두 번 보남?"

"청성도 아미도 당문도 아닝께 그라지."

"하기사, 저런 행색이라면 무림세가 어디쯤 되는 거 같구면."

"그나저나 곱다. 허벌나게 고와부러."

"아서라, 이 양반아. 잘못하면 목줄기가 날라가능겨."

"목줄기가 날라가기꺼지야 하겠시요?"

"원 참, 모르나 벼. 저번에 어디여. 구룡본가 뭔가 하는 거시기 그 무슨 대주라는 놈 애인한테 옆 동네 대장간 꼬마가 입 한 번 잘못 놀렸다가 골로 갔잖여."

"구룡보? 아, 그 깡패 새끼들 야그는 하지도 말지그랴. 강호인들이 다들 그런 줄 아남?"

"아따, 깡패가 뭐여 깡패가! 이 양반, 돌아불겄네. 옆에서 술먹다가 같이 죽겠어!"

"말이야 바른말이제. 이제 자리 잡은 지 제법 되았다고 괜시리 으스대는 거 아녀? 청성파고 당문이고 똥구녕 핥아주면서 위세를 업은 주제에, 사천사대 문파의 하나니, 촉성 사대패왕이니, 패왕은 얼어죽을. 어디 구룡보주 애송이 따위가 청성 아미 장문과 맞먹을라구 혀. 허허 참. 나는 말이여. 눈꼴시여 못 봐주겠어."

"나는 네놈 꼬락서니를 못 봐주겠어. 아무리 취했어도 그렇지 친구까정 황천길 잡아끌라 그랴!"

"괜찮여, 괜찮여. 황천길 빠지면 참룡방에서 구해주겠지."

"히익! 이 양반이 진짜 못하는 소리가 없어! 참룡방은 이름도 말하면 안 돼야. 아미 청성 당문에서도 참룡방은 내놓은 지 오래란 말이시."

티격태격 주고받는 대화가 강설영의 관심을 끌었다. 강설영이 목소리를 낮추며 이군명에게 물었다.

"군명 오빠, 구룡보라고 알아요?"

"사천 구룡보… 이름이야 들어봤지."

"참룡방은요?"

"참룡방? 거긴 모르겠는데?"

"흐음……."

이군명은 강호에 대한 견식이 아주 깊지는 않았다. 강설영이 이번에는 곽경무를 돌아보며 말했다.

"참룡방도 요즘에는 재미를 잘 못 보나 봐요? 괜찮은 집단 같았는데."

“아무래도 어렵겠지요. 참룡방주 불패신룡은 꽤나 걸출한 인재지만… 지금 저들의 말처럼 구룡보도 사천에 뿌리내린 지가 제법 되었으니, 기존 세력인 당문이나 청성과 어느 정도 이상의 친분을 쌓았을 겁니다.”

“상대해야 할 게 구룡보만이 아니라는 말이네요.”

“청성이나 아미를 직접 상대할 일이야 없겠지만, 간접적인 압력만 들어와도 참룡방 측에선 버텨내기가 쉽지 않겠지요. 워낙에 고수층이 얇은데다가 하부인력도 운영자금도 풍족함과는 거리가 머니까요.”

“곽 노대, 근데 말이에요. 어떻게 그렇게 빠삭하게 알아요?”

“허허. 그게… 뭐라 해야 할지…….”

“어? 뭐 감추는 거 있구나? 그죠?”

“감추는 것까지는 아니고… 아가씨 찾으러 나오기 몇 달 전쯤에 참룡방에서 영입 제의가 들어왔었지요. 거절하긴 했지만.”

“어머? 정말요? 까맣게 몰랐어요.”

“뭐, 감출 만한 일도 아니었지만 드러내 놓고 떠들 만한 일도 아니었지요.”

두런두런 이야기를 하고 있는 도중이었다.

저쪽 입구에서 주렴을 걷고 들어오는 이들이 있었다. 세 명의 남자였다. 여은이 먼저 눈을 동그랗게 뜨며 고개를 위로 뺐다. 그녀가 강설영의 옷깃을 잡으며 말했다.

“아가씨, 저, 저분들…….”

“어? 군명 오빠.”

입구 쪽을 본 강설영이 다시 이군명을 불렀다. 이군명이 고개를 돌렸다. 그의 미간이 가볍게 좁아졌다.

그쪽에서도 이군명을 발견하고는 반색을 하면서 그들이 있는 탁자 쪽으로 성큼성큼 다가왔다. 선두에 선 남자는 다름 아닌 우신이었다. 뒤에 있는 둘도 우신이 입은 것과 똑같은 이씨 가문 제복들을 입고 있었다.

“아니, 어쩐 일로……?”

탐탁지 않아 하는 기색으로 이군명이 물었다. 우신은 그런 기색을 읽기는 한 건지, 아니면 읽고도 모르는 척하는 건지 변함없는 얼굴로 대답했다.

“대공자님께서 성도에 도착하셨습니다.”

“형님이? 벌써?”

“벌써가 아니지요, 이공자님. 대공자님께서 많이 서두르셨습니다. 그런 만큼 당장 뵙길 바란다고 하셨습니다.”

“지금 당장 말이오?”

“예, 지금 당장.”

우신은 은연중에 단호함까지 드러내며 대답했다. 당황한 것은 이군명이다. 형님이 모든 일들을 신속하게 처리하는 사람이란 것은 예전부터 익히 알고 있었지만 이런 식으로 사람들을 시켜 재촉하는 것은 거의 본 적이 없었다. 정말 중요한 일이 있기는 한 모양이었다.

“영 매, 아무래도…….”

“괜찮으니 다녀와요, 군명 오빠.”

강설영이 생긋 웃으며 말했다. 이군명이 다시금 우신을 돌아보았다. 우신과 다른 두 남자는 이군명이 자리에서 일어날 때까지 몇 시진이고 그렇게 서 있을 기세였다.

마지못해 자리에서 일어났다. 우신이 곧바로 손을 들어 이군명을 안내했다.

"아까도 말씀드린 대로 만화정에 와 계십니다."

이군명은 우신과 함께 나서면서도 몇 번이나 강설영 쪽을 돌아보았다. 그날따라 눈부시게 어여쁜 그녀의 얼굴이 자꾸만 눈에 밟혔다.

붙잡혀 끌려가는 기분으로 만화정에 당도했다. 객잔 입구부터 휘황하여 들어서자마자 기화요초 정원이 펼쳐지는 게 여간 고급스럽지가 않았다.

우신을 따라 객잔 내원으로 들어갔다. 내원의 화사함은 외원보다 더했다. 우신은 이군명을 별채로 분리된 객실로 이끌었다. 객실 앞을 지키는 무사들은 이군명을 보자마자 깍듯이 허리부터 굽혔다.

"안에서 기다리고 계십니다."

귀양에서 형님을 만날 때가 생각났다. 그때와 비슷하면서도 다른 느낌이었다. 문을 열고 들어가자, 서탁에 앉아 있는 이진명이 보였다.

이진명의 앞에는 언제나처럼 다량의 문건들이 쌓여 있었다. 하지만 이진명은 그 문건들을 살펴보고 있지 않았다. 오랫동안 이군명을 기다려 왔던 것처럼 팔짱을 끼고 의자에 몸을 기댄 채 들어오는 이군명만을 응시하고 있었다.

"대체 어쩐 일로……."

이군명은 말끝을 흐렸다. 심상치 않은 느낌이 들었던 까닭이다. 그는 철이 든 이래, 일 처리에 몰두하고 있지 않은 이진명을 오늘 처음 보았다.

"걱정했었다."

이진명의 첫마디는 의외였던 그의 모습만큼이나 의례적이었다. 도리어 당황한 이군명이 두 눈을 크게 뜨며 어색한 표정을 지었다.

"아니, 형님. 무슨 제 걱정을 다⋯⋯."

"그게 그리도 이상한 일이더냐. 오랫동안 종적을 찾을 수 없었다. 혈육으로서 어찌 마음이 편할 수 있었겠느냐."

이군명은 할 말이 없었다. 이진명의 말이 진심으로 들렸기 때문이다.

하긴 두고 보면 너무나도 지당한 일이다. 단지 이진명의 압도적인 냉철함과 도무지 어울리지 않는다고 생각했을 뿐이다. 혈육간의 정(情)을 말하기에 너무나도 멀고도 높은 곳에 있는 사람. 그게 바로 이군명의 세상 속에 있는 진명 대공자란 존재였다.

"형님⋯ 그것이⋯⋯."

"어디에 있었기에 그렇게 감쪽같이 사라질 수 있었는지, 의문이 아닐 수 없었다. 행여 변이라도 당했을까 근심이 실로 이만저만이 아니었다. 그래도 이렇게 아무렇지 않은 너의 모습을 보니 크나큰 안심이 되는구나."

이군명이 고개를 떨구었다.

무슨 생각을 한 것일까. 형님은 형님일 뿐인데.

기억조차 희미한 어린 시절이지만 몇몇 장면들은 그림처럼 선명하게 찍혀 있어 언제라도 지워질 줄을 몰랐다. 형님과 웃고 떠들면서 동완주 앞바다를 뛰놀던 때를 말함이다. 끝 모르는 위엄과 무심으로 온몸을 둘러치고는 있지만, 그 시절의 기억은 형님의 머릿속에도 뚜렷하게 남아 있을 것이 틀림없었다.

"중요한 일이… 있다고 들었습니다만."

"우신이 그러던가?"

"예."

"사업적으로 중요한 일이 아니면 동생을 찾을 리 없다……. 이 나의 모습이란 수하들에게도 그런 식으로 비춰지는 모양이로군."

이진명이 씁쓸하게 웃었다.

그 표정을 보는 것은 이군명에게 있어 적지 않은 신선함일 수밖에 없었다. 이진명이 저토록 뚜렷하게 감정을, 그것도 저러한 고소(苦笑)를 드러내는 것은 근 십 년 동안 한 번도 본 적이 없었던 까닭이었다.

"중요한 일은 항상 있었지. 하지만 행방불명된 동생을 찾는 것보다 중요한 일은 없었다. 이가(李家)는 어디까지나 상가다. 상가가 중시할 일이라는 것은 고작해야 금전의 이익밖에 없는 법이다. 재화의 축적이란 그저 눈앞의 가벼운 위안에 불과할지니, 내 동생의 안위는 천만금의 거래보다 훨씬 더 무겁다. 형제의 우의에 소홀했던 내 탓이 크다고 할 것이나, 가족의 심경을 헤아리지 않은 너의 무관심도 질책받아 마땅하다."

"잘못… 했습니다, 형님."

크게 깨달아지는 바가 있었다.

이진명의 지적은 구구절절 단 한구석도 틀린 데가 없었다.

가족. 의무. 책임.

좋아하는 여자를 쫓아다닌다는 핑계로, 너무나도 많은 것을 내팽개치고 있었던 것이다.

"잘못을 안다면 다행이다. 그나저나 어디로 사라졌기에 그리도 행방이 묘연했던 것이냐."

"저도 잘은 모르겠습니다. 곤륜산을 찾아다니다가 개명수라는 도사를 만났는데, 그자가 준 기이한 열매를 먹고서 잠이 들었다가 일어났더니, 몇 달이란 시간이 훌쩍 흘러가 버렸습니다. 마치 신선놀음에 홀린 것처럼 말입니다."

"곤륜산의 개명수라고?"

이진명은 크게 놀란 것 같았다. 이군명이 눈썹을 치켜올리며 되물었다.

"예. 형님도 아는 자입니까."

"내가 알기론 현 곤륜파에 개명수란 이름을 쓰는 고인은 존재하지 않는다. 게다가 개명수란 오래된 전설 속에나 등장하는 짐승의 이름으로 알고 있다만."

"그렇지요. 한데 형님께서 전설 속의 짐승을 어찌……?"

"나라고 하여 기문(奇問)과 전설(傳說)이란 것을 생전 들춰보지도 않을 줄 알았더냐. 나도 어쩔 수 없이 천운과 기연을 믿을 수밖에 없는 무림인이다. 개명수란 신선의 보금자리에서 온 세상을 감시하는 관조의 영수(靈獸). 그 이름을 자처하는 자가 범상한 인물일 리는 없겠지. 그런 사람에게 열매를 얻어먹었다니,

너의 내공이 놀랍도록 깊어진 것은 필시 그와 같은 기연 덕분이
겠구나.”

“저, 저도 그, 그렇게 생각하고 있습니다…….”

그저 놀라움의 연속이었다.

그조차도 잘 모르는 개명수 전설을 알고 있는 것도 놀라웠지
만, 이렇게 길게 사담(私談)을 하는 형님은 그 자체로 놀라운 일
에 다름이 아니었다.

“보면 볼수록 놀랍다. 네가 얻은 공력은 실로 대단하다. 그
순도(純度)와 영능(靈能)이 상상을 초월하는 수준이다. 쓰는 방
법에 따라서는 이 나를 상회하는 힘도 낼 수가 있겠어.”

“예? 그럴 리가요. 제가 어찌……!”

“원래부터 서두르려 했지만, 너의 성취를 보니 확실히 더 늦
출 수가 없겠다. 너에겐 미안한 일이나 너는 이만 그들 무리에
서 떨어져 당분간 나와 동행을 했으면 한다.”

“형님과 동행을 말입니까?”

“네 심정을 모르는 것은 아니다. 쉽지는 않은 일이겠지. 그냥
장난삼아서 한 여자를 몇 년이나 쫓아다닌 것도 아닐 테니까.
하지만 지금은 그때와 상황이 바뀌었다. 이가의 행보는 다음 영
역을 향해 나아가고 있다. 그러면서 많은 것이 불안해졌고 혼자
만으로는 모든 것이 잘될 것이라 장담하기에 어려운 상황이 되
어버렸다.”

“다음 영역이라니요? 그리고 불안해지다니…….”

이 역시도 그가 아는 이진명에게서는 나올 수가 없는 말이었
다. 이군명은 두 눈을 깜빡이며 자기 앞에 앉은 사람이 진짜 이

진명인지 다시 한 번 확인하기에 이르렀다. 장담하지 못한다? 이진명은 모든 것을 장담할 수 있는 사람이고, 장담한 모든 것을 그대로 이룰 수 있는 위인이었다.

"그래서 너에게 동행을 요구하는 것이다. 내가 어째서 이런 말을 하는지 내 옆에서 지식을 쌓고, 네가 갖춰야 할 진정한 너의 모습에 대해 자각해 주길 바라서다."

"하지만 형님……."

"나는 너를 지금 당장 끌고 가겠다는 이야기가 아니다. 너는 죄수도 인질도 아니다. 너는 나의 동생이다. 넌 나의 말을 거절할 수 있고, 흔쾌히 수락할 수도 있다. 다만, 네가 형님의 부탁을 들어준다면 그들과 작별 인사를 할 기회는 충분히 줄 생각이다."

부탁.

이진명은 명령이 아닌 부탁이라는 단어를 썼다. 이군명은 그 단어에서 강렬한 위화감과 함께, 그 위화감만큼 절박함에 가까운 '필요'를 느낄 수 있었다. 얼마나 이군명이 필요하기에 다른 사람도 아닌 형님이 이런 말까지 하는 것일까. 그만큼 이가가 어려운 상황에 처해 있다는 것일까. 오만 가지 생각이 그의 머리를 스쳤다.

"얼마나 상황이 안 좋기에……."

"이가의 존폐가 걸린 일이다."

"……!!"

"너에겐 결정이 벅찬 일일 수도 있을 것이다. 하나, 나와의 동행은 그리 길지 않을 것이다. 사실 궁극적으로 네가 있어야 할 곳은 내 옆이 아닌 본 가다. 만에 하나 일이 틀어진다면 네가 본 가의 모든 것을 맡아서 이끌어가야 하기 때문이다.”

존폐까지 걸린 일이라니.

그가 자라온 이가는 천년만년 영원할 줄로만 알았건만.

고약한 농담 정도나 되면 차라리 좋겠다는 심정이다. 당혹감의 크기가 너무 커서 오히려 실감이 나질 않았다.

“어떻게 할 생각이냐.”

“일단은……..”

이진명의 재촉에 이군명이 침중한 어조로 입술을 뗐다.

이군명은 총명한 이였다. 그는 자유롭게 살아왔고 많은 것을 얻었지만, 그것이 가능하도록 보듬어준 것이 그의 가문이라는 사실을 잘 알고 있었다. 이진명이 이렇게까지 나온다면, 그만큼 중차대한 일이 그를 기다리고 있다는 뜻이었다. 그리고 이군명은 그런 가문의 은혜를 저버릴 정도로 이기적인 위인이 결코 될 수 없었다.

“그들에게, 아니, 그녀에게 말하고 오겠습니다. 형님이, 그리고 가문이 절 필요로 한다면, 당연히 제가 한 손을 보태야지요.”

이군명은 그렇게 대답했다. 그게 그의 성정이었다. 이진명은 몇 년 만에 처음으로 흡족한 미소라는 것을 보여주었다.

“고마운 결정이구나. 마침 성도에 들어왔으니, 구룡보와 관련된 거래를 금번에 마무리 지을 생각이다. 당분간은 이곳에 머물 예정인만큼 하루든 이틀이든 네가 원하는 대로 마음껏 쓰도록 하라.”

“인사하는 데 하루 이틀씩이나 걸릴 이유는 없습니다. 곧바로 이야기하고 오겠습니다.”

이군명이 단호하게 말하고 몸을 돌렸다.

대장부가 마음을 결정했으면 더 이상 망설일 이유가 없었다. 방문을 열고 나가자, 진명 대공자의 수족이란 수족들이 전부 다 극도의 공경으로 그에게 인사를 올린다. 안에서 있었던 대화를 듣기라도 한 모양이었다. 어색함과 불편함을 동시에 느끼며 이층 난간 끝까지 이어진 허리 숙인 수하들의 줄을 지나쳤다. 쉽진 않겠지만 이것에도 익숙해져야 할 것이다. 가문 어른들에게 끼쳐 드린 심려와 밑에서 고생했을 이들을 노고를 보상하기 위해서라도 그 일신의 열정은 잠시 동안 억눌러야 했다.

‘차라리 잘된 것인지도 모르지.’

얼마 안 있다 나온 것 같은데, 어느새 깜깜한 밤이 되어 있었다. 겨울이라서 그런지 해가 무척 짧았다. 넘쳐 나는 내공 때문에 추위를 느낄 겨를이 없음에도 바람 끝에 매서운 한기를 느꼈다. 만화정을 나와 천하유로 돌아가는 길은 그렇게 어둡고 차갑기만 했다.

천하유 정문을 열고 주렴을 걷으며 들어갔을 때.

강설영 일행은 예의 그 탁자에 앉아 있지 않았다. 이진명에게 다녀온 시간이 생각보다 오래 걸려서인지, 모두 다 객실로 올라가 버린 듯했다.

괜스레 쓸쓸함을 느끼며 객실 쪽 계단으로 올라갔다. 그들이 잡은 방들은 이층에 있었다. 방은 세 개를 잡아, 한 방은 강설영과 여은이 함께 쓰고 나머지 둘은 곽경무와 이군명이 각각 쓰기로 했었다.

이군명은 자신의 방으로 들어가 짐을 꾸렸다.

지저분한 옷을 빼놓고 보니 정말 행낭 안에 챙길 것이 없었다. 깊이 손을 넣어 고이고이 넣어둔 비단 주머니 하나를 꺼냈다. 언젠가 섬서 서안을 지날 때, 몰래 나가서 샀던 금비녀 하나가 그 안에 들어 있었다.

주머니를 손에 꼭 쥐고 방문 밖으로 나섰다. 그가 옆방 문 앞에 섰다. 그가 안에 있는 사람을 불렀다.

"곽 노선배."

곽경무가 곧바로 문을 열었다.

"어인 일인가?"

"저는 지금 저쪽 문 앞에 서서 영 매를 불러낼 생각입니다."

이군명은 당당히 말했다. 눈치를 보거나, 허락을 구하겠다는 얼굴이 전혀 아니었다. 곽경무가 막더라도 상관없다는 듯 형형하게 빛나는 눈을 하고 있었다.

"밤이 늦었네."

곽경무가 그렇게 말했다. 이군명은 물러나지 않았다. 애초부터 물러날 생각도 없었다.

"노선배, 저는… 오늘부로 일행에서 나갑니다."

"나간다?"

"형님을 만났습니다. 이가에 일이 있다더군요. 제가 필요하다고 합니다."

곽경무는 많이 놀란 것 같지 않았다. 예측했던 바였다. 곽경무 정도의 연륜이라면 별반 놀랄 일이 없는 게 정상이었다.

"그러니 영 매에게 작별 인사를 할 생각입니다. 조용히, 둘이만 있을 시간을 주셨으면 좋겠습니다."

당돌하다면 당돌한 부탁이었다.

곽경무가 이군명의 두 눈을 직시했다.

순수한 눈이라고 생각했다. 그토록 순정하게 불타는 열정을 보면서 곽경무는 생각했다.

'늙은이의 노파심에, 지나치게 고루한 잣대를 두고서 청춘남녀의 애틋한 연정을 과하게 방해한 것은 아니었던가…….'

옆에서 지켜본 이군명은 실로 나무랄 데가 없는 청년이었다.

재능도 있고, 두뇌도 뛰어나다. 머리가 좋지만 결코 잔꾀를 부리지 않는다. 예의가 바른 것은 물론이요, 그릇도 작지 않다. 심성이 곧고 착할 뿐 아니라, 참을성도 대단하다. 강설영에게 쏟는 연정에 있어서도 종종 선을 넘으려는 모습을 보여왔었고, 실제로도 넘은 일이 있었지만 그것도 무뢰배들의 욕정과는 한참 거리가 먼 일이었다. 몇 년씩이나 이렇게 참아가면서 솟아오르는 정념과 탐심을 조절한다는 것은 누구에게라도 쉬운 일이 아니다. 보통 남자라면 폭주를 해도 여러 번 했을 것이 틀림없었다.

'한 마리 나비와 한 송이 꽃이 만나면 싹 틔우는 열매를 맺어야 하는 것이 당연한 이치. 후회하고 상처받는들 어떠하리. 강호몽(江湖夢)이란 본디 그런 것이거늘.'

곽경무가 보기에도 이군명은 흠잡을 데가 없었다는 말이다.

오랫동안 행동을 같이해 쌓인 정까지 있다. 더 말리고 반대하며 두 남녀 사이에 끼어드는 것이 과연 옳은가 하는 회의감이

든 것이다.

"아가씨는… 아직 안 자고 있을 걸세."

곽경무는 그렇게 말하고 조용히 문을 닫았다. 닫힌 문을 사이에 두고, 곽경무의 나직한 목소리가 잔잔하게 이어졌다.

"아가씨에게 큰 힘이 되어줬다는 것을 알고 있네. 늘 고맙게 생각하고 있었어. 그동안 자네가 보여준 그 훌륭한 심성은 상주께 필히 말씀드릴 생각이네. 자네가 이가로 돌아와 혼인을 청하는 매파를 청해온다면 이 곽 모는 결코 박대하지 않으리."

이군명에게 있어, 그보다 더 반가운 말은 존재치 않았다. 그동안 쌓여 있던 곽경무에 대한 야속함이 깨끗이 날아가는 순간이었다.

"많이 배우고 갑니다. 감사했습니다, 노선배."

이군명이 닫힌 문 앞에서 허리를 깊이 숙였다. 이진명의 수하들이 보여준 형식적인 움직임이 아니라, 진정으로 마음이 담겨있는 인사였다.

다음은 이제 강설영이었다.

이군명이 강설영의 문 앞에 섰다. 강설영을 부르기도 전에 문이 열렸다.

"군명 오빠."

"영 매."

다 들었던 모양이다. 하긴 못 들었을 리 없다. 강설영의 공력은 이전에도 이군명보다 깊었다. 같은 기연을 얻은 지금은 더 깊어져 있을 것이었다.

"일단… 나갈래요?"

"나가자고?"

"멀리 나가면 안 돼요. 곽 노대가 말은 저렇게 해도, 아예 사라져 버리면 난리를 치고 쫓아올 테니깐요."

강설영은 웃었다. 여전히 가슴이 저밀 만큼 예뻤다.

"멀리 못 나가니까, 그래요. 이 객잔 지붕은 어때요? 아까 사층에 올라가 보니 야경이 아주 멋졌어요."

"하하. 그런 건 내가 이끌어야 되는데."

"피이. 이미 늦었어요."

강설영이 핀잔을 주고는 먼저 위쪽 계단 쪽으로 발을 옮겼다.

"얼른 와요. 후훗."

비단옷도, 올려서 쪽진 머리도 아까 그대로였다. 이군명을 기다렸다는 뜻이었다. 그 사실이 이군명에게 무한한 기쁨을 주었다. 그가 밝은 웃음을 만면에 지으며 강설영을 쫓아 발을 옮겼다.

계단 두 층을 올라 사층 난간에 이르렀다. 지붕 처마가 저 끝까지 있었지만, 두 사람의 경공으론 올라가는 것이 어렵지 않았다.

지붕엔 아직도 하얀 눈이 소복하게 쌓여 있었다. 이군명이 행낭에서 옷 한 벌을 꺼내서 지붕 꼭대기 기와 위에 곱게 펼쳐 주었다.

"고마워요."

강설영이 생긋 웃으며 그 위에 앉았다. 찬바람에 상기된 얼굴이 그리도 어여쁠 수가 없었다.

"고마워할 것 없어. 내가 다 기뻐서 하는 일이야."

“그래도 고마워요.”

이군명이 강설영 옆에 앉았다. 촉국의 성도, 천부의 나라라 불린 고도(古都)의 야경은 누천년 오랜 역사만큼이나 아름다웠다. 눈 내리고 맑게 갠 하늘엔 별빛이 쏟아졌고, 눈 쌓인 고도의 거리에는 하얀 불빛이 꽃처럼 만발했다.

꽃보다 향긋한 향내가 그의 어깨에 내려앉았다. 강설영이 그의 어깨에 머리를 기대온 것이다.

영원히 잊지 못할 밤이었다.

춥고 어둡게 느껴졌던 골목길이 달빛보다 따뜻하고 은은했다.

불과 반 시진 전, 형님과 나눴던 심각한 이야기가 실제로 벌어지지 않은 꿈처럼 느껴졌다. 아니, 나란히 기대앉은 지금 이 시간이야말로 평생토록 깨지 않는 꿈이길 바랐다.

“광동으로는 언제 와요?”

목소리마저도 꿈속에서 들려오는 것처럼 아련했다.

그 질문이 또한 그의 마음을 커다란 행복으로 채웠다.

그렇다. 그는 다시 돌아갈 것이다. 형님은 그가 본가에 필요하다 말했다. 본가에 있으면 언제든 그녀를 볼 수 있다. 그녀는 금상으로 돌아간다고 말했다. 그녀는 더 이상 강호를 방황하지 않을 것이다. 손이 닿지 않는 곳으로 보내지 않기로 다짐했다.

“글쎄… 잘은 모르겠어. 최대한 빨리 가려고 해. 그래서 다시 만날 때는…….”

이군명은 말끝을 흐렸다.

‘정식으로 청혼할 거야.’

뒷말을 목구멍으로 삼키고, 대신 오른손의 비단 주머니를 내밀었다.

"이게 뭐예요?"

"정표(情表)."

"정표… 요?"

"그냥 선물이 아니라, 내 마음이 담긴 거야. 그렇게 생각해줘."

강설영은 그 비단 주머니를 밀어내지 않았다.

그것만으로도 된 거다.

이군명의 눈은 미래에 대한 설렘과 기대로 가득 차 있었다.

"열어봐도 되죠?"

"물론이야."

강설영이 비단 주머니를 열었다. 비취옥과 금강석으로 장식된 황금빛 비녀가 화사한 자태를 드러냈다.

"어머… 예쁘다."

"그렇지?"

"하지만 지금 해보려면, 여은이 있어야 하는데……."

"다음에 만날 때 보여줘. 버리면 안 돼. 꼭 버려야겠으면 내 앞에서 버려."

"무슨 소릴 하는 거예요? 이렇게 예쁜데."

"영 매가 해야 예쁘지. 영 매 없인 그 비녀도 아무런 빛이 안나."

"치이."

강설영이 다시 그의 어깨에 머리를 기댔다.

이군명은 하염없이 그 온기를 즐겼다. 별빛이 밝아지고 어둠이 진해졌다. 그러다가 결국 일어난다. 이렇게 있다가는 죽을 때까지 일어나지 못할 것 같았다.

"영 매, 그만 갈게."

"그래요, 군명 오빠."

"아, 고맙다는 말은 그만 하는 거다?"

"고마웠어요. 정말로요."

"그리고, 영 매."

"예?"

"…사랑해."

강설영의 얼굴이 새빨갛게 달아올랐다. 이군명이 하하하 웃으며 몸을 날렸다. 지붕에서 아래층 난간을 박차고, 다시 아래층 난간에 스치며 가볍게 눈 녹은 길 위로 내려섰다.

그가 달빛을 받으며 이제 불 꺼진 어둠 속으로 사라져 갔다.

강설영의 입에선, 그리고 마음속에선 끝끝내 나와야 했던 "저도요"란 한마디가 솟아 나오질 않았다.

왼쪽 가슴 대신 왼쪽 어깨가 아파왔다.

그래서 그녀는 속삭였다.

이군명에게. 그가 말한 고백에.

'미안해요.'

금비녀 비단 주머니를 꼭 쥐었다.

느꼈던 미안함이… 꼭 쥔 손마디의 핏기처럼 하얗게 사라질 만큼.

미안해요란 대답이 언젠가 자신있게 저도요라는 대답으로 바뀔, 어쩌면 끝끝내 오지 않을 날을 기대하면서.

이군명은 다시 이진명을 만났다.

이진명이 물었다.

"작별 인사는 잘하고 왔느냐?"

"작별 인사랄 게 따로 있겠습니까. 본가에 돌아가면 다시 만날 텐데요."

"다시 만난다라……."

이진명이 이군명의 뒷말을 되풀이하더니, 고저 없는 목소리로 말을 이었다.

"말뜻을 잘못 알아들었구나."

"잘못… 알아들었다니요?"

"내가 말한 작별 인사란, 말 그대로의 작별을 뜻하는 것이었다."

"……!!"

이군명의 얼굴이 바위처럼 굳어졌다.

"상제께서 명령을 내리셨다. 광동에서도 넌 그녀를 보지 못한다. 그 이후로도 달리 할 일이 있을 것이다."

진명 대공자. 이씨 가문의 차기 수좌로서 또 다른 수좌 후보인 동생이 범접할 수 없는 업적을 쌓아온 남자.

그의 앞에 있는 자단목 서탁은 웬일인지 텅 비어 있었다.

이군명이 휙 몸을 돌렸다.

문밖으로는 나갈 수 없었다. 본능적인 결론이었다. 이진명의 수하들로 겹겹이 둘러싸인 그곳은 이미 인벽으로 가로막힌 감옥이나 다름이 없었다.

이군명의 고개가 천천히 이진명 쪽으로 돌아갔다.

이진명이 서탁 위로 손을 뻗는 것이 보였다. 손목을 한 번 움직이자, 없던 물건이 생겨나듯 둥그런 물체 하나가 서탁 위에 모습을 드러냈다.

납작한 곡선, 화려한 색깔로 치장된 그것.

사람의 얼굴을 덮고 그 사람을 다른 존재로 바꾸는 물건이었다.

누구나 마음속에 하나씩은 갖고 있는 얼굴.

누군가는 끝내 드러내고 싶어하는, 또 누군가는 들키고 싶어하지 않는 그 얼굴.

사람들은 그 얼굴을 일컬어 가면이라 불렀다.

"형님……?"

이군명이 다시금 이진명의 얼굴을 바라보았다.

그는 그때서야 비로소 하나뿐인 형님의 진짜 얼굴을 보게 되었음을 알았다.

그리고 깨달았다.

마침내 마주하는 진실의 가면이, 그가 지니고 있었던 본심을 깊고 깊은 나락으로 떨어뜨리고 있다는 사실을 말이다.

*　　　*　　　*

집을 나섰던 꽃다운 소녀가 성숙한 처녀가 되어서 돌아왔다.

아버지와 딸은 한참 동안 서로를 바라보기만 했다.

“건강해서 다행이다.”

울음바다가 되었다.

핼쑥해진 아버지의 얼굴을 보는 딸은 엉엉 울며 죄송하다, 죄송하다 수도 없이 말했다.

아버지는 그냥 웃었다.

그래서 딸은 더 울었다.

버선발로 달려온 어머니를 본 딸은 이상하게 눈물을 흘리지 않았다. 그저 고맙고 또 고맙고 또 고마웠다. 울음범벅 얼굴로 어머니와 마주 보며 웃었다.

밤새도록 이야기꽃을 피웠다.

아버지와 어머니는 상기된 딸아이의 모험담을 하염없이 들어주었다. 돌아보면 그렇게 위급한 적도, 심한 고초를 겪은 적도 없었던 여행이었다. 그래도 아버지와 어머니는 함께 마음을 졸였고 함께 감탄해 주었으며 함께 기뻐하고 함께 안타까워해 주었다.

어머니는 이군명보다 단운룡에 대해 먼저 물었다.

딸은 그 이야기는 하기 싫다 못을 박았다. 이군명 이야기는 많이 했다. 그래도 어머니는 못내 아쉬워했다. 이군명에 대해서는 별로 궁금해하지 않는 눈치였다.

아버지는 두 남자에 대한 것은 이름조차 듣고 싶어하지 않았다. 그 때문에 딸은 한 번 더 울었다. 지난 몇 년 동안 한 번도 부리지 못했던 응석을 아빠라는 정겨운 이름 앞에서 한없이 풀어놓았다.

대미를 장식한 것은 역시나 백마잠신이었다. 등잔불을 모두

다 끄고, 옥갑을 열었다.

어둠 속에 은은한 광채가 피어올랐다. 화옥에서 날아오른 백마잠신이 아버지의 어깨에, 한옥에서 날아오른 백마잠신이 어머니의 어깨에 내려앉았다. 백마잠신은 두 사람 모두를 좋아하는 것 같았다.

"우린 비단 실을 잣기 위해서 수많은 누에를 죽인단다. 너희와 같은 영물들이 그런 것을 모를 리 없겠지. 그래도 우리를 싫어하지 않는 걸 보니 참으로 신기하구나."

어머니가 말했다.

딸은 미처 하지 못했던 생각이었다. 어머니의 세심함을 다시 한 번 느꼈다.

"항상 너를 반대했었지만, 난 내 딸이 뭔가 성과를 내올 것을 믿어 의심치 않았다. 내가 백마잠신에 대한 모든 것을 알아다 주마. 이렇게 된 이상, 이 아비도 천잠보의라는 물건을 두 눈으로 꼭 봐야 되겠다."

딸은 세 번째로 울었다.

안겨보지 않아도 알 수 있었다. 아버지의 품은 세상에서 가장 넓었고, 세상에서 가장 따뜻했다.

집을 나섰던 꽃다운 소녀가 성숙한 처녀가 되어 돌아왔다.

웃음이 그리웠던 많은 아침과 소식 듣고 안도하던 많은 밤이 지난 뒤에도.

아버지와 어머니의 눈에 비치는 딸은, 꽃다운 소녀보다도 어린아이였을 따름이었다.

*   *   *

"무구고원은 어때?"

"자급은 이제 완벽합니다."

"방어는?"

"말할 것도 없지요. 뭐, 방어할 적도 이젠 사라진 상태니까
요."

"그래도 혹시 모르니까 경계를 늦추지 말라고 해."

"걱정은 여전하십니다, 군주. 녀석들이 왜 무구고원에서 안
내려오는 건데요. 절대 흐트러질 일 없을 겁니다."

보고를 올리는 비의 녀석은 제법 능글능글한 데가 있었다. 비
의 녀석의 말대로 무구고원의 방어는 튼튼하기 짝이 없었다. 위
에서 사는 이들의 성정이 그러하기 때문이다. 오원이라는 풍요
롭고 살기 좋은 곳이 있음에도 굳이 고원에서 내려오지 않으려
고 하는 것은, 그만큼 맹획과 타가에게 지배당하던 시절이 혹독
했기 때문이었다. 심하게 고통받았고, 그렇기에 가장 경계심이
많은 이들이 무구고원에 남았다. 그들에겐 자신들의 안전이 모
든 것에 우선이었다. 그것은 다시 말해 우목이 굳이 신경 쓰지
않아도 자기들이 알아서 방어 태세를 만전으로 갖춰놓을 이들
이란 뜻이었다.

"녹풍원은 어떤가?"

우목이 이번에는 흑망에게 물었다.

"문제없습니다. 잔당 규합의 기미는 조금도 보이질 않습니
다. 도리어 지역에 녹아든 몽고 녀석들이 자기네들 기마술과 품

질 좋은 말을 기르는 육종법(育種法)과 양마술(養馬術)을 제공하는 조건으로 안심하고 살 수 있는 터전을 요구해 왔습니다. 지금 시점에서는 굳이 무조건 박대할 일도 아닌 것 같아서 일단 군주께 여쭙겠다고 말해놓았습니다."

흑망은 무술 실력도 뛰어났지만, 머리도 명민하게 돌아가는 편이었다. 옆에서 잠자코 듣고 있던 허유가 고개를 끄덕이며 긍정적이라는 의견을 피력했다.

"몽고식 전투기마 육종법은 타가 측 군부에서도 기밀로 통하는 사안이었다. 진짜 육종법의 고수라면 절대 놓쳐선 안 될 기회야. 오원에는 기존 마장(馬場)이 이미 있기 때문에 양질의 말을 키워낼 수 있다면 재정을 불리는 데에도 큰 역할을 할 것이다."

우목은 오래 생각하지 않았다. 허유가 그 정도까지 말할 정도면 다시 검토할 이유가 없었다. 우목이 흑망에게 말했다.

"허 대인 말씀대로 하자. 굳이 그 지역에 살 터전이 필요하다는 건, 그만큼 이곳에 토착화되어 버렸다는 뜻일 거다. 이미 초원 출신이 아니라 반쯤은 운남 출신들이라 생각해도 무관하리라 본다."

"그럼, 녹풍원 옆 마승 지역에 터전을 마련해 주겠습니다. 거기라면 감시와 관리가 어렵지 않을 겁니다."

"그래, 마승이 괜찮겠다."

우목이 흡족하게 고개를 끄덕였다. 전사들에 대한 통솔력이 일품이었던 흑망은 근래 들어 이와 같은 위정(爲政)의 자질까지 보여주고 있다. 무슨 일이든 믿고 맡겨도 되겠다는 확신이

들었다.

"남 선생, 남왕궁 쪽은 어떻답니까?"

남 선생이라 불린 이는 납서족식 청람색 옷을 입었다. 우목이 어릴 때부터 쭉 선생 노릇을 해왔던 이다. 오원이 함락된 이후엔 마건위를 따라서 사망산으로 들어가 전투를 치러왔고, 지금까지도 마건위를 보필하며 남왕궁의 전후 처리를 돕고 있는 중이었다.

"아무래도 녹풍원보다는 소란이 잦은 편이지. 귀비산 중독자들이 가장 큰 문제네. 양귀비 농장을 점거하고 농성을 벌이거나 근처 마을들을 약탈하는 등 아직까지도 충돌이 끊이질 않고 있지. 그래도 피해는 크지 않네. 귀비신단도 거의 회수되었고."

"팔보당은요?"

"잔해 처리는 마무리 단계에 접어들었네. 멀쩡하게 남아 있는 재보들이 생각보다 많았지. 당분간은 그것만으로도 자금 충당엔 어려움이 없을 것 같아."

"세심단은 쓸 만합니까?"

"효과를 톡톡히 보고 있네. 약재 부족이 문제지만."

무너진 팔보당의 잔해를 정리하며 얻은 가장 큰 수확은 질 좋은 병장기도, 천금의 공예품도 아니었다. 박 의원이 남기고 간 세심단의 약방문이 그것이었다. 마사충이 맹획에게 팔아먹은 이래 행방을 알 수 없었던 세심단의 약방문은, 팔보당 깊숙한 곳의 철궤 안에 고이고이 보관되어 있었다. 약방문을 발견한 이후에도 마사충이 자행해 온 원본 손상 때문에 걱정이 앞섰지만, 약효를 볼 때 조작을 가하지 않은 진본이 틀림없는 것 같았다.

"약재 건은 이쪽에서 해결해 보겠습니다."

우목이 말했다. 남 선생이 다행이란 얼굴로 대답했다.

"그래 주면 고맙겠네."

계속된 전쟁은 오원에만 상처를 입힌 것이 아니었다. 중독자들의 숫자는 상상을 초월했다. 남왕궁 구석의 감옥 건물을 통째로 갈아엎어 중독자들 치료를 위한 대형 의원으로 활용하고 있었지만, 인력과 약재는 언제나 충분치 않았다. 끊을 의지가 있어서 제 발로 찾아온 사람만도 기천 명에 이를 정도였다. 아직도 어딘가에서 귀비산을 탐닉하는 자들의 수는 그것의 배 이상일 것이 뻔했다.

"아 참, 그리고 마 대인의 용태는 좀 어떠십니까."

"일상생활은 이제 불편이 없으시더군. 내공도 어느 정도는 회복하셨지만, 심혈과 중단에 수복 못할 손상을 입은 데다가, 연세도 있으시니 옛 무공을 완전히 되돌리기란 어려울 것 같네."

거기까지 들은 허유가 불쑥 끼어들며 남 선생에게 물었다.

"그건 자네의 의견인가, 아니면 그가 그렇게 말하도록 시킨 것인가."

"제가 쭉 지켜본 후에 내린 결론입니다. 허 대인, 마 대인은 변했습니다. 대인이 우려하는 일은 생기지 않을 겁니다."

남 선생은 다소 날이 서 있는 허유의 지적에도 기분 나빠하지 않았다. 이유가 무엇인지 남 선생도 잘 알기 때문이다. 마건위의 회복 소식이란 분명, 어떤 면에서는 무조건 낭보라고 보기는 힘든 측면이 있었다. 아무리 늙었어도 뱀은 뱀이다. 남왕궁을 정리하고 있는 마건위는 특유의 교활함과 결단력으로 빠른 시간 내에 가시적인 성과들을 내고 있는 중이었다. 문제는 그에게 타가와의 일전 이후로 생긴 광신적인 추종자 무리가 함께하고 있다는 사실이었다. 게다가 그 추종자들이란 대부분이 싸움을 좋아하는 과격한 전사들이다. 그런 무리를 통째로 남왕궁에 따로 떼어놨으니, 때늦은 야심이라도 품지 않을까 하는 우려가 생길 만도 했다. 하지만 우목은 남 선생의 말에 토를 달지 않았다. 그가 신뢰가 가득한 눈빛으로 남 선생을 바라보며 말했다.

"남 선생이 그렇다면 그런 거겠지요. 나는 남 선생의 판단을 믿습니다."

누군가를 따르게 만드는 데 있어, 그런 말보다 좋은 것은 없다.

일취월장한 역량이었다. 다른 젊은이들이 성장한 만큼 우목역시도 대범한 지도자의 그릇을 유감없이 드러내고 있었다. 남 선생은 같은 납서족으로서 그런 우목이 자랑스러웠던 듯 기꺼운 표정으로 자신있게 말을 이었다.

"마 대인은 그 누구보다도 부족들의 피를 많이 본 사람이니, 이제 와 또 다른 편 가르기를 하면서 분란을 만들지는 않을 걸세. 행여 그분이 그러한 마음을 품는다 해도, 따르는 자들은 극히 일부밖에 없을 것이네. 싸움에 지친 전사들이 먼저 막으려 들 걸세."

사람 일은 누구도 모르는 법이라지만 그렇게까지 말해주니 어느 정도는 안심이 되었다. 우목이 이번에는 목여강 쪽을 바라보았다.

"초림은 어떻지요?"

"동(銅) 광산의 생산이 손익선을 넘기 시작했네. 하산(下山)하는 길이 험한 게 아쉬워. 길을 좀 새로이 가꿨으면 해. 공병들의 투입을 검토해 줬으면 좋겠네."

"그렇게 하겠소이다."

우목은 그것으로 무구고원, 녹풍원, 남왕궁, 초림, 사대 외지에 대한 이야기를 일단락한 다음, 오원의 내실을 기하기 위한 사안들을 검토한 후에 회의를 마무리 지었다. 모든 일은 그런대로 순조롭게 진행되고 있었다. 단 한 가지 보고만을 제외하곤 말이다. 우목은 바로 전날 받은 보고 건을 회의에서 언급하지 않았다. 그 이야기는 먼저 상의해야 할 사람이 따로 있었기 때문이다. 우목은 회의실에서 나오자마자 연무장으로 향했다. 중흥기의 도시처럼 활기 넘치는 거리가 반갑게 우목을 맞이했다. 제법 소란스럽게 물건을 사고 파는 저잣거리를 지나, 익숙한 참나무 오솔길로 접어들었다. 옛 소마성 터, 일원요새가 있었던 곳이었다.

"왔냐?"

연무장 한쪽 막사에서 단운룡이 우목을 맞이했다. 연무장에서는 소년 전사들의 대련이 한창이었다. 목도(木刀)를 들고 용음도를 펼치는데, 기합 소리가 낭랑하여 듣기가 좋았다.

"하루가 다르게 느는군."

"응. 몇몇 녀석들은 아주 잘해. 보고 있으면 절로 흥이 나."

일원요새의 목책을 부수고 건물 네 개를 헐었다. 원래부터 만들어져 있던 연병장을 넓게 다져서 커다란 연무장을 꾸며놓았다. 옛 소마성 앞의 공터보다 훨씬 더 넓은 공지에 옛 소마군 또래의 아이들이 투닥거리며 무예를 연마한다. 꿈에 그리던 광경에 다름이 아니다. 흘러간 옛 시간이 더 이상 안타깝지 않을 정도였다.

"그나저나 문제가 생겼다."

우목은 본론부터 꺼내놓았다. 단운룡이 눈썹을 치켜올리며 반문했다.

"문제?"

"어제 받은 보고다. 관의 낌새가 심상치 않아. 대리 관아의 반응으로 보아하건대, 양 군사의 예상대로 흘러가고 있는 듯싶다. 조만간 한 번 들이닥칠 기세야."

"그런가……."

단운룡은 대수롭지 않게 대답했다. 그가 밧줄로 얽은 의자에 몸을 기대며 양손을 머리 뒤로 놓고 하늘을 올려보았다.

"크게 경계할 만도 하겠지. 관아의 입장에서는 운남 남부를 일통한 새로운 세력이 나타난 셈이니까."

단운룡의 말대로였다.

녹풍원으로 진격해 타가군을 해산시키고 남왕궁을 점령하여 맹획군을 박살 냈다. 일통이란 말이 어색하지 않은 상황이다. 운남 남부 전체가 오원의 세력권 안에 들어온 것이나 다름이 없었다.

어떤 식으로든 관아의 반응이 오는 것이 당연하다. 게다가 긴장한 것은 대리의 관군만이 아니었다. 점창파 무인 세 명이 저 잣거리에서 며칠을 보내다가 사라진 게 저번 달이다. 안남(安

南) 쪽 이방 상인들이 봇짐을 짊어지고 나타나 잘 통하지도 않는 말로 온갖 질문들을 하고 갔던 일도 있었다. 외부 세력들의 촉각이 한껏 곤두서 있다는 증거들이었다.

"곱게 넘어가긴 그른 것 같은데, 그렇다고 맞서 싸울 수도 없다. 어떻게 해야 할지 몹시도 난감해."

"괜찮아. 넌 잘할 거야."

단운룡이 몸을 일으켰다. 우목이 미간을 좁히며 단운룡의 얼굴을 빤히 쳐다보았다.

"어쩔 생각인데 그래?"

"나? 안 그래도 이야기하려 했었어. 나, 그리고 우린 곧 오원을 뜰 거다."

"뭐, 뭐라고?"

단운룡이 잠시 말을 멈췄다. 그리고는 뜬금없이 궁무에에 대한 말부터 꺼내놓았다.

"궁 노괴의 활 솜씨… 봤지?"

물론 봤다. 대답을 원해서 묻는 질문이 아니었다. 그래도 우목은 대답했다.

"물론 봤다. 정말 대단하더군."

"대단한 정도가 아냐. 노괴의 궁술은 중원 제일을 논한다. 그런 고수가 내 옆에 있는 것은 그냥 할 일이 없어서가 아니다. 바라는 게 있기 때문이지. 난 그에게 사일적천궁이란 물건을 찾아주기로 약속했다. 그동안은 무의가 나 대신 고생을 좀 했어. 최근 들어 그 단서를 잡았지. 확인이 필요한 상태다. 확인을 하려면 물론, 중원으로 가야 해."

"하지만……!"

"더 있다. 도요화는 가족에 대한 원한이 있고, 그 복수의 대상은 중원에 있지. 난 우리 문도들에 대한 책임과 의무가 있다."

"조금 더 미룰 수는 없는 것이냐?"

"오원을 위해서도 안 돼. 무의는 관아의 수배자다. 백가화도 마찬가지고. 금의위에 잡혀서 호송되다가 탈주한 전력까지 지녔으니. 황실에서 금의위나 동창이라도 보내오면 골치가 아파져. 조용히 사라지는 게 백번 좋다. 관아에서 찾아오면 사병화(私兵化)한 티 내지 말고, 광산 존재 철저히 감춰. 뇌물을 좀 안겨주는 것도 나쁘진 않겠지. 적진에서 몇 년이나 비위 맞춰주던 허유도 있으니까 앞에 세워주면 알아서 잘해줄 거야."

여하간에 언제나 그런 식이다.

단운룡은 모든 것을 쉽게 말한다. 우목은 그의 친구로서 순수하게, 이놈은 언제쯤 한 번 큰코다쳐 보는 일이 있을까, 심술 맞은 기대를 해보았다.

"함께 고민 좀 해보자고 찾아왔더니, 참으로 얄밉게 구는구나. 누가 널 막겠느냐. 가든 말든 네 마음대로 해라."

"가서 자리 좀 잡으면 너도 불러줄 테니 심통 부리지 마."

"안 간다, 안 가. 내 참."

우목은 역정을 내면서도 내심은 무척 즐거워 보였다. 푸석하던 얼굴은 온데간데없고, 치렁치렁 늘어뜨렸던 머리카락도 뒤로 넘겨 깨끗하게 묶었다. 아수라장을 헤쳐 온 관록에 두 눈에 빛나는 총명함까지. 누가 봐도 대단한 인재임을 알 수 있겠다. 이곳에 남겨두고 가기가 아까운 것이 당연했다.

"꼭 와야 해. 네 힘이 필요해지는 때가 올 거다."

"알았으니, 그건 그때 가서 이야기하자."

단운룡과 같은 이에게 필요하다는 말을 듣는 것은 결코 기분 나쁜 일이 아니었다. 우목도 사람인지라, 오원의 일에 치여서 정신없을 때엔, 다 때려치우고 훌쩍 떠나고 싶은 마음이 아니 들 수 없었다. 그런 만큼 단운룡의 제안이란 실로 만만치 않은 유혹이다. 책임감을 생각하며 마음을 다잡아야 했다.

"거기! 농땡이 피우지 마!!"

연무장에서부터 들려오는 우렁찬 목소리가 우목의 상념을 깼다.

단운룡이 피식 웃는 것이 보였다. 우목이 고개를 돌렸다. 익숙하게 들려오는 바람 소리가 우목의 입가에도 잔잔한 미소를 만들었다.

"말 그대로 의욕충만이로군."

파라라라락!

황금룡이 나부끼는 깃발을 타고 꿈틀거린다.

태자후가 깃발까지 휘두르며 소년들을 독려하고 있었다. 소년들의 움직임이 더 빨라졌다. 태자후는 모든 소년들의 우상과도 같았다. 조금이라도 더 태자후의 눈에 띄고 싶어하는 모습들이었다. 얼마나 태자후가 멋있게들 보였든지 농땡이 피우지 말라는 다그침에도 아랑곳하지 않은 채 화려한 번술을 보면서 '와아!' 입을 벌리고 넋을 놓는 아이들까지 있었다.

"이제 괜찮아진 건가?"

"당연하지. 애초에 많이 다치지도 않았었어."

"많이 다치지 않기는. 초주검 상태였던데."

"초주검? 그렇지도 않았어. 튼튼한 놈이니까."

우목이 다시 한 번 웃었다. 이렇게 편하게 말을 하고 있지만, 그 당시 단운룡이 얼마나 당황해했는지 잘 알고 있는 까닭이었다.

팔보당 창고 건물이 무너졌을 때, 단운룡은 거의 제정신이 아닌 것 같았다. 뇌신까지 둘러친 상태로 건물 잔해에 달려들어 부서진 돌더미를 뻥뻥 흩어놓는데, 그 기세가 온 땅을 모조리 갈아엎을 듯했다. 그런 단운룡의 모습을 처음 보았던 터라, 오히려 다른 이들이 당황했을 정도였다.

막무가내로 파헤치던 단운룡의 과격함이 통했음인지, 아니면 그저 천운이 따랐던 것인지, 채 두 시진도 지나지 않아 돌무더기에 파묻힌 비룡번 자락을 발견할 수 있었다. 태자후는 수천 근 돌무더기 안에서도 죽지 않았다. 폭발 순간 밖으로 나갈 수 없다는 판단에 비룡번으로 온몸을 감싸서 충격을 막은 것이다. 몸 전체에 내공의 철막을 두른 셈이었다.

제아무리 내공이 심후하다 해도, 그만한 잔해에 매몰되었으면 생명이 위험한 것이 당연했다. 왼팔과 오른 다리, 갈빗대 몇 개가 부러졌고 내상도 꽤나 험악하게 입었다. 외상도 외상이지만 공기 부족으로 인한 질식이 더 큰 문제였다. 태자후는 귀식대법 운운하며 며칠은 버텼을 거라 큰소리를 쳤지만, 더 늦었으면 살아 나오기 힘들었을 것이다. 제때 발견해서 다행이었다.

그리고 몇 달째. 몸을 완벽하게 회복한 태자후는 신나게 소년들과 전사들을 가르치는 중이었다. 무공교두 노릇에 진정으로 재미를 붙인 것이다.

"저놈. 두고 갈까?"

단운룡이 물었다. 우목이 혹하여 두 눈을 반짝였지만, 이내 고개를 설레설레 흔들며 냉정함을 찾았다.

"아니, 데려가. 너무 눈에 띄어. 관가에서 시찰이라도 나왔다간 여러모로 귀찮은 일이 생길 거야."

"무공 수련은 어떻게 하고?"

"지금 시점에서는 기존 전사들의 전력만으로도 충분해. 게다가 적룡창이나 용음도는 그 자체로만도 흔히 볼 수 없는 상승무학이야. 허 대인이 우려했던 바를 알 거 같아. 저런 걸 제대로 익히다가는 도리어 젊은 패기를 억제하기가 어려워져. 오원에만 가둬두기가 힘들다는 뜻이지. 자칫하다가는 전사들의 이탈 현상이 일어날 거야."

"글쎄… 굳이 가둬둘 필요가 있을까?"

"뭐?"

"한 번쯤은 괜찮잖아. 꿈 한 번 크게 꿔보는 거."

"……!!"

"남아당자강(男兒當自强)이라고, 남아는 남아로 태어난 그 자체만으로도 강해져야 하는 이유가 생겨. 무를 배우고 세상을 질타하는 건 너나 나만 누릴 수 있는 특권이 아냐. 그들의 삶을 억지로 오원에 껴 맞춰선 안 돼."

우목의 눈이 크게 뜨였다.

허유와 마건위는 무공을 익힌 전사들의 중원 이탈을 경계했지만, 달리 생각하면 또 그럴 필요까진 없었는지도 모른다.

청운의 꿈을 품고서 중원으로 올라가더라도 그들의 뿌리는, 그들이 무공을 배운 스승은 오원에 있다. 그들 몇몇은 중원에서 자리를 잡겠지만, 오원이 진정 위급해졌을 때 모든 것을 마다하고 돌아올 자들이 틀림없이 있었을 것이다. 차라리 그랬더라면. 오원 출신으로 일찍이 중원에 진출하여 저명한 무림인사가 된 자들이 많았더라면. 당시의 오원은 그토록 허무하게 무너지지 않았을 수도 있었다.

"과연 그렇게 들으니까, 네 말도 일리가 있다. 그래도 지금은 안 돼. 민감한 때니까. 소년들부터 장정들까지 상승무학을 익히고 있다고 해봐. 그것도 태자후만 한 고수한테. 역모의 누명이라도 쓰게 되면 사태는 걷잡을 수 없어진다."

"알았어. 자후까지 데려갈 수 있으면야, 나야 좋지."

"여기는 어떻게 해도 별로 안 좋아. 북방전쟁이 묘한 때 끝났어. 장성 이북의 전황이 진정되니까 안으로 눈을 돌리는 시점인데… 하필 우리가 주목을 끈 거지. 황군이라도 몰려오는 게 아닌가 모르겠다."

"말했잖아. 넌 잘할 거라고 생각해. 행여나 일이 꼬이면 너나 허유가 총책이라 하지 말고, 날 끌어들여. 언제든 연락해. 내가 직접 황실을 찾아가서라도 담판을 지을 테니까."

"언제든 연락하라니, 중원 천지 어디 붙어 있는 줄 알고."

"절로 알게 될 거야."

"당장은 어디로 갈 건데?"

"사천. 무의가 말하길, 거기서부터 시작이랬어."

단운룡이 의미심장하게 웃었다.

연무장 소년들의 땀방울이 눈부셨다.

오원을 제자리로 되돌려놓은 지금.

이제부터 다시 시작이다. 중원천하가 그를 기다리고 있었다.

제42장 구룡보(九龍堡)

"말하자면 이런 겁니다. 여기 자잘한 구슬들과 보석들이 몇 점 있다고 칩니다. 구파일방 같은 대문파는 싸구려 구슬들을 원하지 않을 겁니다. 그들이 원하는 건 구슬 사이에 박혀 있는 보석들입니다. 거대문파 입장에서 싸구려 구슬들을 일일이 정리하고 보석들을 골라내는 것은 귀찮기도 하거니와 체면도 살지 않습니다. 누군가 그 싸구려 구슬들을 대신 쓸어내 주길 바랄 수밖에 없습니다. 구슬들을 골라내 주되, 제 분수를 알고 보석들을 탐내지 않는, 그야말로 말 잘 듣는 하인이 필요한 셈이지요. 그게 중견문파들의 역할입니다."

"구룡보도 비슷한 예라고 볼 수 있겠습니까?"

"구룡보는 다소 특이했지요. 일반론부터 말씀드리겠습니다. 보통 대문파 주변 지역의 중견문파들은 이름만 달랐지 대문파의 지파나 분타 격인 경우가 많습니다. 자파 출신의 명숙을 일파의 문주로 세우고 지역 기반을 공고히 하는 것이지요. 그와 같은 확장 경영에 능한 대표적인 문파가 화산파입니다. 화산 주변의 문파나 표국들은 대부분 화산 속가제자들이 운영합니다. 그들은 싸구려 구슬들을 솎아내고 보석들을 온전하게 드러내는 역할을 함과 동시에 유사시에 동원되는 하부전력으로도 기능할 수 있지요."

"자파 출신을 하청 문파의 총책으로 둠으로써 운영관리의 용이함과 공조체계의 견고함을 한꺼번에 취한다 이거로군요."

"정확합니다. 그러한 일반론에서 벗어난 것이 구룡보입니다. 중견문파로서의 역할 자체는 비슷했지만, 독립성은 훨씬 더 높았습니다. 아미, 청성, 당문이 밀집되어 있는 지역적 특성이 작용한 결과였지요. 물론, 사천의 삼대문파들도 각각 분타 수준의 하부 세력을 많이 가지고 있었습니다만, 워낙 좁은 지역에 각 문파들의 지파들이 모여 있다 보니 빈번한 충돌로 인해 낭비와 손실이 심할 수밖에 없었습니다. 결국 청성과 아미는 지파 확장을 최소화하고 본산 중심의 중앙강화 전략을 선택하기에 이릅니다. 당문의 노선도 크게 다르진 않았습니다. 혈족 중심의 배타적인 면모가 강했기에 애초부터 지파 확장은 그들의 주 전략이 아니기도 했었지요. 이후로 삼대 세력은 굵직굵직한 건이 아니면 관여를 안 하게 되었고, 그에 따라 사천 땅에는 강력한 세력이 세 개나 위치하고 있음에도 힘의 공백이 나타나는 기현상이 벌어지게 되었습니다."

"그 공백을 차지한 게 구룡보란 이야기요?"

"그렇습니다. 하지만 힘의 틈새를 파고들어 급성장을 이룬 구룡보도 삼대 세력의 영향력에서는 결코 자유로울 수 없었습니다. 위기도 여러 번 있었지요. 지나치게 커질 것을 견제하여 삭초제근을 하느냐 아니면 그대로 키워서 일반적인 중견문파의 역할을 하게 두느냐, 칼자루는 온전히 그들 삼대 세력에게 있었습니다. 구룡보는 삼대 세력이 선택의 기로에 섰을 때마다 충견(忠犬) 노릇을 마다하지 않았습니다. 구룡보의 이용 가치는 점점 더 올라갔고, 결국 삼대 세력은 암암리에 구룡보의 뒤를 봐주는 역할을 자처하게 됩니다. 수직과 수평을 교묘하게 오가는 공조체제가 마련된 것이지요.”

“그랬으면서 왜…….”

“구룡보가 진정 특이했던 것은 사실 다른 곳에 있었습니다. 잠식과 괴뢰화라는 측면에서 보자면 특이하다고 할 게 아니라 전형적인 예라고 해도 되겠군요.”

…(중략)…….

황실대무림정책 수뇌부
암행북중랑장 및 무당파 비천검 동석 하
운거모사와의 무림정세 대담 中에서.

사천 성도. 구룡루(九龍樓).

눈 녹는 봄을 지나 뜨겁던 여름을 보내고 가을바람 선선해지는 계절이 돌아왔다. 중양절(重陽節:음력 구월 구일)이 가까워 온 어느 날, 막 물들기 시작한 구룡루 단풍정원 안으로 백은(白銀)의 가사를 걸친 노승(老僧)이 들어왔다. 용문이 조각된 정자 안에서 낭랑한 목소리가 울려 나왔다.

"어서 오십시오."

노승을 초청한 남자는 젊은 구룡보주 용백빙이었다.

이립을 두 해 남긴 나이. 스물여덟 살의 용백빙은 얇고 삐죽한 눈썹에 서글서글한 눈동자를 지닌 귀공자였다. 호리호리하게 마른 몸과 푸르게 느껴질 정도로 창백한 피부는 일견 병약한 느낌을 주고 있었지만, 천재적인 재능으로 연성한 무예는 구룡보주라는 이름에 손색이 없을 만큼 뛰어나다고 알려져 있었다.

"아미타불. 보주의 무재는 날이 갈수록 대단해지는 듯하이. 우리 게으른 보광(寶光)이 자넬 한 번 봐야 할 텐데."

"칭찬이 과하십니다. 어찌 감히 제가 보광 스님 같은 천품과 비교될 수 있겠습니까."

"겸손도 넘치면 흠이 되는 법일세."

노승의 얼굴과 목소리는 인자한 할아버지와도 같았다. 그가 바로 아미파가 자랑하는 성승, 보국이다. 세간에서는 존경의 염을 담아 보국신승이라 불리고 있었다.

"삼청 진인께선 먼저 와 계십니다."

"아, 그러신가."

보국신승이 반색을 하며 정자 안으로 들어왔다. 상대를 의식한 듯 담백하게 마련된 주안상 안쪽으로 소년처럼 작은 체구의 노도사 하나가 앉아 있었다.

"오랜만입니다."

"그러게 말이오."

노도사는 푸른색 도포를 입고 있었다. 청성파 오선인 중 하나인 삼청 진인이었다. 세수가 여든을 넘었다는 소문이 있었지만, 진위가 의심될 만큼 청수한 얼굴을 지녔다. 청운검법을 극성으로 연마한 노검사(老劍士)다. 그 나이 그 신분에도 잘 벼려진 검처럼 첨예한 예기를 뿜어내고 있었다.

"당문은 아직인가 보이?"

"조금 늦으신다 하셨습니다."

보국신승이 자리에 앉았다.

촉국 사천의 대지를 호령하는 구파의 장로들이 거기 있다. 아미의 보국신승, 청성의 삼청 진인이라 하면 중원 땅 어디를 가서도 융숭한 대접을 받을 실력자들이다. 실제로 두 사람은 용백빙이 초청한 손님의 신분임에도 그 자신이 주인인 것처럼 행동하고 있었다. 그것이야말로 중원무림을 지배하는 미묘한 역학 구조라 할 수 있다. 용백빙의 배분이 두 사람보다 한참 아래라고는 해도 사실 보주와 일개 장로라는 신분을 생각하면 오히려 장로들 쪽에서 예의를 갖춰줘야 옳다. 하지만 상황은 정반대다. 구룡보주의 초청에 장문인들이 직접 오지 않고 장로들만 보낸 것만으로 이미 구룡보를 한 수 아래로 보고 있다는 뜻이었다.

"그래, 보주께선 어인 일로 이런 자리를 마련하셨는가?"

"말씀드리기에 앞서, 저희 측 제안서를 먼저 좀 읽어보시겠습니까?"

용백빙이 고급스런 비단 서권(書卷:두루마리)을 보국신승에게 내밀었다. 보국신승이 서권을 받고 삼청 진인을 슬쩍 돌아보니, 이미 삼청 진인의 앞에는 그것과 똑같은 모양의 서권 하나가 놓여 있었다. 그가 오기 전에 다 읽어둔 모양이었다.

보국신승이 둘둘 말린 서권을 손짓 한 번으로 쫙 폈다. 고급스런 필치로 쓰여진 글씨가 보국신승의 눈앞에 하나 가득 펼쳐졌다.

"서장에서 들어오는 북로와 남로 관도에 향화객을 위한 표국을 설치하여 아미산으로 향하는 향화객의 안전을 책임지고 관리… 아미산 복호산로 계단 정비 사업에 구룡보의 보증을 받은 도성석재를 백만 관까지 무상으로 제공함……."

보국신승은 종이에 적힌 내용을 아무렇지 않게 읽어 내렸다. 옆에 앉은 삼청 진인의 두 눈에 이채가 스쳤다.

'이 노승이 더 음흉해졌구나. 성승이라 불린다지만 마음속이 천 길이라 의뭉스러운 것이 호리(狐狸:여우)와도 같다더니만.'

삼청 진인이 용백빙을 슬쩍 돌아보니, 아니나 다를까, 표정이 다소 굳어져 있었다. 보통 그와 같은 문서는 문파 사이의 기밀 협약으로 이루어지기 때문에 외인이 옆에 있을 경우 소리 내어 읽지 않는 법이다. 보국신승이 강호의 물정에 어두운 위인도 아 니요, 어처구니없는 실수를 할 만한 어린 사미승도 아닌 바, 결 국 그 행동은 심리전의 일환이라 할 수 있을 것이다. 아미파가 이러한 제안을 받았는데 청성은 어떠하냐, 용백빙과 삼청 진인 두 사람을 한꺼번에 상대로 한 심리전이었다.

"진인께서는 어찌 생각하십니까? 구룡보주께서 최근 아미파 의 고민을 너무나도 잘 헤아려 주고 계시는데."

"청성도 마찬가지외다. 그저 구룡보의 배려가 놀라울 뿐이구 려."

삼청 진인은 속내를 드러내지 않았다.

보국신승이 껄껄 웃더니 비단 두루마리를 툭 내려놓고는 주 안상으로 눈을 돌렸다. 한 번 휘둘러본 보국신승이 두 눈을 크 게 뜨더니 불호를 경탄성처럼 터뜨리며 말했다.

"아미타불! 이 술은 수정방(水井坊) 아닌가!"

수정방은 대단한 고급술이었다. 원나라 시절부터 성도 최고 의 명성을 자랑했던 수정방 양조터의 걸작으로 제조지와 같은 이름을 붙여 통칭 수정방 또는 수정주(水井酒)라 불렸다. 그중에서도 이와 같은 유리병에 담긴 백주(白酒)는 백년특장(百年特藏)이라 하여 한 병에 은자 오십 냥을 호가하는 명주였다. 사천 땅에서 은자 한 냥이면 쌀 두 섬을 산다. 은자 오십 냥이면 한 식구가 삼 년을 먹을 수 있는 거액이었다.

"한잔 드시렵니까?"

보국신승의 표정을 본 삼청 진인이 청수한 노안에 잔잔한 미소를 담으며 물었다. 보국신승은 사양하지 않았다. 그가 앞에 놓은 술잔을 들며 은근한 어조로 말했다.

"장문께는 비밀입니다."

"비밀이 잘도 지켜지겠습니다. 신니께서는 별래무양하시지요?"

"장문께 별일이 있겠습니까. 잘 아시면서 그러십니다."

아미파는 문규가 엄정하기로 유명하다. 그러나 한편으로는 문파 내에 흐르는 상무(尙武)적인 경쟁 분위기로 인하여 출중한 무승(武僧)들에겐 문규의 제약이 덜한 특징이 있었다.

쉽게 말해서 무공만 강하면 문규에서도 자유로워질 수 있다는 이야기다. 보국신승의 음주(飮酒)가 대표적인 일례다. 노승의 유일한 낙이라며 은연중 술을 즐기는 괴벽에는 아미파 장문인 보현신니마저 두 손 두 발 다 든 상태였다.

"진인께서도 한잔 어떠시오?"

"전 괜찮소이다. 그보다, 보주. 수정방까지 준비하여 우리를 대접하는 것을 보면 안건이 제법 녹록치 않은 모양인데. 슬슬 본론을 꺼내놓는 것이 어떠시겠소?"

"그렇지 않아도 말씀드리려 했습니다. 마침, 당문에서도 당도하셨군요."

단풍정원 입구로 들어오는 남자가 하나 있었다.

사천당문의 상징인 녹색 장삼을 입었다. 장삼 소매와 이음새에는 역시나 사천당문의 상징인 흑색과 자색의 문양이 정교하게 수놓아져 있었다.

"추혼혈접 당 대협 아니신가."

보국신승이 수정방을 한 잔 쭉 들이켜고는 미간을 좁히며 말했다.

걸어온 이는 보국신승이나 삼청 진인보다 연배가 상당히 낮았다. 사십 줄의 중년인으로 사천당문의 인물답지 않은 후덕한 인상이다. 하지만 아미신승 보국이나 청성오선인 삼청도 이 중년 남자를 결코 경시할 수 없었다. 추혼혈접 당역강, 추혼표와 반혈접을 자유자재로 사용하는 암기 고수다. 위험 인물이 즐비한 사천당문에서도 가장 두려워해야 할 인물 중 하나로 당당히 손꼽히는 자였다.

"신승과 진인께서 벌써 와 계셨군요. 오랜만에 뵙습니다."

당역강이 포권을 취하며 꾸벅 인사했다.

얼굴은 후덕하여 선한 인상인데, 말투는 또 냉막한 사천당가다. 내뱉는 목소리엔 명숙을 향한 공경심이 조금도 깃들어 있질 않았다. 노신승 피식 웃으며 당역강을 향해 말했다.

"자네는 하나도 변하지 않았군. 명문의 후예면서 그토록 법도가 부족해서야 아니 되지."

"주독(酒毒)을 이기지 못하는 신승께서 하실 말이 아니시지요."

당역강은 아무렇지 않게 보국신승의 말을 받아냈다. 당문을 대표하여 왔으니, 제아무리 연배 높은 고인이라도 꿀릴 것이 없다는 식이었다.

"아미타불. 당문이 아니랄까 그 독설하고는."

당역강이 무표정한 얼굴로 자리에 앉았다. 말이 끊어진 틈을 타, 용백빙이 당역강을 향해 예의 비단 서권을 건넸다.

"당문에 드리는 제안입니다. 검토해 보시지요."

당역강은 두루마리를 풀지 않았다. 탁자 한쪽에 가만히 놔둔 채 꿰뚫는 듯한 시선으로 용백빙을 바라보며 입을 열었다.

"요구부터 듣겠소. 새삼 친목 도모나 하자고 부른 것은 아닐 테니."

당역강은 여전했다.

얼굴과 정말 어울리지 않는 말투였다. 옆에 앉은 보국신승이 연신 불호를 외우며 수정방 한 잔을 더 따랐다. 자작이었다. 숨막히는 분위기 속에서 용백빙이 몸을 일으켰다. 그가 당역강, 보국신승, 삼청 진인을 한 번씩 돌아보고는 천천히 이야기를 풀어놓았다.

"이 자리에 세 분을 모신 이유는 한 가지 풀기 어려운 난제가 생긴 까닭입니다. 어느 정도는 짐작하고 계시겠지요. 다름 아닌 본 보를 위협하는 역도 무리들에 관한 사안입니다."

그는 '역도(逆徒)'라는 표현을 썼다. 아미, 청성, 당문을 대표하는 세 사람은 용백빙이 말하는 역도 무리가 어떻게 불리고 있는지 너무나도 잘 알고 있었다. 구룡의 목을 벤다, 참룡방이 그것이었다. 용백빙은 참룡방을 역도 무리라 규정함으로써 참룡

이란 이름 자체를 인정하지 않겠다는 의지를 분명히 한 것이었
다.

　"그들의 도발이 점점 심해지고 있음은 세 분께서도 익히 알
고 계실 겁니다. 최근 그들로부터 중양절이 지난 구 일 뒤, 구룡
보 현판을 부수러 오겠다는 전언을 받았습니다. 당장은 쉬쉬하
고 있지만 곧 성도에도 소문이 퍼질 것입니다."

　"기일 선언이라, 여간 당돌한 게 아니로군."

　보국신승이 한마디 중얼거렸다. 용백빙이 고개를 끄덕이며
말을 이었다.

　"본 보는 그들이 두렵지 않습니다. 하지만 구룡보에 대한 직
접 공격이 현실이 될 경우, 상당한 피해를 각오해야 합니다. 게
다가 이 일이 커지면 귀 문파들에도 부수적인 손실이 만만치 않
을 것이라 생각합니다."

　삼청 진인이 눈살을 찌푸렸다. 그가 날이 선 어조로 질문을
던졌다.

　"부수적인 피해라 함은 무엇을 말하는 것인가?"

　용백빙은 당황하지 않았다. 예상했던 질문, 준비된 답변이 있
는 까닭이었다.

　"구룡보는 그동안 사천 중소세력의 균형을 잡는 일에 많은
기여를 해왔다 자부하고 있습니다. 세 분 문파들도 저희 구룡보
를 통해 큰 이득을 보셨고 지금도 보고 계신 걸로 압니다. 역도
들의 횡포로 고민이 큰 지금, 구룡보의 평판은 이미 꽤나 많은
손상을 입은 상태입니다. 이 상황이 지속될 경우, 구룡보의 지
파 장악력은 취약해질 수밖에 없으며 우후죽순으로 일어나는

소방파들의 횡행으로 인해 사천 땅 곳곳에서는 적지 않은 분쟁이 발생하게 될 겁니다. 물론 구파와 세가에서는 그런 사사로운 분쟁 따위 어렵지 않게 제압하실 수 있으시겠지만 그 여파는 장기적으로 남아 상당한 피해를 야기하게 될 것으로 예상됩니다."

"균형 붕괴로 인한 손실이라… 것도 일리가 있는 이야기로군."

보국신승이 다소 지루하다는 표정으로 고개를 끄덕였다.

용백빙은 말을 돌리고 돌려 어렵게 표현했지만, 결국 말하고자 하는 바는 간단했다.

구룡보가 흔들리면 너희들도 귀찮아진다 이거였다.

아미, 청성, 당문이 다닥다닥 붙어서 세를 겨루는 사천의 특성상, 구룡보 같은 중견문파의 역할은 대단히 중요한 의미를 지닌다. 구파나 육대세가란 명문대파라는 입장 때문에 오히려 함부로 손대기가 어려운 문제들이 많았다. 그 문제들이 거파들의 미묘한 자존심 싸움과 맞물리게 되면 자칫 대규모의 전쟁 상황을 불러올 수 있었다. 사소한 문제 해결을 구룡보와 같이 실력 있는 중견문파에서 소화해 줌으로써 거대 문파들은 자신들의 체면과 권위를 온전하게 유지할 수 있게 되는 것이다.

결론적으로 구룡보가 무너질 경우, 아미, 청성, 당문은 구룡보를 대체할 다른 문파를 찾거나, 어지러워진 중소세력 판도를 그들 스스로 수습해야 한다. 어느 쪽이나 달갑지 않기는 마찬가지였다. 귀찮아질 사태를 미연에 방지하는 것. 그것이 바로 이들 세 대표가 모여 용백빙의 이야기를 들어주고 있는 이유였다.

"한데 보주께서는 그들이 그토록 대단하다고 보시는가? 빈승이 보기엔 구룡보의 전력만으로도 얼마든지 제압할 수 있을 듯 생각되는데?"

보국신승이 딱, 하고 술잔을 내려놓으며 물었다. 용백빙이 그 질문을 기다렸다는 듯 곧바로 한 사람의 이름을 댔다.

"마종산이라고 들어보셨습니까?"

그 이름에 가장 먼저 반응한 것은 한마디도 안 하고 있었던 당역강이었다.

"마종산? 천문복마검?"

용백빙이 그를 돌아보며 고개를 끄덕였다.

"맞습니다. 천문복마검 마종산이 그들에게 붙었습니다."

삼청 진인과 보국신승의 눈에 이채가 떠올랐다. 흥미롭다는 표정이 만면에 드러나 있었다.

"천문복마검이라… 그가 어인 일로?"

"마종산뿐이 아닙니다. 사금목도 함께입니다."

"탄쟁협사……? 공동파가 끼어든 것인가?"

삼청 진인이 꽤나 놀랐다는 듯 눈썹을 치켜올리며 목소리를 높였다.

천문복마검 마종산.

탄쟁협사 사금목.

두 사람 모두 공동파가 배출한 상승의 고수들이다. 출신지인 감숙만 따지고 볼 때 그 명성만큼은 보국신승이나 삼청 진인에게도 뒤처지지 않을 정도다. 물론, 변방인 감숙과 삼대 무림 세력이 모여 있는 사천을 동일선상에서 놓고 보긴 힘들다. 실제 실력도 두 명숙에게 비할 수는 없다. 하지만 아미파의 떠오르는 신성 보광(寶光)이나, 청성오선인의 막내인 적하(赤霞)에겐 좋은 상대가 될 것이다. 물론, 삼청 진인과 보국신승 입장에서는 보광이나 적하가 마종산이나 사금목에게 질 것이라고는 추호도 생각하지 않는다. 상상초월의 엄청난 패(牌)는 아니라는 말이다. 예상 밖의 고수들이 출현한 것에는 틀림이 없었지만.

"참룡방과 공동파가 연수할 이유가 없을 텐데?"

당역강은 용백빙이 참룡방이란 이름을 싫어하는 것을 알면서도 그 이름을 말하는 데 아무런 거리낌이 없었다. 배려 따윈 없다는 뜻이다. 용백빙의 얼굴이 다소 굳어졌지만, 달리 화를 내진 않았다. 용백빙이 신중한 어조로 대답했다.

"일단은 본 보의 배신자인 불패신룡 개인 인맥으로 사료되지만, 공동파와의 연계 가능성도 완전히 배제할 수는 없습니다. 공동파가 실제로 그들과 연수하기로 했다면 저희도 쉽게 대응하기가 곤란해집니다."

그 말 그대로였다.

문제는 마종산과 사금목의 개인 기량이 아니라, 그들이 짊어진 간판이다.

공동파 전체가 참룡방에 붙어버렸다면 여러모로 골치 아픈 일이 아닐 수 없었다.

공동은 사천 무인들이 구파 중 하나로 꼽는 대파였다. 동부의 무인들이 구대문파로 소림, 무당, 화산, 청성, 아미, 종남, 점창, 모산, 해남을 말한다면, 사천과 감숙 지역 무인들은 모산과 해남 대신에 곤륜과 공동을 집어넣는다. 꼽히고 안 꼽히는 부침이 있다 해도, 공동파는 항상 구파의 일익이거나 그 언저리에 있을 만큼 출중한 무력을 뽐내왔었다. 아미나 청성, 당문이 정면 대결을 해도 승리를 장담키 힘들다는 뜻이다. 공동파가 구룡보보다 강하다는 것은 물론, 두말할 필요도 없었다.

"공동 장문 광성대력검이 저 해남 장문인 못지않은 강성의 소유자라고는 해도 사천 땅으로 섣불리 남하할 자는 아니지. 공동파의 직접 진격 가능성은 희박할 것이오."

"단정을 내리기엔 이르지 않겠소?"

"진인께서도 광성대력검 백중재가 어떤 인물인지 아실 거요. 무골(武骨) 중의 무골이되, 실리를 따질 줄 아는 이요. 청성, 당문, 그리고 우리 아미가 버티고 있는 이곳에 공동파의 이름으로 분란을 일으킨다? 내 머릿속엔 그림이 잘 그려지지 않소."

삼청 진인은 달리 반박할 말이 없었다. 보국신승의 말마따나 공동파는 굳이 그렇게 구룡보와 싸우겠다며 무인들을 보낼 문파가 아니었다.

"그나저나 탄쟁협사라… 음공 공부가 상당하다고 들었는데……."

보국신승은 구룡보와 참룡방의 대치보다 새롭게 나타난 공동파 고수들의 무공에 더 관심이 있는 것 같았다. 하기야 삼청 진인도 복마검법에 흥미가 동하기는 마찬가지다. 구룡보가 머리를 싸매고 있는 참룡방도, 구파 입장에서는 고작 일개 군소방파밖에 안 되는 까닭이었다.

"공동파의 남하 가능성이 없다 해도, 구룡보에서는 정녕 그들을 막기가 어렵겠소?"

“물론 자력으로 막을 수 있습니다. 다만, 말씀드렸듯 천문복마검과 탄쟁협사의 경우, 공동파라는 배경이 마음에 걸립니다. 본 보와 싸우다 이들이 죽기라도 하면 저희 입장에서는 뒷감당이 어렵습니다.”

“하지만 우리가 나서면 달라진다… 이거로군.”

당역강이었다. 용백빙이 고개를 끄덕이며 대답했다.

“맞습니다. 당문과 구파의 이름을 듣게 되면 그들도 목숨을 걸고서 덤비지는 못할 겁니다. 잘하면 싸우지도 않고 돌려보낼 수 있겠지요.”

“아니 될 소리! 그냥 돌려보내면 공동이십사단공을 언제 구경해 보겠누.”

보국신승은 거푸 들이켠 수정방에 취하기라도 한 것 같았다. 하얗게 센 눈썹 끝이 눈웃음 빽빽한 주름 위를 간질이고 있었다.

“보주, 내 청성 제자들에게 그들의 수장은 불패신룡 오기룡이라 들었네. 운장대도 관승, 위왕호장 왕호저가 주목할 만하다고 했지. 그 외에 실력있는 자들이 얼마나 더 있는지 말해줄 수 있겠나?”

“교활한 꾀를 내는 지낭(智囊)으로 흑마산군 선찬이란 자가 있습니다. 의분중도 의분협도 형제들이 조금 눈에 띄는 정도고 그 외에 몇몇 추종하는 무리들이 있으나 진짜 고수들 싸움에서는 전력 외라고 보시면 됩니다.”

거기까지 들은 당역강이 미간을 찌푸리며 물었다.

“다른 자도 하나 있지 않소? 듣자 하니 암기와 관련된 특이한 기문병기(機門兵器)를 사용한다는 것 같던데?"

용백빙이 아차 하며, 한 가지 빼먹었다는 표정을 짓고는 빠르게 말을 이었다.

"역시나 당문에서는 그런 소식에 밝으시군요. 철갑괴(鐵鉀怪) 헌원력(軒轅力)이라는 이름이었을 겁니다. 그들 무리에서 모습을 보인 지 한 이 년 정도 되었습니다. 기문병기라고는 해도 손목 장치에서 암기 한두 개 날리는 수준에 불과합니다. 숨겨진 한두 수가 있는지는 모르겠지만, 그자 역시도 고수들의 싸움에선 전력 외로 알려져 있습니다."

"기껏해야 절정고수는 넷… 공동파 고수 둘을 더해도 여섯 명이라. 막상 꼽아보니 정말 적은 수로군. 고작 그걸 막자고 아미와 당문, 그리고 우리 청성파에까지 협조를 요청하다니, 빈도는 아무리 생각해도 과하다는 생각을 버릴 수 없네."

"그래도 모이면 상당한 힘을 내는 자들입니다. 잠잠해질 만하면 덤비고, 또 잠잠해질 만하면 덤비는 식으로 장장 오 년이 넘도록 싸움을 걸어오고 있습니다. 그랬던 그들도 이젠 기력이 쇠했음인지, 마침내 건곤일척의 승부를 내려는 모양입니다. 하여, 단도직입적으로 말씀드리겠습니다."

용백빙은 잠깐 말을 끊었다. 침을 한 번 삼킨 그가 당당한 목소리로 말을 맺었다.

"기일 전후 삼 일 동안 본 보에 무인들을 보내주십사 부탁드리는 바입니다."

세 사람은 잠시 동안 말이 없었다.

쪼르륵.

보국신승이 수정방을 따르는 소리가 폭포 소리처럼 크게 들렸다. 어느 정도 예상은 했지만, 이토록 노골적으로 요청해 올 줄은 몰랐기 때문이다. 당역강이 한쪽에 치워두었던 두루마리를 펴 들었다. 요구를 들었으니 제안을 확인해 보려 함이었다. 쓰여진 글씨를 쭉 읽어본 그가 용백빙을 쏘아보며 물었다.

"무인들의 수는?"

"숫자는 중요치 않습니다. 물론 저희 입장에서는 명숙이 와 주시는 게 좋겠지만, 신진들만 보내주셔도 상관없습니다. 구룡보의 무공, 공동파의 무공, 후기지수들에겐 견식을 늘릴 좋은 기회가 되지 않을는지요."

당역강이 피식 웃었다. 처음으로 피어난 그 웃음에는 싸늘함이 가득했다. 용백빙의 요구가 무엇을 의미하는지 잘 아는 까닭이었다.

"고수들까지도 필요없다. 청성 제자들만 얼굴을 비쳐 달라. 그렇게 이해해도 되겠는가?"

이번엔 삼청이 확인하듯 물었다. 용백빙이 긴장한 표정으로 고개를 끄덕였다. 보국신승이 탁! 하고 수정방 한 잔을 입에 털어 넣고는 느릿느릿 입을 열었다.

"그러니까 보주께선… 구룡보가 사천 땅에서 불가침의 세력임을 '인증(認證)' 해 달라 이것이로구만."

"예. 그렇습니다."

용백빙은 당당함을 잃지 않았다. 어차피 속내를 다 드러낸 이상, 소심해질 필요가 없는 까닭이었다.

"보주께선 그것이 어떤 의미인지 잘 알고 있을 것일세."

"물론입니다."

"그렇다면 이것이 간단하게 결정될 사안이 아니라는 것도 충분히 알고 있을 것이고."

"그 역시도 알고 있습니다."

보국신승이 술잔을 내려놓고 나직하게 불호를 외웠다. 용백빙의 지원요청은 단순한 전력 강화를 의미하는 것이 아니었다. 복호승이 몇 명 오든 복호권을 얼마나 연성했든 그것은 중요한 게 아니다. 용백빙이, 구룡보가 원하는 것은 아미파란 이름 그 자체다.

청성 제자도, 당문 혈족도 마찬가지다.

참룡방과 싸워줄 필요도 없다. 그냥 와주기만 하면 된다. 그게 구룡보가 바라는 거다.

더 중요한 것은 세 집단의 대표를 한자리에 모아놓고, 동시에 무인들을 보내달라 요청했다는 사실이다.

사천을 호령하는 최강의 세력들로부터 한꺼번에 무인들을 지원받는 것.

만에 하나 그것이 실현될 경우, 구룡보는 사천 땅에서 그 어느 때보다도 확고한 지위를 얻게 된다. 위급할 때엔 아미, 청성과 사천당문이 나서주는 문파다. 그 누가 구룡보를 건들려고 하겠는가. 보국신승이 말한 불가침의 인증이 바로 그것이었다.

"빈승은 독단으로 이 일을 결정할 수 없네. 장문신니께 말씀드리고 삼 일 후에 이곳으로 다시 오겠네."

"삼 일 후라. 당문도 그리하겠소."

보국신승과 당역강은 곧바로 자리에서 일어났다. 앉아 있는 것은 삼청 진인뿐이다. 보국신승이 삼청 진인을 돌아보며 물었다.

"진인께서는 어쩌시려는가?"

"빈도는 이 자리에서 결정이 가능하외다. 청성에선 무인들이 갈 것이오. 적하를 보낼 테니, 그리들 아시게."

"……!"

삼청 진인은 청성파 오선인 중 가장 연배가 높다. 적하 진인은 반대다. 그의 나이는 이제 스물일곱이다. 팔십을 넘긴 삼청과 이립도 안 된 적하가 함께 오선인이라 불리고 있다는 이야기다. 청성파 최고 신성이라는 적하 진인의 천재성을 극명하게 드러내는 대목이라 할 수 있었다.

"진인께서 무리수를 두시는군. 신승께서도 보광을 내보내셔야 체면이 사시겠습니다."

당역강이 발을 떼며 입을 열었다. 그가 오늘 한 말 중에 가장 사람 냄새가 나는 말이었다.

"내 간단하게 결정할 사안이 아니라고 하지 않았는가."

"보광은 아미신창과 항마후에 능하다고 들었습니다. 탄쟁협사와는 좋은 대결이 되겠지요."

"호승심으로 사람을 홀리려 들지 말게. 당문에서도 당효기를 보여준다면 보광을 보내는 것도 내 한번 고려해 봄세."

보국신승의 말에 당역강의 두 눈에서 기광이 스쳤다. 당효기. 당문에서 태어난 재능의 총아다. 당효기에 관한 사안들은 어느 것 하나 예외없이 대외적으로 극비(極秘)에 붙여져 있었다. 보국신승은 난데없이 취기가 올라오기라도 하는 듯 만족스런 표

정을 연기하며 당역강의 날카로운 시선을 넘겨 버렸다. 단풍정
원을 빠져나온 두 사람은 약속이라도 한 듯 경공을 펼쳐 순식간
에 자취를 감췄다. 이어, 작은 체구의 삼청 진인이 단풍정원을
가로질러 멀어진다. 허리에 찬 장검 한 자루는 용케 땅에 끌리
지 않았다.

세 사람이 모두 사라진 후, 홀로 남겨져 있던 용백빙은 누군
가를 기다리듯 한동안 움직이지 않고 가만히 서 있었다. 이내,
그가 수정방 술병을 들어 올렸다. 술병을 기울이자 맑은 백주가
술잔을 가득 채웠다.

"말씀하신 대로 처리했습니다, 사부님."

"잘했다. 그들은 널 경계치 않았을 것이다."

"본 보가 걱정입니다."

"괜찮다. 귀객이 도착했다."

"대성은 어떻습니까."

"아직까지도 가면을 어색해하는 것 같더구나."

"행여 제멋대로 구는 일은 없겠지요?"

"가면이 가면이니만큼 또 모를 일이지."

"사백께서도 오셨다 들었습니다."

"사형은 따로 할 일이 있다. 모든 것이 계획대로 진행되고 있
으니 이대로만 가면 문제없다. 그들은 결코 우리의 제안을 거절
하지 못할 것이다. 삼 일 후 넌 이곳에서 충분히 기뻐하는 얼굴
만 보여주면 된다."

"걱정 마십시오, 사부님."

사부, 한빙요선 원천군의 목소리는 더 이상 들려오지 않았다.

사천 땅을 두고 해온 기나긴 싸움.

이제 곧 결실을 맺는다. 가득 찬 술을 한입에 털어 넣었다. 술기운이 그의 몸을 일깨우듯 강렬한 한기가 온몸에서 뿜어져 나온다. 아까와는 완전히 달라진 기파였다. 그의 눈이 무섭도록 시린 빛을 뿜어내고 있었다.

＊　　　＊　　　＊

꽤나 오랜만에 사천 땅을 밟았다.

겸사겸사다. 사부를 찾는 것, 그리고 사일적천궁의 단서를 살피는 것. 단운룡은 무의와 함께 먼저 금당현 지하서고부터 들렀다.

금당현 지하서고에선 특별히 건질 게 없었다. 사부의 흔적도 남아 있질 않았다. 시서화(詩書畵) 소장품에 대한 양무의의 찬탄만을 남긴 채 도강언으로 향했다.

도강언 수상화는 말끔하게 고쳐져 있었다. 사부는 여전히 감감무소식이었다. 도강언 지하서고에서는 몇 구절 원하는 걸 찾을 수 있었다. 대단한 건 아니었지만, 적어도 새로 잡은 단서의 신뢰성을 높일 정도는 되었다.

여정은 광안현까지 이어졌다. 광안현 지하서고 앞에서, 단운룡은 궁무예에게 말했다.

"노괴, 또 막혔어."

후우우우우.

연초 연기가 하늘 위로 흩어졌다. 아쉬움 따위, 초탈한 지 오래였다. 사라지는 하얀 운무에 일말의 기대감을 함께 날려 보낸다.

"단서가 뭐였는지 이야기나 들어보자."

궁무예는 단서가 뭔지 몰랐다. 짐짓 관심없는 척을 하면서, 애초에 알려고 들질 않았기 때문이다. 기대가 커지면 실망도 커지는 법, 궁무예는 그와 같은 이치에 대해 너무나도 잘 알고 있었다.

"특별한 여자아이가 하나 있었대. 온갖 보물들의 위치를 손에 잡힐 듯 알고 있었다더군. 기보(奇寶)를 찾는 특별한 능력을 지녔다는 거지. 요화가 지닌 것과 같은 신기한 이능(異能)의 일종이었던 것 같아."

"그래서?"

"그 여자아이가 어릴 적, 사일적천궁에 대해서도 말한 적이 있었다고 해."

"……!"

궁무예는 손톱만큼 입에 매달렸던 연초를 버리고 새로운 연초잎 하나를 꺼내 들었다. 부싯돌을 찾으려는데 단운룡이 다가와 손가락을 한 번 튕겨주었다. 연초 잎이 흰 연기를 솟구쳐 올렸다.

"지어낸 이야기 아니냐? 물건을 찾는 이능이라니."

"금당현 서고에 기묘잡록이란 책이 있어. 그런 능력을 가진 사람들은 이전에도 종종 발견된 적이 있다더군. 능력 고저에 따라 다르긴 하지만, 다른 이능보다는 흔한 계열이래."

"그러니까 내가 알고 싶은 건, 예전에 그런 능력을 가진 자가 있었든 없었든, 지금 그 아이가 진짜로 존재하냐는 거다."

"복건 출신이라는데? 임씨고."

"출신이랑 성씨야 뭐든지 갖다 붙이면 그만이야."

"살육전이 벌어졌었다는 것 같아."

"살육전?"

"그 아이를 차지하려고 말이지."

"…그건 좀 말이 되는군."

기대감과 담을 쌓은 궁무예도 흥미가 동하는 것만큼은 어쩔 수 없는 모양이었다. 그가 입에 문 연초잎을 깊이 빨아들였다. 단운룡의 이야기가 이어졌다.

"살아 있는 장보도(藏寶圖)라고 꽤나 소란스러웠던 모양이야. 쟁탈전에서 누가 이겼는지는 모르겠지만, 십 년이 넘도록 모습을 보이지 않았다지? 한데 최근 들어 다시 나타났다는 말이 있다더군."

"살아 있는 장보도라… 클클클, 말은 좋다. 그동안 장보도란 종이 쪼가리를 수도 없이 봐왔건만, 보물지도? 웃기고들 앉았지. 보물은커녕 땡전 한 푼 건진 적이 없다."

"그런가? 하지만 벽려검(碧麗劍)은 땡전 한 푼짜리가 아닐 걸?"

"벽려검이라고?"

"지금이야 다 문드러진 청동검(靑銅劍)이긴 한데, 당시엔 신검 거궐(巨闕)과 비견되는 명검이었다고 해. 땅속에 묻혀 있던 벽려검을 찾은 게 그 아이래."

"벽려검쯤이야……."

"벽려검뿐이 아냐. 금마광륜이란 신병도 그 아이가 찾아냈다는 말이 있더라구."

"금마광륜?"

"그 아이, 그러니까 지금은 아이도 아니겠지. 여인이 되어 있을 거야. 여하튼 무의는 요 근래 장익을 시켜 그 임씨라는 여인의 행적을 조사하고 있었어. 다시 나타나 마지막으로 눈에 띈 것이 산동이라나 봐. 하지만 그다음부터는 오리무중이야. 당장 찾아내긴 어려울 것 같아."

후우우우우.

하얀 연기가 엷게 번져 나왔다.

"미안해, 노괴."

"할 수 없지. 클클클. 뭐, 기대도 안 했으니 미안해할 것 없다."

"그럼 다행이고. 근데 미안하단 건 그것 때문이 아니었어."

"뭐라?"

"무의와 함께 동시에 진행하고 있는 일이 있었거든. 그걸 먼저 좀 해결 봐야 할 것 같아."

후우우우우.

이번에 뿜어내는 연기는 짙었다.

단운룡이 다시 말했다.

"양해 좀 해줘. 자꾸 돌아가는 거."

"늦어지는 건 괜찮다. 아니, 사실 괜찮지만은 않아. 나도 이제 관 짝 알아볼 나이다. 너무 늦어지면 곤란하다."

"알았어, 노괴. 하나만 처리할게."

"노파심에 묻는 건데, 오원 때처럼 큰 판은 아니겠지? 또 그렇게 길게 끌면 이 문파 진짜 때려 친다."

"걱정 마. 이번엔 막판에 잠깐 끼는 거니까."

단운룡이 약속했다.

궁무예는 그런 단운룡을 영 아니꼽다는 표정으로 노려보았다.

이번까지만 속아준다. 봉두백발 노괴의 만면에 떠오른 경고는 그와 같았다.

*　　　*　　　*

"하하하하! 이게 누구냐!"

화들짝 놀라면서도 호탕한 웃음부터 터뜨린다.

형언할 수 없을 만큼 반가운 재회였다.

"이건 뭐, 기파가 무지막지하구만."

하나도 변하지 않았다. 아니, 많이 변했다.

이제 오기룡의 머리엔 흰머리가 보인다. 얼굴에는 미처 보지 못했던 흉터와 없었던 주름이 생겼다.

"아저씨는 왜 이렇게 삭은 거야?"

"그렇게 티가 나나? 하핫!"

"웃을 일이 아니잖아."

"웃을 일이 아니긴 하지. 그건 그렇고, 저놈들은 다 뭐냐."

"문도들."

"오오! 그래? 문파 이름은?"

"아직 못 정했어."

"왜?"

"글쎄, 왜일까, 뭐라고 해야 하나? 확실한 뭔가가 보이지 않는다고 할까?"

"별일이군. 너 같은 녀석이 그런 걸 가지고 망설이다니. 어때, 내가 끝내주는 걸로 하나 지어주랴?"

"됐어. 끝내주는 걸로 지은 게 고작 참룡방인걸."

"야 인마! 참룡방이 어때서? 문파의 꿈과 희망이 딱 세 글자에 다 담겼잖냐!"

단운룡은 순간, 충격과도 같은 깨달음을 느꼈다.

오기륭은 웃기지도 않는 농담으로 꿈과 희망을 말했지만, 따지고 보면 참룡방이란 세 글자만큼 그 존재의의를 완벽하게 설명하는 이름도 흔치는 않을 것이다.

오직 구룡보를 무너뜨리기 위해, 일모도원이란 고사의 주인공이 되지 않기 위해 승부수를 던져 온 오기륭이다.

참룡.

그 한마디로 모든 것이 끝나는 것이다. 어쩌면 참룡방은, 오기륭 말마따나 정말 끝내주는 이름인지도 모르겠다.

"아저씨 말이 맞네. 어렵게 생각할 거 없겠어."

단운룡의 입가에 잔잔한 미소가 맺혔다.

역시나 오기륭은 일생의 벗이다. 그에게 사부를 선물해 준 고마운 사람이다. 이렇게 만난 것만으로도 기쁘기 한량없는데, 어처구니없는 몇 마디로 크나큰 깨달음까지 얹어주었다.

"사부는 협제라고 불렀대. 사부의 문파는 입정의협살문이었고."

"응. 알고 있다."

"난 협(俠)이란 걸 지키라고 배워왔어. 요즘 들어 많이 생각해. 사부가 말하는 협은 어딘지 진정한 대의(大義)와는 거리가 좀 있는 것 같다고. 협 같지 않은 협. 어딘지 소소한 협이라고 할까. 구국(救國), 영웅(英雄), 천하(天下), 이런 거창한 것보다는 좀 더 자유롭고 개인적인, 그러니까 우정(友情), 낭만(浪漫), 풍류(風流) 같은……. 사부가 추구하는 협은 그런 걸로 보였어."

"그야, 그 인간이 워낙……."

"맞아. 사부란 사람이 원체 그렇지. 하지만 또 듣고 보면 사부도 예전엔 그렇지 않았었나 봐. 협제니 입정의협이니, 술집이나 들락거리는 사람이 들을 말은 아니잖아. 일문의 문주였으니 믿고 따르는 자들도 많았을 테고, 사부를 위해 목숨을 던지는 사람도 있었을 거야. 문파가 다 무너져 버린 지금까지도 끝까지 따르겠다 고집 피우는 이도 있는 모양이니까."

"뭐, 아무래도……."

"의협문(義俠門)으로 시작할래."

"의협문?"

"이렇든 저렇든, 사부도 나도 뿌리는 의협이야. 그 옛날 아저씨가 날 도와줬을 때. 그리고 내가 아저씨를 도와줬을 때. 난 처음으로 협(俠)과 만났어. 아저씨가 허유를 찾아갔던 것도 협(俠)을 믿었기 때문이었고, 아저씨가 나를 사부와 이어준 것도 협(俠)이라고 믿어. 그러니까 문파의 이름엔 의협이 빠질 수 없어. 참룡이란 두 글자로 끝내주는 문파가 된 것처럼 의협으로 문파명을 만드는 것도 나쁘진 않을 것 같아."

"그래도, 의협문이라고만 하면… 조금 허전한 느낌이지 않나? 의협문주라니. 어째 좀……."

"그러니까 일단 이걸로 시작이라고. 아저씨도 영원히 참룡방만 짊어지진 않을 거 아냐. 구룡보를 절단 낸 다음에도 참룡방이라 할 거야? 벨 용도 없는데?"

"아, 물론 그건 아니지. 그리고 보니 차차 바꿀 이름도 생각해 놔야겠군!"

"난 의협문에서 문파 이름을 바꾸게 되도, 협이란 글자는 그대로 가져갈 거야. 역시나 협이 없으면 안 되겠어."

"그럼 난 용이라도 남겨야 하는 건가?"

"불패신룡이니까, 그것도 좋겠네. 하하하."

단운룡과 오기륭은 마주 웃었다.

두런두런 그러고 있으려니, 마치 옛날 옛적 운남 대지에 누워 있을 때로 돌아간 것 같다. 잠시 동안 말을 멈추었던 오기륭이 헛웃음을 몇 번 지어내고는 천천히 입을 열었다.

"그래. 이젠 물어야겠지. 여긴 어떻게 찾아온 거냐?"

오기륭의 목소리는 진지했다.

본론을 꺼내자는 거다.

단운룡은 곧바로 입을 열지 못했다. 망설임 때문이다. 오직 상대가 오기륭이기에 그처럼 망설일 수 있었을 것이다. 이내, 단운룡은 결심했다. 오기륭의 두 눈을 똑바로 바라보며 대답했다.

"군사(軍師)가 내린 결론이야."

"군사?"

"양무의. 미안하지만 내가 가로챘어."

"아아, 그런 것 같다고 이야기는 들었다."

"알고 있었어?"

"선찬이 말해줬지. 그럼 저들 중에 있는 건가?"

"아니야. 같이 안 왔어. 감이 안 좋다고 알아볼 게 있댔거든."

"허허. 어쨌든 늦었지만 축하한다. 지낭이 있으면 모든 것이 달라지지."

오기륭은 그 와중에도 진심 어린 축하를 해주었다. 단운룡의 얼굴이 가볍게 굳어졌다. 그가 미간을 좁히며 대답했다.

"그렇게 축하할 일도 아냐. 내가 여기에 온 것은 무의의 책략을 무시하지 않았다는 뜻이니까."

"책략? 운거모사의 책략?"

"응."

"얼마나 대단한 책략이기에?"

"무의의 책략은 단순해."

단운룡이 잠시 말을 멈췄다. 결심이라도 한 듯 그가 힘있는 어조로 입을 열었다.

"참룡방을 통째로 집어삼키자. 그게 무의가 한 말이야."

"아……!"

오기륭의 입이 가볍게 벌어진 채로 멈추었다.

당연한 일이었다.

참룡방을 집어삼키겠다니. 아예 생각지도 못한 이야기였기 때문이었다.

"아저씨와의 정확한 관계에 대해 묻더군. 중원 땅에 있는 유일한 친구라 했어. 무의는 참룡방에 대해 잘 알고 있었지. 그러면서 한다는 말이 또 재밌더군. 참룡방은 우리 문파가 흡수할 수 있는 최적의 조건을 갖췄대."

"참룡방을 집어삼키겠다… 허허, 그런 걸 대놓고 말하다니……."

오기룡이 발을 옮겨 딱딱한 의자에 털썩 주저앉았다.

고개를 들고 단운룡을 올려보았다.

화는 나지 않았다. 야속함도 배신감도 없었다.

놀라움, 단지 그것뿐이었다. 그래도 단운룡은 미안해하는 표정을 지어주었다.

"우린 한참 동안 오원에 있었어. 오원을 나와서 가장 먼저 한 일은 사부를 찾는 거였지. 사천 땅으로 들어와 금당현과 도강언을 뒤졌어. 한데, 그동안에도 무의는 줄곧 참룡방을 주시하고 있었던 모양이야. 광안현에 도착했을 때쯤 아저씨가 구룡보에 선전포고를 했다는 정보를 들고 왔지. 날짜까지 박았다며? 아저씨답긴 한데, 지나치게 무모한 거 같아."

"그렇게 무모한 일이라 생각하진 않았다. 이래 봬도 꽤나 강해졌으니까. 그보다 난 네 계획이 더 궁금하다. 우릴 잡아먹겠다는데, 그런 건 좀 더 악독한 음모 같은 걸 꾸미고 그래야 되는 거 아니냐?"

"계획이야 충분히 악독하지. 구룡보 치는 것을 도와준 다음에 그거 생색내서 모조리 영입하자는 거였거든."

"하하하! 단순명쾌하네. 의협문? 뭔 놈의 협(俠)이 그러냐?"

오기룡은 아예 웃음까지 터뜨렸다. 단운룡이 아무렇지 않게 대답했다.

"협은 협이지."

"도와주고 생색내겠다는 게?"

"협이란 게 별거 있겠어? 아저씨 힘든 거 도와주는 것도 협이고. 이왕 한바탕 중원을 내달려 보겠다는데 마음 맞는 사람 꼬드기는 것도 협이고. 싫다면 손 떼고 깨끗이 물러나는 것도 협이야. 내가 뭐 도와준 대가로 천금을 달라는 것도, 평생토록 종노릇하라는 것도 아니잖아?"

"하하하하! 그거 참 말된다!"

오기룡은 박장대소를 할 기세였다. 그가 딱딱한 의자의 등받이에 몸을 기댔다. 단운룡의 눈을 직시하는 오기룡의 눈이 형형한 빛을 발했다.

"넌 역시 대단해. 보통 놈들은 이 참룡방이 아무리 탐난다 해도 너처럼 말하진 못할 거다."

"웃으면서 들어주는 아저씨도 만만치는 않아."

"그래. 나도 보통은 아니어야지. 그래서 말인데, 네 도움은 일단 거절하고 싶다. 우린 충분히 강해. 천문복마검과 탄쟁협사라고 새로운 친구들도 생겼지. 게다가 다들 착각하는 게 있어. 너도 그렇고, 구룡보도 그래. 우린 현판을 부수러 가겠다고 했지, 건곤일척 목숨 건 승부를 하자고는 안 했다."

"그럼 말 그대로?"

"그래. 현판만 부수고 튈 계획이야."

"와아. 무의까지 속았네. 흑산군사의 책략이야?"

"물론이지. 걸출한 모사야. 우린 충분히 강하다니까?"

"인정해 줄게."

단운룡이 고개를 끄덕였다. 그가 창문 쪽으로 발을 옮겼다. 석양빛이 사라지고 녹회색빛 밤이 오고 있었다.

황량한 전경이었다. 창밖에 펼쳐진 풍경은 버려진 마을의 그것이었다.

십호현 근처 산 중턱에 위치한 곳으로 마을을 덮쳤던 전염병 때문에 아무도 찾아들질 않는다고 하였다.

다 쓰러져 가는 집들이 보였다. 참룡방 식솔들이 옹기종기 모여 있는 집들이었다. 집에 들어가 문을 걸어 잠근 이들 중에는 위왕호장 왕호저의 육십 먹은 노모도 있었고, 의분중도 도강의 애인도 있었다. 구룡보에 땅을 빼앗긴 억울한 촌로하며 구룡보 무인들에게 가족을 잃은 무인까지, 젊은 청년들은 마을 입구와 길목에서 보초를 섰고, 싸울 능력이 없는 이들은 그들에게 생활을 제공했다.

무구고원의 축소판이란 느낌을 지울 수가 없었다. 사망산만큼 비참하진 않지만, 저항세력으로서의 긴장감은 딱 무구고원 초기시절 그대로였다.

"아저씨."

"엉?"

"다시 생각해 보니 조금 쓸쓸하네."

"뭐가?"

"현판만 부순다면서. 구룡보 본진으로 쳐들어간다는 말에 무모하긴 무모해도 진짜 끝낼 수 있나 보다 싶었거든."

“…….”

“결국, 그게 한계란 거잖아. 보주가 있는 구룡당엔 들어가 보지도 못하고. 현판 걸린 구룡보 입구에서 돌아 나온다는 건데.”

“그거야…….”

오기룡이 말끝을 흐렸다.

창밖을 보고 있던 단운룡이 몸을 돌렸다. 마지막 질문이 오기룡의 가슴을 쳤다.

“구룡보… 강하지?”

짙은 수심이 오기룡의 얼굴을 덮쳤다. 충분히 강하다고, 모두 속였다고 어깨를 으쓱해도 참룡방의 힘은 현판 하나 부수고 도망 나올 정도가 한계다.

구룡보주의 얼굴? 보지 못한다.

주 전력인 뇌운당 삼백 무인들은 지난 세월 동안 중견문파 문도들 이상의 수준으로 성장했다. 뇌운당 무인 백 명만 버텨 서도 무섭다. 관승이나 왕호저가 방벽을 뚫기 힘들 정도다.

게다가 뇌운당주 장폐안은 관승이나 왕호저와 일대일 승부가 가능한 고수다. 창왕비전을 익힌 후로는 붙어본 적이 없었지만, 청룡굉화창을 연마한 관승이라도 뇌운당주를 쉽게 제압하진 못할 것이다. 뇌운당주 하나에 관승이나 왕호저 둘 중 하나는 발목이 잡힌다는 이야기였다.

어찌어찌 뇌운당의 무인들을 뚫고 구룡당까지 들어간다 해도 복수는커녕 살아 나올 수 있을지조차 의문이다. 한빙요선 원천군은 오기룡도 승부를 장담하기 힘든 절정고수였다. 그 제자이자 삼 년 전에 보주 자리에 오른 용백빙도 만만치 않은 고수다.

벌써 이 년 전에 흑산군사 선찬 이상의 무공을 지닌 걸로 확인되었다. 전대 구룡보주 용군악은 더 문제다. 일찌감치 아들에게 보주의 위를 넘겨준 용군악은 무슨 늦바람이 불었는지, 수련에 미친 무공광이 되어 있었다. 그의 무위는 당연히 용백빙보다 위이며, 어쩌면 원천군보다도 강할지 모른다. 무엇보다 용군악은 발도각, 단파각, 승천각을 모두 익힌 각법 달인이다. 오기륭과 거의 비슷한 족도(足刀) 참격(斬擊), 섬각(閃脚)의 기예까지 지녔다. 오기륭의 약점을 속속들이 알고 있을 거라는 뜻이다. 설사 용군악이 원천군보다 약하다고 해도 오기륭에겐 훨씬 더 무서운 상대일 수밖에 없었다.

"맞아. 힘들다. 아직은."

"'아직은'이 아냐. 앞으로는 더 힘들어져. 구룡보는 예전에도 컸어. 지금은 더 커졌지. 게다가 보주도 젊다며? 날이 갈수록 강해질 거야."

"그렇지 않을 거다. 우린 그보다 더 강해질 수 있어."

"아저씨, 스스로를 속이려 하지 마."

단운룡의 두 눈에 파직거리는 뇌광이 번뜩이며 피어올랐다. 그가 오기륭을 꿰뚫어 보듯 쏘아보았다.

"처음부터 알았어. 아저씨 무공… 답보 상태지?"

"……!"

"얼마나 됐어? 세 달? 네 달?"

"너… 어떻게……."

"더 됐군. 일 년은 됐겠어."

"후우……."

오기륭이 한숨을 내쉬었다.

"그래. 일 년도 넘었다. 오히려 요즘 들어서는 퇴보까지 걱정할 정도야."

역시 단운룡은 무서운 녀석이다.

두 손 두 발 다 들었다. 그러면서도 오기륭은 단운룡의 시선을 피하지 않았다.

"그건 말이지, 아저씨가 목표를 구룡보에 맞춰서 그래. 처음 무공을 익힐 때는 안 그랬을걸? 누구보다 강해지고 싶었겠지. 한빙요선이나 구룡보주 같은 자들 기준이 아니라, 사천제일 또는 무림제일까지."

오기륭의 눈이 번쩍 뜨였다.

그가 단운룡에게 깨달음을 주었듯.

단운룡은 더 큰 깨달음으로 보답한다.

'참룡이라는 이름으로 모든 것을 설명했다. 그만큼 또한 참룡이란 이름에 갇혀 있었단 말인가……!'

언젠가 오원의 감옥 속에서 느꼈던 것과 같다. 미망(迷妄)에 빠졌던 마음이 제자리를 찾는 기분이었다.

"그래. 네 말은 예전에도, 지금에도 항상 옳았다. 나는 분명 복수를 하고 싶다. 하지만 너에게까지 손을 벌리는 것만큼은 피하고 싶다는 게 내 솔직한 심정이다. 친구에게 묻겠다. 너는 내가 앞으로 어떻게 했으면 좋겠는가."

"복수가 눈앞에 있는데 찬밥 더운 밥 가릴 때 아니지. 아저씨는 옛날에 열한 살 꼬맹이한테도 목숨을 빚졌어. 오자서의 고사를 말했지? 오자서는 어땠는데? 추운 밤 산길에 처박혀서 오들 오들 떨고 있는 건 굴욕이 아니었나? 뱃사공에 빌어빌어 물길 타고 도망치는 것은 수치가 아니었을까? 자존심이 오자서를 살린 게 아니야. 집념이 그를 살린 거지.”

“그러니까 너는 내게 자존심이 아니라 집념을 택하라 이 말이군.”

“당연하지.”

“알겠다. 그럼 너에게 정식으로 도움을 청하겠다. 의협문의 힘을 빌려줘! 구룡보의 현판만 부수는 게 아니라, 구룡보주까지 한 번 잡아보자.”

의협문. 마침내 이름을 가지게 된 단운룡의 문파.

참룡방. 구룡보와 싸우기 위해 만들어진 오기륭의 문파.

의협문과 참룡방의 연합은 시공을 초월한 우정을 발판 삼아 그렇게 탄생했다.

그리고 그다음 순간.

채애앵!

난데없는 충돌음이 연합 탄생의 순간을 화려하게 장식한다.

단운룡과 오기륭의 눈이 번쩍 뜨였다.

채챙! 쩌정!

들려오는 소리는 강렬했다.

그들이 동시에 자리에서 일어났다.

누가 먼저랄 것도 없이 문밖으로 몸을 날렸다. 격렬하게 번뜩이는 창날의 빛줄기가 그들의 두 눈을 가득 채웠다.

*   *   *

"이 무슨······!!"

오기륭의 입에서 침음성이 흘러나왔다.

하지만 단운룡의 두 눈엔 흥미롭다는 빛이 가득했다.

두 사람의 신형이 빠르게 교차되었다가 양쪽으로 떨어져 나왔다. 한 명은 묵직한 진각의 칠 척 거한이요, 한 명은 민활하게 움직이는 날랜 표범이다.

꾸웅! 쿠오오오!

거한의 발이 땅을 박찼다. 창날에서 흘러나오는 파공음이 무척이나 특이했다. 산중대호의 울음소리가 그와 같을까. 포효호심창, 위왕호장 왕호저였다.

찌엉!

곧게 찔러 들어간 왕호저의 창날이 비껴 세운 철창에 막혔다. 철창의 주인이 날쌔게 발끝을 밟고, 창끝을 내질러 왕호저의 가슴을 노렸다.

"큭!"

쿠오! 꽈광!

두 창대가 튕겨져 나가며 땅바닥을 때리고 커다란 구덩이를 만들었다.

철창의 주인은 다름 아닌 효마였다. 단운룡이 막야흔에게 다가가 물었다.

"어떻게 된 거냐?"

"내가 물어볼 말이다. 왔다 갔다 하는 걸 한참 동안 유심히 쳐다보는 것 같더니, 네놈이로구나, 하면서 달려들던데?"

짐작했던 대로다.

단운룡에겐 그것만으로도 충분한 설명이 되었다.

단운룡 일행이 왔다는 말에, 근처 산 중턱 어딘가에서 무공을 연마하던 왕호저가 마을로 돌아온다. 이어 창을 들고 내려온 왕호저의 모습에 효마가 관심을 갖고 보더니, 왕호저의 움직임에서 자기가 익히고 있는 창왕진기의 흔적을 발견한다.

구주창왕의 다섯 절기를 나눠 가진 자.

안 봐도 눈에 선하다. 일단 다짜고짜 공격을 가하고 본 거다. 지금처럼 말이다.

챙! 채채채챙!

철창의 쇄도는 사납기 그지없었다. 왕호저는 물러나지 않았다. 우직하게 두 발을 땅에 박아 넣고 장창을 휘두른다. 효마의 연황창을 그 자리에서 모조리 막아내 버렸다.

"역시……."

왕호저의 포효호심창에서는 능숙함에서 오는 여유가 하나 가득 묻어나고 있었다.

"역시 뭐?"

"나중에 설명해 줄게."

막야흔이 옆에서 보고 대체 뭐냐며 역정을 냈다. 대충 달래놓고, 이번에는 효마의 움직임을 차근차근 뜯어보았다.

형과 식을 제대로 익히기 시작한 지 몇 달 되지도 않은 효마였다. 그런데도 무쌍금표창의 상승 무리를 상당 수준으로 구현하고 있었다. 확실히 놀라운 재능이다. 걸어다니는 것만 보고 같은 근원의 무공임을 알아챈 것도 그렇다. 그런 눈썰미는 아무나 지닐 수 있는 게 아니었다.

문제는 몸에 밴 버릇이었다. 그것도 아주 고약한 버릇이다. 효마의 창날이 왕호저의 목을 향해 무서운 속도로 뻗어나갔다. 궤도를 읽고 대경한 왕호저가 황급히 창을 돌려 창끝을 막아냈다.

쩌엉! 쿠우웃! 까아앙!

"다짜고짜 이런 살수까지 펼치다니!!"

연환으로 창을 휘둘러 효마를 멀찍이 팅겨낸 후 버럭 호통을 내질렀다.

그렇다. 그게 문제다.

효마의 손끝에는 언제나 살기가 있다. 그냥 여차하면 목숨부터 노리는 거다. 더 큰 문제는 본인이 그걸 전혀 거리끼지 않는다는 사실이다. 효마가 아깝다는 듯 입맛을 다시고 있었다.

"그만 해!"

싸움은 거기까지였다.

단운룡의 외침이 막 돌진하려던 효마를 저지했다. 잠시 멈칫했으나, 무게 중심은 여전히 앞으로 쏠려 있다. 말만으로는 안 된다는 것을 깨달은 단운룡이 번쩍 몸을 날려 그의 앞에 섰다. 효마가 목소리를 깔며 말했다.

"비켜."

"품속에 있는 것까지 쓸 생각이냐?"

"뭘 쓰든 내 맘이다."

"독술로는 이겨봤자다. 무쌍금표창으로 꺾는 게 아니잖아."

"무쌍금표창?!"

오기륭이 옆에서 깜짝 놀라 소리쳤다. 마주 싸웠던 왕호저의 두 눈이 왕방울만 하게 커졌다.

"여하튼 싸움은 됐어. 무공 대 무공으로 꺾으란 거였지, 구주 창왕 후계자들의 씨를 말리라는 게 아냐."

"……."

효마는 아무 말도 하지 않았다. 무공만으로도 꺾을 수 있다 장담하지 않는 걸 보면 알기는 아는 모양이었다. 아직은 그의 무쌍금표창이 왕호저의 포효호심창에 못 미친다는 사실을 말이다.

"또 난데없이 덤빌까 봐 하는 소린데, 다른 한 명은 저쪽의 관승이다. 청룡굉화창을 익혔지. 딱 봐도 알겠지만 왕호저와 마찬가지로 당장 꺾는 건 어려울 거다."

사나운 표범의 눈빛이 저쪽에 선 관승에게 틀어박혔다. 관성 장군처럼 가슴까지 드리워진 수염에 대춧빛처럼 붉은 얼굴을 지녔다. 확실히 존재감부터가 다른 남자다. 더욱이 효마는 관승이 창왕비전 계열의 무공을 익혔음을 짐작조차 하지 못했다. 그만큼 본신의 무공이 밖으로 드러나지 않고 깊이 갈무리된 경지다. 단운룡의 말마따나 당장 이기기는 불가능할 것 같다. 그 자존심 드센 효마도 부인하기 어려운 분명한 사실이었다.

"자자, 이만하자구. 어차피 그 녀석 얼굴을 보아하니, 사과받기도 그른 것 같구만."

"사과는 내가 대신할게. 우리 문도잖아."

단운룡이 왕호저 쪽으로 꾸벅 고개를 숙였다.

"미안하게 되었어."

오기륭의 두 눈에 이채가 스쳤다. 이런 식의 소란이야 그도 달갑지는 않았지만, 단운룡이 사과까지 하는 걸 보게 될 줄은 몰랐다. 정말 문주는 문주인가 보다 싶었다.

"괘, 괜찮소이다."

왕호저도 꽤나 당황한 듯 말까지 더듬으며 손사래를 쳤다. 태산에서는 좌충우돌하는 사이에도 단운룡과 직접 마주칠 기회가 없었으니, 불산 이후로는 처음 만나는 셈이었다. 왕호저가 장창을 등 뒤로 돌려 싸움이 끝났음을 확실히 했다. 탈착이 용이하도록 고안된 가죽 창갑(槍匣)이 창대 중간 부위 두 군데를 감쌌다.

"오늘은 이렇게 넘어가지만 또 덤벼들지 몰라. 너무 기분 상해하지 말고 상대해 줬으면 좋겠어."

단운룡이 덧붙여 말했다.

왕호저가 단운룡의 어깨 너머로 효마의 얼굴을 보았다. 눈이 마주친 효마가 휙 돌아서더니, 성큼성큼 걸어가 휙하고 몸을 날려 마을 옆쪽 숲으로 자취를 감춰 버렸다.

"특이한… 자로군요."

"좀 그렇지."

조금 그런 게 아니다.

'관승이나 선찬은 양반이다. 저거에 비하면.'

오기륭은 효마가 사라진 숲 쪽을 보면서 다루기 어려운 놈들만 수하로 들였다는 생각을 고쳐먹기로 했다. 머뭇머뭇 들려오는 왕호저의 목소리가 오기륭의 상념을 깼다.

"우, 운거모사는 잘 있소?"

“물론.”

“그 덕분에 굉장한 무공을 익히게 되었소. 꼬, 꼭 감사의 말을 전하고 싶었소.”

“직접 말해. 곧 올 테니까.”

왕호저가 잘되었다는 표정으로 고개를 끄덕였다. 쭉 지켜보고 있던 관승이 저벅저벅 다가와 단운룡에게 말했다.

“그때는 고맙다는 인사도 제대로 못했군.”

태산에서의 싸움.

오정수마의 독수(毒手)에서 구해준 것을 말하는 것이다.

“별거 아니었어.”

“구명지은이다.”

“맘에 걸리면 갚아.”

“당연히 갚아야지. 필요한 게 있으면 언제든 말하라.”

관승의 청룡언월도는 여전히 믿음직스러웠다. 단운룡이 기분 좋은 미소를 지었다. 관승이 마주 웃었다. 대춧빛 붉은 얼굴에 떠오른 미소는 웃는 와중에도 위엄이 있었다.

효마와 왕호저의 대결.

한차례 돌풍이 휩쓸고 간 장내다.

사태가 진정되고 보니, 남은 것은 단운룡의 일행에 대한 흥미다. 오기룡이 본격적으로 일행에 대해 묻기 시작했다.

“저 친구 들고 있는 건 뭐냐.”

“번.”

“번술?”

“응.”

"호오. 번술은 드문데⋯⋯!"

역시 먼저 눈에 띄는 것은 태자후였다. 무지막지한 중병에, 단연 돋보이는 외모다. 오기룡이 태자후에게 다가가 이름을 말했다.

"오기룡이오."

"태자후요."

마주 포권을 취한다. 오기룡의 눈이 자꾸만 비룡번으로 향했다. 한번 견식해 보고 싶다는 마음을 절로 알 수 있다. 그것도 이왕이면 직접 상대해 보고 싶다는 얼굴이었다.

"그러지 마. 진짜 덤빈다."

단운룡이 오기룡을 잡아 태자후의 앞에서 끌고 나왔다. 오기룡이 눈썹을 치켜올리며 나직한 목소리로 물었다.

"저 친구도 아까 그 녀석만큼 성질이 더럽나?"

"아니. 자후는 그나마 괜찮아. 진짜 더러운 놈은 따로 있지."

"아?"

역시나 웃기는 놈이었다. 자기라고 이야기도 안 했는데, 막야흔이 눈썹을 치켜올리며 그들 쪽을 돌아보았다.

"오기룡이라 하오."

"막야흔이다."

다소의 어색함 속에서 짧은 통성명이 오갔다.

"엽단평입니다."

막야흔에 이어 인사를 한 엽단평은 그나마 가장 차분해 보이는 목소리를 지니고 있었다.

'하지만 이 친구도 정상은⋯⋯.'

맹인(盲人)인가 하며 조심스럽게 물었더니, 맹인도 아니란다. 멀쩡한 눈을 가리고 다니는 걸 보면 누구 못지않게 특이한 자였다.

"어때, 쓸 만하지?"

"쓸 만한 정도가 아니잖느냐."

단운룡의 질문에 오기륭이 되려 핀잔을 주듯 대꾸했다.

탐나는 건 둘째 친다. 어느 놈 하나 오기륭이 직접 덤벼도 승리를 확신하지 못할 정도다. 물론, 그렇다고 진다는 생각은 하지 않았다. 경험으로 밀어붙이면 어떻게 이길 수 있을 것 같긴 했다. 한데 또다시 보면 다들 젊은데도 경험이 일천해 보이지 않는다. 무슨 무공을 어떻게 익혔기에 이런 기파들을 뿜어내는지 절로 궁금해질 지경이었다.

"도요화라고 해요."

"아, 오기륭이외다."

하다못해 묘령의 여인까지도 고수 아닌 이 없다. 태자후, 막야흔, 엽단평의 인상이 너무 강렬하여 눈길이 안 갔는데, 막상 바로 앞에서 통성명을 하고 보니, 꽉 짜인 기도가 보통이 아니다. 여류고수들은 물론이요, 남자들이라 해도 같은 연배에 비슷한 이가 드물 것 같았다.

"게다가 저……."

대미를 장식한다고 할까.

궁무예에 이르러서는 아예 말조차 잇지 못했다.

한쪽 구석에 쭈그리고 앉은 궁무예는 봉두난발 뻗쳐 있는 백발로 정신 나간 노인마냥 뻐끔뻐끔 연초 연기를 뿜고 있었다.

이 사람에게부터 인사를 했어야 했다. 오기륭은 한달음에 달려가 고개를 꾸벅 숙이고 포권부터 취했다.

"인사가 늦었습니다. 무림말학 오기륭이라 합니다."

"말학은 얼어죽을."

궁무예가 후우우 하고 오기륭의 면전에 연기를 뿜었다. 오기륭은 아랑곳하지 않았다. 그가 진정 가르침을 구한다는 얼굴로 물었다.

"노선배, 존성대명이 어찌 되시는지요."

"궁 노괴라 불러."

"아니, 어찌 감히 노괴라고……."

"난 네놈과 친해지고 싶지 않으니까, 그만 꺼지라, 이눔아. 뭐 좀 찾나 싶더니 괜히 끼어들어 가지고."

궁 노괴가 역정을 냈다.

늙으면 애가 된다더니, 모처럼 사일적천궁에 대한 단서를 잡았다가 참룡방 일로 늦어지게 된 것이 못내 심통이 난 모양이었다.

물론, 오기륭은 그런 사정을 알 길이 없다. 알고 싶은 마음도 없었다. 무림고수, 보통민초를 떠나 늙으면 괴행을 부리는 게 사람이다. 그저 오기륭이 궁금한 것은 오직 하나, 이 늙은이의 정체였다. 단운룡을 은근슬쩍 잡아끌어 귀를 가까이 대고는 거의 들리지도 않는 목소리로 속삭였다.

"너, 대체 누굴 끌어들인 거냐."

"들었잖아, 궁 노괴라고."

"그러니까, 이름이 뭐냐고."

“궁무예.”

“헉!”

오기륭의 얼굴이 바위처럼 굳어졌다.

‘천하제일신궁……!’

“정말 너란 놈은…….”

고개를 설레설레 저었다.

태자후, 막야흔, 엽단평, 도요화.

실력 고하에 관계없이 강호무림에선 사실 무명소졸이나 다름없다. 당연한 일이겠지만 효마는 언급할 필요조차 없었다.

하지만 궁무예는 실력과 명성 양쪽에서 정점을 달리는 초고수다. 처음 얼핏 봤을 때도 다들 쟁쟁한 실력자들이구나 싶었지만, 이렇게 면면을 확인하고 보니 정신이 다 아찔해질 정도였다.

“백가화는 양무의와 함께 갔고, 장익이라고 한 명 더 있어. 산적같이 생긴 놈인데, 생긴 거와 달리 말은 또 제일로 잘 듣는지라 궂은일은 혼자 도맡아하고 있지. 지금도 이리저리 발로 뛰고 있을 거야.”

“발로 뛴다니, 무슨 일을 또……?”

“무의가 말하길 감이 안 좋대. 나도 그렇고. 공기가 심상치 않아. 흑산군사는 뛰어난 모사지만 이번 일은 일반적인 책략으론 안 되겠어. 여긴 없는 것 같은데, 언제 오지?”

“선찬은 내일쯤 돌아올 거다.”

“무의도 내일이면 당도할 거야. 다시 좀 계획을 짜보자구.”

그렇게 하기로 하고, 단운룡은 일행에게 참룡방과의 연합이 결정되었음을 알렸다.

막야흔과 태자후는 그저 싸움이라면 언제든 환영이라는 듯 좋다며 이를 드러내고 웃었다. 문파 이름을 말하는 것은 다음으로 미루기로 했다. 여러 가지 이유가 있겠지만, 일단 양무의가 부재중이라는 것이 컸다. 양무의와의 상의 없이 그냥 문파명을 확정하는 것은 아무래도 마음에 걸렸기 때문이었다.

"저 왔소이다."

오기륭의 말대로, 선찬은 다음날 돌아왔다. 범상치 않은 기도를 풍기는 세 명의 남자가 그와 함께하고 있었다. 오기륭은 선찬보다 그 옆에 있는 남자 둘을 보며 반색을 했다.

"종산이! 공동산의 일은 잘된 거냐?"

"그럼요. 기륭 형님."

오기륭은 참 신기하다. 공동파 유명한 고수까지, 아무나 다 형님이고 동생이다. 삼십대 중반, 천문복마검 마종산이 두 손으로 오기륭의 손을 붙잡고 말했다.

"백 장문께서 이번까지만 눈감아주시기로 했습니다. 마음껏 날뛰어도 될 것 같습니다."

마종산은 깔끔하게 수염을 기른 호한이었다. 무슨 기름이라도 발랐는지, 머리카락을 쫙 넘겨 붙인 게 좌르르 윤기가 흘렀다. 전통적인 공동파 고수들과는 거리가 먼 모습이었다.

공동산은 서래제일산이라 하여 도교 제일의 복지(福地) 중 하나로 꼽히는 명산이다. 당송 시대부터 숱하게 많은 도관이 설립되었던 만큼, 공동파도 본래는 도가적인 색채가 강한 편이었다.

문풍이 변한 것은 역시나 원나라 때를 거치면서다. 공동산은 감숙성 국경 경계에 인접한, 서쪽 비단길로 이어지는 요충지에 위치하고 있었다. 원나라의 침공, 탄압, 패퇴, 재침공, 국경변화, 북방전쟁 등 숱한 풍파를 거치면서, 원나라 때는 한족 저항 세력의 요람으로, 명 성립 이후에는 군부(軍府)와 유기적으로 협력해 온 무벌(武閥)로 성장하게 되었다. 그에 따라 감숙성 난주의 위지휘사사 산하 군부 요직에는 공동파 출신이 상당수 포진하고 있었다. 역으로 공동파 무인들 중엔 군인 출신들이 무척 많았다. 문풍이 실용적이고 실전적이게 변화한 것은 당연한 이치라고 할 수 있었다. 마종산이 심산에서 수련하는 도사가 아니라, 멋이나 부리는 퇴역 군인 같은 인상을 주는 것도 같은 이유에서였다.

"사 대협도 괜찮겠소?"

"물론입니다. 당연히 발 벗고 도와드려야지요."

탄쟁협사 사금목은 마종산보다 어려 보였지만 오기룡은 그를 이름 대신 대협이라 불렀다. 친분 관계가 마종산보다 돈독하지 않음을 알 수 있게 해주는 대목이다. 외모 자체에서 풍겨 나오는 분위기도 마종산과는 사뭇 달랐다. 마종산보다 훨씬 더 얌전한 축에 속한달까. 옛 공동파 도사들에 조금 더 가까운 느낌이다. 수염을 기르지 않은 해사한 얼굴, 등 뒤에는 검 대신 십삼현 쟁(箏) 하나가 매달려 있었다.

어찌저찌 소개를 받고 인사들을 교환했다. 마종산은 다소 능글거리는 얼굴에 걸맞게도 홍일점인 도요화에게 지대한 관심을 보였다.

"처음 뵙겠소이다. 마종산이요. 방명을 여쭤봐도 되겠소?"

"도요화예요."

"아리따운 자태만큼이나 어여쁜 이름이오. 출중한 무예를 익히셨구려. 미모와 무용을 겸비했으니, 유명한 여협이 되시겠소."

"아리따운 자태는. 니미럴."

한참 멀리서 지켜보던 막야흔이 욕지거리를 내뱉었다. 그걸 또 들어버린 마종산이 막야흔을 돌아보며 눈썹을 치켜올렸다.

"거기, 뭐라 그러셨소?"

"신경 끄시오."

막야흔이 손사래를 치며 몸을 홱 돌렸다. 마종산은 명문정파답지 않게 꽤나 다혈질이었던 모양으로, 발을 딱 옮기는 게 기어코 막야흔과 담판을 지을 기세였다. 도요화가 슬쩍 손을 뻗어 마종산의 팔꿈치 소매를 잡았다.

"개의치 마세요, 마 대협."

마종산은 극히 단순한 인간이었다. 언제 표정을 굳혔냐는 듯 헤벌쭉 웃으며 다시 도요화에게로 고개를 돌렸다.

"아, 소저께서 원하신다면 당연히 그리하겠소. 난 속 좁은 남자가 아니라오."

나이도 한참 많은 자가 주책도 그런 주책이 없다. 어찌하여 오기룡과 호형호제하는지 알 것 같은 기분이 되었다.

"인사 나눠라. 이쪽은 헌원력이라고 섬서 태원의 한 술집에서 의기투합하여 일 년 반째 내 싸움을 도와주는 친구다. 운룡, 너처럼 말이 좀 짧아서 처음 보는 사람은 대하기가 쉽지 않지만 성정이 호방하고 의기가 넘치니 더불어 사귀기 좋은 녀석이다."

오기륭은 마지막 남은 한 사람에게로 단운룡을 잡아끌었다.

참룡방에서 가장 젊은 축이다. 아직 서른도 안 되어 보인다. 눈도 크고, 코도 크고, 입도 크다. 선이 굵은 얼굴을 지녔다. 한데 그게 또 묘하게 잘생겼다.

"단운룡이다."

"헌원력."

헌원력은 이름만 딱 밝히고 말이 없었다. 꾸미는 예절, 예의상 존칭, 아무것도 없다. 그냥 입이 짧은 정도가 아니다. 대화가 이어질 리 만무했다.

한쪽에서는 선찬이 막야흔, 엽단평과 더불어 이야기를 나누고 있었다. 이야기의 시작은 역시나 막야흔 몫이었다. 마종산에게 한마디 시비 건 것으로도 모자랐는지, 대뜸 선찬을 보고 툭 던지듯 말했다.

"그땐 거지꼴로 도망치더니, 신수가 훤해졌네."

선찬은 화를 내지 않았다.

건방진 것으로는 지난 일 년 반 동안 헌원력에게 충분히 단련되었던 그다. 게다가 이 막야흔이란 녀석은 누가 뭐래도 그의 생명을 구해준 은인이었다. 태산에서 탁탑천왕에게 쫓기고 있을 때, 그의 퇴로를 열어줬던 것이 막야흔과 엽단평이었던 것이다.

"고마웠네. 그땐."

"당연히 고마워해야지. 탁탑천왕, 그놈이 얼마나 빡셌는데."

선찬의 입가에 웃음이 피어올랐다.

빡세다? 선찬의 연배에선 잘 쓰는 말이 아니었다. 물론, 대략적인 뜻은 어감만으로도 알겠다. 재미있는 녀석이었다. 저잣거리의 언어를 서슴없이 구사하면서도 상승무공을 익힌 자만이 낼 수 있는 기파를 뿜어내고 있다. 사파 무리의 마공고수가 더 어울리는 남자라 생각했다.

"이름이 뭐지?"

"막야흔."

"내 이름은 선찬이네. 동도들은 흑산군사라고 부르지."

선찬이 포권을 했다. 예절과 법식이라면 그 역시도 잘 지키지 않는 편이긴 하다. 그래도 막야흔과 엽단평에겐 그렇게 해야 했다. 그가 이번에는 엽단평 쪽을 돌아보며 말했다.

"젊은 검사 분에게도 감사의 인사가 늦었군. 이름이 어찌 되시는가?"

"엽단평이오."

"두 사람 덕분에 살았네. 그때 나타나 주지 않았으면 이 자리에 서 있지도 못했을 걸세."

그렇게 반갑게 말을 붙여주는 선찬이니, 막야흔으로서도 더 이상 시비 걸 건덕지가 없었다. 흥이 깨진 듯 주위를 둘러보는 막야흔이다. 하지만 그럴수록 막야흔의 얼굴엔 찌푸림만 더해졌다. 처음 보는 놈들끼리 통성명을 하고 서로서로 반기며 인사들을 하고 있었다. 심지어 저 태자후마저도 산에서 기어나온 의분협도 도협이니, 추군마 진달 같은 이와 둥글둥글 웃음을 교환하는 중이다. 대체로 화기애애한 분위기란 말이다. 질펀하게 떠드는 술집도 아니요, 마을 공터에 옹기종기 선 채 이럴 수 있다는 것이 막야흔 입장에선 불가사의 그 자체였을 뿐이었다.

　

"낌새가 이상합니다."

대강 얼굴을 익히고 난 다음엔 곧바로 심각한 이야기가 이어졌다. 선찬은 오기륭을 끌고 마을 중앙의 집으로 들어갔다. 단운룡과 오기륭이 처음 이야기했던 바로 그 집이었다. 천문복마검 마종산, 탄쟁협사 사금목이 안으로 들어왔다. 의협문 측에서는 단운룡만 참석했다.

"청성파가 나설 것 같습니다."

"청성파?"

"삼청 진인이 구룡루에 나타났었답니다. 그리고 그 이튿날 적하 진인이 청성산을 내려왔다지요. 달리 생각할 여지가 없습니다."

"구룡보가 청성파에 도움을 요청했다는 건데… 그렇다고 청성파가 직접 움직이나? 그것도 오선인 중 하나인 적하 진인을? 그런 일은 한 번도 없었잖아."

"우리와 싸울 때 그런 일이 없어서 그렇지, 그런 예가 아주 없는 것은 아니었습니다."

"구룡보와 청성파가 상호협력을 한다고? 요즘엔 구룡보가 너무 커져서 청성파가 경계하고 있는 거 아니었나?"

"내가 이런 주군을 잘도 모시고 있소이다."

선찬이 마종산과 사금목을 돌아보며 피곤하다는 듯 말했다. 그러나 마종산은 되려 선찬의 말이 이해가 안 된다는 듯 눈썹을 치켜올리며 되물었다.

"아니, 기룡 형님 말이 틀린 거 있소? 비대해진 구룡보는 청성파나 아미파에서도 골칫덩이인 줄 알았는데?"

사금목이 마종산의 옆구리를 쿡 찔렀다. 무식한 티 내지 말라는 거였다. 선찬이 턱을 한 번 매만지며 어디서부터 설명을 해야 하나 난감한 표정을 지었다. 결국 선찬은 아예 전후과정을 생략한 채 결과론부터 밀어붙이기로 했다.

"주군, 그러니까 청성에서 정말 구룡보를 못마땅해하고 있었으면, 제가 먼저 참룡방과 청성파의 연수를 추진했겠지요. 아미파도 마찬가지고요."

"아, 그런가……?"

"청성, 아미, 아마도 당문까지 구룡보와는 꽤나 돈독한 관계를 유지하고 있을 겁니다. 그렇지 않았으면 구룡보는 예전에 정리되었습니다. 모르긴 몰라도 청성파나 아미파나, 구룡보에서 받아먹는 것이 꽤 될 겁니다."

"하지만 공공연히들 말하잖아. 촉성 사대패왕이란 말 때문에 청성이니 당문이니 여간 열받은 것이 아니라고."

"그거야 당연히 열받겠지요. 뇌물이나 쐬주는 하청 문파 주제에 구파와 비슷한 급으로 이야기되는 거니까요."

"열받는데, 청성파가 구룡보를 왜 도와줘?"

"아아, 주군. 어린앱니까. 열 좀 받는다고 도와줄 걸 안 도와주게요. 제발 머리 좀 씁시다. 그러니까 참룡방이 요고밖에 못 큰 겁니다."

선찬은 제법 아픈 데를 찔렀다. 오기룡이 우는 듯 웃는 듯 괴이한 표정을 지었다. 군사에게 이만한 핀잔을 듣는 주군도 흔치는 않으리라.

　"여하튼, 청성파와 구룡보는 협력 관계인 게 분명합니다. 직접 고수를 파견하는 일은 드물지만 여러모로 뒤를 봐주고 있는 것에는 틀림이 없습니다. 지금 상황에서는 적하 진인을 구룡보의 즉시전력으로 넣는 것이 옳을 듯합니다."

　"적하 진인이라……."

　오기륭의 얼굴이 침울한 쪽으로 굳어졌다. 마종산이 그런 오기륭을 보며 힘있는 목소리로 말했다.

　"기륭 형님, 걱정 마십쇼. 녀석은 내가 맡겠습니다. 청성이 자랑하는 신진이라기에 얼마나 대단한 놈일지 항상 궁금했었습니다."

　큰소리를 친 마종산이다. 그때였다. 사금목이 대놓고 눈살을 찌푸리며 마종산의 의자를 뒤로 잡아끌었다.

　"마 사형, 잠시만."

　"아, 또 왜?"

　"조금 곤란해지지 않겠습니까? 자칫하면 공동파와 청성파의 대결로 번져요."

　"너도 백 장문한테 직접 들었잖아. 뭔 일을 벌여도 눈감아주겠다고."

　"아니, 사형. 뭔 일이란 거에도 분간이 있는 법입니다. 적하 진인이랑 싸우다가 자칫 사형이 지기라도 해봐요. 백 장문인 성격에 참 잘도 눈감아주겠습니다."

　"내가 진다고? 적하 따위 어린놈한테?"

　"적하검법을 대성할 기재라고 도호까지 적하로 지어줬다는 자입니다. 게다가 구파에서 이립에 가까우면 어린 축도 아닙니다. 상승무공을 이십 년 이상 익힌 거 아닙니까."

"어린 건 어린 거지. 여하튼 난 안 진다."

"좋습니다, 사형. 반대로 이긴다고 칩시다. 그러다가 피 보면요? 일이 엄청 커집니다. 청성 장문 광정 진인은 천생 도인이지만, 그 밑에 있는 삼청 진인과 삼도 진인은 안 그래요. 말이 오선인이지 삼청 진인이랑 삼도 진인이 어딜 봐서 선인입니까. 특히나 삼도 진인은 백 장문 못지않은 무투파입니다. 삼청 진인도 결코 점잖은 위인은 아니고요."

사금목은 구구절절 옳은 말만 했다. 따지고 보면 외인, 용병이나 다름없는데도 굳이 안으로 데려 들어온 이유를 절로 알 수가 있었다.

"그래서, 모처럼 도와주러 와놓고 꼬리를 말자는 거냐?"

"누가 그러쟀습니까? 적하 진인과는 부딪치지 말잔 거죠. 마사형이 이기든, 지든. 까딱하다간 바로 전면전입니다. 사천무림과 감숙무림의 자존심 이야기까지 나오면, 일파만파 감당이 안 될 거예요."

"감숙무림의 자존심이라… 내 이름값이 그렇게 무거웠나?"

"아뇨. 이름값이 무거운 건 사형 말고 적하 진인이죠. 청성 오선인 아닙니까. 사천무림의 자존심 소리를 들을 만하죠. 사형은 그냥 감숙에서만 유명한 거고요."

마종산의 얼굴이 확 일그러졌다.

둘이서 쑥덕쑥덕 따로 이야기한다고는 하지만, 이 방에서 그들 목소리를 못 듣는 이는 아무도 없었다. 사금목의 마지막 말에 오기륭이 피식 웃었다. 선찬의 입가에도 미소가 번졌다. 하지만 선찬이 웃은 것은 오기륭이 웃은 이유와 달랐다. 오기륭은 그냥 웃겨서 웃은 거지만, 선찬은 두 사람의 대화를 들으며 한 가지 비책을 떠올린 것이었다.

"마 대협, 사 대협, 내게 좋은 생각이 있소이다."

"……?"

마종산과 사금목이 동시에 고개를 돌렸다. 선찬이 마종산 쪽을 쳐다보며 말을 이었다.

"말씀하신 것처럼 마 대협이 적하 진인을 맡아주십시오."

마종산이 탕! 하고 책상을 내려쳤다.

"좋소! 역시! 흑산군사의 책략은 고명하기 짝이 없소!"

뭐가 그리 고명하다는 건지, 일단 자기 좋은 말만 들으면 좋다는 식이다. 사금목이 오른손을 들어 이마를 짚었다. 그가 곤란하다는 표정을 지으며 선찬에게 설명을 요구했다.

"아니, 이건 그리 간단하게 볼 문제가 아닙니다."

"물론 아닙니다, 사 대협. 청성파와 공동파는 양측 다 구파로 불릴 만큼 큰 힘을 자랑합니다. 양측 무인끼리의 사소한 다툼도 종종 큰일로 번질 수 있지요. 더구나 공동이 자랑하는 천문복마검과 청성파 최고 신진인 적하 진인의 대결이라면 그 자체만으로도 보통 일이 아닙니다. 양측 다 적극적으로 나서기는 절대적으로 곤란한 상황이라는 것이지요. 그걸 노리자는 겁니다."

"그 말인즉슨, 실제로 싸우지 말되, 개입억제를 종용한다……?"

"정확합니다. 개인 인맥에 의해서나, 뇌물 공세에 의해서나 양측 고수가 나설 경우엔 그 뒤에 반드시 자파의 이름이 걸리게 됩니다. 구룡보와 같은 문파를 위해 거대 문파끼리의 전면전을 각오하겠느냐 묻는다면, 적하 진인도 바보가 아닌 이상 먼저 출수하는 일은 없을 겁니다."

"자, 잠깐. 이야기가 이상하게 돌아가는데……!"

사금목이 고개를 끄덕이는 걸 보고서야 마종산은 뭔가가 이상하다는 사실을 깨닫는다.

"어, 어이. 잠깐……!"

마종산이 눈썹을 치뜨며 목소리를 높였지만 선찬과 사금목은 벌써부터 괜찮은 책략이다 결론을 내려 버린 후였다.

"그럼, 우리 두 사람이 청성파를 봉쇄하겠습니다. 그게 잘 안 되면, 뭐… 마 사형도 큰소리를 친 만큼 적하 진인 정도는 묶어드릴 수 있겠지요."

"청성파에서 적하 진인 한 명만 보내는 것도 아닐 터, 청성파의 개입을 막을 수 있다면, 그것만으로도 더할 나위 없이 큰 힘을 보태주시는 겁니다."

선찬이 고개를 꾸벅 숙였다. 사금목이 포권을 취하며 괜한 일이라는 몸짓을 해 보였다.

"그럼, 청성파만 해결하면 된 건가?"

오기룡이 선찬을 돌아보며 물었다.

그때였다.

청성파만 해결하면 되는 것이 아니라는 듯.

끼리릭, 하는 금속성과 함께 방문이 활짝 열렸다.

나타나는 이를 본 선찬이 가장 먼저 일어나며 반색을 했다.

바퀴 달린 철운거가 안으로 들어온다. 뒤에는 백의면사의 철혈신녀 백가화가 있었다.

"불행히도 해결해야 할 것은 더 있습니다, 참룡방주."

낭랑한 목소리가 방 안을 가로질렀다.

양무의가 포권을 취하며 오기룡을 바라보았다.

"인사부터 드리겠습니다. 직접 뵙는 것은 처음이지요?"

"그렇군. 처음일세."

"양무의입니다."

"오기룡이네."

두 사람의 눈빛이 허공에서 교차되었다. 오기룡의 얼굴엔 일말의 아쉬움도, 야속함도 없었다. 그렇기에 두 사람은 오래 사귄 벗마냥 무조건적인 호의를 나눌 수 있었다. 양무의가 다시 한 번 포권을 취하며 깊이 고개를 숙였다.

"여러모로 감사했습니다."

"내가 더 감사했지. 그토록 귀한 비급들을 보내주다니."

"도움을 받고도 은혜를 모르면 장부가 아니지요."

양무의의 입가에 미소가 걸렸다. 단숨에 눈길을 끄는 존재감이 그의 전신을 휘감고 있었다.

"그나저나 그게 무슨 이야긴가. 해결해야 할 것이 더 있다니."

"말 그대로입니다. 움직인 것은 청성뿐이 아니었습니다. 아미와 당문에서도 고수들을 보내기로 결정한 모양입니다."

"아미와 당문에서!!"

모두의 얼굴이 한순간에 굳어진다. 청성파만으로도 어찌해야 할까 고민이었는데, 아미파와 당문까지 움직인다니, 그냥 듣기에도 재앙에 가까운 난감함이었다.

"저번에 흑산군사께서 말씀하셨습니다. 군사가 정신적으로 지쳐 버리게 되면, 파격적인 책략을 상상하지 못하고 정론만을 따르게 된다고요. 이번엔 흑산군사께서 지치셨다는 것을 알겠습니다. 청성, 아미, 당문이 동시에 나설 일은 없을 거다. 그게 정론입니다만, 아무래도 느낌이 좋지 않아서 더 깊이 알아봤습니다. 아니나 다를까, 구룡루에 있었던 것은 삼청 진인 하나가 아니었더군요. 아미파 보국신승과 추혼혈접 당역강이 같은 시각, 같은 장소에 있었다고 하였습니다."

"그, 그렇다면……!"

"확실히 알아보기 위해 장익이 아미파 담을 넘었습니다. 보국신승의 인솔하에 복호승 열 명이 동원되고, 보광까지 나선답니다."

"아미파 담을 넘어?"

"보국신승에 보광 스님까지?"

앉아 있는 사람들은 각자가 서로 다른 것으로 놀랐다.

아미파 월담.

보국신승과 보광 스님의 출전.

두 쪽 다 놀라기엔 충분한 이야기였다. 게다가 말하는 걸 들어보면 월담 후에도 안 잡히고 정보까지 빼왔다는 것 같은데, 그런 이야기를 태연하게 들을 수 있는 사람은 천하에 드물 것이었다. 마종산이 미간을 좁히며 침음성을 흘렸다.

"보광이라… 아미신창을 기막히게 구사한다던데."

보광뿐이라면 또 모른다.

보국신승은 아미항마도(峨嵋降魔刀)를 극성으로 익힌 초고수다. 보국신승을 상대하려면 오기륭이 직접 나서야 한다. 물론 오기륭으로서도 승리는 장담하지 못한다. 관승이나 왕호저도 마찬가지다. 청룡굉화창과 포효호심창을 얻은 그 둘로도 어느 정도까지 해줄지는 미지수다. 몇 합을 채 못 버텨 쓰러질 수도 있고, 의외의 선전을 보여줄 수도 있다. 확실한 건 참룡방의 누구 하나도 자신있게 보국신승을 이길 수 있다 하는 자가 없다는 사실이었다.

"사천당문은 월담이 불가능했습니다. 그래도 미루어 짐작해 볼 수는 있겠지요. 아미파가 보국신승에 보광까지 동원한다면, 사천당문에서도 그 정도 전력에서 균형을 맞추려고 할 겁니다. 청성파도 그렇습니다. 적하 진인 한 명만 보낼 리가 없습니다. 최소한 오선인 중 둘은 동원됩니다. 그래야 다른 두 세력과 수준이 맞습니다."

적하 진인 하나만으로도 골치가 아팠는데, 보국에 보광, 당문 고수들까지 나섰다고 한다. 도통 해답이 보이질 않는다. 분위기가 한층 더 가라앉을 수밖에 없었다.

"현판을 부수겠다는 선언이… 과욕이었던 건가?"

선찬이 자조적인 어조로 말했다.

강호무림에서의 선전포고는 사정에 따라 취소할 수 있는 성질의 것이 아니었다. 특히나 참룡방의 존속은 불패신룡의 호기(豪氣)에 의지하는 바가 컸으므로 이 시점에서 지레 겁을 먹고 발을 뺐다가는 회생불가의 타격을 입게 될 것이다. 기호지세란 말이었다.

 '강호에 얼굴을 들고 다닐 수가 없겠지. 하지만 이대로 놈들에게 덤벼들었다가는 들고 다닐 머리조차 붙어 있지 않을 것이다.'

 훗날의 모욕보다 목숨이 더 중요하다. 일단 중단하자고 말하려 할 때였다. 끼리릭, 양무의가 철운거를 끌고 탁자 앞까지 다가와 붙었다. 그가 품속에서 지도 한 장을 꺼내 탁자 위에 올렸다. 사천 땅을 간략하게 그려놓은 지도다. 성도에서 청성산, 아미산, 구룡보까지 이어진 관도 위에 세필로 쓴 글자들이 보였다.

 "과욕은 아닙니다. 구룡보의 위치, 그리고 아미파, 청성파, 사천당문의 성향, 그리고 중양절 구 일 후라는 기일로 역산하여 각 문파의 접근 경로와 시간을 산출해 보았습니다. 각 세력은 출발 시간이 전부 다 다르겠지만, 기일에서 사 일 전에는 셋 모두 관도 위를 움직이게 됩니다. 사 일 전 오후, 수주와 양번현, 그리고 함녕읍의 관도까지 지나고 나면 세 세력은 동일 관도 위에 올라가겠지요. 그래서 시간이 중요합니다."

 양무의가 지도 위에 손을 올렸다. 지도의 세 지역을 검지로 찍으며 말을 이었다.

 "기일로부터 사 일 전 진시 말에서 사시 초에는 아미파가 이 부근, 청성파가 이 부근, 사천당문이 이 부근에 있을 겁니다. 각개격파를 하려면 이때가 가장 좋습니다."

 "자, 잠깐, 각개격파라고 했나?"

 오기륭이 벌컥 앞으로 몸을 당기며 물었다. 양무의가 아무렇지도 않게 고개를 끄덕이며 대답했다.

"천문복마검 마 대협과 탄쟁협사 사 대협만 이쪽으로 주십시오. 청성, 아미, 당문은 우리가 막아드리겠습니다."

모두는 한동안 말이 없었다.

흐르는 것은 정적이요, 머리를 스친 것은 불신이다.

양무의는 모두의 반응을 아랑곳하지 않았다.

좌중을 한번 둘러보더니, 마종산과 사금목을 바라보며 말을 이었다.

"천문복마검과 탄쟁협사 두 분께서는 구파와의 유혈충돌에 대한 억제력을 지니고 계십니다. 한 분씩 나눠서 청성과 아미의 이동경로를 차단합니다. 우리 측 고수들이 함께 갈 겁니다."

마종산과 사금목은 가타부타 대답하지 않았다.

양무의가 무슨 말을 하고 있는지 아직까지도 이해하지 못하겠다는 얼굴이었다. 양무의가 이번에는 오기륭과 단운룡을 돌아보며 말했다.

"참룡방주께서는 운용 가능한 최고수들을 구룡보에 투입하십시오. 문주는 태자후와 함께 참룡방주를 지원합니다. 구룡보 공략엔 어중간한 무인들이 필요치 않습니다. 도리어 운신의 폭만 좁힐 테니까요."

"하지만 그래서는 기일에 맞지 않는데……."

"기일에 딱 맞추는 것은 이제 큰 의미가 없습니다. 적들도 사천 삼대 세력, 외인들을 끌어들인 상황입니다. 우리도 도리에만 맞춰줄 필요가 없다는 것이지요. 관도를 차단하는 시간에 맞춰 구룡보 공격을 앞당기도록 합시다."

양무의는 장내를 완전히 휘어잡고 있었다. 그가 목소리에 힘을 더했다.

"남아 있는 자들은 이 마을을 지킵니다. 저와 가화도 일단은 이곳에 남아 상황을 보겠습니다만, 유사시엔 직접 움직일 계획입니다. 때문에 이곳에도 방어를 책임질 고수가 상주하고 있을 필요가 있습니다. 흑산군사께서 그 역할을 맡아주십시오."

선찬은 양무의의 눈을 보고 다시 지도를 내려다보았다. 그것을 몇 번이나 반복했다. 선찬이 고개를 저으며 물었다.

"막는 게… 가능하긴 한 건가?"

"무인 조합과 상성만 맞으면, 예. 가능합니다."

"아미, 청성은 구파에 이름을 올린 문파들일세. 당문은 육대세가의 하나고."

"사실, 그들의 무력 자체는 큰 위협이 못 됩니다. 죽이지 않고 제압하기는 그야말로 쉽지 않은 일이겠지만, 어차피 최종목표는 구룡보에 대한 지원 차단입니다. 시간을 끄는 것만으로도 소기의 목적을 달성할 수 있다는 이야기지요. 문제는 또 다른 집단들의 개입 가능성입니다. 시간이 촉박하여 다 파악하지는 못했으나, 그 부분이 오히려 더 큰 변수가 될 공산이 큽니다. 각 파를 막는 과정에서도 예상 못한 돌발 상황이 생길 수 있습니다."

"다른 집단이라니……."

"신생문파의 수뇌부 잠식, 문파 수장의 괴뢰화, 비정상적으로 빠른 세력 확장… 구룡보에는 일련문파들의 침탈 사건과 일치하는 몇 가지 특징들이 있습니다. 이번 일도 그런 경우라면, 외부 세력보다 구룡보 본진이 더 위험합니다. 굳이 문주와 태자후를 그쪽으로 배치한 것도 그런 이유에서입니다."

양무의의 어조는 처음부터 끝까지 변화가 없었다.

자신의 책략을 십 할 확신한다는 뜻이었다. 선찬은 마지막으로 양무의의 눈빛을 살폈다. 별빛처럼 빛나는 눈동자에선 일말의 흔들림조차 찾아볼 수가 없었다.

"주군."

선찬은 오기룡을 불렀다. 이미 상상의 범주를 벗어나 버린 일이었다. 주군의 결정에 따를 수밖에 없었다.

"그래, 선찬. 이 친구 말대로 한번 해보자."

오기룡은 오래 망설이지 않았다.

그는 양무의를 믿었다. 또한 양무의보다 단운룡을 더 믿었다.

단운룡은 옆에서 단 한 번도 고개를 흔들지 않았다.

그러면 된 거다. 어떻게든 해줄 것이다.

하늘이 무너져도 이 녀석만 옆에 있으면 살아날 수 있다.

그게 오기룡이 믿는 단운룡이다.

복수의 시간이 다가오고 있었다.

*　　　*　　　*

"휴우……! 이제야 따라잡았네!"

먼지를 뚫고 달려온 여인은 놀랍게도 금발이다. 물들인 것이 아닌, 자연적인 금발이었다. 눈처럼 하얀 피부에 눈동자는 푸른 빛. 색목인이란 이야기였다. 몸에는 남자들이나 입을 법한 도포다. 큰 가슴을 도포 자락이 감당 못하여 출렁이는 것이 노출이 전혀 없음에도 묘한 색기를 내비치고 있었다.

"잘되셨습니까?"

"아니, 겨우 찾아냈는데, 못 판대."

"못 판다고요? 사저(師姐)께서 못 구하는 것도 있었습니까?"

"그러게 말야. 색목인인 걸 보고서 놀라지도 않더라고. 하도 태연하길래 물어봤어. 색목인이 익숙하냐고. 몇 년 동안 색목인과 동고동락했다는 대답이 돌아왔지. 그것도 도포를 입은 색목인이라네? 더 가관인 건 심지어 무당파 도사였다면서 허풍을 치려 들더라고. 여하간에 장사꾼이란 족속은 믿을 게 못 된단 말야."

색목인 여도사는 말이 많았다. 완전한 사천 억양에 말하는 속도도 빠른 것이 일평생 중원에서 나고 자랐음을 알 수 있게 했다. 겉모습만 이역만리 색목인이지, 속은 완벽한 사천 여인이란 뜻이었다.

"그럼 그 기마들도 허풍이었답니까?"

"아니, 소문은 진짜였어. 진짜 영물(靈物)로 보이는 녀석이 하나도 아니고 여럿 있었지. 무슨 평범한 민초들 사이에 섞인 무림고수를 보는 것 같았다니깐? 청성파 여도장이란 신분이 아니었으면 무슨 일을 저질렀을지 몰라. 확 강도질이라도 하고 싶을 정도였거든!"

"사저, 제발 좀! 제자들이 듣습니다!"

사저를 말리는 도사는 차분한 얼굴만큼이나 단정한 외모를 지니고 있었다. 각진 얼굴엔 혈색 좋은 붉은빛이 감돌고, 적당한 키에 넓은 어깨는 든든하여 보기에 좋았다.

그가 바로 청성파 오선인의 막내. 적하 진인이다. 허리춤에 매달린 보검엔 옥청(玉淸)이란 두 글자가 새겨져 있었다. 그 자체로도 훌륭한 보검이었지만, 그 강도나 날카로움보다 검에 깃든 사연 때문에 더 귀하게 여겨지는 보물이었다. 저 옛날 젊은 나이에 목숨을 잃은 천고기재 옥청 진인의 애검이었던 것이다.

"아아, 좀 들으면 어때? 나 구제불능인 거 모르는 제자도 없잖아! 이왕 엉망인 김에 오선인 칭호도 좀 반납했음 좋겠어. 뭔 말만 하면 오선인 체통을 지키라, 오선인 명예를 생각하라! 답답해서 살 수가 있어야지!"

뾰로통하게 투정을 부리는 얼굴에 적하 진인이 끄응 하고 침음성을 냈다.

도호는 그 유명한 금벽(金碧)이다. 나이는 이제 갓 서른을 넘겼을 것이다. 많은 도사나 승려들이 그렇듯 고아 출신이기에 정확한 나이는 알지 못한다. 금벽낭랑이라 불리며 천연도화공과 건복청정장이 일품인 고수다. 적하가 두각을 드러내기 전까지는 여인의 몸으로 청성파 최고의 기재라 인정받았던 바다. 적하가 이 년 전 스물다섯이란 나이에 오선인 안에 들 수 있었던 것도, 그녀가 최연소 오선인의 장벽을 미리 깨놓았던 덕이 컸다.

"사저가 오선인 칭호를 반납하면 큰일 납니다. 사저는 이미 숱한 후기지수들의 우상입니다. 사저 없인 오선인이 아니죠."

"그게 다 전략이잖아. 능구렁이 장로들이 평판과 인기 때문에 그 자리에 앉힌 거지. 그리고 사제는 모를걸? 사천 땅만 벗어나 봐. 청성파 오선인 중 하나가 색목인인 걸 아는 사람이 없다구. 여하간에 장로들도 엄청 웃겨. 이 동네에서는 내 얼굴에 대해 신나게 떠들면서, 호광이나 절강쯤에 외유라도 나갈라 치면, 그냥 검은 머리에 중년 여자라 말하고 다닌대. 맘에 드는 구석이 한 군데도 없단 말야. 진짜."

백옥 같은 피부에 연지를 바르지 않아도 붉은 입술, 매력 넘치는 외모임에는 틀림이 없다. 실제로 성도 지역에선 추종자도 셀 수 없을 만큼 많다. 하지만 사실 전통적인 중원 미녀와는 거리가 있는 게 맞다. 지나치게 오뚝한 코와 삼백안(三白眼)에 가까울 만큼 커다란 눈망울 때문에 지역이나 사람 취향에 따라서는 요괴 같다며 기피할 수도 있는 얼굴이기 때문이다.

그러고 보면 청성파 장로들이 이리저리 말을 바꾸는 것도 이해 못할 바는 아니었다. 구파 전체를 두고 봐도 이역인을 간판으로 내세우는 경우는 전무하다 할 것이다. 원나라 지배계층이었던 색목인에 대한 인상이 안 좋기도 하거니와 한족 중심의 명나라 분위기에선 거부감이 들 수 있는 까닭이었다.

그렇기에 금벽낭랑의 오선인 발탁은 하나의 커다란 모험이라 할 수 있었다.

실력있는 여도사, 특히 미모까지 갖춘 여도사는 본디 문파 유지라는 측면에 있어 여러모로 소중한 존재일 수밖에 없었다. 속세인들의 선호도라는 것은 실제로 수양의 깊이보다는 훌륭한 외모나 진기함에 좌우되는 경우가 많았기 때문이다. 더욱 재미있는 것은 미모의 여제자가 있으면 그만큼 남자제자들을 받기가 쉬워진다는 사실이다. 웃기는 일이지만 그게 사람 사는 세상의 이치다. 일반 문파든 도사가 있는 도량이든, 심지어 승려들이 수양하는 절까지도 똑같았다.

물론 여자 얼굴을 보고 달려든 제자들이야 알맹이가 없는 게 대부분이었다. 그러나 숫자가 주는 이점은 결코 무시할 수가 없었다. 일단 제자 수가 많아진다는 것은 재능있는 아이들을 발견할 가능성도 높아진다는 이야기가 되기 때문이었다.

"아 참, 사제. 아미에선 누가 온다는지 혹시 이야기 들었어?"

"특별히 들은 바는 없습니다. 별 관심도 없었구요."

"사제는 어쩜 그리 꽉 막혔나 몰라. 경쟁 상대들에 대해선 항상 빠삭하게 알고 있어야지!"

금벽낭랑의 이야기는 그 자신의 존재가치와 사천무림의 경쟁구도를 한꺼번에 함축하고 있었다. 그녀의 말마따나 청성파의 가장 큰 경쟁자는 결국 바로 지척에 있는 아미파일 수밖에 없었다.

아미파가 여성 속가제자들을 받겠다고 선언한 이래, 아미파는 근 십수 년 동안 사천 땅의 뛰어난 여성 인재들을 품 안에 쓸어 담다시피 하고 있었다. 이름난 무가(武家)들이 아미파 속가무관에 금지옥엽 영양들을 앞 다투어 입문시킨 까닭이었다. 청성산 성모동이 조용하고 한산한 도량이 되기까지는 오랜 시간이 걸리지 않았다.

엎친 데 덮친 격으로 아미파에서 남자 속가제자들에게까지 문호를 개방함에 따라, 그해의 청성파의 신입제자 입문이 평년대비 최저수치를 기록하기에 이른다. 청성파의 수뇌부에서도 무슨 방법이든 묘안을 짜내지 않고서는 안 될 지경이 된 것이다.

오랜 고민 끝에 광정 진인을 필두로 한 청성파 수뇌부는 모든 편견과 반대 의견을 물리치고 특단의 조치를 내놓았다. 노장로인 태안 진인이 오선인의 칭호를 내놓자마자, 미모의 색목인인 금벽낭랑을 오선인으로 발탁해 버린 것이다.

이 사건이 시사하는 바는 무척이나 컸다.

아미파가 승려문파의 엄격한 문풍을 내세워 보수적인 가치를 주요 전략으로 취한 것에 반해, 청성파 측에서는 급진적이고 파격적인 인사를 보여줌으로써 자유롭고 개방적인 문풍을 표방하고 나선 것이다.

성과는 예상했던 것 이상이었다. 고루한 도관의 인상을 벗은 것만으로도 제자들의 수가 급증했고, 상대적으로 아미파 여제자들의 수련이 지나치게 엄하고 고되다는 소문이 퍼지면서 아미속가 여제자들의 수가 대폭 줄어들었다. 그 줄어든 만큼의 숫자가 청성파로 고스란히 흡수된 것은 두말할 필요도 없었다.

일각에서는 지나치게 속가적인 인선이다 말도 탈도 많았지만, 아미파에 당문까지 붙어 있는 사천 땅에서 문파의 성세를 유지하기 위해서는 어쩔 수 없는 선택이었다는 게 전반적인 견해였다. 수도하는 도사들 입장에서는 일과성 인기몰이에 기대야 했던 현실이 그저 우울할 뿐이라 할 것이다.

"아미파에서 누가 오는지 아는 사람, 손 좀 들어볼래?"

하지만 금벽낭랑의 목소리는 그와 같은 세상에서도 발랄함을 잃지 않고 있었다. 관도를 울린 목소리에 열두 명 젊은 제자들 사이에서 두 개의 손이 올라왔다.

"어머, 네 이름이 뭐였지?"

"등운이라 합니다."

"그래, 등운아. 아미파에선 누가 온다던?"

금벽낭랑은 젊은 제자들의 여신(女神)이나 다름이 없었고, 금벽낭랑 본인도 그런 시선을 딱히 마다하지 않았다. 오히려 이럴 때 보면 즐기고 있지 않나 싶을 정도였다. 약관을 막 넘은 젊은 제자 등운이 밝은 얼굴로 목소리를 높였다.

"보국신승과 보광호승(寶光虎僧)이 온다고 하였습니다. 다른 복호승들도 열 명이나 동원되었다더군요. 또한 벽령관에서 수련하는 속가 여제자인 의현도 함께라고 들었습니다."

"홍춘효우(洪椿曉雨) 의현? 고 철없는 여자아이가 그렇게 예쁘다던데 너희들만 좋아나겠다, 그치?"

"전혀 아닙니다."

등운이 자신있게 고개를 흔들며 대답했다. 금벽낭랑이 푸른 눈을 동그랗게 뜨며 되물었다.

"아니라고? 어째서?"

"그, 그런 것이 있습니다, 사저."

막상 이유를 설명하라니까 자신있던 어투가 단숨에 꺾였다. 뒷머리를 긁적이는 게 곤란하기 그지없다는 표정이었다.

"왜 말을 못해? 뭐가 문제야?"

"그… 그게……."

보다 못한 적하 진인이 끼어들었다.

"사저, 지금 그거 제자들에게 불경죄를 강요하시는 겁니다."

"뭐?"

"사저의 미모 때문에 홍춘효우도 예뻐 보이지 않는다는 말 아닙니까. 그런 말을 제자들이 어찌하겠습니까."

"아! 그런 거였어? 그런 거면 얼마든지 말해도 되지, 뭘 그래?"

등운은 계속 고개를 떨구고 있었다. 오선인씩이나 되는 열두서너 살 연상의 사저에게 예쁘다 대놓고 말할 수도 없는 것이요, 입을 다물고 있으려니 묻는 말에 대답 안 하는 실례다. 이러지도 저러지도 못하는 격이었다.

"고개 들어, 멍충아."

결국 문제의 발단이 된 금벽낭랑이 제자의 곤란을 수습해 주었다. 한마디 핀잔으로 젊은 제자들에게 웃음을 되돌려준 그녀가 책임을 통감하기라도 하듯 손뼉을 짝 치고 화제를 돌렸다.

"참! 당문은 어때? 누가 온대?"

"그것도 저는 들은 바가 없습니다만."

"하여튼 별종이야. 눈치도 빠르면서 귀는 닫고 사니."

그녀가 다시금 몸을 돌리고 제자들에게 물었다. 아까 손들었던 두 명 중 하나가 다시금 손을 올렸다.

"미안, 네 이름이……."

"등양입니다."

"당문에선 누가 온다디?"

"녹풍대 신입대원 위주로 무인들을 모았답니다. 인솔자는 충사독신(蟲蛇毒神) 당가선이라고 들었습니다."

"엑! 충사독신? 그 음험한 녀석이?"

"태안 태사숙 말씀으로는 당효기가 올 수도 있다셨지만, 워낙 당문이 속을 알 수 없어 장담은 못하신다 하셨습니다."

"정말? 당효기가 온다구?"

금벽낭랑의 얼굴에 화색이 돌았다. 적하 진인이 그런 금벽낭랑을 보며 못 말린다는 표정으로 물었다.

"뭘 그리 좋아하십니까? 유명하긴 유명하다지만, 얼굴도 본 적이 없으시면서."

"어라? 너 당문성 어르신 백수(百壽) 연회 때 안 갔었나?"

"폐관 중이었습니다."

"아, 맞다. 그랬지? 우린 그때 다 봤어. 당효기 그 녀석. 얼마나 귀엽게 생겼는데."

"제발, 사저. 말조심 좀 하십시다."

당효기는 사천당문의 비밀병기쯤으로 알려진 일대신성이다. 나이는 정확하진 않지만 이십 세 전후쯤 되었을 게다. 약관의 청년을 두고 귀엽다 운운하는 것은 분명 여도사가 할 말이 아니었다. 하지만 금벽낭랑은 적하 진인의 질책에도 뻔뻔함을 잃지 않았다.

"뭘 그리 빡빡하게 굴어. 사제도 구경하고 싶긴 하잖아. 들리는 말에 의하면 염력(念力)도 쓸 줄 안다는데!"

"호사가들 이야깁니다."

적하 진인은 딱딱한 표정으로 일축했지만, 사실 그도 궁금하긴 했다.

재능에 관한 이야기는 일찍부터 있었다. 아직 정식 출도는 하지 않은 것으로 알려져 있다. 구룡보에 나타나더라도 출도 목적은 아닐 것이다. 자기 실력을 보여주지도 않을 것은 물론이요, 얌전히 숨죽이고 선 채 견식만 넓히고 돌아갈 공산이 크다.

천고기재, 당효기.

그러고 보면 사천 땅엔 천재 소릴 듣는 이가 많기도 많다. 청성파 금벽, 아미파 보광승, 사천당문 당효기, 격은 다소 떨어지지만 구룡보도 기재 소릴 듣는다고 했다. 거기다가 오선인 최연소 발탁 기록을 깬 자신까지 더하면 하늘이 내린 인재라는 말도 어딘지 식상해질 정도였다.

"당효기도 그렇고, 보광호승도 그렇고… 얼른 봤음 좋겠다. 보광도 꽤 잘생겼다던데……. 후훗."

금벽낭랑이 여도사와는 도통 어울리지 않는 의미심장한 웃음소리를 냈다. 적하 진인도 이젠 포기다. 그가 한숨을 깊이 내쉬며 대꾸했다.

"후우우. 어차피 내일이면 도착합니다, 사저."

꺾어지는 관도에, 쌀쌀한 바람. 이 지역엔 벌써부터 낙엽이 날린다. 금벽낭랑이 긴 금발을 고쳐 묶으며 눈가에 웃음을 매달았다.

"내일까지 안 기다려도 될지 몰라. 어차피 다 출발했을 거 아냐. 좀 더 가면 구룡현으로 닿아 있는 관도가 하나로 합쳐지니깐, 잘하면 길 위에서 볼 수 있을지도 모르지."

적하 진인은 기어코 이 천방지축 사저에게 괜찮은 남자라도 소개시켜 줘야 되는 것 아닌가 하는 엉뚱한 상상을 하기에 이르렀다. 청성파 어르신들이 용납 못한다며 학을 떼겠지만, 이대로 됐다가는 더 큰 사고를 칠 것만 같았다.

"엉? 근데… 적하야, 저기 누가 있다?"

금벽낭랑의 변함없는 목소리가 말 못할 상념을 깼다. 적하 진인이 고개를 들었다. 저 멀리, 꺾여지는 소로(小路) 위에 세 명의 남자가 서 있었다.

"예. 있네요. 세 명이."

적하 진인의 얼굴이 차분하게 가라앉았다.

시시각각 가까워지는 와중에도, 세 명의 남자는 움직임이 없다. 그저 그 자리에서 그들이 다가오는 것을 바라보고 있었다.

머리카락을 뒤로 넘긴 남자가 먼저 눈에 들어왔다. 수염을 단정하게 다듬어 멋을 부렸고 도복과 무복을 섞어놓은 것 같은 차림을 하고 있었다. 옆에 있는 남자는 더욱 범상치 않았다. 가슴에 검을 안고 안휘식 원통형 죽립을 눌러썼는데 강인하면서도 부드러운 기도가 실로 만만치 않았다. 덩치 큰 텁석부리 장한도 뿜어내는 기세가 대단했다. 한눈에 보기에도 예사롭지 않은 사모(蛇矛)를 비껴들었다. 신병이기가 틀림없었다.

"어째, 내가 보고 싶은 얼굴로는 안 보인다?"

"확실히 보광호승이나 당효기 같지는 않군요."

곱게 넘어가긴 틀렸다는 생각이다.

마종산, 엽단평, 장익.

청성파 무인들을 가로막은 세 사람이었다.

*　　　*　　　*

청성파가 걸음을 멈춘 바로 그때.

육십 리 남쪽에 위치한 관도 위에선 아미파 복호승들이 긴장된 얼굴로 주위를 둘러보고 있었다.

"신승 할아버지, 무슨 일이에요?"

보국신승이 고개를 돌려 아래쪽을 내려보았다. 머리카락이 귀밑에서 찰랑거리는 어여쁜 소녀 하나가 순진무구한 눈망울로 보국신승을 올려보고 있었다.

"삿된 기운이 느껴지는 것 같아서 그렇다."

"이 아이도, 저도 아까부터 기분이 안 좋은데, 그것도 관련이 있을까요?"

소녀의 나이는 이제 열다섯.

보통 여자아이들은 그 나이만 돼도 여우처럼 꾀가 많아지지만, 이 아이는 전혀 그런 구석이 없었다. 보국신승은 그 사실이 오히려 못마땅했다. 때가 묻지 않았다는 말은 종종 철이 없다는 말과 같은 뜻으로 쓰이는 까닭이었다. 지금처럼 품속에 어린 웅묘(雄猫:팬더곰) 한 마리를 안고서 무서운 척은 혼자 다 하고 있을 때가 특히 그랬다.

"네 기분이 안 좋다면 물론 관련이 있을 게다."

소녀, 의현이 입술을 질끈 깨물었다.

그녀가 허리춤의 행낭에서 대나무 잎 몇 개를 꺼내더니 안고 있는 새끼 웅묘의 까만 털 앞발에 쥐어주었다. 까만 귀, 까만 눈, 얼굴은 하얀색 털로 뒤덮인 웅묘다. 웅묘가 꼼지락거리며 대나무 잎을 물어뜯었다. 의현이 환하게 웃으며 새끼 웅묘를 어르고 달랬다. 보국신승은 그 모습을 보며, 구룡루에서 먹었던 수정방 생각을 했다.

'신니여, 왜 이토록 늙은 내게 이와 같은 심마를 안겨주시나이까.'

번뇌의 시작은 아미산 산자락에서부터였다.

보광만 데려가려던 차였다. 필요도 없는 복호승들을 열 명이나 붙여줄 때도 그냥 그러려니 했다. 아무리 명성이 쟁쟁하다 해도 보국과 보광 둘만 가기엔 구색이 살지 않는 일이었으니 말이다. 한데, 뜬금없이도 의현까지 데려가라는 장문령이 떨어진 것이다. 근자에 강호행을 시켜주기로 예정이 되어 있었고, 마침 기회가 닿았다는 것이 이유였다. 장문령도 장문령이거니와 살아 있는 전설인 혜선신니까지 내려와 부탁한다는 말을 건넸다. 제멋대로인 보국신승으로서도 감히 거역할 수 없는 일이 되어버린 것이다.

"웅백아, 웅백아, 왜 이렇게 안 먹니? 기분이 아직도 많이 나쁘니?"

철없는 소녀의 음성을 들으며 보국신승은 두 눈을 질끈 감았다.

혜선신니와 함께 내려온 의현은 아미산의 명물인 웅묘 한 마리를 품에 안고 있었다. 처음 봤을 땐, 무슨 영물이라도 되는가 했다. 하나 지켜보고 있자니, 그냥 인형놀이 대신이다. 철부지애가 따로 없었다.

"의현아, 일단 복호승들 쪽으로 가 있거라."

"싫어요. 신승 할아버지 옆에 있음 안 돼요?"

의현이 웅묘를 안고 큰 눈을 동그랗게 떴다.

보국신승의 하얀 눈썹이 파르르 떨렸다. 노화의 번뇌가 그를 엄습했다.

의현이 그토록 예쁜 아이가 아니었더라면.

아미팔경(峨嵋八景) 중 하나로 유명한 홍춘효우에서 그대로 별호까지 따왔을 만큼 빼어난 미모를 자랑하지 않았더라면.

빼어난 미모뿐 아니라 파마(破魔)의 천품까지 타고난 이능 덕에, 내공도 빈약한 독경음(讀經音)으로 복호승 항마후(降魔吼)에 필적하는 퇴마법력을 뽐내지 않았더라면.

그랬다면, 이와 같은 특별취급도 아니 받았을 터.

주욕(酒慾)까지 불러올 만한 노화도 애초부터 생길 일이 없었다는 뜻이다.

"보광아."

"예이."

보국신승이 보광을 불렀다. 보광이 대답했다. 짙은 눈썹에 나른한 눈빛이 인상적이었다. 육십 리 먼 곳에서 금벽낭랑이 이야기한 것처럼 제법 잘생긴 얼굴을 지녔다.

등 뒤엔 복호승의 제마곤 대신 창날을 예리하게 벼려놓은 아미명명창(峨嵋明冥槍)이 매달려 있었다. 아직 신승(神僧)이나 성승(聖僧) 같은 거창한 칭호는 달지 못했지만, 수많은 창술 명사들을 물리치고 촉성 제일의 창술사로 인정을 받았다. 젊은 복호승들의 수장 격으로 호승(虎僧) 두 글자를 따, 아미제일창 보광호승이라 불리고 있다. 머지않아 보광신승이라 불린다는 게 호사가들의 한결같은 예상이었다.

"가까운 것 같지?"

"곧 보일 겁니다. 투기(鬪氣)가 펄펄 끓는군요."

"셋이로군."

"예. 한데, 아까부터 뒤가 서늘한 것이 다른 자들도 있는 것 같습니다."

"앞에 있는 자들과 같은 무리겠지."

"그렇겠지요."

보광호승이 등 뒤에서 아미명명창을 끌렀다. 창대를 비껴들고 꺾어지는 길을 돌았다. 기다리는 자들의 모습이 보였다.

"복호승!"

"예!"

"제마곤을 들고, 의현의 옆을 지켜라."

"아미타불!"

복호승 열 명이 쭉 앞으로 나와 의현을 포위하듯 둘러섰다. 웅묘를 안은 의현은 대번에 울상이 되었다.

"시주들은 어찌하여 우리 앞길을 막으시는가!"

보국신승이 앞으로 나서며 내력이 실린 목소리로 소리쳤다.

보이는 것은 이남일녀였다.

남자 하나가 한 발 앞으로 나왔다. 차분하여 깔끔한 인상의 남자였다. 도복과 평상복이 섞인 듯한 옷을 입었다. 보국신승은 남색과 흰색이 섞인 그 옷을 한눈에 알아볼 수 있었다. 다름 아닌 공동파의 복식이었다.

"보국신승을 뵙습니다. 강호의 동도들이 탄쟁협사라 칭하는 사금목입니다."

역시나 그렇다.

탄쟁협사 사금목.

참룡방의 무리들이다. 삿된 기운이 줄곧 느껴졌던 것처럼, 결코 좋은 의도로 온 이들이 아닐 터였다.

"선자불래, 래자불선이라! 내 법명이 보국임을 알고 온 것이 겠지?"

"물론입니다, 신승. 저희가 왜 여기 있는지도 아시겠지요."

말을 하면서도 점점 거리는 좁혀져, 이제 서로의 거리는 삼 장 정도밖에 남지 않았다. 딱 그 정도 거리를 두고, 숲에 둘러싸인 인적 없는 소로(小路)에 복호승의 제마곤들이 진용을 짜고 강렬한 기운을 뿜어내기 시작했다.

"공동파에서 아미파의 앞길을 막는다니, 그럴 만한 이유가 없다면, 자네로선 감당 못할 일을 치르게 될 걸세."

"감당 못할 일을 논하기에 앞서 아미파가 참룡방을 핍박하는 이유부터 따지는 것이 먼저이지 않겠습니까?"

"아미파가 참룡방을 핍박한다니, 그 어디서 들은 이야기인고?"

"신승께서 시치미를 떼시다니요. 아미파의 문풍은 그러합니까? 우리 공동파는 비록 속세에 물들어 있긴 하나, 문파의 명예가 있는 만큼 사해의 동도 앞에서 거짓말은 하지 않습니다."

사금목의 언사는 매끄럽기 짝이 없었다.

보국신승의 흰 눈썹이 파르르 떨렸다. 보국신승이 오른손을 허리춤의 계도(戒刀) 위에 올렸다. 승려들이 머리를 깎거나 손톱과 옷을 손질하는 데 쓰는 칼인 계도는 보통 손안에 들어가는 단도(短刀)의 크기인 경우가 많았다. 아미파의 계도는 달랐다. 생긴 것은 일반적인 대도와 비슷하나, 도신(刀身)의 폭은 그 몇 배다. 아미산에 자리 잡은 맹수들을 쫓기에 충분한 크기다. 물론, 사람을 베기에도 충분한 칼이었다. 보국신승이 계도의 도병을 잡기 전에 확인하듯 물었다.

"자네 뒤에 공동파가 있다고 보아도 되겠지?"

"신승께선 참으로 이상한 질문을 하시는군요. 신승의 뒤에는 아미파가 없습니까? 저 보광호승의 뒤에는 아미산이 없습니까? 공동파의 제자 뒤에는 언제나 공동산이 있습니다. 그 계도로 저를 베신다면, 그다음엔 당연히 공동파와 마주하셔야 될 것입니다."

실로 교묘한 말이었다.

보국신승은 노회한 경험을 바탕으로 그 말속에 담긴 진의를 어렵지 않게 짐작해 낼 수 있었다.

"이제 보니 자네는 아미파와 원수를 지고 싶어서 온 것이 아니로군!"

"세상의 그 누가 있어 아미파와 척을 지고 싶겠습니까."

"싸움을 피하고 싶다는 겐가?"

"마찬가지입니다. 그 누가 싸움을 좋아하겠습니까."

"같은 구파인 공동파의 이름을 앞세워서 아미파의 개입을 막겠다라. 아미타불. 과연 현명한 책략이로구만."

보국신승은 거기까지 말한 후, 계도의 도갑을 끌렀다.

사금목의 표정이 삽시간에 굳어졌다.

"하지만 말일세. 구파 대 구파로 타협을 꾀한 것은 좋았다만, 그러기엔 숫자가 너무 적다고 생각하지 않나? 자네 하나 상처 입히지 않고 제압하는 데 복호승 다섯이면 족하이. 자네들은 우리의 발을 묶기 위하여 이곳에 나타났지만, 그 반대도 생각했어야지. 복호승 몇 명 남겨서 자네들의 발을 잡아놓고, 나와 보광이 구룡보로 떠나면 그만이란 말일세."

"기어이 손을 쓰시겠다는 말씀이로군요."

"달리 선택의 여지가 없지 않은가?"

보국신승이 엷은 미소를 지으며 되물었다.

그때였다.

미간을 좁힌 사금목의 옆에서 한줄기 욕지거리가 걸쭉하게
터져 나왔다.

"듣자 듣자 하니까 진짜 음흉한 늙은이다! 씨발 땡중이 따로
없네!"

"……?!"

신승이란 이름으로 칭송받은 지 수십 년째.

보국신승은 길거리 주정뱅이에게조차 그런 막말을 들어본 적
이 없었다. 그래서 보국신승은 일순, 대꾸할 말을 찾지 못했다.
터벅터벅 방만한 걸음걸이로 걸어온 남자. 그가 도갑에서 길쭉
한 철도(鐵刀) 한 자루를 뽑아 들었다.

"그렇게 칼을 잘 쓴다며? 여차하면 칼 뽑는 늙은이가 무슨 배
짱으로 승려질이야! 요화야! 너 칼 휘두르는 부처 봤냐?"

"막, 누가 내 이름 함부로 부르래?"

"언제는 제대로 불러달라며?"

"내 말을 말아야지."

"여하튼, 늙은 땡중아. 칼 휘두르는 건, 부처가 아니라 악귀
다. 그러다가 지옥 간다."

"눈먼 강호소졸이로다. 그래, 내 오늘 악귀가 되어주마. 지옥
이 무엇인지 보여주리라!"

결국 보국신승은 힘겹게 억누르던 번뇌를 있는 대로 토해내기에 이른다.

활활 타는 분노의 번뇌다.

챙! 하고 신승의 계도가 뽑혀 나왔다.

막야흔의 입가에 미소가 맺혔다.

명숙을 상대함에 자신의 이름도, 사사한 사문도 밝히지 않는다.

성큼성큼 다가가 그대로 칼끝을 내쳤다.

우르르릉! 하는 용음(龍音)이 울려 퍼졌다. 보국신승의 안색이 급변했다.

쩌어엉!

보국신승의 아미항마도와 막야흔의 마천용음도가 부딪치며 무지막지한 충돌음을 터뜨렸다. 얼굴을 찌푸린 채 사태를 지켜보던 보광호승의 두 눈이 놀라움으로 물들었다. 파락호나 다름이 없어 보였던 막야흔이 아미항마도의 일격을 단숨에 튕겨내 버린 것이다.

'말도 안 되는……!'

보광호승이 아미명명창을 고쳐 잡았다.

풍기는 기세가 범상치는 않았으나, 말투를 듣고 그냥 제정신이 아닌 줄로 알았다. 하지만 보국신승을 맞이하여 몰아치는 도격(刀擊)은 그야말로 진짜다. 막 나가는 언행에 속아버린 셈이었다.

'그렇다면!'

참룡방에서 숨겨진 한 수를 들고 나왔다는 말이 된다.

보국신승의 싸움에는 어차피 끼어들 수가 없는 바.

공동파 탄쟁협사를 향하여 창끝을 돌리려 했다.

"보광이라고 했지요?"

한데, 사금목 쪽으로 창을 겨누고 보니, 그 앞을 가로막고 선 여인이 하나 있었다. 보국신승과 막야흔의 싸움에 눈이 팔려 있던 사이에 사금목의 앞쪽으로 걸어나온 것이다. 보광호승이 놀란 만큼 사금목도 놀랐는지, 뒤에 선 표정이 실로 가관이었다.

"우리 문주가 말하길, 당신 상대는 나래요. 칼과 창은 피를 보기 쉬운 무기니 공동파 사 대협은 복호승의 제마곤을 맡는 편이 좋겠다라 하더군요."

"하지만 말이오. 난 여시주를 상대로 창을 휘두르지 않는다오."

"이 상황에서 시주 타령하면 안 되죠."

쩌엉! 우르르릉!

그녀의 말대로였다.

계도와 마천용음도의 경력이 사위를 흔들고 있었다. 복호승 네 명이 어린 의현을 뒤로 데려가 항마진(降魔陣)을 짜는 것이 보였다.

"저 인간이 워낙에 막 나가는 위인인지라 너무 날뛰지 않게 막아야 한다 그랬죠. 그래서 절 딸려 보내는 거래요. 근데 사실 저도 원래는 얌전한 편은 아니었거든요. 갚아야 할 원한이 있다고 마냥 우울하게만 지낼 게 아니라, 옛날처럼 활기차게 사는 것도 나쁘지 않겠다는 생각이 들었어요. 그러니 보여주세요. 아미신창, 구경해 보고 싶네요."

오원 땅에서 수천 단위의 전쟁을 겪은 그녀다.

그곳의 전쟁 또한 하나의 거대한 복수전이나 다름이 없었으니.

싸움을 통해 느낀 바가 작지 않았을 것이었다. 흔들림없이 빛나는 눈을 본 보광호승이 아미명명창을 제대로 겨누었다.

"그렇게까지 말한다면 할 수 없겠소. 조심하시오. 내 창날엔 눈이 없다오."

도요화가 손을 뻗어 기수식을 취하고, 한 발 한 발 옆으로 내딛는 보광호승이 쳐들어갈 기회를 노린다.

'이거, 체면이 안 사는군.'

사금목이 고개를 설레설레 저으며 뒤쪽으로 걸음을 물렸다. 싸울 공간을 내주기 위해서다. 굽어진 관도는 막야흔과 보국신승의 싸움만으로도 비좁았다.

저벅.

사오 장 거리를 두자, 세 명의 복호승들이 관도 옆을 돌아 사금목의 앞에 섰다. 복호승과 일 대 삼 대결이다. 그나마 자존심은 살릴 수 있겠다.

그가 복마신공을 있는 대로 끌어올리며 광성이십사단공 기수식을 취했다.

*　　　*　　　*

사천성 구룡현 구룡보.

보(堡)라 함은 본디 흙으로 축대를 쌓아서 만든 작은 성(城)을 의미한다.

결국 기원을 보면 당송시대에 만들어졌던 구룡보 성터가 먼저고, 그 성터에 현 급의 도시가 세워진 것이 나중이다. 문파로서의 구룡보는 바로 그 구룡보 성터 위에 세워졌다. 실제로도 흙으로 된 성곽이 아직까지 남아 있었다.

현령이 업무를 보는 관아보다도 규모가 큰 구룡보다. 실질적인 지배력도 관아에 비할 바가 아니었다. 아니, 구룡보가 곧 구룡현의 관아 그 자체다. 중앙에서 임명한 구룡현 현령마저도 이미 구룡보 소속이나 다름이 없었다. 관직으로 받는 녹봉보다 구룡보에서 주는 돈이 열 배는 많기 때문이었다. 현에 할당된 관병들로도 어차피 구룡보 무인들의 상대가 되지 않았다. 구룡현 현령 입장에서는 괜한 분란 만들지 않고 구룡보가 제공하는 호화로운 삶에 젖어드는 것이 유일무이한 선택이었던 것이다. 결국은 구룡현 전체가 구룡보 그 자체라는 뜻. 시장통의 장사꾼도, 거리를 걷는 아줌마도, 그 모두가 구룡보에 삶을 기대고 있다. 눈에 보이는 모든 사람들이 구룡보의 문인이라 생각하면 됐다.

"예전엔 이 정도가 아니었는데."

오기룡이 씁쓸하게 웃었다.

구룡현에 이렇게 들어와 본 것도 오랜만이다. 염탐을 위해 죽립을 꾹꾹 눌러쓰고 온 것도 한 오 년 전이 마지막이었던 듯싶다. 아예 드러내 놓고 당당하게 걸어 들어온 것은 구룡보에서 쫓기게 된 이래, 처음 있는 일인 것 같았다.

"그냥 걸어. 어차피 알아보지도 못하잖아."

"나야 그렇지만 이 둘은 아닐걸."

단운룡의 말에 오기륭이 웃으며 말했다.

하긴 오기륭 말도 맞다.

운장대도 관승, 위왕호장 왕호저는 어딜 가도 눈에 띄는 인물들이다. 특히나 관승은 그 얼굴에 청룡언월도만 가지고도 중원 천하 모든 사람들이 알아볼 것이다.

길을 가는 모든 사람들이 돌아본다. 진짜냐 진짜냐 하는 수군거림도 들렸다. 개중엔 헐레벌떡 뛰어가는 남자들도 있었다. 구룡보에 보고하기 위하여 달려가는 거였다.

"좀 빨리 가자, 아저씨. 이러다가 포위되겠다."

단운룡의 말투는 함께하는 사람의 마음마저 가볍게 만드는 힘이 있었다.

"네 말이 맞다. 서두르자."

복수의 땅에 발을 들였는데도, 마치 놀러 온 것처럼 여유롭다. 오기륭이 먼저 땅을 박찼다. 관승과 왕호저가 경공을 펼치고, 이어 헌원력이 몸을 날렸다.

태자후와 함께 속도를 올린 단운룡은 헌원력의 뒷모습을 바라보며, 두 눈에 번쩍이는 뇌광을 담았다. 헌원력이란 인물에 적잖은 어색함을 느꼈기 때문이다.

구룡보 최종전에 나설 이를 뽑을 때, 오기륭은 서슴없이 헌원력의 이름을 말했다. 심지어 왕호저보다도 먼저 호명했을 정도다. 오기륭의 평소 언행을 볼 때 특별히 함축된 의미가 있어서 그런 것은 아니었겠지만, 확실히 의외는 의외인 일이었다. 차라리 선찬을 억지로 데려오면 데려왔지 관승, 왕호저 외에 다른 이를 꿉을 것이라고는 생각지도 못했던 까닭이었다.

'그만큼 시간이 흘렀다는 뜻이겠지.'

오기륭을 만난 것도 몇 년 만의 일이다. 전체 햇수를 두고 보면 사부와 이어준 이후에 불산에서 만나고 처음이니, 십 년 동안 두 번밖에 못 본 셈이다. 그런 오기륭을 두고 이럴 것이다 쉽게 재단하는 것은 오원에 무작정 뛰어들었을 때만큼이나 경솔한 생각이다. 물론, 오기륭이란 인간은 그 긴 시간 동안에도 오원과 달리 거의 변한 게 없었지만 말이다.

"자, 첫 관문인가?"

저 멀리 구룡보 외곽 장벽이 보였다. 실제 돌을 쌓은 성벽이 아니라 쭉 늘어선 삼층짜리 구룡보 연무관(鍊武館)들로 이루어진, 무인과 건물의 방벽을 의미함이었다.

"이대로 돌파한다. 관승, 왕호저! 저 위에 보이는 이층 창문을 뚫자!"

"옙!"

후웅.

왕호저가 우렁찬 목소리로 답했다. 관승은 등 뒤에서 뽑아 든 청룡언월도 파공성으로 대답을 대신했다.

"간다!"

담벼락을 타고 기와지붕을 넘어 하늘을 난다.

지나가던 행인들과 무인들이 휘둥그레진 눈으로 그들을 향해 손가락을 쳐든다. 소리를 치는 자들, 비명을 지르는 사람들이 사방으로 난장을 쳤다.

텅! 터엉! 꽈아아앙!

마침내 폭음이다.

관숭의 청룡언월도가 종이창문 나무창틀을 박살 내고 커다란 구멍을 뚫었다. 왕호저의 장창도 그에 못지않은 입구를 만들었다. 일행의 신형이 속속 건물 안으로 빨려 들어갔다.

타닥! 파라라락!

이층은 거의가 다 빈 공간이었다. 널찍한 비무 연마장이 눈앞에 펼쳐졌다. 지금 같은 오전 시간엔 구룡보 무인들은 대부분 야외 연무를 한다. 이층에 사람들이 적다는 것을 미리 알고 있었던 것이다.

"웬 놈들이냐!"

"여긴 어떻게!"

연무장을 가로질러 복도로 나왔다. 땀에 젖은 옷가지를 펄럭거리며 들어오던 무인 두 명이 호통을 쳤다.

빠악! 퍼억!

두 놈이 나가떨어진 것은 그야말로 순식간이었다. 쭉 짓쳐 나간 헌원력의 오른발이 앞 놈의 가슴을 차고, 돌려 차는 왼발이 뒷 놈의 명치에 꽂혔다. 묵직한 각법이다. 왜 오기륭이 이 남자를 뽑았는지 절로 알 수가 있었다.

"이쪽으로!"

오기륭이 관숭, 왕호저, 헌원력. 거기에 단운룡과 태자후까지 다섯 남자를 이끌고 계단으로 향했다. 삼층 내벽으로 향하는 계단이었다.

"역시! 십 년이 넘도록 하나도 변하지 않았군!"

오기륭은 연무관 내 구조에 대해 빠삭했다. 선찬이 구룡현 세부 지도를 모조리 구해와, 침투로를 면밀히 설명해 주기도 했지만, 오기륭의 머리와 눈은 선찬의 지도가 아닌 그 이전의 경험을 따르고 있었다. 오기륭은 이 건물들을 수백 수천 번, 오르내리고 뛰어다녔던 기억이 있다. 그 건물이 지어지고, 연무관으로 기능하기 시작하는 것을 바로 옆에서 지켜보았던 장본인이 그였다.

"부숴!"

오기륭의 외침에 관승이 육중한 몸을 날려 청룡언월도를 내리그었다. 목조 흙벽이 퍼억 하고 터져 나갔다.

부서진 벽으로 거짓말처럼 기와지붕이 눈앞에 나타났다. 삼층 건물 옆으로 바로 세워진 이층 건물의 지붕이었다. 오기륭이 먼저 몸을 날렸다.

"가자!"

텅! 터텅!

여섯 남자의 발밑에서 기왓장이 덜그럭거리며 요동쳤다. 지붕은 마치 다리라도 된 듯 구룡보 외곽까지 똑바로 이어져 있었다. 아래쪽으로 야외연무장이 보였다. 우렁차게 이어지던 구룡보 무인들의 기합성이 약속이라도 한 듯 멈추었다. 무인들의 시선이 그들을 향했다. 마보를 취하던 무인들이 상체를 폈다. 획획 날아 발차기를 하던 무인들이 못 박힌 듯 땅바닥에 내려섰다.

"침입자다!"

"비상! 비상이다!!"

우왕좌왕 소리들을 지른다. 그들이 몸을 날리기도 전에, 건물

너머로부터 땡땡거리는 경종 소리가 들려오기 시작했다. 현의
주민들이 한발 먼저 침입자들의 출현을 고한 덕분이었다.

"반응이 빠른데?"

빨라도 그들보다는 늦다. 오기륭을 필두로 한 육 인은 이미
구룡보 외벽 위로 솟구치는 중이었다. 각자가 각기 다른 동작으
로 벽을 타고 올랐다. 옛 성벽을 보수 개조한 석벽이었다. 그 역
시도 지을 때부터 오기륭의 손길이 닿았던 곳이다. 꼭대기까지
올라온 오기륭의 눈에 남다른 감회가 서렸다.

"여길 어떻게!"

빠악!

발도각이다. 석벽 위를 지키던 무인은 비명 소리조차 내지 못
한 채 혼절하고 말았다. 오기륭이 고개를 돌려 석벽 안쪽으로
지어진 거대한 전각군을 내려다보았다.

여기가 바로 구룡보다.

오기륭이 젊음을 바친 곳이자, 아버지와 형님의 목숨을 가져
간 곳.

피와 눈물로 세운 주춧돌은 이렇듯 화려하고 대단한 성채 밑
을 받치고 있는 것이다.

"저게 용문각이지. 현판이 걸린 건물이다."

오기륭이 한 건물을 가리키며 말했다.

전각군을 남북으로 가로지르는 중앙 통로가 보였다. 그 중앙
통로 남쪽에 가로로 길쭉한 전각 한 채가 보였다. 구룡보 정문
역할을 하는 용문각이었다. 그가 부숴 버리겠다고 선언한 현판
이 그 용문각의 남문 위에 걸려 있었다. 오기륭에겐 그 역시도

꽤나 의미있는 물건이었다. 오기룡 자신이 직접 아버지와 함께 북경까지 찾아가, 당대 최고의 학자였던 휘영 선생에게 무릎 꿇고 부탁하여 서필 받았던 현판이었던 것이다.

"무인들이 모여들고 있는데요?"

왕호저가 그쪽을 바라보며 커다란 호안을 번뜩였다.

현판을 부수겠다는 선언이 있었으니, 병력을 집중시키는 게 당연하다. 오기룡이 용문각에게서 시선을 뗐다. 그가 미간을 좁히며 말했다.

"저긴 내버려 둔다."

오기룡의 눈동자가 가볍게 흔들렸다.

이곳에 오기 직전 단운룡과 나눴던 대화를 떠올리며 솟구치는 미련을 다잡았다.

"기일로부터 사 일 전이다. 선언을 지키지 못하게 되었어."

"마음에 걸려?"

"당연히 마음에 걸리지. 난 오기룡이다. 사내대장부가 한 입으로 두말하는 건 치욕이야."

"치욕이라니? 지키지 못할 이유가 없잖아?"

"뭐?"

"중양절로부터 구 일째에 현판을 부수겠다고 그랬다며. 그럼 안 부수고 놔뒀다가 그때 부숴. 오늘은 먼저 구룡보주를 접수하고."

교활하다고 해야 할까. 아니면 기발하다고 해야 할까.

참룡방은 그들의 선언에 다른 말을 덧붙이지 않았다.

공격하는 날이야 언제 되든 상관없다는 말이다. 선언한 그날에 현판을 부수기만 하면 된다. 그것으로 오기룡은 자기 말을 그대로 지킨 사람이 되는 것이다.

"저쪽으로 내려가자. 건룡원을 뚫고, 곧장 뇌운당 돌파다!"

오기룡이 소리치며 석벽 한쪽의 계단을 가리켰다. 그들을 발견한 무인들이 우르르 올라오는 것이 보였다.

여섯 남자가 계단 쪽으로 몸을 날렸다.

관승과 왕호저를 앞에 세우자 순식간에 길이 열렸다. 화끈한 공격력을 자랑하는 두 사람이다. 누구 하나 제대로 버티는 이가 없다. 난간 없는 계단 밑으로 수많은 무인들이 비명 소리와 함께 곤두박질쳤다.

"비켜랏!!"

왕호저의 고함 소리가 사위를 울렸다.

높지 않은 담벼락을 부수고, 내원으로 들어섰다. 하얀 무복을 입은 건룡원 무인들이 그들 앞으로 쏟아져 나왔다.

파라라라락!

관승과 왕호저에 이어, 또 하나의 중병이 바람을 갈랐다.

태자후의 깃발이 세 명의 무인들을 한꺼번에 튕겨냈다. 몰아치는 공격들이 실로 엄청났다. 건룡원 중간계층 무인으로는 일초 일타 제대로 받아낼 수 있는 이가 아무도 없었다.

"안 된다!"

"버텨!!"

"증원을!"

"뇌운당 투입을 요청해라!!"

무인들의 절규가 여섯 강자의 무용을 고스란히 알려준다. 곧바로 구룡보 한복판에 대규모 난전이다. 거역할 수 없는 혼돈이 한순간에 구룡보를 덮치고 있었다.

젊은 구룡보주의 스승.

오기룡의 원수이자, 음모의 흑막.

구룡보의 휘황한 발전을 이끌어낸 명참모.

그 모든 것이 결국 한 사람을 두고 하는 말이다.

한빙요선 원천군이 바로 그 주인공이었다.

"예상 밖이로군."

원천군의 얼굴은 푸른색이었다. 창백해서 푸르게 보이는 것이 아니라, 마치 경극 분장이라도 한 것처럼 정말로 푸른색이 감돌고 있었다.

"사람은 결국 궁지에 몰리면 어쩔 수 없는 건가? 그래도 자기 말은 지키는 놈이었는데."

원천군의 얼굴에는 가련한 인간에 대한 동정심이 깃들어 있었다. 용백빙이 고개를 끄덕이며 대답했다.

"그러게 말입니다. 청성, 아미, 당문이 움직인다는 소식이라도 입수한 모양이지요."

"며칠 앞당겨 구룡보와 단독으로 자웅을 겨루겠다……. 궁색하기 짝이 없는 짓이로고."

원천군이 혀를 끌끌 찼다.

바깥에서는 습격을 알리는 타종 소리가 계속되고 있었다. 원천군이 듣기 싫다는 듯 손을 휘저었다. 차가운 장력이 뻗어나가 열려 있던 창틀을 밀어낸다. 창문이 쾅 소리를 내며 닫혔다. 시끄럽던 타종 소리가 반으로 줄어들었다.

"바깥 상황은?"

용백빙이 때마침 달려들어 온 뇌운당 무인에게 물었다. 뇌운당 무인이 빠르게 답했다.

"건룡원으로 치고 들어왔습니다."

"건룡원? 용문각이 아니고?"

"건룡원주로부터 뇌운당 출격 요청이 들어와 있습니다. 적들의 숫자는 여섯. 건룡원 무인들이 빠르게 쓰러지고 있다는 보고입니다."

"여섯? 누구누구지?"

"반역자 오기륭과 관승, 왕호저는 확인이 되었습니다. 나머지는 아직 분간이 어렵습니다."

"천문복마검과 탄쟁협사까지 들어온 모양이군. 그렇다면 남은 하나는 흑마산군인가……?"

용백빙이 고개를 갸웃거리며 중얼거렸다.

그가 원천군 쪽으로 고개를 돌리며 물었다.

"용문각을 노리지 않고 건룡원을 쳤다… 양동작전일까요?"

"그럴 가능성이 높겠지."

용백빙이 뇌운당 무인을 돌아보았다. 그가 망설임없는 어조로 명령을 더했다.

"일단 건룡원 무인들을 물리고, 뇌운당 쪽으로 끌어들여라. 뇌운당 장 당주보고 직접 나서라 전해."

"존명!!"

뇌운당 무인이 빠르게 뛰어나갔다. 용백빙이 손을 한 번 들었다. 문 쪽에 시립해 있던 무인이 용백빙의 손짓을 보고 바깥에 있는 무인을 불렀다. 날렵하게 생긴 무인 하나가 안쪽으로 들어와 몸을 숙였다.

"건룡원 침투는 미끼일 가능성이 높다. 무인들을 중앙으로 유도한 후, 용문각을 이차로 노리겠다는 의도일 것이다. 용문각을 지키는 무인들에게 전한다. 건룡원 쪽이 소란스럽다고 하여 이동할 생각 하지 말고 현재 위치를 고수하라고 일러라!"

"존명!!"

무인이 문밖으로 사라졌다. 용백빙이 다시 원천군에게 물었다.

"오기룡은 구룡당으로 오겠지요?"

"멍청한 놈이니까."

원천군의 대답에 용백빙이 고개를 끄덕이고는 다른 무인을 불렀다. 그가 들어온 무인에게 명했다.

"귀객 어르신을 구룡당으로 모셔라."

"존명!!"

무인들은 다른 말을 할 줄 모르는 것처럼 충실히 용백빙의 명령에 따랐다. 용백빙이 자리에서 일어났다. 원천군이 앞장서며 말했다.

"목숨을 버리러 온다는데, 최후는 지켜봐 줘야겠지. 구룡당으로 가자꾸나."

"예, 사부님."

사부와 제자가 자리를 떴다. 문 안쪽에 시립해 있던 무인들과 바깥에 서 있던 무인들 모두가 그 두 사람을 따랐다.

용백빙이 한 가지 더 생각났다는 듯 한쪽 눈썹을 치켜올리며 옆에 있는 무인을 향해 말했다.

"아, 아버지를 잊었군. 암룡관에 가서 말씀드리거라. 구룡당으로 오기룡이 오고 있다고."

무인이 뒤쪽으로 돌아나갔다.

앞장서 걷던 원천군이 툭 던지듯 말했다.

"안 올 것이다. 용군악은."

"또 모르는 일이지요."

용백빙이 대답했다. 속내를 알 수 없는 표정이 그의 얼굴에 떠올라 있었다.

뇌운당 무인들은 진한 회색 바탕에 번개구름 문양을 새긴 무복을 입고 있었다. 오기룡에겐 그 옷마저도 슬픈 추억이었다. 무늬가 유치하다며 형님과 함께 고민하다가 색깔을 단조롭게 처리하기로 했었던 기억이 있는 것이다. 결국 형님은 그 뇌운당 번개무늬를 피로 적시며 세상을 떴다. 죽을 때 입고 있었던 옷도 저 옷이었으며, 형님을 죽인 자들이 입고 있었던 옷도 저 옷이었다.

"상당한걸……!"

뇌운당 무인들은 강했다. 확실히 중원무림은 수준이 다르다는 느낌이다. 가장 약한 놈도 오원 땅에서 만난 지각군 이상이다. 삼백 무인들 하나하나가 내공을 제대로 익히고 있었다.

"무조건 전진이다!"

하지만 걱정없다.

수준이 다르긴 이쪽도 마찬가지이기 때문이다.

오기륭, 관승, 왕호저.

모두 다 강자들이다. 헌원력이란 자도 확 눈에 띄진 않지만, 어떤 공격에도 문제없이 완벽하게 대응하고 있다. 실력을 감추고 싸운다는 느낌이었다.

군이 비교를 하자면, 회한평에서의 싸움과 비슷한 양상이라 할 것이다. 관승의 청룡언월도는 적들의 사정을 봐주지 않았다. 핏물이 터지고 내장이 쏟아져도, 관승의 붉은 얼굴엔 그 어떤 망설임도 없다. 왕호저도 마찬가지다. 적들의 생명을 빼앗는 데 주저함이 없으니, 뇌운당 무인들도 사기가 꺾일 수밖에 없었다.

"장폐안이 온다!"

오기륭이 소리쳤다. 왕호저가 불끈 팔을 걷고 앞으로 뛰어나갔다. 왕호저는 이 년 전 싸움에서 뇌운당주 장폐안에게 빚을 진 적이 있다. 좌충우돌 국지전을 벌이던 시절에 뇌운당 무인들로부터 기습을 당하여 세 군데나 깊은 도상(刀傷)을 입었던 것이다. 득히나 왼팔 하박의 근육을 크게 다쳐 왼손을 못 쓸 뻔했을 정도다. 왼손을 완전히 쓸 수 있도록 완치되기까지만 일 년 가까이 걸렸다. 그 상처를 입혔던 것이 바로 저 장폐안이다. 왕호저보다는 작지만 꽤 큰 덩치에 커다란 중병대도를 들고 있었다.

"으하하하! 왕호저냐!"

"승부를 내자!"

왕호저의 창끝이 포효호심창의 강력한 힘을 담았다. 전쟁터 병사들의 난전 중에 장수들의 일기토가 벌어진 것처럼 뇌운당 무인들 사이에 이 장 너비의 공터가 생겼다. 두 거구의 충돌이 꽝꽝거리는 충격파를 흩뿌렸다. 뇌운당 전각 바로 앞의 계단이 왕호저의 창격에 움푹 부서졌다. 돌난간이 박살나고, 청석 바닥이 으깨진다. 폭만 한 자에 달하는 대도가 뇌운당 처마 밑에서 중천의 태양 빛을 받아 번쩍이는 도광을 자랑했다.

두 거한의 싸움을 지나쳐 뇌운당 무인들을 돌파했다. 구룡당으로 들어가는 문이 저 앞에 있었다.

"여긴 이 관승이 맡겠소, 형님!"

관승은 구룡당 대문을 부수지 않았다. 문 앞에 몰려 있는 무인들을 흩어내고, 그 앞에 버텨 섰다.

"먼저 간다!"

"금방 따라가겠소!"

관승은 금방이라 말했지만, 그렇게 빨리 뒤따라오진 못할 것이다. 뇌운당 무인들은 이백이 넘었다. 여기까지 쭉 돌파해 오면서 수십 명을 쓰러뜨렸지만, 아직도 무지막지하게 많다. 오기룡이 먼저 문안으로 들어갔다. 헌원력과 태자후가 뒤를 따르고 마지막으로 단운룡이 관승의 옆을 지나쳤다.

"부탁해."

"부탁할 건 내 쪽이다. 형님을 지켜줘라."

대춧빛 붉은 얼굴, 여인의 머리칼마냥 길게 기른 미염(美髥)으로 형님 소리하는 것을 듣고 있자니, 역시나 어색한 기분이 먼저 든다. 천 년 전 이곳 촉국대지의 왕이었던 유현덕도 관운장을 앞에 두고 있으려면 형님 소리를 듣기가 어색하지 않았을까 하는 생각이 들었다.

꿍!

구룡당 안으로 네 남자를 들여보내고, 관숭이 대문을 닫았다. 들어가지 못하게 막겠다는 의지의 표현이다. 뇌운당 무인들은 경신술을 익힌 무공 달인들, 정말 구룡당 안으로 들어가고자 한다면 담벼락을 타 넘으면 그만이다. 하지만 이와 같은 난전에서는 주목 효과라는 것이 있는 법이다. 문이 닫힌 건 심리적으로나 실제적으로나 막혀 버린 길이라는 느낌을 주게 되어 있다. 당장 눈에 보이는 관숭을 쓰러뜨리는 것이 먼저다. 담벼락을 넘어서까지 구룡당 안으로 쫓아 들어가려는 뇌운당 무인들은 아무도 없었다.

짝짝짝짝.

오기륭을 비롯한 네 사람은 구룡당 건물 바로 앞의 널찍한 광장에서 한줄기 박수 소리를 들었다.

정오를 향해 달려가는 해가 눈이 부셨다.

높고도 푸른 하늘 밑에서, 구룡당 건물 앞으로 걸어나오는 젊은이가 있었다.

박수를 치고 있는 이도 그다. 현 구룡보주 용백빙이었다.

"예상보다 빨리 오셨군요."

용백빙이 서 있는 곳은 건물 한 층 높이의 계단 꼭대기였다. 구룡당 전각의 위용은 대단했다. 오층이나 되는 탑 형태의 전각이다. 반듯하게 깎아낸 바윗돌이 한 층 높이로 정교하게 쌓아져 구룡당 밑을 받치고 있다. 지반부터 높게 올려 중앙 건물의 권

위를 드높이 세우고자 한 것이다. 보주의 위(威)는 언제나 하늘
을 찔러야 한다면서 오기륭의 아버지가 강력히 밀어붙인 결과
물이었다.

"어린애하곤 관계없다. 원천군은 어디 있느냐."

오기륭이 큰소리로 물었다. 용백빙은 애 취급을 하는 오기륭
을 보면서도 전혀 화내는 기색이 없었다.

"위에서 기다리고 계십니다."

여유로운 대답에 오기륭의 눈썹이 꿈틀 치켜올라 갔다. 용백
빙이 위라고 말한 곳이 어디인 줄 알기 때문이었다.

저벅, 저벅.

오기륭은 곧바로 계단을 올랐다. 나머지 삼 인도 계단을 밟았
다. 용백빙이 씨익 미소를 지으며 말했다.

"서두르지들 마시지요."

처처처처척.

용백빙의 양옆에서 용무늬 전포를 입은 아홉 명의 무인이 나
타나 섰다. 구룡당의 마지막 보루로 알려진 구룡무사였다. 개개
인이 상당한 기파를 드러내는 게 서너 명만 나와도 구파 장로
하나쯤은 상대할 수 있을 것 같았다.

"아저씨."

"어?"

"원수, 빨리 보고 싶지?"

"물론이다."

"자후! 올려줘."

"알겠십니더!"

태자후가 흥이 난 듯 어디 방언인지도 모를 이상한 말투로 대답하고는 비룡번을 들어 올렸다. 흥! 하고 한 바퀴 휘돈 깃대 끝이 오기룡의 발치로 내려앉았다. 태자후가 호탕한 목소리로 소리쳤다.

"올라오십쇼!"

오기룡은 사양치 않고 깃대 끝에 올라섰다. 워낙에 굵은 깃대라 단단한 땅 위에 선 것처럼 균형을 잡을 필요조차 없었다.

"으엇차!"

태자후가 깃대를 위쪽으로 힘있게 쳐올렸다. 오기룡의 몸이 하늘 위로 솟구쳤다. 이층, 삼층, 사층, 태양을 등진 오기룡의 그림자가 각층 처마로 만들어진 기왓장을 휙휙 세로로 가르며 끝까지 올라간다.

텅!

사층 위에 올린 기왓장 위에 오기룡의 몸이 내려섰다. 꼭대기 오층, 하늘로 난 난간이 오기룡의 두 눈을 가로질러 비쳐들었다.

그 난간 가운데.

푸르스름한 얼굴이 보였다.

오기룡의 눈에서 불꽃이 튀었다. 모든 것의 원흉, 한빙요선 원천군이 거기에 있었다.

"요령이 늘었군! 한 층 한 층 어렵게 올라올 줄 알았더니."

청면(靑面)의 원천군은 두 눈에 순수한 감탄을 품고 있었다. 오기룡의 입에서 이 갈리는 목소리가 흘러나왔다.

"한빙요선, 네 이놈……!"

"오랜만에 만난 것치고는 참으로 진부한 첫마디로고. 어서 올라오게. 중요한 건 전부 다 남의 손에 맡겨놓은 입장이라 양손이 심심하던 차였지. 여흥으로는 아주 그만이겠어."

원천군이 휙하고 등을 돌렸다. 뒷짐을 지고 안쪽으로 들어간다. 오기룡이 기왓장을 박차고 뛰어올랐다. 첫 일격은 언제나 뽑혀 나오는 전가의 보도, 발도각이 바람을 갈랐다.

쐐애액! 위잉!

원천군이 허리를 비틀며 오른손으로 일장을 치켜올렸다. 오기룡의 안색이 변했다. 급하게 발도각을 회수하며 공중에서 방향을 꺾고 바닥 위에 내려앉았다. 십수 년 만에 발에 닿는 목판 바닥에는 거대한 용 문양이 음각으로 정교하게 새겨져 있었다.

"항상 미련하게 달려들더니, 어쩐 일인가? 내 손을 일격이라도 허용하면 안 된다는 걸 어디서 듣기는 들은 모양이구나!"

원천군이 물러나며 말했다.

오기룡과의 일전을 무슨 유희 정도로 생각하는 것 같았다. 가면 같은 푸른 얼굴에 떠오른 미소가 괴기스럽게 느껴졌다.

"사람을 얕보는 요선의 언행은 역시 변하지 않았다. 그 세 치 혓바닥에 목숨을 잃은 원혼들이 몇인지 아는가!"

"아아, 진부하기 짝이 없도다. 오랜만에 이곳의 전경을 보면서도 어찌하여 그러한 뻔한 말밖에 토해내지 못하는 것일까. 오가의 빈약한 상상력이란 예나 지금이나 똑같도다!"

원천군이 탁 트인 난간 바깥을 가리키며 안타깝다는 듯 말했다.

구룡보의 장대한 풍경이 한눈에 보이는 곳.

이곳 구룡당 오층이 바로 중요한 손님을 받는 지객청이다. 남향 벽 한 면을 통째로 없애고 바깥 전경을 볼 수 있게 만들었다. 찾아온 손님들이 구룡보의 멋진 전경을 보고서 감탄하도록 하기 위한 의도적인 설계였다.

"나는 원천군 네놈과 이런 농지거리를 할 마음이 추호도 없다."

"너와 내가 처음 만난 것도 이곳이었다. 내가 너의 목숨을 가져가는 곳도 이곳일 터이니, 이만한 인연도 없을 것이다."

"누가 누구 목숨을 가져가는가는 두고 봐야 알 텐데."

"두고 볼 것도 없음이로다."

원천군이 손목을 한 번 털었다. 뒤집는 그의 손엔 푸른색 부적 한 장이 들려 있었다. 그가 오기룡을 바라보며 말을 이었다.

"너는 나와 직접 마주친 적이 많지 않다. 내가 왜 한빙요선이라 불리는지 그 진정한 이유는 알지 못하겠지? 바로 이것 때문이다!"

원천군의 손에서 부적이 날았다.

무슨 술수인지 정체를 모르면 일단은 피하는 것이 상책이다. 한데, 막상 몸을 피하려고 보니 날아오는 방향이 달랐다. 오기룡이 있는 곳 한참 앞에서 뚝 떨어진다. 푸른 부적이 목판 바닥에 빗나간 암기마냥 콱! 하고 틀어박혔다.

웅, 웅, 웅!

기이한 일이 벌어진 것은 바로 그때부터였다.

오기룡이 서 있는 자리 주변에서 괴상한 음성이 울려 나왔다. 원천군의 푸른 부적에 그려진 것과 비슷한 문양들이 목판 바닥 곳곳에서 떠오르듯 나타났다.

"오설입지(俉雪入地) 개팔한음원신지래(開八寒陰元神之來) 급급여율령(急急如律令), 훔!"

원천군의 입에서 진언주문이 무서운 속도로 흘러나왔다. 무슨 말인지조차 아예 알아들을 수 없을 정도로 빨랐다. 무슨 말인지 분간할 수 있었던 것은 주문을 끝낸 후 내뱉은 마지막 한마디뿐이었다.

"얼어붙어라!"

"……!!"

공중으로 뛰어오른 것은 그야말로 본능에 의한 것이었다. 그가 서 있던 자리에서 쫘자자자작! 하는 소리가 터져 나왔다. 아래를 내려다보지 않고도 그대로 떨어지면 안 된다는 것을 알았다. 위쪽으로 손을 뻗어 천장 대들보를 잡고 몸 전체를 휘돌려 원천군을 향해 몸을 날렸다.

텅!

발도각이 땅바닥에 박혀들었다. 원천군이 뒤로 훌쩍 물러났다. 그가 웃으며 말했다.

"판단력은 쓸 만하구나."

오기륭이 슬쩍 뒤쪽을 돌아보았다. 목판 바닥이 하얗게 얼어붙어 있었다. 기사(奇事)였다. 탁 트인 하늘로부터 불어오는 바람에 겨울바람 같은 한기(寒氣)가 훅 끼쳐들었다.

"괴상한 요술을……!"

"요술이라니! 쯧쯔쯔. 책 한 줄 읽어보지 않은 겐가? 이것이 바로 봉신전설(封神傳說)의 한빙진(寒氷陣)이다."

요선(曜仙)이 아니라 요선(妖仙)이라 했던가.

이제 보니 얼굴도 하나 변하지 않았다. 십 년이 넘는 세월 동안 주름 하나 새롭게 생기지 않은 것 같다. 그런 놈이다. 이런 괴이한 사술을 하나쯤 감추고 있을 줄 알았다.

"봉신전설? 별로 놀랍지도 않다."

"발 한 번 잘못 밟으면 얼어붙을 줄 알아라."

"네놈 발 붙은 곳까지 얼려 버리진 않겠지!"

오기륭이 원천군에게로 달려들었다.

발끝을 멀리 후려치는 대신, 슬격과 하퇴각을 중점적으로 활용했다. 근접전, 그것도 초근접전이다. 부적을 날릴 틈도, 주문을 외울 틈도 주지 않았다. 순식간에 십여 합을 교환했다. 원천군이 손바닥으로 오기륭의 가슴을 밀어 쳤다. 허리를 꺾으며 어렵사리 피해낸다. 한빙장을 쓴다더니, 손바닥에서 흘러나오는 한기가 주변의 공기마저 차갑게 식혀 버리고 있었다.

"합!"

파아앙!

빈 허공을 쳤는데도 흩어지는 충격파가 대단했다. 호흡을 가다듬기 위해 거리를 벌렸다. 거리를 주지 않으려 했지만, 어쩔 수가 없었다. 주변 공기를 채운 한기가 폐장까지 침투하고 있었기 때문이었다.

"급급여율령!"

아니나 다를까.

원천군은 여유가 생기자마자 곧바로 주문부터 음송했다. 손목을 털자 양손에 네 장의 부적이 잡혀들었다.

파파파팟!

오기륭을 가둬 버릴 듯 가운데에 두고, 네 방향으로 날아가 목판 바닥에 붙었다. 오기륭이 이를 악물고 뛰어올랐다.

쐐액!

부적 두 장이 더 날았다. 바닥에선 아무 소리도 들려오지 않았다.

'제길!!'

대들보를 잡았다. 위쪽으로 날아온 부적 두 장이 대들보에 달라붙었다. 쫘자자작! 하는 소리가 대들보를 갈랐다. 첫 번째 부적들은 함정이었다. 시간차를 통한 양동 공격이 이어지고 있었다. 오기륭은 아래쪽으로 뛰어내릴 수밖에 없었다. 아래쪽에서는 새로운 한빙진이 그를 기다리는 중이었다.

"큭!!"

오기륭은 발부터 땅으로 떨어지지 않았다. 닿는 순간 몸을 꺾어, 손으로 땅을 쳤다. 얼어붙는 한기는 그 짧은 순간을 놓치지 않았다. 쫘자작! 하는 소리가 그의 손가락을 타고 올랐다.

본능적으로 뛰어올랐던 것처럼 온몸의 내공을 손가락으로 밀어 넣었다. 뼛속까지 침투하던 한기가 그의 내공에 막혀 밖으로 물러났다. 퍼진 채 굳어진 손가락은 힘을 더해도 좀처럼 굽혀지지 않았다.

"아깝군. 그 손부터 가져갈 수 있었는데."

"어림없는 소리!"

대꾸는 그렇게 했지만, 내심 난감함을 감출 수 없었다. 한빙요선은 의외로 근접전에 강했다. 초식과 투로가 감당하지 못할 정도로 뛰어난 것은 아니었지만, 마령한빙장(魔靈寒氷掌)이라는 절기의 존재가 결정적인 공격을 매번 차단하고 있었다.

'방법이 없는 건가……!'

한빙장을 허용하면 죽는다. 그것이 한빙요선에 대한 통설이다. 몸속을 파고드는 음한진기가 너무도 강력하기 때문에 일격이라도 허용하면 내공의 절반 이상이 봉쇄당한다는 소문이었다. 과장이 섞여 있을 거라 생각은 하지만, 그렇다고 시험 삼아 맞아볼 수도 없는 일이었다.

쐐액! 쫘앙!

오기륭은 그답지 않은 조심성을 보였다. 원천군만 상대한다고 끝나는 것이 아닌 까닭이다. 원수는 그 하나만이 아니었다. 그에겐 전대 구룡보주 용군악과도 해결해야 할 원한이 있었다. 손해를 입지 않고 이겨야만 하는 것이다.

문제는 오기륭의 공격이 좀처럼 통하지 않는다는 사실이었다. 몇십 합을 주고받는 동안에도 직격으로 들어간 공격은 전무했다. 원천군의 회피는 놀랍도록 뛰어났다. 단파각, 발도각, 승천각, 하나도 맞지 않았다. 구룡보 무공에 익숙한 자이기 때문이다. 싸움이 길어지는 것은 당연지사였다. 서로가 서로에게 상처를 입히지 못하니, 승부를 내는 것에도 기약이 없다. 지리한 공방전이 이어졌다.

쾅!

두 사람의 신형이 거리를 두고 떨어져 나왔다. 한껏 긴장한 오기륭이 원천군의 손놀림을 보았다. 부적들, 한빙진을 경계함이었다. 하지만 원천군은 부적을 꺼내 들지 않았다.

방해꾼이 나타난 까닭이었다.

그가 한 발 더 물러서더니 뒤쪽을 향해 물었다.

"어쩐 일인가."

싸움에 집중하는 사이에 나타난 무인 하나가 있었다. 오층 지객청 문 앞에 있는 무인은 표정이 몹시도 다급해 보였다.

"요선이시여, 적들의 힘이 예상외로 강합니다."

"예상외로 강하다? 어느 정도이기에?"

"구룡 중 네 명이 쓰러졌습니다. 보주께서 위로 올라오시다가 바로 아래층에서 발이 묶이셨습니다."

"사층까지 올라오다가 발이 묶여? 귀객이 오지 않은 겐가?"

"그, 그것이 상문귀객 어르신께서는… 그 아래층에서 고전을 면치 못하고 계시기에…….."

"무엇이?"

언제나 여유롭던 원천군의 얼굴이 처음으로 굳어졌다.

"번술을 쓰는 고수가 있습니다. 상문귀객 어르신의 병기가 단병(短兵)이라… 좀처럼…….."

무인은 보고를 하면서도 어쩔 줄을 몰라 했다. 원천군이 아예 오기룡에게서 시선을 떼고 무인 쪽으로 고개를 돌렸다. 그의 입에서 의문에 찬 음성이 흘러나왔다.

"번술? 천문복마검과 탄쟁협사 아니었나?"

기회를 틈타 호흡을 가다듬던 오기룡의 입가에 회심의 미소가 깃들었다.

"생각처럼 안 돌아가지?"

원천군이 오기룡에게로 다시 고개를 돌렸다.

"네놈… 누굴 데려온 거냐?"

“말해줘도 모를 거다.”

오기룡이 팔꿈치를 휘돌리며 몸을 풀었다. 접근전의 한기(寒氣)에서 벗어나기 위해 몸을 데우는 것이다. 그런 오기룡을 바라보는 원천군의 눈에 짙은 살기가 떠올랐다.

“고작 그 정도로 승기라도 잡은 것 같나?”

“지금 네놈도 들었잖느냐. 내 친구들은 강하지. 곧 여기까지 올라올 거다.”

“그래 봤자 결과는 달라지지 않는다.”

원천군이 뒤에 선 무인을 돌아보았다. 그가 무인에게 명했다.

“모든 무인에게 전하라. 최대한 시간을 끌라고. 한 놈도 이 위로 올라오지 못하게 하라. 시간이 모든 적을 물리쳐 줄 것이다!”

“존명!”

무인이 재빠르게 몸을 날렸다.

원천군의 눈이 다시금 오기룡에게로 향했다. 오기룡은 전투 재개 준비완료다. 땅을 박차기에 직전, 오기룡이 말했다.

“시간이 해결해 줄 거라니. 아미, 청성이라도 기다리는 것인가? 하지만 그들은 못 와. 기다려도 소용없어.”

딱히 심리전으로 한 말은 아니었다.

원천군의 마음을 자극하기 위해서라기보다는 오기룡 본인의 자신감을 확인하기 위한 거였다. 하지만 원천군의 반응은 오기룡의 기대보다 훨씬 더 극적이었다. 두 눈이 크게 뜨이고, 눈동자에 번뜩이는 기광이 스친다.

“그들이 못 오는 걸 어떻게 알았지?”

"큰 비밀이라도 될 줄 알았나?"

반문으로 대꾸한 후, 오기륭은 순간, 원천군의 질문이 다소 이상하다는 사실을 깨닫는다.

원천군의 표정은 놀라움으로 가득했다.

그는 물었다. 청성, 아미, 당문이 '못 오는 걸' 어떻게 알았냐고 했다. 그 말인즉슨, 그들이 못 온다는 것을 원천군도 알고 있었다는 말이 된다.

머릿속이 갑자기 복잡해졌다.

아미파, 청성파, 당문.

셋을 막기 위해 무인들을 보낸 것은 오기륭 측이다. 그들이 제 역할을 해준다면, 세 문파는 이곳에 당도하지 못한다. 오기륭이 못 올 거라 장담한 것은 바로 그래서다.

하지만 원천군은 장담한 오기륭에게 왜 못 오느냐를 물은 게 아니라, 못 오는 걸 어떻게 알았느냐라고 물었다. 질문의 앞뒤가 맞지 않았다. 결국, 원천군의 질문에는 아미, 청성, 당문이 못 오기로 예정되어 있었음이 전제조건으로 깔려 있는 것이다. 오기륭 측이 무인들을 보내서 막지 않았어도, 애초에 이곳에 당도하지 못할 것이었음을 의미했다.

'음모가 있는 것이다.'

선찬이 있었다면 이것만 가지고도 단숨에 내막을 알아낼 수 있었을 것이다. 하지만 오기륭은 뭔가 음모가 있다는 것, 그 이상까지는 알지 못했다. 그가 이 상황에서 한 가지 아는 것이 있다면, 더 이상 아무것도 드러내지 말아야 한다는 사실이었다. 뭐가 되었든 원천군 제멋대로 생각하게 놔두어야 한다. 자신의 머리가 복잡해진 것처럼, 원천군의 머리도 핑핑 돌아가고 있음이 틀림없었다.

'기회다……!'

오기룡은 머리가 아닌 몸으로 승부하는 자다. 무인으로서의 승부사적 기질이 그에게 이것이 놓칠 수 없는 기회임을 알려주고 있었다.

원천군은 모사형(謀士形) 인간. 의외의 변수가 끼어들어 계산이 틀어지는 것을 용납하지 못한다. 오기룡의 말 한마디에 오만 가지 생각을 다하고 있을 지금, 이때가 오기룡이 나서야 할 승부처였다.

"오가의 혈육 따위가 어찌 내 계획을……!"

"네놈들 계략은 예전에 이미 끝났어."

오기룡의 마지막 말은 도박판에서의 즉흥적인 허풍과도 같았다. 그러나 원천군이 받은 충격은 그 어떤 것에도 비할 수 없을 만큼 컸다.

오기룡이 땅을 박차고 원천군에게 짓쳐들었다. 원천군의 손속이 순식간에 어지러워졌다.

"큭!"

원천군은 필사적으로 거리를 두려고 했다. 한빙장을 미친 듯 휘두르며 오기룡에게서 물러났다. 전후사정을 반드시 알아야겠다는 듯 원천군이 소리쳤다.

"말하라! 말살 계획에 대해 어디서 들은 것이냐!"

자기 꾀에 자신이 넘어간 격이었다.

오기룡은 아예 귀를 닫아버렸다.

　말살 계획이라는 거창한 말이 그의 신경을 자극했지만, 결코 거기에 넘어갈 수는 없었다.

　언쟁을 벌여서 지략 대결을 펼치면 오기륭의 필패였다. 머리 쓰는 자에겐 머리로 상대하면 안 된다. 내가 잘하는 것으로 밀어붙일 때, 그곳에 승리가 있는 법이다. 이 순간엔 몰아치는 것이 정답이었다.

　쐐액! 파팡! 빠악!

　마침내, 일격이 들어간다. 어깨를 얻어맞은 원천군의 신형이 휘청, 기울어졌다. 원천군은 일격을 당하고서야 정신이 번쩍 난 듯 만면에 가득 찼던 혼란이 일순간에 사그러들었다.

　하지만 뒤집기엔 너무 늦었다.

　오기륭은 노련한 무인이었다. 휘어 들어가는 발끝이 원천군의 옆구리를 파고들었다. 퍼억! 하는 충격음이 원천군의 내부를 있는 대로 뒤흔들었다.

　“크억!”

　원천군의 몸이 일 장이나 밀려 나갔다. 오기륭은 승리를 확인하는 한마디 말도, 내력을 가다듬는 한줄기 호흡도, 모두 다 아꼈다. 밀려 나가는 원천군의 몸을 그대로 따라붙으며 발도각의 일격을 상대의 머리에 꽂아 넣었다.

　생명이 경각에 달린 순간.

　원천군이 마지막 발악처럼, 최후의 반격을 시도한다. 회피를 포기한 채 짓쳐드는 오기륭의 오른발을 향해 한빙장을 올려친 것이다.

　‘피할 수밖에 없을 것이다!’

내가 이기냐, 네가 이기냐.

올라가는 한빙장의 타점을 계산한 원천군은 순간의 도박에서 자신의 승리를 확신한다. 오기륭은 발을 뺄 수밖에 없다. 그대로 뻗어낼 리가 없다고 생각한 것이다.

찰나의 기로였다.

오기륭은 결정했다.

터엉!

발목이 위로 밀려 올라갔다. 한빙장의 진기가 침투해 오는 것을 짧은 순간에도 생생히 느낄 수가 있었다.

한빙장에 오른발을 맡겼다. 뒤에 있던 왼발이 바람을 찢어발겼다. 모든 내력을 왼발에 실었다. 족도 참격, 섬각(閃脚)의 비기가 원천군의 상체를 사선으로 가르고 올라갔다.

촤아아아아아악!

꽁, 꽁.

원천군의 발이 묵직하게 땅을 밟았다. 뒷걸음질치는 소리였다.

그가 자신의 가슴 아래를 내려다보았다.

왼쪽 어깨에서 아랫배까지.

처참하게 찢겨진 피부와 근육이 보였다.

울컥, 울컥.

뿜어지는 핏물이 진짜 같지 않았다. 뭉클하고 허연 것들이 근육 사이로 솟아 나왔다. 내장이었다.

"왜, 왜… 내 계산이……."

땅에 내려선 오기륭은 왼발에 집중했던 내력을 다시 오른발로 되돌리는 데 모든 정신을 집중하고 있었다.

원천군은 지금 이 상황을 믿지 못하는 것 같았다.

혼란과 불신만이 그의 얼굴에 가득했다.

"이 내가……."

오기륭이 가슴을 펴고 원천군을 바라보았다. 오른발 기혈의 흐름이 심상치 않았지만, 어찌어찌 쓸 수는 있을 것 같았다.

"네놈 따위에게……."

"당연한 대가다. 그게 머리로 가늠할 수 없는 세상의 이치다."

오기륭이 원천군을 향해 말했다.

원천군의 배에서 내장이 흘러내려 와 툭 하고, 땅바닥에 닿았다.

"상처를, 상처를 막아야 돼."

원천군은 반쯤 정신이 나간 것 같았다. 그토록 교활해 보였던 눈빛은 온데간데없고 미쳐 가는 광인(狂人)의 눈빛만이 두 눈에 가득했다.

원천군이 손바닥을 한 번 뒤집었다. 그의 손에 푸른색 부적이 잡혔다.

그가 그 부적을 자신의 상처에 붙였다. 좌자자작 하는 소리가 울렸다.

피와 살이 얼어붙고 있었다. 하지만 그것은 올바른 치료법이 되지 못했다. 흘러내렸던 내장까지 얼어붙더니, 파삭, 하고 깨져서 흩어져 버린 것이다.

'한데, 가슴 쪽 살갗이…….'

이미 저승길에 발을 들여놓은 원천군이다.

일격을 더해 끝을 내줄까 했더니, 뜬금없게도 피부색에 눈길이 갔다. 섬각에 당한 상처, 찢어진 옷가지 사이로 보이는 살갗은 얼굴과 같은 푸르스름한 색이 아니었던 것이다.

'무슨……!'

파삭, 후두둑.

얼려놓은 상처가 부서져 내리고 있었다.

원천군이 고개를 모로 꺾었다. 자기 몸이 망가지고 있다는 것을 인식하지조차 못하는 듯했다. 두 눈을 이리저리 희번덕거리는 게 정말로 한순간에 미쳐 버린 모습이었다.

"나……! 나는……!"

그러던 그가 갑작스레 손을 들어 자신의 턱을 잡아 뜯기 시작했다.

오기륭의 눈이 휘둥그렇게 변했다. 기괴하기 짝이 없는 광경이었다. 원천군의 얼굴이 통째로 뜯어지고 있었다. 푸르스름한 피부가 벗겨진다. 오기륭은 이내 그것이 인피면구(人皮面具)와 같은 얇은 가면이란 사실을 깨달았다.

'그래서……!'

십수 년이 지났어도 얼굴이 변하지 않은 이유를 이제야 알았다.

가면을 벗어낸 얼굴에는 주름과 검버섯이 가득했다. 백 살 노인이라 해도 믿을 만한 얼굴이었다. 원천군, 정확히는 봉신전설 십천군 중, 원천군의 가면을 쓰고 있었던 노인이 손을 들어 자신의 왼쪽 가슴을 가리켰다.

“나는… 붉은 심장의… 그러나 또한 나의 진정한 모습을 발견한…….”

희번덕거리던 눈이 한순간 멎었다.

죽음에 이르러 무너지는 정신.

남은 것은 중얼거리며 흘러나오는 진언주문뿐이었다.

원천군이 두 발을 질질 끌고, 세 걸음을 걸어갔다. 멈춰 선 그의 입에서 주문의 마지막 마디가 내뱉어졌다.

“급급여율령.”

휘이이이, 좌자자자자자작!

정신붕괴의 끝은 자멸이다.

그 스스로 한빙진을 발동하고, 그 가운데에 섰다.

하늘하늘 얇았던 가면이 제멋대로 구겨진 채 다시는 그 누구의 얼굴에도 달라붙지 못할 만큼 딱딱하게 굳어졌다.

하얀 서리가 벌려진 입에서 새어 나온다.

원수의 최후는 그처럼, 오기륭이 상상조차 못했던 괴이한 기사(奇事)로 마무리되고 있었다.

게다가 오기륭이 직면해야 했던 놀라움은 그것으로 끝이 아니었다.

“야 하하하. 너 대단하구나!”

한줄기 웃음소리가 난데없이 사위를 울렸다.

오기륭이 획, 하고 고개를 돌렸다. 하지만 목소리가 들려온 곳에는 아무도 보이지 않았다.

“너랑도 놀아보고 싶지만, 아래층 구경이 더 재밌을 거 같아서 이만 내려가야겠다. 너도 내려가야지! 이러다가 다 끝나 버리겠어!"

목소리가 들려오는 방향이 이곳저곳으로 변하고 있었다.

이토록 가깝게 목소리가 들리는데도 모습조차 보지 못했다. 오싹한 기분이 등줄기를 타고 올랐다.

'무시무시한 고수……!'

시간을 끌자고 말했던 원천군의 명령이 머리를 스쳤다.

그 명령의 진의가 무엇인지 이제야 알았다.

원천군은 아미파나 청성파를 기다렸던 것이 아니다. 어차피 아미파나 청성파는 관도에서 막지 않았더라도 내일 도착한다.

그가 기다린 것은 그들이 아니라, 지금 사라진 목소리의 주인 이다.

오기룡이 텅! 하고 땅을 박찼다. 그 강력한 진각의 흔들림에 얼어붙었던 원천군의 전신이 와작! 하고 무너져 내렸다.

오기룡은 뒤를 돌아보지 않았다. 지객청 문밖으로 나가 하나 도 변하지 않은 계단을 날 듯이 뛰어내려 갔다.

구룡당 사층. 한 층 전체가 방주의 집무실이다.

안에서 무공 수련을 해도 될 정도로 넓은 집무실이었다. 남벽 에 붙은 구룡방주 태사의를 앞에 두고 두 쌍의 격전이 벌어지고 있었다.

싸움은 양쪽 다 일방적이었다.

번쩍번쩍 뇌전을 두른 단운룡이 구룡보주 용백빙을 압도하고 있었고, 황금비룡번 번술을 휘두르는 태자후가 상문귀객 상춘 을 몰아치는 중이었다.

꽈앙!

“크악!”

단운룡과 용백빙의 싸움은 사실, 격전이라 부르기에도 어려운 수준이었다.

용백빙이 비명을 내지르며 뒤쪽으로 물러나는 것이 보였다.

애초부터 단운룡의 상대가 아니다.

한빙장의 한기는 단운룡의 뇌전 앞에서 쇳물 녹인 용광로에 물 한 잔 붓는 것만큼도 되지 않았다.

빠악!

단운룡의 발이 용백빙의 어깨를 때렸다. 용백빙의 몸이 땅바닥을 굴렀다. 탈구라도 된 듯 몸을 일으킨 용백빙의 어깨가 축하고 늘어졌다. 맞은 부위의 옷이 타 들어가고 있었다.

‘저건……’

그 모습을 보고 있는 오기룡의 눈은 그 어느 때보다 크게 뜨여 있었다.

잘못 본 게 아니었다.

용백빙을 나뒹굴게 한 그 각법은 오기룡이 평생토록 연마해 온 각법, 발도각이었다.

단운룡의 발이 또 한 번 움직였다. 짧게 끊어치는 발등이 용백빙의 허리를 스쳤다. 용백빙이 혼비백산하여 뒤로 물러났다.

‘단파각!’

고맙다는 생각이 먼저 머리를 스쳤다.

단운룡이 이곳에서 구룡보주 용백빙을 맞아 발도각과 단파각을 펼치는 것은 달리 펼칠 무공이 없어서가 아니다. 오기룡과 동료임을 보여주기 위한, 다분히 의도적인 선택이라 할 것이었다.

"이겼어?"

단운룡이 용백빙을 멀찍이 밀어두고 오기륭에게 고개를 돌리며 물었다. 오기륭이 힘있게 고개를 끄덕였다.

"그래."

"그럴 줄 알았어."

단운룡은 조금도 놀라지 않았다. 당연히 이기고 내려올 것이라 믿었고 그대로 되었다. 충격을 받은 것은 용백빙이었다. 용백빙은 오기륭을 불신의 눈빛으로 쳐다보고 있었다. 그가 이 자리에 있는 것 자체가 믿어지지 않는다는 표정이었다.

"사, 사부님은……!?"

"죽었다."

오기륭이 툭 던지듯 짧게 답했다. 용백빙의 하얀 얼굴이 더 창백하게 질렸다.

"거, 거짓말 마라……!"

오기륭은 대꾸하지 않았다. 용백빙 쪽을 쳐다보지도 않았다. 그가 단운룡을 보며 빠른 어조로 말했다.

"운룡, 고수가 하나 더 있다."

"고수?"

"싸움을 구경하겠다며 여기로 내려온다 말했다. 엄청난 놈이었다."

단운룡이 눈썹을 치켜올렸다.

진짜냐고 묻는 표정이다. 다른 기척을 전혀 느끼지 못했기 때문이었다.

"일단 조심해라. 모르긴 몰라도 곧 나타날 거다."

오기륭이 경고했다.

단운룡이 고개를 끄덕였다. 이 상황에서 허튼소리를 하지는 않을 것이다. 감각을 더 열고 뇌신진기에 힘을 더했다. 단운룡이 오기륭에게 한 번 더 물었다.

"근데… 이 구룡보주, 내가 끝내도 돼?"

오기륭이 아! 하고 짧은 경탄성을 내뱉었다.

이제 보니, 구룡보주란 말에 일부러 안 죽이고 시간을 끌면서 오기륭을 기다리고 있었던 모양이었다. 그래도 구룡보주니 오기륭 몫 아니냐는 것이다.

"상관없다. 진짜 원한은 그놈 아버지에게 있으니."

단운룡이 알겠다는 듯 앞으로 한 발 더 나섰다.

진짜 제 실력을 발휘해서 마무리를 지을 생각이었다. 하지만 용백빙 쪽에서는 그렇지도 않은 것 같았다.

제 사부가 죽었다는 말에 전의를 상실한 듯 연신 뒷걸음질을 치더니, 태자후와 일장 격전을 벌이고 있는 상문귀객 쪽으로 몸을 날렸다.

상문귀객도 몰골이 말이 아니었다.

원래부터 시체처럼 마른 몸에 해골 같은 얼굴을 지녔던 추악한 노마는, 태자후의 비룡번 경력에 휩쓸리고 얻어맞아 온몸이 엉망으로 변해 있었다. 낫처럼 생긴 괴이한 기형단도(奇形短刀)를 들고 있었는데, 그나마도 그 기형도가 아니었다면 일찌감치 쓰러져야 했을 판이었다. 기형도의 이름은 상문신도(喪門神刀), 무려 신공 도철에 비견되는 장인인 염노사가 만든 기병(奇兵)이었다. 비룡번에 상극인 단병으로 버티고 있는 것도 이 기병의 날카로움 덕분이라 할 수 있었다.

"어르신! 형세가 불리합니다!"

"나도 안다."

상문귀객의 목소리는 까마귀의 울음소리처럼 거칠고 음산했다. 입가에서는 피까지 흘러나오고 있었다. 그가 기형단도를 휘둘러 태자후의 비룡번 깃대를 물리치고 뒤쪽으로 몸을 튕겼다.

태자후는 섣불리 쫓아 들어가지 못했다.

그가 우위에 있는 것은 분명하지만, 함부로 접근을 허용할 상대는 아니었다. 상문귀객은 굉장한 고수였다. 비룡번 깃발도 성치 않아 세 군데나 찢어져 있을 정도다. 출도 이후, 깃발이 이런 식으로 손상된 것은 태자후에게 있어서도 처음 있는 경험이었다.

"일단 물러나야……!"

"시끄럽다!"

상문귀객이 용백빙에게 찢어지는 음성으로 소리를 질렀다. 자존심이 상한 기색이 역력했다. 그도 그럴 수밖에 없다. 사실 상문귀객은 수십 년 전부터 잔인하기로 이름을 날렸던 전대의 거마(巨魔)였던 까닭이다.

상문객(喪門客)이란 상문귀(喪門鬼), 본디 초상집 문을 지키고 있다가 제의가 끝난 영혼을 붙잡아서 명부로 끌고 들어간다던 저승의 사자(使者)를 일컫는 말이었다. 그런 사자의 이름이 별호로 붙었다는 것은 그만큼 죽인 자가 헤아릴 수 없이 많다는 이야기였다. 이제는 죽어 없어진 한빙요선 원천군이 마음 놓고 오기륭 일행의 진입을 허용한 것도 이 상문귀객의 무위를 믿었던 바가 컸다. 과신에서 비롯된 오판이다. 상문귀객은 천문복마검과 탄쟁협사를 동시에 상대할 수 있는 강자, 그 한 명이면 오기륭 일행 두셋쯤은 거뜬히 처리해 줄 수 있을 것으로 생각했던 바였다.

하지만 그는 결국 태자후라는 상성 나쁜 무인을 만나, 거마의 무서움을 제대로 보여주지조차 못했다. 도리어 방심하던 차에 비룡번 일격을 제대로 허용하고 심각한 수준의 내상까지 입어버렸다. 게다가 대기하고 있다던 대성 놈은 일이 이 지경이 되도록 나타나지조차 않았다. 용백빙과 같은 애송이가 재촉하지 않더라도, 물러날 때라는 것은 잘 알고 있었다.

'제어 불능, 최악의 가면이라더니!'

상문귀객은 내심 죽어버린 원천군과 나타나지 않는 대성을 탓하며 한 번 더 뒤쪽으로 몸을 날렸다. 태자후가 앞으로 나서며 간격을 유지해 왔다. 상문귀객이 살기를 품고 태자후를 노려보았다. 그러더니, 결국 뭔가 결심한 듯 두 눈에 기광을 품었다.

"할 수 없군! 이쪽으로 오라. 이 상황에선 네 말대로 퇴각이 상책이다. 내가 길을 열 터이니, 등 뒤를 맡아다오."

상문귀객이 용백빙을 향해 말했다.

애초부터 구룡보 소속이 아니었던 상문귀객이다. 오히려 구룡보주에게 명령을 내리는 입장인 것을 알 수 있었다.

용백빙이 슬금슬금 단운룡의 눈치를 보다가, 휙 하고 몸을 날려 상문귀객의 뒤로 붙었다. 그가 상문귀객의 등 뒤에서 다급한 어조로 말했다.

“어르신, 방향은 이쪽입니다.”

“그래.”

누구도 예상치 못한 일은 바로 그때 일어났다.

푸우욱!

쇠붙이가 육신을 파고드는 소리.

용백빙의 눈이 찢어질 듯 크게 뜨였다.

“어르신… 어… 째서……?”

“넌 젊지. 젊으면서 단심에 대해 너무 많이 알고 있다.”

용백빙의 허리에 기형도가 깊이 틀어박혀 있었다. 상문귀객이 기형도 손잡이를 비틀었다. 용백빙의 입에서 비명 소리가 터져 나왔다.

“크아아아악!”

“그만큼 비밀을 누설할 시간도 많다는 이야기다.”

상문귀객의 목소리는 말 그대로 귀신의 속삭임 같았다. 모두가 놀랄 만한 일이었지만, 단운룡만큼은 그리 크게 놀란 것 같지 않았다. 애초에 용백빙이 상문귀객에게 가도록 내버려 둔 것도, 뭔가 심상치 않은 낌새를 느꼈기 때문이었다. 이런 일까지 벌어질 줄은 몰랐지만 뭔 일이 벌어지나 지켜보고 싶은 마음이 컸던 것이다.

푸슉. 촤아아악.

기형도를 잡아 뽑자, 엄청난 양이 피가 쏟아져 내렸다. 무슨 수를 써도 살아날 수 없는 치명상이었다. 바닥을 적시는 선혈을 내려보며, 잘못된 길에 발을 들여놓은 비극의 기재(奇才)의 두 눈동자에 충격과 원망이 담겼다.

쉬이익!

용백빙이 이생에서 마지막으로 들은 소리였다. 용백빙의 머리가 날아가 바닥을 굴렀다. 목까지 잘라낸 일격으로, 상문귀객은 미처 보여줄 수 없었던 자신의 잔인함을 마음껏 뽐낸 것이다.

"막는 자는 이렇게 만들어주겠다."

음산하게 말하고 발을 튕겼다. 그의 신형이 창문 쪽으로 향했다.

이변은 또 있었다.

와장창!

상문귀객이 창문을 뚫기도 전에, 창문이 먼저 밖에서 안으로 폭발하듯 부서져 들어온 것이다. 상문귀객이 대경하여 상문신도 기형도를 휘둘렀다. 채앵! 하는 소리가 들렸다.

"너, 너는!!"

상문귀객은 그 순간 소리를 지를 것이 아니라, 있는 힘을 다해 뒤쪽으로 몸을 빼야 했다. 그 순간의 실수가 긴 세월 질기게 이어왔던 거마의 생사를 갈랐다.

스각!

핏물이 튀었다.

터벅터벅 물러나는 상문귀객이 자신의 목줄기를 부여잡았다. 그의 손가락 사이로 붉은 피가 뭉클뭉클 배어 나왔다.

창문을 부수고 안으로 들어온 자.

밖에서 들어오는 태양 빛이 그의 얼굴에 검은 그림자를 드리우고 있었다.

"간악한 적! 이제야 네놈들의 목숨이 사라지는구나."

탁하지만 걸걸한 목소리다.

오기륭의 눈이 크게 뜨였다. 영원히 잊지 못할 목소리였다.

저벅저벅. 창문을 넘어 들어온 그가 상문귀객 앞에 섰다. 입고 있는 옷에는 경쟁하며 승천하는 세 마리의 용이 그려져 있었다. 오른손엔 두터운 용두도 한 자루를 들었다.

"끄… 끄륵……."

상문귀객이 무릎을 꿇고 쓰러졌다. 경동맥까지 다 파헤친 도격이다. 손으로 막는다고 살 수 있는 상처가 아니었다. 이내, 꿈틀대던 상문귀객의 몸이 잠잠해졌다. 악행을 일삼던 자의 허무한 죽음이었다.

"기륭."

용두도를 든 남자가 오기륭을 바라보며 입을 열었다. 주름진 얼굴, 전쟁터에서 돌아와 은거하는 노장(老將)의 그것 같았다.

"내 이름을 그리 부르지 마시오."

"나에게 이름을 불리는 게 싫다라… 그럼, 참룡방주라 불러 줘야 되나?"

"그게 훨씬 낫겠소."

노장의 얼굴을 지닌 이.

얼굴에 깃든 것은 긴 세월의 허망함이요, 두 눈에 깃든 건 결말을 짓겠다는 의지다.

그의 이름은 용군악이다.

신분은 전대 구룡보주, 즉 오기륭의 아버지와 형을 죽이라 명령했던 바로 그 남자였다.

"자네와 나는 따로 해결할 일이 있겠지. 아래층으로 내려가
세나. 이곳은 현 구룡보주의 거처, 난 이곳이 몹시도 불편하이."

용군악이 집무실을 가로질렀다. 단운룡의 앞을, 태자후의 앞
을 태연하게 지나쳤다. 아무것도 보이지 않는 사람마냥 그냥 그
렇게 발을 옮겼다.

그러던 용군악의 시선이 쓰러진 용백빙에게 닿았다. 놀랍게
도 용군악은 전혀 동요하지 않았다. 목을 잃은 채 널브러져 있
는 육신을 보고도 웬일인지 아무런 감흥조차 느끼지 못하는 것
같았다.

저벅, 저벅.

용군악은 오기륭의 옆까지 그냥 지나쳐 버렸다. 그는 그의 말
대로 아래층으로 뚫린 계단으로 향하고 있었다. 오기륭은 그 자
리에 못 박힌 듯 서 있다가, 고개를 들고 단운룡의 얼굴을 보았
다. 모든 것을 알고 있을 듯한 단운룡도 이번에는 내막을 잘 모
르겠다는 표정을 짓고 있었다.

"어서 내려오게."

밑에서 재촉하는 용군악의 목소리가 들렸다.

오기륭의 두 눈에 결연한 빛이 떠올랐다.

지금은 단운룡의 얼굴을 볼 때가 아니었다. 이것은 그의 일,
온전히 그가 해결해야 할 문제였다. 그가 몸을 돌려 계단으로
발을 옮겼다. 발걸음엔 아무런 망설임조차 없었다.

"안 따라가 봐도 되겠습니까."

태자후가 손목을 튕겨 비룡번을 깃대에 말았다. 단운룡이 말
했다.

"다시 풀어."

"예?"

"우린 우리대로 손님이 있다."

단운룡이 창문 쪽을 바라보았다. 그림자 하나가 어른거리는 것 같더니, 훅! 하는 바람이 흘러들어 온다.

단운룡이 오른쪽으로 고개를 돌렸다. 구룡보주의 태사의가 있는 곳이었다.

그 태사의 위에 한 사람이 나타나 있었다. 창문 쪽에서 한줄기 바람과 함께 들어왔다는 건데, 어떻게 거기까지 갔는지 눈으로 쫓지조차 못했다.

"모든 게 엉망이지?"

목소리는 가벼웠다. 짧은 말이었지만 말투도 경망되다.

물론 저게 진짜 목소리인지는 아무도 모른다.

가면을 쓴 자.

얼굴을 드러내지 않는 자가 목소리라고 진실될 리 만무했다.

"그 가면, 나도 본 적이 있어."

단운룡이 말했다. 가면을 쓴 자가 고개를 까딱이며 대답했다.

"최고로 유명하지. 이래 봬도 한 이야기의 주인공이니까."

당승전설은, 당승의 서역 기행이 주요 골자이나, 이야기의 시작은 당승의 출도가 아닌 화과산의 돌산에서부터였다.

그렇다.

주인공인 게 맞을 것이다.

화과산 돌산의 원숭이.

누구의 도움도 없이 그 스스로 깨어나 하늘을 어지럽힐 만큼

강대한 신통력을 깨우쳤던 자. 태사의에 안에 구겨진 듯 다리를 접고 방만한 자세로 앉아 있는 자의 가면은 다름 아닌 손행자의 그것이었다.

"제천대성……!"

원숭이 가면이라지만, 딱히 원숭이만을 표현한 것은 아니다. 눈 주위의 붉은 색칠과 얼굴을 휘감고 펼쳐진 둥그런 무늬들은 초인(超人)의 신력과 속인(俗人)의 익살을 동시에 추구하고 있다.

신마맹 최강을 논하는 가면. 제천대성.

그가 손을 들었다.

"아까부터 봤는데 말야."

휘잉!

태사의 뒤쪽에서 황금빛 봉 하나가 둥실 떠올라 그의 손에 감겼다. 다섯 자 길이, 여의금고봉이다. 그가 여의금고봉으로 단운룡을 가리키며 말했다.

"여기선 아무래도 네 녀석이 제일 재미있는 것 같아."

단운룡은 그 어느 때보다 더 강력한 대적을 만났음을 직감했다.

진기를 있는 대로 끌어올렸다.

파직거리며 명멸하는 뇌신진기가 더욱 거세졌다. 그걸 본 제천대성이 고개를 설레설레 흔들며 말했다.

"아아. 당장 붙자는 게 아냐. 한 명 더 기다렸다가 놀아보자구."

제천대성의 언행은 손행자 당승전설의 그것처럼 기오막측하기 짝이 없었다.

이내, 제천대성이 먼 쪽 계단을 가리키며 경박한 웃음을 터뜨렸다.

"야 하하하. 호랑이도 제 말 하면 온다더니, 저기 온다! 실력 발휘 안 하고 해치울라니까 힘들지?"

"닥쳐라, 제천대성."

제천대성을 알고 있다는 듯한 말투.

올라온 남자를 보는 단운룡의 두 눈에 기광이 스친다.

아까와는 전혀 다른 기파를 발하고 있다. 그게 그의 숨겨진 실체였던가.

오기륭이 산서의 술집에서 만나 의기투합했다던 남자.

헌원력이 걸어 들어오고 있었다.

*　　　*　　　*

"하나도 변하지 않았어. 그렇지?"

삼층은 층 전체가 무공을 수련할 수 있는 연무장으로 이루어져 있었다.

손때가 묻은 목각 인형에, 발차기를 단련하는 나무기둥까지, 용군악의 말마따나 이 층의 모든 것은 오기륭이 떠나왔을 때와 거의 하나도 변하지 않은 상태였다.

"전부 다 내 실수였네. 내 자네와 자네 아버지, 그리고 자네 형님에 대해 진심으로 미안하게 생각하고 있어. 속죄가 가능하다면 그 무엇이라도 하고 싶은 마음일세."

예상 밖의 사과였다.

아니, 이곳으로 내려가자 할 때부터, 어느 정도는 예상하고 있었던 바다.

용군악의 목소리엔 뼈아픈 후회가 담겨 있었다. 그토록 원한이 깊었던 오기륭마저도 그 속에 담긴 진심을 읽을 수 있을 정도였다.

"아직도 모르겠소? 난 당신의 사과나 들으러 이곳에 온 것이 아니외다."

하지만 세월은 너무나도 많이 지났고, 지나온 삶은 몇 마디 말로 해결될 수 있는 것이 아니었다.

모든 일의 근원이나 다름없는 이에게 진심 어린 사과를 받았으나, 그럼에도 오기륭은 그 어떤 격동이나 분노 따위도 느끼지 못했다.

오기륭의 눈빛은 초지일관 그대로였다.

한번 마음먹은 그 누구도 그 어떤 말로도 바꾸거나 흔들 수 없었다.

말은 단지 말일 뿐이다. 응징은 반드시 이루어져야 했다.

"기어코 끝을 봐야겠다는 말인가?"

"도저히 이해할 수가 없구려. 당신은 이 싸움에서 하나뿐인 아들을 잃었소. 아들의 시신을 봤으면서도 그런 말이 나오시오?"

"내 아들? 나에겐 아들이 없다."

"뭐요?"

"그것이 내 아들처럼 보였던가?"

"……?!"

"내 아들은 오래전에 그들에게 죽었다. 삼 년 폐관 동안 바꿔치기를 한 것이지. 헛허… 고작 삼 년 못 보았다고 어떤 아비가 자기 아들을 기억하지 못할까. 이 위층은 구룡보주의 집무실이다. 악마들의 소굴이었지. 내 아들, 내 친구, 내 제자, 내 문파. 그들은 나에게서 모든 것을 앗아간 것이다!"

용군악의 말이 사실일까.

용백빙이 죽어가는 와중에도 끼어들지 않았음을 보면 사실은 사실인 모양이다.

하지만 설사 진실이 그렇다 해도, 오기룡의 원한이 지워질 수는 없다.

누가 뭘 어떻게 했든, 그릇된 안목으로 원천군을 끌어들인 것도 용군악이요, 오기룡의 아버지와 형을 죽이라 명령을 내린 것도 용군악이다.

용군악은 그에 대한 책임이 있다. 오기룡이 변함없는 표정, 변함없는 목소리로 말했다.

"이제 와 그런 말이 무슨 필요가 있겠소. 그냥 덤비시오."

용군악의 노안(老顔)이 침울함으로 물들었다.

오기룡의 말이 옳았다.

이제 와선 아무것도 소용이 없다.

그들은 용군악이 미친 듯 무공에 몰두할 때부터 그가 모든 것을 알게 되었음을 눈치 채고 있었을 것이다. 하지만 그들은 그런 용군악을 그냥 내버려 두었다. 어차피 늙은이 혼자서는 상황을 바꾸지 못한다는 걸 너무나도 잘 알고 있었던 것이다.

그 결과가 이것이다.

그토록 오랫동안 수련에 수련을 거듭하여 구룡보의 모든 무공을 대성하고, 아무에게도 보여준 적 없는 새로운 도법 절기까지 연마했다. 하지만 그에겐 직접 원천군을 응징할 수 있는 기회가 주어지지 않았다.

십 년의 참오 끝에 그가 할 수 있었던 것이라고는, 고작 도망치는 상문귀객의 목을 베는 것이 다였다. 어찌 보면 그것 또한 천벌인지 모르겠다. 가슴을 채우는 끝없는 허무함이야말로 하늘이 그에게 가한 최악의 징벌이라 할 것이었다.

'네 녀석은 이미 모든 것을 다 갚았다.'

용군악은 오기룡에게 달려들며, 오기룡의 어린 시절을 보았다. 오기룡의 아버지와 친구였던 용군악은 오기룡이 자라나고, 그 아버지의 무공을 배우며, 구룡보의 동량으로 자라나는 것을 하나부터 열까지 전부 다 지켜보았었다.

그가 원천군의 꼬임에 빠지지 않았더라면.

눈앞에 있는 이 대장부 오기룡은 지금쯤 살아 있는 진짜 용백빙 곁에서, 원천군보다 열 배는 위대한 스승이자 호법이 되어 있었을 텐데.

휘잉! 터어엉!

용두도를 내려쳤다. 오기룡의 각법이 뻗어왔다.

참으로 아름다운 단파각이라 생각했다. 저게 바로 구룡보 무공의 정수다.

지금 구룡보의 무인들은 엉뚱한 무공만 익히고 있었다.

뇌운당 무인들까지 썩었다.

오기륭의 형이 일구었던 옛 구룡보 뇌운당 무공들은 문파를 잠식해 온 그들에게 변형되고 왜곡되어, 잔인하고 사이한 형과 식을 지니게 되었다.

용두도 도격과 오기륭의 승천각이 교차했다.

쭉 하늘로 뻗어 올라가는 왼발을 보았다.

그 군더더기없는 동작을 보며 용군악은 순간, 한 가지 사실을 깨달았다.

'한빙장! 한빙장에 당했구나……!'

용군악의 움직임이 빨라졌다.

승천각 회수하여 내려오는 움직임에 미세한 흐트러짐을 볼 수 있었다. 축이 되는 오른발이 문제다. 원천군의 한빙장을 허용한 곳이었다.

"자, 잠깐!"

용군악이 몸을 뒤로 빼며 소리쳤다. 오기륭이 멈칫 그 자리에 섰다. 용군악이 눈살을 찌푸리며 오기륭의 오른발을 가리켰다.

"너, 그 발은……!"

"약점이란 걸 아셨소? 원천군의 한빙장에 당했소. 어디 마음껏 공격해 보시오."

오기륭이 태연하게 대꾸했다.

"그것을 그대로 두었다가는 큰일을 면치 못한다."

"지금 당신이 나를 걱정해 주겠다는 거요?"

오기륭의 호통에 용군악의 눈빛이 변했다.

그가 결연한 얼굴로 용두도를 겨누었다.

어차피 통하지도 않을 대화, 진심으로 덤비겠다는 뜻 같았다.

"타합!"

용군악이 기합성을 내지르며 몸을 날려왔다.

오기룡은 옆으로 휘어들며 발도각을 내찼다.

용군악은 그저 한 발 물러나는 것으로 발도각의 예봉을 완벽하게 피해냈다. 발도각의 간격, 발도각의 목표, 전부 다 꿰고 있는 그였다.

단파각을 연환으로 날렸다. 용군악은 맥점을 끊는 도격으로 경쾌한 단파각을 간단하게 비켜냈다.

역시나 용군악은 무서웠다.

오기룡 입장에선 가장 어려운 상대라 할 수 있었다.

오기룡의 모든 무공을 알고 있었고, 그 회피법, 방어법, 반격법, 파훼법까지 모르는 게 없었다. 그래도 오기룡은 용맹을 잃지 않았다.

"큭!"

쒜액! 쉬이익!

공방은 치열했다.

서로 부딪치지만 않을 뿐, 틈을 노리며 짓쳐 나가는 것이 두 사람 다 칼을 들고 싸우는 것 같았다.

발끝으로 펼쳐 내는 족도 참격이 용군악의 옷깃을 찢었다. 오기룡의 어깨 어림에서도 얇은 핏물이 솟았다.

용군악이 자세를 낮추며, 오기룡의 오른발을 노렸다. 약점 공격이다. 왼발을 축으로 오른발을 들어 올려 도격의 쇄도를 피해냈다.

내려놓는 오른발로 땅을 짚는데, 감각이 이상했다. 발가락, 발등, 발바닥, 아무런 느낌이 없었다. 마치 발목 아래 돌덩이 하나를 매단 것처럼 내 발 같지가 않았다.

쉬익!

용군악의 칼이 또다시 하단으로 짓쳐들었다.

집요한 공격이다. 약점만을 철저히 노리겠다는 심산으로 보였다.

오기룡은 피하지 못했다.

그럴 수밖에 없었다.

용군악은 자신의 안위를 전혀 생각지 않고 있었다. 살을 주고 뼈를 깎는 게 아니라, 뼈를 주고 살을 깎는 식의 공격이었다.

쉬이익! 스각!

용두도가 오기룡의 오른쪽 무릎을 갈랐다. 갑작스레 오른쪽 아래가 허전해진다는 생각을 했다. 오기룡이 허리를 비틀었다. 허공에 뜬 채 왼발 족장 충격(衝擊)으로 있는 힘을 다해 용군악의 가슴을 노렸다.

뻐억! 우직!

완벽하게 들어갔다.

묵직한 느낌이 왼발 전체를 통해 전해져 왔다. 용군악의 표정이 일그러졌다. 갈빗대를 잡아주는 가슴뼈가 그대로 박살나며 폐장 전면을 갈기갈기 찢어놓은 것이다.

텅! 하고, 오기룡의 몸이 어깨부터 떨어졌다.

현기증이 일었다. 눈을 올려 용군악을 바라보았다.

쿨럭, 쿨럭.

용군악의 입에서 피거품이 흘러나오고 있었다.

까앙! 하고 용두도가 땅바닥에 떨어졌다. 용군악의 몸이 뒤로 넘어갔다.

꿍, 하고 엉덩방아를 찧고는 두 손으로 상체를 버텨 세운다. 가슴 정면이 움푹 함몰되어 있었다.

"저승길 오르는데 내 오른발이 그렇게도 필요했소?"

오기룡은 일어나지 못했다.

엉덩이를 땅에 붙인 채 몸을 비틀어 용군악 쪽으로 돌아앉았다. 움직임을 따라 쏟아지는 선혈이 땅바닥에 진득한 흔적을 만들었다.

완전히 돌아앉아 왼발을 땅에 대고 무릎을 들어 왼손을 그 위에 올렸다. 오른쪽도 그렇게 하고 싶었지만, 지탱할 수 있는 발이 거기에 없었다.

오기룡이 고개를 돌렸다.

저쪽에 방금 전까지 붙어 있었던 그의 다리가 보였다. 무릎 바로 아래부터 잘렸다. 종아리, 발목, 발. 이젠 없었다.

"저승길에 필요한 게… 아니었다……"

용군악이 입을 열었다. 피거품이 미친 듯 쏟아졌다.

오기룡의 무릎 아래에서도 핏물이 쭉쭉 빠져나가고 있었다. 허벅지의 혈도 세 군데를 점하고, 다리째로 잘려 나간 무릎 위쪽 옷자락을 두 손으로 잡아당겨 내력을 더해 묶었다. 출혈이 삽시간에 줄어들었다. 그래도 엄습한 현기증은 좀처럼 가실 줄을 몰랐다.

"그럼 어디다 쓰시려고."

오기룡은 다시 농담처럼 말했다.

용군악이 웃었다. 늙었어도 하얗던 이빨 사이에 붉은 핏물이 잔뜩 껴 있었다.

"클클클, 네 녀석은 변한 것이 없구나."

"가시려면 어서 가시오. 당신과 잡담할 마음 없소."

"한빙요선 원천군… 그놈의 마령한빙기(魔靈寒氷氣)는 타격부의 기혈로 흘러들어 와 혈관과 근육을 갉아먹는다. 내부만 파괴하는 것이 아니다… 쿨럭! 쿨럭……! 마치 살아 있는 기생충이나… 해독할 수 없는 독처럼 점점 신체를 잠식해 들어가… 쿨럭! 심혈까지 이르지……."

"이야기는 들었지만 그 정도인 줄은 몰랐소. 어쩐지 맞을 때부터 영 기분이 안 좋더라니."

"한빙기를 해소하는 방법은… 오직 하나… 타격 부위를 잘라내는 것뿐이다. 공전절후의 내공이 있다면… 잠식을 차단할 수 있겠지만, 이미 침투해 온 부위는 어떻게 해도 살려내기 힘들지……."

"하하하. 날 위해서 지금 다리를 잘라주셨단 말이오?"

오기룡이 밝게 웃었다.

농담 한번 했더니, 참으로 고약한 농담으로 받아친다. 철천지원수는 저승길 앞에서도 철천지원수인 모양이었다.

"빨리 잘라내지 않았으면… 무릎에서 그치지 않았을 터… 그 정도로 끝난 것을 다행으로 알아라… 커억! 쿨럭! 쿨럭!"

용군악의 얼굴이 백지장처럼 창백해졌다. 오기룡이 씁쓸한 웃음을 지으며 흐려지는 용군악의 눈을 바라보았다.

"…농담이 아니로군… 미리 말해주지 그랬소?"

"클클클… 쿨럭! 아까 말하려고 했었다. 하나… 이야기한다고 네 녀석이 들었겠느냐? 일단 다리부터 자르고 싸우자고? 클클클… 말이 되는 소릴 해야지… 쿨럭!"

기침조차 제대로 나오질 않는다.

숨이 끊어지고 있었다. 오기륭이 헐떡이는 용군악을 끝까지 지켜보았다. 그가 말했다.

"고생 많으셨소. 잘 가시오."

용군악이 눈을 감았다.

상체를 버텨 세우고 있었던 두 팔의 힘이 맥없이 풀어졌다.

꿍.

용군악의 머리가 땅바닥에 닿았다. 끊어지는 숨결, 마지막 한마디가 새어 나왔다.

"구룡보를… 부탁……."

용군악은 오기륭의 대답을 듣지 못했다.

그의 대답을 들었으면, 저승길로 향하는 발걸음이 조금은 더 무거워졌을까.

어쩌면 듣지 못한 것이 다행일지도 모른다.

그는 충분히 고생했고, 충분히 속죄했다.

실수로 빚어진 모든 죗값을 과하게 치른 늙은이였다.

오기륭이 작은 목소리로 말했다.

혼잣말처럼. 다짐하듯.

"미안하지만 그 부탁은 못 들어주겠소. 구룡보는 세상에서 사라질 테니.”
　기나긴 복수전의 끝은 그와 같았다.
　정적이 흘렀다.

『천잠비룡포』 12권 끝

❧ 화포와 화탄.

요즘 독자분들 중엔 군사물에 대해 정통하신 분들이 많다. 지적해 주신 분도 있고, 의문을 가지신 분들도 있다. 때문에 화포와 화탄에 대해서는 한 번은 짚고 넘어가야 하는 부분이라 생각했던 바다.

11권부터 본격적으로 화포에 대한 이야기가 나온다. 장익이 팔보당을 습격하던 와중에 쏜 화포를 언급하면서 유탄이라는 단어가 나오는데, 먼저 이 유탄에 대한 것부터 말씀드리고 넘어가겠다.

유탄(榴彈). 유탄은 착탄 지점에서 다시 한 번 터지는 화탄이라 말씀드렸다. 기본적인 개념은 그게 맞다. 수류탄을 떠올리면 이해가 쉽다. 뒤에 붙은 두 글자도 이 유탄이다. 수는 손 수(手) 자를 쓰니 손으로 던지는, 그리하여 던져서 떨어진 지점에서 터지는 화탄을 수류탄이라 부르는 것이다.

유탄의 유 자(字)는 상기한 바와 같이 석류 류(榴) 자를 쓴다. 왜하필 석류냐면, 그 초창기 모양과 구조가 석류와 같았기 때문이다.

석류를 영어로 하면 포메그레네이트(Pomegranate)이며 학명으로는 Punica Granatum이다. 또한 석류를 프랑스 어로 보면 그레네이드(Grenade)라 한다. 그리고 유탄의 영문 명칭이 역시 그레네이드(Grenade)이다. 물론 프랑스 어로도 그레네이드라 부른다.

즉, 유탄의 이름 자체가 석류(프랑스 어)에서 나왔고, 한자로 번역한 유탄이란 단어는 유럽 쪽에서 전래된 말이라는 이야기가 된다. 또한 이들 그레네이드형의 탄환은 사실 15세기 말에서 16세기 중엽 사이에 처음 쓰였던 것으로 되어 있다. 천잠비룡포의 배경연대는 15세기 초이다. 따라서 유탄이란 단어를 쓰는 것은 사실, 현실적으로 맞지 않은 것임을 미리 밝혀두겠다.

그럼에도 불구하고 유탄이란 단어를 굳이 쓴 것은, 표현할 방식이 마땅치 않아서다. 무협소설을 쓰다 보면 당시에 쓰였던 디테일한 용어를 정확히 알 수가 없어 고민이 될 때가 적지 않다. 달리 작열탄이란 단어도 썼고, 파열탄이라는 단어도 썼지만 결국은 두 이름 모두 후대에 붙여진 이름이라 할 것이다.

착탄 지점에서 폭발하는 일종의 수류탄과 같은 화기는 사실 그 기원이 송대(宋代)까지 거슬러 올라간다. 말하자면 수류탄, 그레네이드의 기원과 같은 무기다. 이때 쓰인 이름이 진천뢰다. 그렇다고 화포에 진천뢰를 넣어서 쏘았다고 하기엔 다소 어감이 맞지 않는다. 포탄에 맞는 용어를 써야 하는데, 완전히 부합되는 것을 찾기가 힘들었다는 이야기다.

작열탄, 유탄, 파열탄.

세 가지 이름 중 본문에서 가장 먼저 쓰인 것은 작열탄이다. 그나마 이 작열탄이 가장 올바른 표현이 아닐까 싶어서 첫 번째에 쓰게 되었다. 중국 화기 관련 서적에서 주로 쓰이는 용어이니만큼 명나라 때에도 그 표현을 쓰는 것이 큰 무리가 없다고 보았다. 동서양 일반적으로 많이 쓰이는 표현은 파열탄이다. 셋 모두 폭발형 발사체라는 점에서는 대동소이한 개념이다. 유탄에 대해 굳이 먼저 설명한 것은 그 용어의 쓰임 자체가 외래어 표기나 다름이 없었기 때문에 양해를 구하고자 했던 바다.

무엇으로 부르든, 그와 같은 폭발형 탄환은 아직 역사에 공식적으로 등장하기 전이다. 진천뢰와 같이 날아간 곳에서 폭발하는 물건도 있기는 했지만, 그것은 어디까지나 손으로 던지는 폭탄 종류였다. 화포에 장전하여 작열탄을 내쏘는 기술은 이때보다 100년이 넘어서야 상용화된다.

실험, 개발, 보급, 상용화 각 단계에 필요한 시간을 계산하고, 최첨단 기술이란 거창한 표현까지 덧붙이면, 작중에서의 작열탄 사용도 아주 허황된 일은 아니라고 보았다. 또한 천잠비룡포뿐 아니라 다른 여러 한백무림서 내에서도 이처럼 50년에서 100년 시대를 앞서 가는 신병기들이 계속하여 등장할 것이다. 하늘을 나는 신검이 있는 마당에 그 정도는 상상력의 산물이라 허용해 주셔도 무방하지 않겠는가. 마니아분들의 양해를 다시 한 번 부탁드린다.

⚜ 외래어 표기에 대하여.

무협소설이란 참으로 묘한 한계를 지니고 있다. 이른바 고전적인 독자분들이 생각하는 '무협이란 이런 것이다' 라는 관념의 틀이 작용하기 때문이다.

이 부분엔 사실 굉장히 까다로운 기준이 적용된다.

예를 들어 무협소설을 읽고 있는데, 몇 킬로미터라든지, 몇 시 몇 분 몇 초라는지 하는 표현이 나오면 주저없이 책을 덮어버리는 식이다.

본인 역시도 그러하다. 그런 단어나 표현들이 나오면 무협 작가로서의 자질을 의심하곤 했었다. 직접 글을 쓰면서 맞닥뜨리게 된 애로사항들 덕분에 그와 같은 생각들도 상당 부분 완화되긴 했지만, 그래도 종종 다른 글에서 그런 표현들을 마주치게 되면 어색한 기분을 지울 수가 없다. 다만, 다른 사람에게 관대해진다고 내 자신에게까지 관대해질 수는 없다는 것이 가장 어려운 부분이다. 나도 모르게 써놓고, 훗날 책까지 나온 다음에 크게 후회하게 되는 경우가 있다. 대표적인 케이스가 '망토'에 관한 것이다. 천잠비룡포 10권을 보면 맹획이 망토를 입고 있다고 나온다. 망토(Manteau)는 두말할 여지가 없는 외래어다. 글 쓸 때 순간적으로 망설였으나 머릿속에서 무슨 처리를 잘못했는지, 그물 망(網) 자를 떠올려 버리고는 그대로 한자 표기가 가능한 단어라 생각하고 말았다. 예전 기준에 맞춰보자면 치명적인 실수라 아니 말할 수 없다.

물론, 퓨전이나, 대체역사물 같은 소설들이 많이 출간되면서 고전무협 독자들의 관념 또한 다소 융통성있게 변해온 것이 사실이다. 게다가, 배경인 운남 지역이 중원 서쪽이라는 점을 고려할 때, 당시에 서방에서 전래되어 온 의복으로 망토가 있었고, 원어 그대로 불렀었다며 둘러댈 수 있긴 하겠다(중국에선 외래어도 발음에 맞춰 자신들의 언어로 쓰는 경우가 많다:축구선수 베컴을 벽감(碧甘)이라 한다던지). 어찌 되었든 변명일 뿐이다. 그래도 독자 여러분께서 한백림이란 작가에게 나름대로 기대하시는 것이 있으리라 생각하기 때문에, 이 실수에 대해서는 무척 죄송하게 생각하고 있다.

더불어 줄곧 마음에 걸리는 것들 중 하나는 몽고라는 호칭과 몽고인들의 이름에 관한 부분이다. 소위 명작이라 불린 고전무협들을 들춰보면, 칭기즈칸 테무친을 철목한이라 부르고, 타타르를 달단으로 부르는 등, 모든 표현이 철저하게 한자화된 상태로 출판된 것을 알 수 있다. 어린 시절, 고려원이란 출판사에서 영웅문(사조영웅전)이 몇 차례 재간되어 나왔던 적이 있다. 어느 시점이었던가, 다시 읽게 된 재간본에서 기존 등장인물 중 타뢰라 불렸던 이름이 갑작스레 툴루이로 바뀌어 있었던 기억이 난다. 당시의 당혹스러움은 실로 대단한 것이었다. 툴루이뿐이 아니다. 두세 글자 한자로 표현되어 있었던 것들이 무슨 이유에선가 모두 몽골식 원어로 수정되어 있었던 것이다. 권위있는 한문학(漢文學)인 사조영웅문에서 어찌 이럴 수가! 하며 두 눈을 의심할 정도였었다.

어쩌면 당시에는 어린 마음에 한족식 표기만이 진리인 양 타국 영웅의 이름까지 한자로 바꿔 쓰는 오연함을 멋지게 생각했던 것인지도 모른다. 아니면 한족우월주의에 세뇌되어 버린 것이었거나.

한족우월주의에 대해 말하고자 한다면 몽고, 몽골이란 표현을 아니 짚고 넘어갈 수 없다. 몽고는 옛 고 자를 써서 몽골 민족을 비하한 말이라 알려져 있다. 우리 민족을 동이, 동쪽 오랑캐, 남방 민족을 남만, 남쪽 오랑캐라 말했듯 그들 특유 버릇이다. 본래는 몽골이라 써줘야 옳다. 하지만 등장인물이 대사를 치는 것에 있어

몽골 초원이라 하기엔 오히려 리얼리티가 떨어진다 보았다. 당시 명나라 사람들은 몽골인들에 대한 뿌리 깊은 미움을 지니고 있었기 때문이다. 몽고 등장 인물의 이름들은 원어식으로 불러주면서 정작 나라 이름인 몽골을 몽고로 쓰는 것은 일견 이중 잣대가 적용된 것으로 보이실 수 있다. 나름 고민한 결과라 봐주시면 좋겠다. 외가 친척 중에 몽골에서 오래 봉사하신 분이 계셨다. 필자도 실제 생활에서는 반드시 몽고가 아닌 몽골이란 표현을 쓴다.

결론적으로 글을 쓸 때, 이것이 아무리 무협이라 하더라도 굳이 한자식, 한족식 표현만을 고집할 필요는 없다는 생각이다. 타가, 아야크, 튠차이란 이름이 어색하게 느껴지실 독자들도 분명히 있을 것이다. 심지어 이 이름만 보고서 책을 덮는 분들도 있지 않았을까 싶다. 그래도 이름만큼은 제대로 써주고자 싶었다. 어떻게 보면 이 또한 한족 입장에서 볼 땐 외래어 표기라 할 수 있을 것이다. 그렇게 생각하면 또 이런 장면이 나오는 것도 가능해진다. "내 이름은 아야크다"가 어색하지 않다면 서방에서 온 백인이 등장하여 "내 이름은 프랭크 램파드다"라고 말해도 이상하지 않아야 한다. 하지만 그렇지 않을 것이다. 적어도 욕을 먹지 않으려면 프랭크 램파드 왈, "내 이름은 한어로 말하기 어렵다. 불락(不樂), 래박덕(來博德). 박덕이라 불러라" 정도로는 써줘야 한다.

그렇기에 글쓰기는 참으로 재미있다. 몽골어가 버젓이 쓰이고 있는데, 망토와 램파드는 유럽 말이라 안 된다? 이상한 일이다. 나 역시도 그 둘은 안 된다 생각하고 있으니.

추가로, 연초(煙草:담배)에 관한 것도 가볍게 짚고 넘어가겠다.

담배는 남아메리카가 원산지로 타 대륙에 보급되는 것은 1500년

대부터로 알려져 있다. 이때 연초라는 표현은 사실 식물인 담배를 꼭 집어 지칭하는 표현이다. 따라서 천잠비룡포 시기엔 중원에 담배가 보급되지 않았던 시기이니만큼, 연초라는 말을 쓰는 것도 시대상 맞지 않는다 할 것이다. 다만, 잎을 말아 피우는, 이른바 잎담배 형식의 끽연 풍습은 담배 보급 이전부터 전래되어 왔던 오래된 유희다. 달리 쓰기에 익숙한 표현이 없어, 연초라는 의미를 풀을 태워서 흡입하는 끽연물로 확장하여 사용했다. 양해 부탁드린다(달리 궐련이나 여송연 등의 표현이 있을 수 있겠지만, 역시 담배작물 전래 이후에 만들어진 용어다).

⚜ 곤륜산과 서왕모.

곤륜산과 서왕모에 대한 내용은 쉽게 접할 수 있는 여러 전설들을 혼합, 인용하여 썼다.

곤륜산에 관련된 전설은 그 수가 셀 수 없이 많다. 곤륜산이라는 이름의 정체성에 있어 가장 중요한 것들 중 하나는 황하(黃河)의 발원지라는 점이다.

황하의 발원지라는 의미는 실로 단순하지 않다. 단순한 강의 수원으로서의 의미가 아니라 황하문명의 근원, 즉 중국의 모든 역사와 문화의 기원이라는 의미가 담겨 있기 때문이다. 곤륜산이 신산(神山), 모든 산의 근본, 신선들이 사는 유토피아로 대변되는 데에는 이러한 근원으로서 개념이 크게 작용하고 있다.

이야기를 더 진행함에 앞서, 실제 황하의 발원지가 어디인지부터 알아보겠다. 황하의 발원지는 곤륜산맥 한 지맥인 바옌카라[巴顔喀拉]산맥에 위치한다. 정확한 산 이름은 야허라다허쩌산[雅合

拉達合澤山]이다. 해발 5,442m로 숫자로만 따지자면 전설 속 곤륜산에도 크게 뒤지지 않는 높이와 규모다.

그렇다면 이것이 그 전설상의 곤륜산이냐.

물론 아닐 것이다.

전설상의 곤륜산은 실제 존재하는 산이라기보다는 그저 전설 그 자체로 의미가 있다. 모든 삶의 근원인 황하강이 솟아 나올 만큼 위대한 산. 황하의 발원지라는 것은 곤륜산이 지닌 수많은 얼굴들 중 하나일 뿐, 그 산 자체는 결코 될 수가 없다.

달리 곤륜산은 곤륜산맥보다 더 서쪽에 있으며, 뭇 신적인 존재들이 함께 거하는 그리스 신화의 올림푸스 산과 비슷한 개념으로 이해되고 있다. 서방 신화의 중국 유입에서 비롯된 신화적 영역의 혼재라고 보는 견해도 있다. 또한 신비한 서역 문물에 대한 초월적 환상으로 빚어진 신천지로서의 국가적 이상향으로 생각하는 경우도 있다.

다시 한백무림서로 돌아가 보겠다.

한백무림서의 곤륜산을 설정할 때에는 그와 같은 이론적 이야기를 거의 다 배제하고 시작했다. 곤륜파는 곤륜산맥에 퍼져 있는 도교지파들의 연합화로 만들어진 문파로 두었고, 강설영이 찾아간 곤륜성산은, 곤륜파와 별개인 좀 더 신화적인 공간으로 꾸며보았다.

따라서 작중의 곤륜산 정상에 있는 요지호수는 황하의 실제적인 발원지가 아니되, 조금 더 환상문학적인 측면을 강조한 신적인 문물의 근원으로 설정하였다. 천잠비룡포상에서는 잠시 등장했다 사라졌지만, 극중의 서왕모는 환신전(가제)과 같이 술법무협이 본격적으로 등장하는 글에서 최중요 인물로 나오게 될 예정이다. 천잠비룡포 안의 소연신 급, 즉 술법세계의 사패와 같은 존재라 생각하면 이해가 쉽다.

곤륜산 개명수와 염화산, 약수 등은 가장 흔히 알려진 곤륜산 전설을 참조하였다. 때문에 정확하게 어디란 것이냐, 한다면 만족스런 해답은 드릴 수 없다. 곤륜산의 실제 위치에 관한 것은 중국 역사 학자들 사이에서도 해결할 수 없는 오랜 과제로 남아 있었다.

말하자면 아틀란티스 전설과 같다고 보시면 된다. 환상을 쫓는 사람들이 아직까지도 바다 속을 뒤지고 있으나 아틀란티스는 어디인지 밝혀진 바가 없다. 그런 곤륜산을 동경 몇 도, 서경 몇 도에 위치한 산이라 한백림이 단정 내리는 것은 있을 수 없는 일이다. 작중의 곤륜산은 실제로 그런 산이 있었던 것일 수도 있고, 전설 속에만 존재할 수 있는 허황된 장소일 수도 있으며 술법으로 만들어진 미혹적 공간일 수도 있다. 다만 강설영이 그곳에 다녀왔다라고만 말씀드릴 수 있을 뿐이다.

서왕모 전설은 곤륜산 전설만큼이나 역사가 오래고 다양하다. 주로 인용한 것은(즐겨 인용하는) 산해경이며, 그 밖의 세부 묘사는 여타 문헌이나 인터넷에서 쉽게 구할 수 있는 자료들을 중심으로 재구성한 것이다. 파랑새 두 마리와 삼족오는 전설 속에서도 각각 지닌 이름까지 있지만, 굳이 언급하진 않았다. 서왕모의 시중을 든다는 파랑새 전설은 민간과 학계에 널리 퍼져 수많은 시인 묵객들이 자신들의 시화 소재로 썼던 바다. 환신전(가제)에서 출연할 기회가 있으리라 본다.

일반적으로 서왕모 전설의 요체는 불사(不死)라는 두 글자에 있다. 서왕모는 중국 신화상에서도 최고위에 올라 있는 여신(女神)이다. 혹자는 서왕모와 그리스 전설의 아프로디테를 동일시하기도 한다. 근원이 같다는 것이 아니라, 후대에 미모의 여신으로 변화된 서왕모의 모습이 그리스 신화의 몇 가지 요소를 흡수하여 이루어진 것이라는 견해다. 서왕모든 아프로디테든, 신(神)이란 곧 불멸과 상통하는 이름이다. 서왕모는 그중에서도 그 자신이 불사의 존재일 뿐 아니라(한백무림서가 아닌 신화상에서), 인간에게도 불사의 비법을 전수할 수 있는 생명의 총괄자로 그려진다. 중국을 통일한 진시황제가 영생을 위하여 애타게 찾았던 이도 서왕모요, 월궁 항아를 달로 내쫓고 영웅 예에게 불멸의 생을 준 여신이 또한 서왕모다. 고대의 서왕모는 본디 작중에서 잠시 비쳤던 것처럼, 호치(虎齒) 호랑이 이빨에 표미(豹尾) 표범 꼬리를 지닌 반인반수의 신으로 알려져 있었다. 이때에도 영생의 통달자라는 의미가 강했던지, 고대 무덤 벽화들을 보면 시신들을 보호하는 여신으로 새겨져 있는 것을 종종 발견하게 된다. 이것이 후대에 불교, 도교적 색채를 흡수하고 민간 설화와 혼합되면서 천상 세계의 잔치를 주관하거나, 삼천 년에 한 번 열리는 신선의 복숭아를 기르는 등 좀 더 아름답고 밝은 모습으로 변모하였던 바다.

작중에서의 서왕모는 상기한 바와 같이 여러 시대의 여러 모습을 혼합하여 그려진 인물이다. 실제 서왕모는 사실 티벳인이었다거나, 문물이 풍요로웠던 고대 서방 씨족 사회의 지도자였다거나, 심지어 실제 기원은 남자였다는 등의 추측적, 학자적 분석들은 곤륜산 때처럼 대부분 배제하였음을 밝혀둔 바다. 또한 작중에서 서

방 일족 이야기를 보고 어, 이거 설마… 그것들 이야기인가 하신
분이 있다면, 그렇다. 짐작한 것이 맞을 것이다. 한백무림서에는
그들도 나온다. 그들 중 하나가 주인공인 글도 있다. 곧. 어쩌면
다음, 어쩌면 그다음 글에서.

……(중략)…….

부서진 마차들의 잔해가 요란하게 흩어져 있었다. 동방에서 들여온 최고급 청자(靑瓷)들이 무참하게 깨져 버린 푸른빛으로 관도 위를 수놓았다.

손해는 막심했다.

무역을 위한 물품보다 사람을 잃은 것이 훨씬 더 컸다.

"뇌인(雷印)에 당했습니다."

새까만 피부, 두툼한 입술이 열렸다.

흑번쾌였다.

그의 발치에 두 명의 남자가 쓰러져 있었다. 온몸이 그을렸다. 차갑게 식은 몸이지만 만져 보면 아직도 뜨거울 것 같았다.

"화인(火印)도 있습니다."

묵직한 목소리.

흩날리는 금발이 보였다. 백금산이었다. 그는 마차 행렬 뒤편에 서서, 땅바닥에 흩날리는 검은 잿더미를 내려보고 있었다.

"……."

백금산 옆엔 유광명이 서 있었다.

그의 표정은 비할 데 없이 어두웠다. 검은 잿더미. 사람의 시체였다. 그을린 정도가 아니라 아예 모습을 분간하지 못할 만큼 까맣게 타버린 것이다.

"그놈입니다."

흑번쾌가 다가오며 말했다.

모든 것을 태우는 화인. 하지만 어떤 면에서는 뇌인이 더욱 무섭다. 유광명의 입에서 침음성이 흘러나왔다.

"위타천……."

앞길 창창한 단원들이 열 명 넘게 죽었다.

보의(寶衣)로도 뇌인과 화인을 막지 못했다.

벌써 세 번째다.

놈들은 본격적인 공습을 가하고 있었다.

"회주, 그것이 필요합니다."

백금산이 말했다.

유광명이 고개를 끄덕였다.

천룡의 의지가 그의 눈 안을 가득 채우고 있었다.

…(중략)…….